1996 · 제20회
이상문학상 수상작품집

●

천지간(天地間) 외

문학사상사

제 20회 이상문학상 대상 수상작 선정 이유서

—90년대 문단의 새로운 소설적 경향을 주도해 온 작가
윤대녕이 탁월하게 해석한 삶과 죽음의 문제

1996년도 제20회 이상문학상의 대상 수상작으로 소설가 윤대녕 씨의 〈천지간(天地間)〉을 선정합니다.

이 작품은 길과 여행을 이야기의 구조로 삼는 여로형 소설의 패턴을 잘 활용하고 있습니다.

이 작품에서 가장 돋보이는 것은 삶과 죽음을 해석하는 이 작가의 상상력입니다. 죽음을 애도하기 위해 떠난 여행 길에서 또 다른 죽음을 직감하고, 그 죽음을 삶의 방향으로 건져 올리는 과정이 밀도 있게 그려져 있습니다. 우연의 만남을 운명적인 것으로 바꿀 수 있는 것이 소설이라면, 〈천지간〉은 바로 그러한 운명의 끈의 의미를 다시 해석하도록 요구하고 있습니다.

90년대 문단의 새로운 소설적 경향을 주도해 온 이 작가의 노력이 이상문학상으로 더욱 빛나길 바랍니다.

1996년 5월
이상문학상 선고 위원회
이어령 · 김윤식 · 한승원 · 이문열 · 권영민

심사평

진지한 주제와 안정된 구조로 그려 낸 삶과 죽음

— 김형경의 〈담배 피우는 여자〉도 눈여겨볼 작품이었으나
윤대녕의 〈천지간〉은 생의 한 순간을 운명의 사슬에 꿰어 봄으로써,
가장 소설적인 접근법을 보여 준 점이 뛰어났다

이 어 령 (李御寧)

이번 제20회 이상문학상의 본심에 오른 작품들은 대부분이 문단 경력 10년 이내의 젊은 작가들에 의해 씌어진 것들이다. 문단의 세대 교체가 빠르게 진행되고 있음을 실감하게 하는 일이다.

젊은 작가들의 작품이기 때문에, 나는 오히려 문학적 재능만이 아니라 안정감 같은 것을 유지하는 작품을 찾아야 한다는 생각으로 심사에 임하였다.

내가 주목한 것은 윤대녕의 〈천지간(天地間)〉과 김형경의 〈담배 피우는 여자〉다. 이 두 작품은 다른 후보작들에 비하여 작품의 구조가 안정되어 있다. 그리고 주제의 깊이도 심도가 있다.

〈천지간〉은 삶과 죽음의 문제를 해석하는 작가의 관점이 특히 탁월하다. 운명의 순간을 무한의 공간 속에 펼쳐 보이는 상상력의 힘이 돋보인다. 사건 구성에 작위성이 드러나는 부분도 없지 않지만, 생의 한 순간을 운명의 사슬에 꿰어 보는 것이야말로 가장 소설적인 접근법이다.

〈담배 피우는 여자〉는 페미니즘적 요소가 강하지만, 감동적인 이야기가 아니다. 건조하고도 삭막한 느낌, 그것을 넘어서지 않는 건조한 스타일이 오히려 독자에게 부담을 준다.

최종 논의가 〈천지간〉으로 좁혀졌을 때 나는 1990년대의 새로운 문학 정신을 대변하고 있는 이 작가가 이상문학상을 통하여 그 노력을 인정받게 되었다는 점을 기뻐하였다.

심사평

90년대 우리 문학이 낳은 빛나는 보배

— 이순원의 〈말을 찾아서〉는 이효석 시대의 계곡 물처럼 투명하고,
내부에 빛을 내는 감각 세포를 지닌 윤대녕의 〈천지간〉은
빛을 내고 있기에 빛난다

김 윤 식(金允植)

이순원 씨의 〈말을 찾아서〉는 투명하다. 이효석이 〈메밀꽃 필 무렵〉(1936)을 쓸 무렵의 강원도 계곡을 흐르는 물처럼 맑다. 이 물에 살 수 있는 생물은 열목어. 천연 기념물처럼 순토종이어서 진귀하긴 하나, 잡아서 요리해 먹기에는 너무 깨끗하다. 영양분도 그리 풍부할 것 같지는 않다. 이 계곡에서 혼탁한 한강 물에까지 나와야, 그래서 거기서도 살아 남아야 하지 않을까. 염려스럽기도 하다.

김형경 씨의 〈담배 피우는 여자〉는 흐리다. 흐리되 너무 흐리다. 여자가 담배를 피우기 때문이다. 여자가 담배를 피우되 너무 결사적으로 피우기 때문이다. 어째서 이 여자는 목숨을 걸고 담배를 피우지 않으면 안 되었을까. 작가는 그 이유를 맹렬히 설명하고 있다. 작가는 그 여자가 되어, 그 여자의 내면을 들여다보고자 덤빈다. 인간 내면이란 깊이 들여다보면 볼수록 어둡기만 한 법. 자기 파멸 욕망에까지 닿고자 하면 심해처럼 어두울 수밖에.

윤대녕 씨의 〈천지간(天地間)〉은 빛난다. 빛을 내고 있기 때문에

빛난다. 사금파리가 아닌 증거. 내부에 빛을 내는 세포를 가진 작가이기에 동백꽃 뚝뚝 떨어지는 한밤중이거나 바다와 땅의 경계가 사라진 지점에 닿으면 휘황해지게 마련. 중모리에서 진양조로 넘어가는 대목에 닿으면 여지없이 휘황해진다. 이를 우리 조상들은 범피중류(汎彼中流)라 불렀고, 인류사는 이를 범피백주(汎彼柏舟)라 불렀다. 내부에서 빛을 내는 이 감각 세포가 1990년대 우리 문학이 낳은 재보(財寶)의 하나라 함은 이 때문이다.

심사평

슬프고 아름다운 글로 쓴 흑백 영화 같은 작품

— 차현숙 · 김이태 · 김형경 · 은희경 등 작품 모두 특색 있으나
이순원이 돋보였고, 특히 윤대녕의 작품은 범피중류 같은
소설적인 장치들 때문에 슬프고 아름답다

한 승 원 (韓勝源)

어떤 돌 가루나 흙이든지, 그것을 물에 버물려 가지고 1,300도쯤의 불가마 속에 넣어 구워 내면 보석이 된다. 그러나 다 보석이 되는 것은 아니다. 흙으로 그릇을 빚은 다음 유약을 발라 불가마 속에 넣어 구워 내는, 그저 하나의 기능인일 뿐인 도공이 있고, 그 그릇 속에 혼을 담는 도공이 있다. 요즘 들어서 후자를 도예가라고 부른다. 흙과 불과 혼의 조화(보석) 때문에.

차현숙의 〈나비, 봄을 만나다〉는 2대에 걸친 본처와 작은방 여자의 이야기인데, 작위적인 점과 이야기의 뒷부분이 내다보이고 뒤로 갈수록 밀도가 떨어지는 점이 아쉽다.

김이태의 〈궤도를 이탈한 별〉은 컴컴하고 기나긴 동굴을 달려가고 있을 뿐, 빛이 없는 점이 흠이다.

이순원의 〈말을 찾아서〉는 이효석의 이야기 다르게 고쳐 해보기의 작업인데, 후반부가 나를 가슴 아프게 했다. 일본 여행중에 말고기 먹고 토한 것, 꿈 이야기 따위에서는 억지와 과장이 심했다. 이야기

가 압축되어 있지 않고 산만한 느낌이 드는 점이 아쉽다.

김형경의 〈담배 피우는 여자〉와 은희경의 〈빈처〉는 여성의 인격 회복 혹은 지위 상승을 위한 아픈 이야기다. 은희경에게는 저항과 삶과의 화해가 있고 참담한 실존이 있는데, 김형경에게는 저항과 격앙된 분노와 고발만 있다.

김형경이 빼어난 이야기의 달인임에는 틀림이 없다. 감수성도 뛰어나다. 뻔한 도식이 식상하게 한다. 남편은 억압, 군림하는 짐승스러운 왕, 남편과 세상은 괴물이다. 아내는 매를 맞는 노예의 삶을 살고, 그 삶 속의 꿈꾸기는 담배 피우기다. 베란다는 호랑이 굴에서의 탈출구이고, 빨래 건조대는 노예의 상징물이다. 나와 옆집의 매 맞는 여인은 분신이다. 늘 앞산이 이런 저런 모습을 드러내곤 하는데, 작가가 인식하고 있든 인식하지 못하고 있든, 그 거대한 검은 산은 내가 보기로, 그의 의식 속에서 신 혹은 부성의 다른 모습으로 작용하고 있다. 남성과 여성의 관계를 우주적인 균형과 조화로 인식하지 못하는 한 그의 작업은 여성 운동 차원의 것일 수밖에 없을 것이다.

은희경에게는 능청스러움이 있다. 감출 것은 감추고 드러낼 것은 슬쩍 내비친다. 두 성 사이의 대립 속에서 실존을 이끌어 내는 결말 부분은 소름 끼치게 한다. 그렇지만 소품이어서 이 상이 버거울 수밖에 없다.

윤대녕의 〈천지간(天地間)〉은 글로 만든 흑백 영화 한 편이다. "여기까지 어떻게 왔냐구요?" 이 첫 문장이 모든 것을 함축한다. 검은 옷 입은 나는 눈 벌판길을 죽음의 그림자 뒤집어쓴 여인을 따라 구계등까지 걸어온다. 친구의 죽음(제물) 덕분에 구제된 나는 빚을 지고 있다. 이 소설은 빚 갚기의 고리로 이어져 있다.

그의 소설은 우연에서부터 시작된다. 그것은 심사 과정에서 작위적이라는 지적을 받았다. 그러나 그것은 결코 작위성이 아니라고 강

변하게 하는(혹은 작위성으로 느껴지지 않게 하는) 요소를 지니고 있다. 윤대녕은 생래적으로 회유성(回遊性)의 물고기 같은 회귀 의식을 가진 작가다. 그의 우연은 과거의 삶에서 연유한 업보로 말미암음이므로 그가 깔아 놓은 소설적인 장치들은 매우 슬프고 아름답다.

백병원, 외숙의 백미(흰쌀), 지물포, 눈 벌판, 물 속에 빠진 내가 의식을 회복하면서 본 흰 색깔과 그 상대적인 색깔인 검은빛은 우리들에게 무엇인가. 말미에서 여인과 내가 치른 성행위는 죽으러 온 그 여인 속에 들어 있는 흰빛을 회복시켜 주는 의식이다. 그 여자의 뱃속에는 아기가 들어 있다. 허무 극복. 모든 예술 작품의 구경(究竟)은 인간의 구원에 있다. 끔찍스러운 것은, 내가 방안에서 그 여자 구제 의식을 치르는 순간에, 넋 건지기에서 닭을 희생시키듯 소리꾼 여인 하나가 제물로 던져지도록 짜놓았다는 사실이다. 윤대녕에게서는 귀기가 느껴진다. 그렇지만 동백꽃과 심청가의 범피중류(汎彼中流) 같은 장치들 때문에 그의 귀기는 징그럽지 않고 오히려 슬프고 아름답다. 그와 이상문학상과의 만남도, 그의 모습이 구본웅의 이상의 얼굴 그림하고 얼핏 닮았다고 느껴진다는 사실도 생래적인 필연인지 모른다. 더 좋은 작품을 보여 주기 바란다.

심사평

중견의 난숙함을 보인 〈말을 찾아서〉

— 김형경 · 은희경 · 성석제 등의 작품은 눈길을 끌었고,
이순원의 〈말을 찾아서〉는 중견의 난숙함을 보여 주는 역작이었지만
윤대녕에게 다른 심사 위원의 고른 지지가 있었고,
나도 반대할 이유가 없어 만장 일치로 대상이 결정됐다

이 문 열(李文烈)

여러 해 심사한 경험에 비추어 보면 올해는 다소 흉년이 아니었던가 싶다. 예심을 거쳐 올라온 작품 대부분이 나름으로는 완성도를 가지고 있었으나 큰 상을 주며 격려하기에는 주저되는 소품(小品)들이었다. 하지만 다 읽고 나니 그래도 몇 편 추천할 만한 작품을 건질 수는 있었다.

그중에서 단연 눈에 띄는 것은 이순원의 〈말을 찾아서〉였다. 이제 신인의 티를 완연히 벗고 중견의 난숙함을 보여 주는 역작으로 무엇보다도 읽는 이의 가슴을 찌릿하게 하는 감동이 반가웠다. 자신 있게 1순위로 올렸으나 다른 심사 위원들의 지지가 적어 밀리고 말았다. 패러디 형식이 흠이 된 듯하다.

다음으로 올린 것은 윤대녕의 〈천지간(天地間)〉이었다. 작년에도 결심(結審)에서 보았고 그가 근년에 이룬 성취도 익히 알고 있었으나 이 작품을 〈말을 찾아서〉 뒤로 놓은 것은 어딘가 작년에 본 〈신라의 푸른 길〉과 비슷한 분위기 및 구도가 느껴졌기 때문이었을 것

이다. 문장도 후반에서는 거칠거나 무리한 데가 있어 한때는 김형경의 〈담배 피우는 여자〉와 나란히 올릴까도 생각했었다. 하지만 수상을 반대할 만큼은 아니었다. 거기다가 다른 심사 위원들의 고른 지지가 있어 만장 일치로 윤대녕의 수상이 결정되었다.

김형경의 〈담배 피우는 여자〉에 대해서도 〈말을 찾아서〉와 비슷한 수준의 지지가 있었다. 남성의 폭력성 혹은 사랑의 이중성에 대한 관찰이 꼼꼼한 필치로 추적돼 있었으나 화해를 모르는 페미니즘이 읽는 이를 거북하게 만들지나 않았는지 모르겠다.

성석제의 〈첫사랑〉과 은희경의 〈빈처〉도 눈길을 끄는 작품들이었다. 그러나 앞서 말했듯 큰 상을 주어 가며 격려하기에는 너무 소품이라 본심 추천에서는 뺐다. 두 사람의 정진을 빈다.

심사평

주제 이끌어 가는 탁월한 기법과 상상력

— 차현숙 · 성석제 · 은희경은 감각적 세련성이 뛰어나고,
김이태는 존재에 대한 질문법이 문제로 제기된 점이 주목됐다.
최종 선택은 이순원과 윤대녕으로 압축된 끝에, 소재를 하나의 주제로
이끌어 가는 기법과 상상력이 돋보인 윤대녕을 대상으로 선택했다

권 영 민 (權寧珉)

1996년도 이상문학상 최종 심사에 오른 작품들은 대개가 단편들이다. 중편 양식이 압도적으로 많았던 예년에 비해, 단편 소설의 소품적인 간결함이나 완결성 등이 강조된 느낌이다.

이순원의 〈말을 찾아서〉는 일종의 패러디적인 접근법이 소설적 의미의 이중성을 가능하게 하는 작품이다. 김형경의 〈담배 피우는 여자〉는 행위의 패턴이라는 것을 구조화하고 있는 페미니즘적 속성이 강한 작품이다. 윤대녕의 〈천지간(天地間)〉은 소설다운 이야기에 주제의 무게를 얹어 놓은 작가의 수법이 뛰어나다.

차현숙의 〈나비, 봄을 만나다〉의 경우나 성석제의 〈첫사랑〉, 그리고 은희경의 〈빈처〉도 모두 감각적 세련성이 뛰어나다. 김이태의 〈궤도를 이탈한 별〉에서는 존재에 대한 질문법이 문제로 제기된다.

나는 최종적인 선택을 〈말을 찾아서〉와 〈천지간〉으로 좁혔다. 이 두 편의 작품은 모두 여행 길의 체험이 이야기의 근간을 이룬다. 〈말을 찾아서〉가 패러디적인 접근법에 의해 소설적 공간을 확대하고 있

다면, 〈천지간〉은 우연의 법칙을 운명의 논리로 확대 해석할 수 있는 가능성을 보여 준다. 소설적인 감응력을 문제삼는다면 〈천지간〉의 이야기는 감동을 담고 있지만, 〈말을 찾아서〉는 이지적인 속성이 오히려 강하다.

〈천지간〉의 작가에게 이상문학상의 영예가 돌아간 것은 이 작가의 뛰어난 상상력을 평가한 것이라고 말하고 싶다. 이 작품은 흔히 말하는 '운명의 끈'이라는 것에 인간주의적인 해석을 가미하고 있는 셈인데, 이것은 일종의 '인연설'의 현대적 재해석이라고 말할 수도 있을 것이다. 소재를 선택하여 하나의 주제로 이끌어 가는 작가의 기법과 상상력이 특히 돋보인다. 다시 한 번 축하를 보낸다.

차 례

심사평

이어령 진지한 주제와 안정된 구조로 그려 낸 삶과 죽음 7
김윤식 90년대 우리 문학이 낳은 빛나는 보배 9
한승원 슬프고 아름다운 글로 쓴 흑백 영화 같은 작품 11
이문열 중견의 난숙함을 보인 〈말을 찾아서〉 14
권영민 주제 이끌어 가는 탁월한 기법과 상상력 16

대상 수상작

윤대녕 천지간(天地間) 21

수상작가 자선작

윤대녕 말발굽 소리를 듣는다 63

추천 우수작 〈가나다 순〉

김이태 궤도를 이탈한 별 91
김형경 담배 피우는 여자 143
성석제 첫사랑 197
은희경 빈처 221

이순원 말을 찾아서 243
차현숙 나비, 봄을 만나다 285

기수상작가 우수작

최 윤 전쟁들 : 그늘 속 여인의 목 선 323
최일남 우리 나라 입 345

윤대녕이 말하는 자신의 문학과 삶

윤대녕 수상 소감 : 나의 문학은 '과정의 예술' 371
윤대녕 나의 문학적 자서전 : 문학으로 가는 길을 찾기까지 375

윤대녕의 〈천지간〉과 그 작품 세계

정호웅 비범한 상상력으로 그려 낸 백색의 미학 385

작가 윤대녕을 말한다

최성실 영혼의 부활을 꿈꾸는 작가 391

대·상·수·상·작

천지간(天地間)

윤 대 녕

1962년 충남 예산 출생

단국대 불문과 졸업

1990년 《문학사상》 신인상에 소설 〈어머니의 숲〉 당선

작품집 《은어낚시통신》·《남쪽 계단을 보라》

《옛날 영화를 보러갔다》·《추억의 아주 먼 곳》 등

오늘의 젊은 예술가상 수상

천지간(天地間)

여기까지 어떻게 왔냐구요? 믿을 수 없겠지만 걸어서 왔습니다. 물론 읍내 터미널에 내려 바로 군내(郡內) 버스로 갈아타면 된다는 것쯤은 저도 알고 있었지요. 그래요, 눈이 내리고 있었어요. 폭설이었죠. 하지만 그 여자가 터미널에서부터 줄곧 여기까지 걸어왔던 거예요. 네, 한 시간도 넘게 걸리더군요. 글쎄요, 제가 왜 그 여자의 뒤를 따라왔는지 아직도 모르겠습니다. 어디로 가는지도 모르고 그냥 무작정 따라온 겁니다. 뭐라구요? 전에 어디서 만난 적이 있는 사람 아니냐구요? 아녜요, 생면부지인 여자예요. 오늘 광주에서 처음 봤다니까요. 거기서부터 완도 읍내까지는 함께 직행 버스를 타고 왔지요. 세 시간 반이 걸리더군요. 아무튼 저는 문상을 가던 길이었어요. 발인요? 아마 내일일 겁니다. 글쎄요, 내일 아침에라도 첫차를 타고 광주로 가야 할지 어쩔지 아직 모르겠군요. 하지만 지금으로선 그것도 왠지 장담할 수가 없군요.

전라남도 완도군 완도읍 정도리 구계등(九階燈)이다. 저녁 여덟 시에 나는 이곳에 왔다.

1

어제 낮에 나는 외숙모의 부음을 들었다. 그녀는 쉰 살이라는 아직 젊은 나이에 위암으로 숨졌다. 암 선고를 받은 것은 9개월 전이었다. 그때 담당 의사는 앞으로 길어야 3개월을 넘기지 못할 것이라는 말을 했었다. 그녀가 3개월에서 무려 6개월을 더 버틴 것은 대학 입시를 앞두고 있던 큰아들 때문이었을 것이다. 아들의 합격 통보를 받고 나서 불과 이틀 만에 숨졌으니 그렇게밖에는 달리 설명할 도리가 없다.

어머니가 내려가 있기 때문에 굳이 나까지 문상을 가지 않더라도 모양새가 나쁘달 수는 없었으나 외숙을 생각하면 꼭 그런 것도 아니었다. 내가 대학에 합격했을 때 그리고 군에서 제대했을 때 외숙이 각각 쌀 한 가마니씩을 화물 열차에 실어 보내 왔던 것이다. 요즘 세상에 쌀 두 가마니가 무슨 대수로운 것이랴만 외숙에게 대소사가 있을 때마다 그게 묘하게도 빚 감정으로 작용하는 것만큼은 어쨌든 사실이었다. 외숙모가 서울 백병원에서 암 선고를 받던 날도 나는 외숙의 주변을 지키고 있었다. 그날 저녁 광주로 내려가며 그는 또 무슨 정신으로 하는 소린지 내게 이런 말을 하고 있었다.

"어서 혼례를 올려야지. 그때 또 쌀 한 짝 올리마."

외숙은 쌀이라는 것을 무슨 제물 같은 것으로 생각하고 있는 듯했다. 하기야 어머니만 해도 아직 바늘 쌈지와 쌀을 화폐처럼 생각하는 사람이다.

지물포를 하고 있는 외숙은 젊어서 그림 공부를 하기 위해 일본까지 다녀왔다고 한다. 하지만 그가 무슨 이유로 마흔 살까지 잡고 있던 교편과 서양화를 하루아침에 집어치웠는지는 모른다. 다만 백색(白色)에 미쳐 있다가 그만 붓을 놓게 되었다는 말을 전에 한번 들은 기억이 있을 뿐이다. 하얀색이 아니고 백색 말이다. 단지 어감 차이밖에는 없다고 생각되는 이 하얀색과 백색을 외숙은 아직도 완전히 다른 색으로 알고 있는 사람이었다.

오전 10시 30분 서울발 광주행 고속 버스. 나는 검은 양복에 검은 넥타이를 매고 검은 구두까지 신고 있었다. 누가 봐도 상가에 가는 사람이란 걸 알았을 것이다. 요즘은 굳이 옷차림까지 따져 문상을 가는 사람도 없으려니와 암만해도 그런 차림을 하고 있으면 어딜 가나 남들의 퀭한 시선을 받게 돼 나도 꺼려 하는 편인데, 몇 년 전인가 어머니가 우격으로 양복점으로 데려가 할 수 없이 맞춘 옷이었다. 언제 무슨 일을 당할지 모른다는 얘기였다. 당신이 수의를 미리 지어 놓았으니 이를테면 나도 상복을 준비해 놓아야 한다는 뜻이었다. 그래도 여간해서는 잘 입지 않지만 아무래도 집안 사람이 상을 당하게 되면 또 갖출 것은 갖추는 것이 좋겠다는 생각이 들어 한두 번 꺼내 입은 적은 있었다. 하지만 검은 양복을 입고 있으면 그때마다 얼굴이 뻣뻣해지는 느낌만큼은 어쩔 수가 없었다.

그 여자를 본 것은 오후 세 시쯤이 되어 광주 종합 터미널에 도착해서였다. 보았다, 라는 말은 맞지 않을런지도 모른다. 버스에서 내려 나는 택시 승강장으로 가던 길이었는데, 사람들 틈을 비집고 나가다 툭 하고 서로 어깨가 부딪쳤던 것이다. 좀 세게 부딪쳤던 것 같기도 하다. 순간 여자의 몸이 휘청하니 흔들렸고 이어 아! 하는 날카로운 소리가 귓전에 날아와 박혔다. 딱히 해침이라도 당한 듯한 단말마의 소리였다. 얼결에 놀라 돌아보니 노란 바바리 코트를 입은 여자가 미간을 찌푸린 채 손으로 배를 싸 쥐고 있었다. 몰랐는데, 내 몸이 그녀의 배까지 스친 모양이었다. 곧바로 내 입에서 죄송합니다, 라는 말이 튀어나왔지만 여자는 들은 척도 않고 곧바로 몸을 추슬러 매표 창구 쪽으로 걸어갔다.

그로부터 약 5분 후에 나는 그녀와 다시 만나게 된다.

가본 사람은 알지만 광주 종합 터미널은 직행 버스 터미널과 고속 버스 터미널이 상가를 사이에 두고 연결돼 있다. 그녀는 고속 버스 터미널에서 직행 버스 터미널로 가기 위해 상가 보도의 중간께에 있는 택시 승강장을 막 지나치고 있었다. 핸드백조차 지닌 것이 없는 단출한 바바리 차림이었다. 베이지색이 아닌가 싶어 눈여겨보니 역시 연한 노란빛이었다. 누군가 쳐다보고 있다는 것을 알았음인지 승강장 옆을 지나던 그녀가 히뜩 나를 돌아보았다. 하지만 그것은 어디서나 흔히 있을 수 있는 타인과의 찰나간 마주침에 불과했다. 이내 눈길을 거두고 그녀는 가던 길을 서둘렀다. 조금 전에 서로 어깨를 부딪쳤던 사람이 나라는 것조차 모르고 있는 듯했다. 아니, 잠깐 멈춰 선 듯도 했지만 거기엔 별뜻이 없어 보였다.

여자가 나를 바라보고 있음을 깨달은 것은 노란빛의 잔상이 좀 길게 동공에 남아 있다 싶어 그녀가 사라진 곳을 눈으로 슬쩍 더듬고 있을 때였다. 그녀는 터미널 입구에 우두커니 멈춰 서 있었다. 나와는 한 10여 미터쯤 떨어져 있었을까. 얼마든지 제 시선을 다른 데로 빗댈 수 있는 거리의 유동성 때문인지 그녀는 제법 대담한 얼굴로 나를 주시하고 있었다. 혹시나 싶어 주위를 둘러보았으나 암만해도 그녀의 눈에서 벗어날 방법이 없었다. 저 여자가 왜 가던 길을 멈추고 나를 바라보고 있는 것일까? 뒤미처 내가 검은 양복을 입고 있다는 사실을 깨달았으나 혹시 그 때문이라고 해도 그 바라봄의 순간은 너무 길었다. 내 앞에서 택시를 기다리는 사람은 이제 둘밖에 남아 있지 않았다. 넉넉히 1~2분 후면 나는 택시에 올라 고인의 자택으로 가고 있을 것이다. 또한 30분쯤 후에는 다른 문상객들 틈에 끼여 앉아 화투를 치거나 소주를 마시고 있을 터였다.

이윽고 택시가 내 앞에 와 섰고 때를 같이하여 그녀는 터미널 안으로 몸을 돌려 사라졌다. 그리고 내게 무슨 일이 일어났던가. 나는 택시 뒷문을 열다 말고, 돌연 덜미를 잡힌 사람처럼 주춤거리며 뒤로 물러난 다음, 직행 버스 터미널 입구를 캄캄하게 노려보고 있다가 냅다 가드레일을 뛰어넘어 그녀의 뒤를 쫓아갔다.

그녀의 무표정한 얼굴에서 나는 9개월 전 암 선고를 받은 뒤 외숙모의 얼굴에 드리워져 있던 차디찬 죽음의 그림자를 엿보고 있었던 것이다. 크나큰 당혹감이 천둥처럼 지나가고 나서 그리 길지도 않은 사이에 그녀의 얼굴에 뒤덮이던 적막한 체념의 그림자. 그것은 이미 죽음을 받아들인 자의 모습이라고 해도 좋았다.

그녀는 매표구 위에 붙어 있는 차 시간표를 올려다보고 있다가 완도행 표를 끊었다. 처음부터 완도행을 염두에 두고 있었던 듯 별망설임이 없는 모습이었다. 고속 버스는 차가 없거나 있더라도 시간대가 맞지 않아 이쪽으로 온 게 분명했다. 스물대여섯 살 정도. 아무래도 그 이상으로 보이지는 않았다. 스트레이트 퍼머넌트를 한 머리에 목에는 자줏빛 스카프를 두르고 있었다. 그녀는 손목시계를 내려다본 다음 개표구 앞의 주황색 플라스틱 의자에 앉아 세 시가 될 때까지 꼼짝도 하지 않았다. 그녀는 뒷전에 누군가 와 서성이고 있다는 것을 눈치채고 있었을 것이다. 개표를 하기 직전에 그녀가 짐짓 우연한 얼굴로 뒷전에 서 있는 나를 돌아보았다. 그녀는 알았으리라. 내가 불과 몇 분 전까지만 해도 택시 승강장에 서 있던 사내라는 것을. 그 사내가 갑자기 길을 틀어 지금 자신의 뒤에 와 있다는 것을.

그때 그녀의 눈빛에서 내가 두려움이라든가 경계심 따위를 읽었다면 나는 도로 택시 승강장으로 돌아갔을런지도 모른다. 요컨대 내가 타자라는 사실을 그녀가 조금만 애써 일깨워 줬더라면 나는 더 이상 그 자리에 서 있었을 수도 없었을 것이다. 얼핏 당황한 것은 사실인 듯했으나 그녀는 이내 침착한 모습을 되찾았다. 적어도 방조 혹은 묵인을 뜻하는 그녀의 얼굴 뒤에서 나는 갈피를 못 잡고 못내 허둥거리고 있었다. 이어 부르릉 하고 차에 시동이 걸리는 소리를 듣고 있다가 나는 재빨리 표를 끊고 버스에 올라탔다. 반은 무의식적으로 또 반은 체념하는 심정으로. 버스에 올라타며 나는 입엣말로 이렇게 마구 중얼거리고 있었다.

하필이면 나는 검은 양복을 입고 서 있다가 우연찮게도 죽음을 뒤집어쓰고 있는 여자를 보게 되었단 말이다. 그래도 타인임을 빌미로 애써 외면하고 지나칠 수도 있었겠지. 한데 그녀가 눈에 보이지 않는, 생에 대한 저 한 가닥 미련의 줄을 길게 늘어뜨리고 있었다면? 뭐 문상을 가던 길이 아니었냐고? 그래, 죽음 앞에 납작 엎드리러 가다 나는 산(生) 죽음과 서로 어깨가 부딪친 거야.

아주 오래 전에 누군가 내 목숨을 구한 일이 있어.

2

여자는 중간께의 창문 옆자리에 앉아 있었다. 나는 그녀가 앉아 있는 곳을 기우뚱하니 지나쳐 맨 뒷자리에 가 앉았다. 겨우 10여 명의 승객을 태우고 버스는 곧 출발했다. 버스가 광주를 빠져 나갈 때까지 나는 줄곧 눈을 감고 있었다. 어째서 느닷없이 이런 일이 생긴 것일까. 나중에 어머니에게는 뭐라고 둘러댄단 말인가. 어쩌면 검은 양복을 입고 있었기 때문에 생긴 일인지도 모른다. 슬픔이 슬픔을 알아보고 사랑이 사랑을 알아보듯 죽음 또한 죽음과 만나면 별수없이 서로를 알아보게 마련인가 보다. 하여 길을 가다 보면 예기치 않은 일로 행로가 바뀌는 경우가 있다는 것을 이제 알겠다. 하지만 지금 내가 어디로 가고 있는가는 아무도 모르고 있다. 물론 나 자신마저도.

버스가 나주를 지날 때 나는 혼곤한 피로에 싸여 지금껏 내가 살아오면서 겪었던 죽음의 일들을 떠올리고 있었다. 아홉 살 땐가 열 살 때 물에 빠져 죽을 뻔한 적이 있었다. 비가 온 다음날 친구들과 함께 조개를 잡으러 가서였다. 친구들과 나는 뙤약볕이 내리쬐는 철길을 따라 반나절이나 걸어 큰 강에 도착했다. 민물과 바닷물이 겹치는 그 곳엔 손바닥만한 대합이 참 많았다. 나는 손끝이 수면에 걸릴 정도의 깊이까지만 잠수해 들어가 바닥에 있는 조개를 잡고 있었다. 하지만 그날따라 옆구리께로 떠내려가는 물살의 힘은 엄청나게 셌다. 한 순간 몸이 가로로 떠서 비틀리며 나는 이내 거센 물살에 휘감기고 말았다. 아무리 허우적대도 중심을 되찾을 방법은 없었다. 그리고 뼈마디의 힘이 다 빠져 나갔을 때 나는 물 속에서 번쩍 눈을 뜨고 마지막 생사의 싸움을 지켜보았다. 삶과 죽음이 벌거벗은 남녀처럼 엎치락뒤치락하는 가운데 마침내 날숨이 코까지 올라왔고 이어 실크 커튼처럼 부드러운 빛이 내 손과 발을 조여 묶기 시작했다. 짙은 푸른빛이었던 실크 커튼은 점점 보랏빛으로 변해 갔다. 그리고 보랏빛이 흰빛으로 바뀔 즈음 나는 의식을 잃고 말았다.

깨어 보니 나는 들꽃이 무리 지어 있는 강둑에 누워 있었다. 처음엔 그 곳이 어느 세상인지 알지 못했다. 시간이 좀더 지나 나는 그때까지도 조개를 쥐고 있는 손에서 매운 피가 줄줄 흘러내리고 있는 것을 보고 나서야 겨우 내가 살아 있음을 깨달았다. 내 옆에는 거적때기를 쓴 친구 하나가 더 누워 있었다. 그는 나를 구하기 위해 강에 뛰어들었다가 대신 변을 당한 것이었다. 나는 부들부들 떨면서 죽은 친구를 보기 위해 거적때기를 들어올렸다. 그리고 나는 그의 얼굴에서 아까 물 속에서 보았던 예의 푸른빛과 보랏빛을 똑똑히 보고 있었다. 한데 그 흰빛의 광경은 그새 어디로 갔는지 보이지 않았다.

그 마지막 흰색을 보게 된 것은 그로부터 오랜 세월이 지나서였다. 군에 있을 때였다. 다행히 뇌관만 터져 불구도 면하고 목숨도 구했지만 제대하기 얼마 전에 나는 수색을 나갔다 지뢰를 밟은 적이 있었다. 발바닥 밑에서 뻥 하는 소리와 함께 뇌관이 폭발하는 순간 나는 정말이지 뭐라 말할 수 없이 투명한 흰색과 다시 만나고 있었다. 차라리 아름답다고 해도 좋을 은은한 하얀빛. 훗날 박물관에 갔다가 우연히 조선 백자를 보게 되었을 때 다시금 나는 그 황홀한 흰색에 사로잡혀 있었다. 외숙을 미치게 했던 백색의 정체도 어쩌면 이런 종류의 것이 아니었을까.

월출산의 한 자락을 보고 있었으니 영암이었을 터였다. 거기서부터 나는 어이없게도 깜빡 잠이 들어 있었다. 싸락눈이 내리는 걸 본 것은 나주를 지나 영암으로 가고 있는 도중이었다. 내가 잠에서 깨어났을 때 버스는 어느덧 해남을 통과하고 있었다. 눈은 그새 함박눈으로 변해 몇 미터 앞도 분간하기가 어려웠다. 버스 안은 저녁처럼 어둑했다. 승객들은 모두 잠을 자고 있는지 행여 소곤거리는 소리조차 한 점 들려 오지 않았다. 턱을 들고 살펴보니 그녀는 고개를 모로 틀고 창 밖을 내다보고 있었다. 내가 잠들어 있는 동안 혹시 뒤를 돌아보지는 않았을까. 청해진을 지나는 해안 도로를 끼고 돌아 버스는 여섯 시가 조금 넘어 완도에 도착했다.

버스에서 내리자마자 나는 매표구에서 광주행 차 시간부터 물었다. 마음이 바뀌어 이제라도 돌아가야겠다는 생각을 하고 있었던 건 아니었다. 다만 내 느낌이 틀려졌을 경우를 생각해 미리 알아 놓으려는 것뿐이었다. 막차는 일곱 시 반에 있었다. 도로 사정이 좋지 않은 점을 감안하더라도 막차를 타게 되면 열한 시까지는 광주로 돌아갈 수 있을 것 같았다. 문상을 가는 시간으로는 그리 늦는 편도 아니었다.

여자는 아까부터 터미널 밖에서 서성이고 있었다. 완도까지 오긴 했으되 어디 갈 데가 없는 사람처럼 택시 운전사가 다가와 뭐라 뭐라 해도 고개만 가로 저었다. 그렇다고 누굴 기다리는 모습이랄 수도 없었다. 그녀를 사이사이 훔쳐보며 나는 일종의 도박을 하고 있었다. 만약 5분 내에 저 여자가 나를 돌아보지 않으면 그때는 어쨌거나 광주행 버스를 타리라고.

여자도 나와 비슷한 생각을 하고 있었는지 모른다. 잠시 후에 앞길로 지나가는 버스를 눈으로 좇는 척하며 그녀가 먼지가 잔뜩 낀 유리문을 통해 안에 있는 나를 들여다보았다.

이끌리듯 내가 밖으로 나가자 여자는 냉큼 몸을 돌려 발걸음을 옮겨 놓았다. 따라오게는 하되 절대로 거리를 주지 않겠다는 태도였다. 여자와 나는 읍내를 벗어나 약 50미터의 간격을 두고 함께 눈길을 걷기 시작했다. 길은 외길이었고 왼편에서 간간이 파도 소리가 들려 오는 걸로 미루어 먼데 바다가 누워 있는 모양이었다. 여자는 부두로 빠지는 길을 버리고 인가 하나 보이지 않는 산 아랫길로 하염없이 걸어 들어갔다. 나는 상여를 따라가듯 무연히 여자의 뒤를 좇고 있었다. 그러는 사이에 문득 시간이 지나고 있다는 느낌마저 사라져 버리고 어쩌다 뒤를 돌아볼 때마다 깨닫게 되는 것은 내가 지금 어디서 와서 어디로 가고 있는지 모르겠다는 사실뿐이었다. 돌아가기에는 이미 뒤가 너무 멀었고 날은 급히 어두워지고 있었다. 그리하여 여자의 희미한 뒷모습을 붙잡고 따라가는 일말고는 다른 것은 생각할 수도 없었다.

여자가 왜 차를 타지 않고 그 먼 길을 걸어왔는지 모른다. 어쨌거나 무려 한 시간 반을 걸어 정도리에 도착했을 때는 서서히 눈도 그치고 있었다. 나는 몇 시간 만에 서른두 해를 몽땅 다시 산 기분이었다. 입춘이 지난 지는 벌써 오래고 양력 삼월을 보름 정도 남겨 놓고 내린 눈치고는 참으로 대단했다. 다음날에야 나는 남도(南道)가 겨우내 가뭄에 시달리고 있었다는 소리를 횟집 주인에게서 들었다. 서설이었던 것이다.

3

횟집을 겸한 여관이다. 베란다 쪽으로 난 커다란 유리창 안에 바다가 비스듬히 떠 있다. 눈이 그치고 나서 홀연 날이 개이고 보름을 턱까지 쫓아온 달이 음력 12월 중순의 바다를 흔들고 있다. 도착하자마자 여자는 곧장 2층 여관으로 올라가서는 지금까지 내려오지 않고 있다. 감성돔 회를 시켜 놓고 혼자 청하를 마시고 있자 횟집 주인인 40대의 사내가 슬슬 다가와 앞자리에 앉아 있다. 벌써 머리가 희끗희끗하고 언제 깎았는지 턱수염이 쑥 길어 있다.

상에 놓인 감성돔은 사내가 바다에 나가 직접 낚아 올린 것이다. 횟집이라 김치, 된장찌개 따위는 팔지 않는 데다 매운탕을 끓인다고 해도 어차피 고기는 잡아야 하니 그럴러면 아예 회부터 먹으라는 얘기다. 문상을 가던 사람이 엉뚱한 곳에 와 앉아 그것도 생식(生食)을 하다니. 쟁반이 나오자마자 나는 께름칙한 느낌이 들어 양복 윗도리와 넥타이를 벗어 놓는다.

"요즘은 고기가 잡히지 않을 때죠. 가자미 광어는 좀 남아 있지만 감성돔은 드물어요. 늦가을에 추자도 쪽으로 옮겨 갔다가 산란기인 봄에 돌아오거든요. 지금 잡히는 것은 붙박이 감성돔이라고 해서 사시사철 한곳에만 붙어 사는 것들이죠. 맛은 있을 겁니다. 봄에 올라오는 것은 껍질 빼고는 당최 먹을 게 없거든요. 꾼들이나 미식가들이 감성돔을 좋아하는 이유 중의 하나는 바로 이 색깔 때문이에요. 보시다시피 이렇게 껍질을 얇게 드러내면 빨간 얼룩무늬가 보입니다. 자고로 여기 붙어 있는 살을 최고로 칩니다. 시각적으로나 미각적으로나 말입니다. 보세요, 아주 미묘한 색깔이죠?"

아직도 무채 위에 누워 있는 감성돔의 아가미가 벌죽거리고 있다. 새삼스럽게 내려다보니 그야말로 살풍경한 모양이다. 산 채로 재재 칼질을 당해 아랫도리를 홀랑 벗고 누워 있다. 살았달 수도 없고 죽었달 수도 없이 그렇게. 나는 젓가락으로 사내가 말한 얼룩무늬 부위의 살점을 슬쩍 뒤집어 본다. 미묘한 흰색. 기이한 일이다. 그 놈의 흰색을 여기 와서 이내 또 만나게 되다니. 몸서리가 쳐진다. 나는 짐짓 수를 쓰듯이 그것이 하얀색인지 백색인지를 사내에게 물어 본다.

"그것까지야 제가 어떻다고 말할 수 있나요. 하지만 머리까지 다 죽고 나면 색깔이 탁해지는 건 사실입니다. 종류에 따라 다르긴 하지만 감성돔은 회를 뜨고 나서 바로 드시는 게 아무래도 좋죠."

"시각적으로 또 미각적으로 말입니까?"

"그렇습니다. 자, 드셔 보시죠. 아니, 상추 마늘에 싸서 드시지 마세요. 손님들이 찾아 고추 된장까지 올려 놓긴 하지만 맛을 아는 사람들은 그렇게 먹질 않죠. 회가 아니더라도 음식에 양념이 많이 들어가면 제 맛이 나지 않는 법이니까요. 제가 해드리죠. 이렇게 와사비에 그냥 무즙만 풀어서 찍어 먹는 겁니다. 무즙은 생식을 할 때 제독 작용을 해주고 맛을 건드리지 않으면서도 혀끝을 시원하게 해주죠."

유별난 사람이다. 내가 건네 준 잔은 내둥 사양하면서 벌써 한 시간을 이렇게 버티고 앉아 있다. 오랜만에 손님이 든 모양이다.

"겨울철엔 통 손님이 없어요. 주말엔 어쩌다 사람들이 들기도 하지만 기껏해야 하루 정도 묵고 떠나죠. 오늘도 아까 그 여자 분하고 손님 둘뿐예요."

"그럼 여관은 여기 하나뿐인가요?"

"반대쪽 해안 끝에 구계 가든이라고 장급 여관이 하나 더 있죠. 나머진 민박인데 사정은 다들 마찬가지예요. 그저 여름 한철 벌어 먹고 사는 거죠."

"완도는 저도 초행입니다."

"아까는 두 분이 일행인 줄로 착각했습니다. 여자 분이 먼저 도착하긴 했지만 설마 혼자려니 싶었던 겁니다."

"……따지고 보면 일행이 아니랄 수도 없겠군요."

"참으로 이상한 인연이군요. 문상을 가는 길에 만나다니요."

"인연요?"

"그게 아니라면 뭐겠어요."

"하지만 어떻게 그걸 함부로 인연이라고 부를 수 있겠습니까. 제가 괜히 저 자신에게 홀려 불쑥 딴 세상을 관광하고 있는지도 모르죠."

"그야 두고 보면 알겠지요. 여자 혼자 여기까지 오는 것만 해도 흔찮은 일인데 문상을 가던 사람이 뒤쫓아왔으니 예삿일이랄 수 없잖아요?"

"……."

"딱히 천둥이 치고 비바람이 몰아친 다음에야 사람이 만나지는 건 아닙디다. 인연이란 게 뭐 따로 있나요."

아까부터 말하는 투가 이쪽 사람이 아니다. 전에 어디서 무얼 하던 사람인지 갑자기 호기심이 인다. 결혼은 했는지 안 했는지, 스물두어 살밖에 안 돼 보이는 여종업원이 주방에 하나 있을 뿐이다. 회는 사내가 직접 친다.

"저요? 태생이야 전라도하고는 아무 상관이 없죠. 젊어선 어지간히 떠돌았지요. 그러다 어찌어찌 해서 여기까지 오게 된 거죠."

"그럼 여기다 터를 닦은 무슨 이유라도……."

"무슨 특별한 이유야 있겠어요. 그저 어딜 가나 타향이란 걸 깨달은 거지요. 여기서 오가는 사람들 상대로 주막이나 하는 게 제 팔잔가 싶습니다. 있어 보면 아시겠지만 구계등은 천자문(千字文)을 복습하기엔 괜찮은 곳이죠."

"천자문요?"

"배운 게 짧아 놔서 천자문 하나도 다 익히지 못했단 뜻예요. 별

별 일을 다 하며 떠돌아다니다 5년 전에 혈혈단신으로 이곳에 들어 왔죠. 천지간 사람이 하나 들고나는 데 무슨 자취가 있을까만요."

배운 게 짧은지는 몰라도 말솜씨는 여간하다. 그건 그렇다치고 여기 얘기라면 나는 아직 구계등의 뜻조차 모르고 있다.

"정도리 바닷가엔 모래가 한 점도 없어요. 청환석(靑丸石)이라고 해서 푸른 돌들이 해안을 따라 죽 깔려 있죠. 해안선이라고 해봐야 기껏 700미터밖엔 안 되지만 돌밭이 바닷속으로 아홉 고랑을 이뤄 내려가 있다고 하니 장관은 장관인 셈이죠. 그래서 구계등이라고 부르는 겁니다."

푸른 돌밭이 아홉 고랑을 타고 바닷속까지 내려가 있다.

"여기 사람들 말을 들으면 돌들이 천년 동안 바닷물에 씻겨 마침내 푸른색을 띠게 되었다고 합니다. 생각 없이 들고 나가다간 봉변을 당하게 되죠."

"청환석 말입니까?"

"그래요."

가지고 나가 보면 푸른빛이 곧 죽어 버릴런지도 모른다. 뭐든지 있어야 할 자리에 있는 게 좋다. 접시 안에서 백색이 연둣빛에 물들고 있다.

"길바닥에 눈이 쌓여 택시를 불러도 소용이 없겠네요. 광주로 가기엔 벌써 늦었으니 그만 올라가 주무셔야겠군요. 여관이라곤 하지만 2층에 방이 열 개뿐이에요. 210호실에 불을 넣어 놨습니다."

열 시. 이제는 문을 닫을 시간인 모양이다. 쟁반을 들고 자리에서 일어나며 사내가 혼자말처럼 중얼거린다.

"여자 분은 아예 저녁도 거를 모양이네요."

"……."

"얼굴이 꽤나 어두워 보이더군요. 언제 가실지 모르지만 잘 좀 지켜봐야겠어요."

그것이 내게 하는 말이라는 걸 깨달은 것은 사내가 주방으로 들어간 다음이다. 방으로 올라가다 말고 나는 바람을 쏘일까 싶어 밖으로 나간다.

눈이 그치고 난 뒤의 해변은 파도 소리마저 조용히 가라앉아 있었다. 나는 안으로 활처럼 휘어져 있는 해안으로 내려갔다. 수박만한 청환석들은 아래로 내려갈수록 참외만하게, 주먹만하게 작아지더니 물밀녘에 이르자 겨우 달걀만해졌다. 무릎 아래로 달빛에 부서진 파도가 은빛 거품을 물고 달겨들고 있었다. 언뜻 뒷전에서 바람이 이는 소리가 들려 돌아보니 방풍림이 달빛 아래 떨고 있는 게 보였다. 얼마 만에 쳐다본 밤 하늘인지도 모르지만, 사금 광주리를 엎어 놓은 듯이 그야말로 무진장한 별들이 머리 위에 가득 내려와 있었다. 그리하여 700미터의 푸른 돌밭은 왕의 요대(腰帶)처럼 번쩍거리고 있었다. 나는 슬그머니 발을 뻗어 요대 위를 걸어가 보았다. 아랫도리에서부터 푸른 금빛의 무리가 휘황하게 번져 올라왔다. 나는 그 빛에 취해 한동안 바닷속에서 밀려나오는 소리조차 듣지 못하고 있었다.

해안선의 3분의 1쯤을 걷다가 나는 걸음을 멈추고 바다에다 가만히 귀를 기울이고 있었다. 수만의 조개들이 물가로 몰려나와 자그락거리는 듯한 소리가 규칙적으로 되풀이되고 있었다. 켜로 콩을 까부르는 소리? 아니었다. 알고 보니 청환석들이 파도에 휩쓸리며 토해내는 소리였다. 나는 거기다 오래 귀를 열어 두고 있다가 잊었던 듯 하늘에 떠 있는 달을 올려다보았다. 다시 발걸음을 옮기며 나는 천자문을 베끼는 투로 옛날 어른들에게서 들었던 이야기를 읊조리고 있었다.

하늘은 커다란 천막인데 북두칠성을 못삼아 걸려 있네.

별은 독수리, 사슴, 곰의 모양을 하고 하늘 여행을 하네.

구계 가든 아래까지 와서 나는 내가 걸어 나온 횟집을 돌아보았다. 2층 여관 방 하나에 불이 들어와 있었다. 오늘 밤은 더 이상 아무도 들지 않으려는 모양이었다. 여자는 저녁도 거른 채 지금 무얼 하고 있는 걸까. 아니, 도대체 무슨 생각을 하고 있는 것일까. 횟집 주인의 말이 아니더라도 이제는 돌아가 여자 옆에 있어야 하리라.

바다에서 돌아와 아까 주인 사내에게서 받은 열쇠를 꺼내 보니 여자가 들어 있는 바로 옆방이었다. 잠시 고개를 갸우뚱거리다 나는 소리를 죽여 210호실의 문을 열고 안으로 들어갔다. 벽에 귀를 대보았지만 옆방에서는 아무 소리도 들리지 않았다. 불을 켜둔 채 잠이 든 것인가.

새벽 두 시쯤, 여자의 잔기침 소리를 듣고 나는 겨우 잠이 들었다.

4

잠에서 깨어난 것은 멀리서 누가 통곡하는 소리를 들은 때문이었다. 부스스 눈을 뜨니 새벽 여섯 시였다. 옆방은 조용했다. 나는 창문을 열고 아직도 어둑한 밖을 두리번거렸다. 금세 쏴아 하는 파도 소리와 함께 웬 여자가 통곡하는 소리도 한결 가까이 들려 왔다. 달빛은 희미하게 식어 가고 있었다. 그 때문에 돌밭은 철조망 속의 지뢰밭처럼 음산해 보였다. 한동안 문을 열어 둔 채 누워 있다가 나는 옷을 걸치고 밖으로 나갔다. 혹시나 싶어 209호실의 문에 조심스럽게 귀를 갖다 댔으나 기척이 없기는 마찬가지였다.

2층 계단을 다 내려와서야 나는 그게 통곡하는 소리가 아니라, 웬 소리꾼 하나가 새벽에 나와 목을 다듬고 있는 중이라는 걸 알았다.

어제 횟집 주인한테서 소리꾼이 내려와 있다는 얘기는 듣지 못했다. 흘끗 209호실의 창문을 올려다보니 그때까지 불이 켜져 있었다.

소리가 들려 오고 있는 곳은 돌밭 위에서 가로로 바다를 내려다보고 있는 방풍림 안이었다. 나는 돌밭 모서리를 타고 소리가 나는 곳으로 기우뚱기우뚱 발걸음을 옮겼다. 허나 막상 숲으로 들어가니 오리무중인 격이었다. 어디로 가나 이쪽이 저쪽이고 저쪽이 이쪽 같아 미로 속을 헤매기나 마찬가지였다. 그런 데다 눈 속에 발이 푹푹 빠지고 마른 가지들이 때없이 얼굴을 스치고 찌르는 바람에 여기저기로 신경이 뜯겨 나가는 듯했다. 안 되겠다 싶어 나는 무조건 일직선으로 숲을 벗어난 다음 다시 소리가 나는 곳을 더듬어 들어가기로 했다.

수수께끼라도 풀듯이 하며 나는 한참 후에야 숲 뒤편으로 간신히 빠져 나왔다. 새벽 들판이 안개를 말아 올리며 눈앞에 희끄무레하게 자빠져 있는 게 보였다. 먼 마을의 불빛들이 들판 끝에서 반딧불처럼 몇 개 깜박이고 있었다. 이쪽에서 보니 여기저기에 숲으로 질러 들어가는 길이 나 있었다. 길만 놓치지 않는다면 소리꾼을 찾아내는 것은 그리 어려운 일도 아닐 성싶었다. 나는 다시 숲을 질러 들어갔다.

소리가 가까워진 곳에서 나는 가만히 걸음을 멈추고 얼마간 여자의 목쉰 가락에 취해 있었다. 학교에 다닐 때 잠시 판소리에 귀를 판 적이 있으나 이제나저제나 판소리 다섯 마당조차 다 꿰지 못해 뜻까지야 알 리 없었고 통성인지 수리성인지 하는 그 소리를 훔쳐 듣고 있자니 나까지 마음이 애절하게 뒤틀렸다. 뒤미처 상스런 호기심마저 일어 딱히 얼굴을 보고야 말겠다는 생각이 들었다. 나는 소리만을 염두에 두고 도둑고양이처럼 나무들 사이를 살금살금 비집고 들어갔다. 그리고 약 30여 미터쯤 앞까지 다가갔을까. 갑자기 소리가 뚝 끊어져 나는 반사적으로 걸음을 멈췄다. 누가 숲에 들어와 있다는 것을 소리꾼이 눈치챈 모양이었다. 숨을 죽이고 그 자리에 한참을 붙박여 있자 이윽고 소리가 다시 구슬프게 이어졌다. 나는 매복한 적에게 다가가는 심정으로 신중하게 한 발자국씩 앞으로 나아갔다. 그런데 이번에는 결정적인 실수를 범하고야 말았다. 발 밑에서 툭 하고 나뭇가지가 부러졌는데 내가 들어도 소리가 제법 컸다. 상대가 모를 리 없었다. 판소리 가락은 이내 달아나 버렸고 그로부터 아예 들려 오지 않았다.

숲을 빠져 나오니 수평선 끝에서 가물가물 빛이 트이어 오고 있었다. 역시 그랬던가. 옆방 여자가 파도가 밀려들고 있는 돌밭에 등을 돌린 채 우두커니 서 있다가, 간밤에 내가 걸었던 요대 부분을 밟고 여관으로 돌아가고 있었다. 나는 꺼칠한 턱을 쓰다듬으면서 방으로 돌아가면 거울부터 봐야겠다는 생각을 하고 있었다. 새벽 바람을 맞아선지 몸이 으스스 떨려 왔다.

여자가 1층 창가에 앉아 아침을 먹는 동안 나는 얼굴을 씻고 나와 하릴없이 돌밭을 거닐고 있었다. 얼굴로 내려오는 머리칼을 간간이 귓바퀴로 걷어 올리며 여자는 천천히 아주 천천히 식사를 했다. 베란다에선 횟집 종업원인 여자가 붉은 스웨터를 입고 나와 정성껏 유리를 닦고 있었다. 닦인 유리 안으로 낚싯배 한 척이 바다에서 돌아오고 있었다. 광주로 전화를 넣을까 하다가 나는 머리를 내두르며 횟집 마당으로 올라갔다. 지금 출발한다 해도 발인 시간에 맞출 수 있을지는 사실 의문이었다.

내가 유리문을 밀고 안으로 들어가 자리에 앉자 주인 사내가 물이 뚝뚝 떨어지는 낚싯대를 들고 돌밭을 올라왔다. 유리를 닦던 여자가 어제 내가 먹다 남긴 감성돔 매운탕을 내왔다. 그러나 입 안이 깔깔해 공기밥으론 영 숟가락이 내밀어지지 않았다. 주인 사내가 휘 문을 밀치고 들어오며 우렁우렁한 목소리로 아침 인사부터 했다.

"두 분 모두 새벽잠이 없으시군요."

새벽잠이 없다니. 제기랄. 사내가 고봉밥을 내오며 자기도 끼니

전이라며 이물 없이 식탁에 마주앉았다.

"입질은 좀 있었습니까?"

할말이 없어 나는 물고기 소식이나 물었다.

"영 시원찮아요. 내일은 갯바위에 붙어 있어야겠어요."

"……."

"그래, 광주로 올라가실 생각인가요?"

나는 숟가락을 입으로 가져 가다 말고 사내의 얼굴을 물끄러미 건너다 보았다. 내게 무슨 말이 하고 싶은 것인가. 나는 에둘러서 싱겁게 대꾸했다.

"아침밥을 먹고 나서 생각해 볼 참입니다."

매운탕은 그런대로 입에 붙기는 했다. 하지만 공기밥은 반도 못 비운 채 나는 수저를 내려놓았다. 물컵을 입으로 가져 가며 나는 사내에게 부러 심상한 투로 물었다.

"혹시 소리하는 여자가 아닐까요?"

"누구요, 어제 함께 온 여자 분 말입니까?"

내가 고개를 주억거리자 사내가 젓가락 든 손을 휘휘 내저었다.

"아녜요, 소리꾼들은 따로 있어요. 고수(鼓手)까지 합쳐 한 대여섯 명 되는가 봅디다. 지난 겨울에 내려와서 구계 가든에 든 지 벌써 3개월째예요. 100일 동안 머물겠단 소리를 들었으니 이제 떠날 때가 된 것 같군요. 동백꽃이 피는 걸 보고 가겠다는 말이었으니까요."

동백꽃이 필 때……어쨌든 소리하는 여자는 아니라는 얘기다. 쓸데없이 새벽부터 숲을 헤매고 다녔다.

"여자 분이 방에서 내려온 건 손님이 밖으로 나가고 난 다음이에요. 한 30분 뒤였죠 아마?"

"어떻게 그걸 알고 있죠?"

사내는 바다에서 낚시를 하다 여자와 내가 여관에서 내려오는 것을 보고 있었다. 그 말을 듣고 있으니 왠지 묘한 느낌이 들었다. 그러고 나서 지금부터 어떻게 할까 궁리 아닌 궁리를 하며 풀린 눈을 바다에 던져두고 있는 사이 사내가 넌지시 말을 던져 왔다.

"실은 저 여자 분을 언젠가 한번 본 듯합니다."

나는 바다에서 눈을 거두고 사내를 마주보았다.

"암만해도 여기 구계등에 왔던 사람 같아요."

"그렇다면 한번 물어 보시지 그랬어요? 어디서 온 사람인지두요."

"손님한테 그런 걸 물을 수는 없는 노릇이죠."

그러면서 사내는 갑자기 손윗사람인 얼굴을 하고 내게 이런 말을 들이댔다.

"지금 광주로 가실 생각이 아니라면 조금만 더 있어 보시지 그래요. 실은 저 여자 분을 두고 하는 말인데, 제 느낌으론 그래 봐야 하루이틀 같으니까요. 오늘내일이라고 해봐야 토요일 일요일 아닙니까."

"……왜 저한테 그런 말씀을 하시는 거죠?"

사내는 멋쩍게 웃으며 일껏 말투를 바꿨다.

"괜한 참견을 한다고 꾸중은 마십시오. 다만 구할 수 있으면 구하는 게 좋겠단 생각이 들어서요."

내가 오락가락하는 얼굴을 하고 있자 사내가 다시 툭 밀고 들어왔다.

"밤새 제대로 못 주무신 것 같은데 올라가 푹 쉬세요. 대낮에 무슨 일을 저지르기야 하겠어요."

"……역시 그렇게 보신 건가요?"

사내가 말없이 고개를 끄덕거렸다. 하긴 나도 구해진 목숨이다. 더욱이 새빨간 목숨으로 구해진 목숨이다.

방으로 올라오다 나는 여자와 2층 복도에서 맞닥뜨렸다. 여자는 밖으로 나가고 있는 중이었다. 그로부터 오후 두 시까지 나는 잠의 깊은 나락에 떨어져 있었다.

5

여자는 종일 밀물녘의 돌밭에 앉아 있었다. 창문을 여니 대번에 중모리 북 장단에 맞춘 소리꾼들의 영창(詠唱)이 여기저기서 날아들었다. 바다에 내리고 있는 빛은 쨍쨍하게 난반사되어 수면 가득히 고기 떼가 뛰고 있는 듯이 보였다. 나는 충혈된 눈으로 다시 거울을 들여다보았다. 험하게 구겨진 와이셔츠 앞자락에 매운탕 국물까지 몇 방울 튀어 있었다. 감기 기운이 좀 있는 것 같아 나는 더운물을 틀어 놓고 욕조에 들어가 누웠다.

복도에서 마주쳤을 때 여자는 무척 놀라고 있었다. 깨끗하게 머리를 빗어 내리고 입술에 루주까지 칠하고 있었지만 가는 눈썹 밑으로 우묵하게 패인 눈자위엔 몇 올 선연한 핏줄기가 실지렁이처럼 꿈틀거리고 있었다. 도대체 무슨 사연이 있는 것인가. 저리 캄캄한 얼굴을 하고 있으니. 여자는 내가 횟집에 앉아 있는 줄로 알았던 모양이었다. 아니면 내가 아침을 먹고 길을 떠났는지 어쨌는지 궁금해 아래층으로 내려오고 있었는지도 모른다. 계단을 다 올라와서 나는 복도를 막 걸어 나오고 있는 여자와 정면으로 마주쳤다. 불현듯 천둥이 치는 소리를 들은 것처럼 여자의 입술이 약간 벌어졌다. 나도 계단 끝에 어색한 자세로 버티고 서서 어찌할 바를 모르고 허둥거렸다. 여자가 나더러 먼저 지나가라는 뜻으로 고개를 떨구고 벽 쪽으로 붙어 섰다. 나는 마른침을 삼키며 여자가 서 있는 곳을 뻣뻣하게 지나쳤다. 여자의 앞자락이 갸웃이 열려 있었다. 바바리 코트 안으로 하얀 블라우스와 검은 스커트 자락이 내비쳤다. 여자는 내가 자신을 곁눈질로 훔치고 있다는 것을 알고 있었을 터였다. 내가 두어 걸음 뒤로 물러나고 있을 때 여자가 참았던 날숨을 나직이 뱉어 냈다. 뒤이어 여자가 나를 향해 뭐라 중얼거린 것 같았다. 나는 귀 끝을 바싹 곧추세웠다……그러나 아니었다. 내 방문 앞까지 와서 슬그머니 뒤를 돌아보니 여자는 아직도 벽에 몸을 붙인 채 그대로 서 있었다. 그러나 어둑한 복도 끝에서부터 역광이 뿌옇게 타들어 오고 있었으므로 나는 여자의 얼굴을 볼 수가 없었다. 내가 손으로 이마의 빛을 가리려는 시늉을 하자 여자는 몸을 돌려 아래층으로 통하는 계단을 내려갔다. 창문을 통해 여자가 바다로 걸어 나가는 것을 보고 나서 나는 요 위에 쓰러져 잠이 들었다.

고인은 지금 장의 차에 실려 장지인 장성으로 가고 있을 터이었다.

아래층으로 내려오니 웬일로 주인 사내가 대낮부터 혼자 소주를 마시고 있었다. 언제부터 시작한 술인지 얼굴이 불콰하게 달아올라 있었다. 도다리인지 광어인지 손바닥만한 고기 두어 마리를 앉은자리에서 회를 떠놓고 벌써 두 병째 술을 비우고 있는 참이었다. 나는 돌밭을 슥 내다본 다음 사내 앞에 가 앉았다. 소리꾼들의 영창은 아직도 계속되고 있었다.

"안 떠나셨군요."

"장지에 갔던 사람들이 벌써 돌아오고 있는 중일 겁니다."

나는 사내가 건네 주는 소주잔을 받으며 문득 생각이 나서 동백이 있는 곳을 물어 보았다.

"새벽에 못 보셨군요. 숲에 가면 여기저기 지천인데요."

그랬구나. 하지만 그때 내 눈에 동백이 보였을 리 없다.

"하루 더 묵을 작정이면 눈이 녹기 전에 들어가 봐요. 눈 속에 피어 있는 것이 진짜지요."

"벌써 피었을까요?"

"핀 놈도 있고 안 핀 놈도 있을 겁니다. 저 소리꾼들처럼 말예요."

"그건 무슨 말이죠?"

"다들 소리를 얻고 돌아갈 작정으로 내려오지만 누구나 동백이 피는 걸 보고 올라가는 건 아니란 얘기죠."

사내는 소주를 가볍게 입에 털어 넣고는 밖에서 들려 오는 계면조의 단가 하나를 잡고 제멋대로 운을 잡아 흥얼거렸다. 어쩐지 귀에 익은 듯하여 가만히 듣다 보니 새벽녘에 숲을 헤맬 때 듣던 가락이었다.

"몽유가(夢遊歌)의 한 대목이죠 아마."

몽유가. 나는 묵묵히 그 소리에 귀를 던져두고 있었다.

"지금 소리하는 저 여자는 동백이 핀 걸 보았을까요?"

"저야 모르죠. 서당 개처럼 여기 앉아 몇 해 듣다 보니 겨우 귀가 좀 열렸을 뿐인 걸요."

사내는 세 병째의 소주병을 이빨로 물어 따며 돌밭에 앉아 있는 여자에게로 시선을 돌렸다. 여자는 지치지도 않는지 아침부터 내내 바다만 마주보고 있었다. 바람이 부는 모양으로 머리칼이 풀풀 흩날리고 있었다.

"오늘 밤을 잘 두고 봐야겠어요. 저렇게 앉아 있다 실성한 사람처럼 곧장 바다로 걸어들어 갈지도 모르니까요. 아홉 고랑 끝까지 말예요."

"……."

이제는 여자가 앉아 있는 데까지 밀물이 차들어 오고 있었다.

"3년 전인가 내 집에 들었던 노파 하나가 숲에서 목을 매 죽은 일이 있었죠. 뭐 어쩔 수도 없었지만 그걸 막지 못한 게 두고두고 마음에 남습니다. 그땐 저 여자 분처럼 뒤를 따라온 사람도 없었죠."

뒤를 따라온 사람. 나를 두고 하는 말이었다.

노파는 혼자 택시를 대절해 여기까지 와서는 나흘째 묵고 있었다.

"아침에 낚시에서 돌아오다 숲에 걸려 있는 노파의 흰옷을 보았죠. 정월 보름날이었는데 새벽에 지팡이를 짚고 나가 일을 저지른 거지요. 나중에 들으니 동백 숲으로 봉황을 보러 왔다가 그렇게 됐다고 합디다."

"봉황이요? 그건 이야기 속에나 나오는 새 아닙니까?"

"그 노파는 장님이었어요."

"!……."

문득 벽에 걸린 달력을 보니 내일이 보름이었다. 그때서야 나는 어제오늘 나를 여기 붙잡아 둔 것이 이 횟집 사내라는 것을 어렴풋이 깨닫고 있었다.

넙죽넙죽 소주를 받아 마시며 사내와 이런 저런 얘기를 나누다 문득 밖을 보니 그새 어디로 갔는지 여자의 모습이 보이지 않았다. 엉덩이를 들고 돌밭 언저리를 기웃기웃 더듬어 보았으나 여자는 온데간데가 없었다. 나는 마시던 소주잔을 내려놓고 자리에서 일어났다. 횟집 사내도 따라 일어났으나 그닥 당황한 낯빛은 아니었다. 근처 어디에 있겠죠, 라며 그는 방 청소를 해야겠다며 비틀비틀 2층으로 통하는 계단을 올라갔다.

나는 돌밭을 타고 아까 여자가 앉아 있던 곳으로 내려갔다. 바다는 은빛이었다가 바야흐로 연둣빛으로 서서히 변해 가고 있었다. 수평선 끝에 한 일(一)자 모양의 시커먼 구름이 걸려 있는 게 눈에 들어왔다.

토요일이라 그런지 오후가 되면서부터 슬슬 몰려들기 시작한 외지인들의 모습이 어느덧 열댓으로 늘어나 있었다. 고등 학생에서 20대 초반으로 보이는 젊은이들이 대부분이었으나 아이를 데리고 나온 부부도 한 쌍 끼여 있었다. 나는 해안선을 따라가며 실눈을 뜨고 숲 언저리를 찬찬히 더듬었다. 대낮에 마신 술 때문인지 숲과 돌밭과의 경계가 마구 쭈글거렸다. 바람 한 줄기가 휘이 머리 끝을 채고 지나간 다음 한 떼의 물새가 숲에서 날아올라 수평선 쪽으로 편대를 이뤄 날아가고 있었다.

여자는 숲의 끝머리, 소나무가 그늘을 드리우고 있는 벤치에 앉아 있었다. 언제 거기로 옮겨 갔는지 알다가도 모를 일이었다. 써레질이라도 하듯 파도 끝에서 돌밭이 헤쳐지는 소리를 들으며 나는 담배를 한 대 다 피울 동안 여자를 아득히 바라보고 서 있었다. 돌밭 위에서 쟁쟁거리던 빛이 서서히 잦아들며 바위턱에 올라서 있는 소리꾼의 목소리가 컬컬한 수리성의 진양조에서 중모리로 막 넘어가고 있었다. 여자가 내게로 고개를 비트는 것 같아 나는 푹 숨을 내쉬며 대각선 방향으로 그녀를 비껴 동백을 찾아볼 양으로 숲으로 들어갔다.

동백은 무수한 꽃봉오리를 매단 채 한참 가쁜 숨을 몰아 쉬고 있는 중이었다. 양달 쪽으로 가지를 뻗은 것들은 아닌게아니라 하루이틀 사이에 봉오리 끝이 빨갛게 터질 것 같았다. 중부 지방으로 치자면 보름에서 한 달 정도가 빠른 개화였다. 소리꾼들이 떠나고 나면 구계등은 수만의 동백꽃이 뿜어 내는 빛으로 찾아오는 사람들의 얼굴마저 붉어질 터이었다. 숲 한가운데에서 소리꾼 하나가 어렵게 목을 쥐어짜고 있는 소리를 들으며 나는 멀찍이 숲을 싸 안고 돌아 다시 바다가 보이는 곳으로 빠져 나왔다.

그새 바람에 힘이 실려 수평선 위에 떠 있던 먹구름이 눈에 뜨일 만큼 풀려 있었다. 구름의 그림자인지, 바다는 군데군데 짙푸른 얼룩을 끌어안고 소리를 키워 가고 있었다. 숨바꼭질이라도 하자는 건가. 여자는 위태위태한 걸음걸이로 벤치를 떠나 다시 돌밭 아래로 내려가고 있었다. 둥글둥글한 돌을 밟으며 손을 코트 주머니에 집어넣고 있으면 어쩌자는 건가. 발을 옮겨 디딜 때마다 여자의 어깨가 좌우로 심하게 기우뚱거렸다. 저러단 곧 넘어지고 말지, 라고 마른 소리로 되뇌이며 나는 눈썹께까지 몰려와 있는 먹구름을 노려보았다. 찰나 여자의 상체가 앞으로 푹 꺾이는 듯하더니 날카로운 단발음이 이쪽까지 날아왔다. 몇몇씩 무리를 지어 여기저기 흩어져 있던 사람들의 시선이 일시에 그녀에게로 쏠렸다. 무슨 생각을 했던가. 나는 얼른 쓰러져 있는 여자에게로 달려 내려갔다.

나를 일행으로 안 구경꾼들의 시선이 제자리를 찾고 나서도 여자는 쓰러진 채 옴짝도 못하고 있었다. 왼쪽 무릎뼈를 돌에 찧은 모양이었다. 딴에는 충격을 받은 듯 손을 가슴에 대고 가쁜 숨만 색색 몰아 쉬고 있었다. 다가가긴 했지만 어떻게 해야 할지를 몰라 주뼛거리고 있다가 나는 괜찮습니까? 라고 물으며 여자 옆에 엉거주춤한 자세로 쭈그리고 앉았다. 여자가 반짝 눈을 치켜 뜨고 내 얼굴을 바라보았다. 그 순간 나는 여자에게서 이런 느낌을 받고 있었다. 아까 횟집에 앉아 사내와 소주를 마시고 있을 때 이 여자가 나를 밖으로 불러낸 것은 아니었을까. 벤치에서 돌밭으로 자리를 옮기다 이렇게 넘어진 것도 다 내 시선을 붙잡아 두기 위함이 아니었을까. 그게 나와의 거리를 좁히고자 한 짓은 아니었다 하더라도 내가 제 둘레를 떠나지 못하게 느슨해진 줄을 슬쩍 끌어당겨 놓은 것은 아니었을까. 그렇다면 이 서먹할 리밖에 없는 우연 혹은 인연의 끈을 여자는 왜 이토록 질기게 틀어쥐고 있는 것일까.

부축해 주겠다고, 기껏해야 가재 같은 동작으로 팔을 잡으려 하자 여자는 이내 손사래를 치며 억지로 혼자 일어나려고 다리를 버둥거렸다. 나는 대뜸 겨드랑이를 잡고 여자를 일으켜 세웠다.

"안 그래도 내일 아침엔 떠날 참입니다."

어째서 내 입에서 이런 말이 불쑥 튀어나왔는지 모른다. 다시 반짝 하고 여자가 퀭하니 꺼진 눈으로 내 얼굴을 쳐다보았다. 낯빛이 확확하게 달아올라 있었다. 여자는 곧 눈을 아래로 떨어뜨리며 손수건을 꺼내 무릎에 몇 방울 올라와 있는 피를 훔쳐 닦았다. 스타킹이 찢어진 자리에 시퍼렇게 멍이 들어 있었다. 꽤나 아플 텐데 싶어 괜찮냐고 내가 다시 묻자 여자는 가만가만 고개를 끄덕였다. 더 이상 거들지를 못하고 나는 여자에게서 떨어져 우중충하게 변한 하늘을 올려다보았다.

"밤에 눈이나 비가 올 것 같군요."

대꾸를 바라고 한 말은 물론 아니었다. 여자가 들고 있는 흰 손수건 위에 동백꽃 몇 송이가 빨갛게 묻어 나 있었다.

"서울입니까?"

그저 짐작만으로 나는 그렇게 물었다. 짐짓 난처한 표정을 하고서 여자가 고개를 천천히 가로 저었다. 그러나 나는 어디냐고 되묻지 않았다. 상대가 꺼려 하는 곳까지는 나도 애써 다가가고 싶은 마음이 없었던 것이다. 여자는 손수건을 접어 주머니에서 집어 넣으며 그 근처예요, 라고 희미한 소리로 말했다. 그 근처가 어딘가. 나는 걸음을 옮겨 파도가 밀려오는 곳으로 내려갔다. 여자가 기웃기웃하며 내 옆을 따라 내려왔다.

"여긴 초행인가요?"

이번에도 여자는 고개만 살레살레 흔들었다. 횟집 주인의 말이 맞긴 맞는 모양이었다. 그렇다면 언제 또 여기에 다녀간 것일까.

"아무리 바닷가지만 정말 날씨가 요지경이군요."

"……."

"저는 검은 옷을 입고 새벽에 보름달을 보나 했습니다."

슬며시 여자가 나를 돌아보았다. 그러나 나는 얼굴을 옆으로 돌리지 않았다. 여자와 내가 잡고 있는 긴장의 끈이 사뭇 팽팽하게 떨고 있었다. 하지만 둘 중 하나가 얼결에 끈을 놓아 버리는 순간이 곧 오게 될 것이다. 아마도 그 쪽이 먼저 이곳을 떠나게 되리라. 허나 아직은 누가 먼저 그 끈을 놓아 버릴런지는 알 수 없다. 여자와 나는 굳게 입을 다물고 횟집 쪽으로 돌아가고 있었다. 바람 속에서 축축한 습기가 묻어 나며 물비린내도 차츰 진해졌다. 수평선 쪽으로 날아간 물새 떼는 오늘중으론 돌아오지 않을 것 같았다. 오후 다섯 시, 소리꾼들의 외침이 하나 둘씩 뒤에서 끊어지고 있을 그때에 불현듯 여자의 목소리가 귓전에 와 닿았다.

"왜 오늘 아침에 안 떠나신 거죠?"

잘못 들은 소린가 싶어 나는 후딱 옆을 돌아보았다. 여자는 시침을 떼고 바다에 떠 있는 낚싯배들을 보고 있었다. 제딴에는 용기를 내서 던져 본 말이리라. 나는 떨림을 가라앉히기 위해 숨을 가다듬었다.

"문상을 가던 참에 길을 바꾸고 거기다 생식까지 했으니 곧장 돌아가기가 내심 두려웠던 탓일 겁니다."

내가 한 말은 사실이기도 하고 사실이 아니기도 했다. 나는 슬쩍 덧붙였다.

"실은 다른 이유가 있을 테지만 아직은 그게 뭔지 모르겠습니다."

"!……."

여자는 광주에서 왜 자신을 따라왔냐는 말은 끝내 묻지 않았다. 그렇게는 차마 물을 수 없었을 것이다. 사람에겐 흔히 상대적인 진실이란 게 있어서 서로가 터놓고 얘기하지 않으면 끝내 밝혀지지 않는 일이 있게 마련이다. 요컨대 이쪽 마음을 숨기고 있는 마당에는 저쪽 마음을 알 수 없다는 것이다. 더군다나 제 마음의 정체까지 모르고 있다면 정녕 상대의 마음을 꿰뚫어 볼 수는 없는 노릇이다. 그래서 나 또한 여자에게 왜 나를 여기까지 끌고 왔는가, 라는 식으로 물어 볼 수가 없었다.

먼저 방으로 올라와 나는 바다에 내려앉고 있는 먹빛 어둠을 바라보면서 저녁때까지 무심히 창가에 서 있었다. 여자는 일곱 시가 돼서야 바다에서 올라왔고 횟집 앞에 있는 공중 전화 부스에서 한 시간이 넘도록 어디론가 긴긴 통화를 했다. 이미 달이 떴을 테지만 날이 흐려 벌써 어디가 어딘지조차 분간하기도 힘들었다. 밤이 깊어갈수록 파도 소리만 점점 요란해져 갔다. 나는 어제 여자를 따라 눈을 맞고 구계등으로 오던 밤을 떠올리고 있었다. 만 하루가 지났을 뿐인데 그때가 마치 먼 세월의 저편처럼 아득했다. 전화 벨이 울려 받아 보니 저녁을 먹으러 내려오라는 주인 사내의 전언이었다.

아래층으로 내려가니 여자가 먼저 와서 등을 돌리고 앉아 밥을 먹고 있었다. 마침내 베란다 유리에 툭툭 빗방울이 듣고 있었다. 썰렁한 식당 한구석에 앉아 가자미 매운탕을 먹으며 나는 이따금씩 여자의 굽은 등을 훔쳐보고 있었다. 내일이 보름이라. 하지만 아침 일찍 나는 길을 떠날 작정이야.

내가 숟가락을 놓기 전에 여자는 코트를 집어 들고 방으로 올라갔다. 주인 사내가 부엌에서 나와 여자가 남긴 밥상을 물끄러미 내려다보고 있다가 내 눈과 마주치자 무슨 뜻인지 고개를 슬슬 가로 저었다. 그새 술이 다 깼는지 멀쩡한 얼굴이었다.

"무슨 밥상이 귀신이 먹고 간 것 같네요."

"……."

"아까 두 분이 함께 있던데, 그래 무슨 얘기라도 있었습니까?"

"얘기는 무슨 얘기요. 어차피 모르는 사람인걸요."

나는 괜히 퉁명스럽게 내뱉었다.

"내일 일찍 올라갈 생각예요. 저야 동백이 피는 걸 볼 일도 없구요."

사내가 물끄러미 나를 바라보았다.

"그렇게 생각하셨다면 그래야겠죠."

"작정 없이 와서 이틀씩 묵으면 그만 됐다는 생각이 듭니다."

"……."

"아무것도 모르고 공연히 남의 일에 참견하는 것도 할 일은 아니잖아요."

"그렇다면 제가 손님께 주제넘은 소리를 한 모양입니다."

"아뇨, 까닭은 몰라도 저도 올 만했으니까 여기까지 온 거겠지요. 하지만 굳이 그 까닭을 알아야 할 필요까지 있겠어요."

"듣고 보니 그 말에도 일리가 있군요."

"뭘 알아서 하는 소리는 아녜요. 다만 언제까지 여기 머물 수는 없다는 거죠."

숙박을 할 요량인지 승용차를 몰고 온 20대의 남녀 한 쌍이 유리

문을 밀고 안으로 들어왔다. 번호판을 보니 서울이었다.

6

여자는 초저녁부터 텔레비전을 켜놓고 있었다. 어쩐지 소리가 좀 크다 싶었지만 나는 여자가 이제 정신이 돌아온 모양이라고 생각하며 와이셔츠와 속옷 양말 나부랭이를 빨아 방바닥에 널어 놓았다. 그런 다음 여자가 무얼 보고 있나 싶어 텔레비전을 켜고 채널을 맞춰 보았다. 연예인들이 나와 서로 잡담이나 나누는 그렇고 그런 토크 쇼였다. 한편으론 어이가 없기도 했다. 왠지 맥이 쑥 빠져 있다가 나는 자정쯤에 텔레비전을 끄고 자리에 누웠다. 그러고 나서 혹시나 하고 여자의 방 벽 쪽으로 베개를 옮겨 눕는데 왕왕거리는 텔레비전 소리에 섞여 여자가 흐느끼는 소리가 들려 왔다. 처음엔 낮에 듣던 판소리 가락이 아닌가 싶기도 하고 205호실에 든 남녀가 통정하는 소리가 아닌가 싶기도 했지만 아니었다. 틀림없이 옆방 여자가 울고 있는 소리였다. 볼륨을 필요 이상으로 크게 올려 놓았던 것은 옆방에 있는 나를 의식한 때문인 듯했다. 나는 엉거주춤 자리에서 일어나 형광등을 켜고 벽에 몸을 기대고 앉았다. 그렇다고 뭘 어째 볼 수도 없는 일이었으나 더 이상 잠이 올 리도 없었다. 정확히 언제부터인지는 몰라도 여자는 아주 오래오래 울고 있었다. 방송 시간 종료를 알리는 애국가가 끝나고 나서 칙칙거리는 단파음에 섞여 들려 오는 여자의 울음 소리는 사뭇 괴기스럽기까지 했다.

여자가 울음을 멈춘 건 새벽 두 시쯤이었다. 한데 울음 소리가 그치고 나자 되레 불안한 느낌이 몰려왔다. 나는 바지를 꿰 입고 소리를 죽여 밖으로 나갔다. 여자의 방문에 귀를 대보았으나 여전히 칙칙거리는 텔레비전 소리뿐 다른 소리는 들려 오지 않았다. 텔레비전을 켜둔 채 잠이 든 것인가. 노크를 해볼까 하고 잠시 생각했지만 그러기에는 너무 늦은 시각이었다. 하는 수 없이 나는 도로 내 방으로 들어왔다. 답답한 마음에 커튼을 걷고 창문을 열었으나 보이는 건 천지에 가득 들어차 있는 어둠뿐이었다. 참으로 적막하고 괴괴한 밤이었다.

새벽 세 시쯤? 감겨 오는 눈을 억지로 비벼 뜨고 있다가 나는 여자가 욕실에 들어가 샤워하는 소리를 듣고는 스르르 잠이 들어 버렸다. 나는 식은땀을 푹 흘리며 뒤숭숭한 꿈에 시달리고 있었다. 사이사이 눈앞에 동백꽃의 무리가 언뜻언뜻 저승처럼 나타났다 사라지곤 했다. 그리고 어느 때던가. 나는 누군가 내 방문을 두드리는 소리를 듣고 있었다. 나는 아니라고, 아니라고 베개 위에 놓인 머리를 뒤흔들며 필사적으로 잠의 목덜미를 움켜쥐고 있었다. 노크 소리는 한두 번 더 들려 오는가 싶더니 이윽고 낮은 발소리를 끌며 밖으로 사라져 갔다.

그러고 나서 또 얼마가 지났는지 모른다. 이번에는 대앵, 대댕 하는 징 소리가 창문 밖에서 들려 오기 시작했다. 참 꿈도 사납네, 라고 혼령처럼 중얼거리며 나는 하나 두울 하는 식으로 숫자를 세고 있었다. 한데 열을 세고 스물을 센 다음에도 징 소리는 집요하게 되풀이되고 있었다. 한 순간, 나는 눈을 번쩍 뜨고 화닥닥 자리를 차고 일어났다. 곧바로 심상찮은 예감이 뇌리에 타닥 날아와 박혔다. 얼른 손목시계를 보니 그새 다섯 시가 다돼 있었다. 나는 어수선한 꼴 그대로 밖으로 튀어 나갔다. 그제서야 나는 아까 그 노크 소리가 꿈에서 들린 소리가 아니라는 걸 깨닫고 있었다. 이것저것 생각할 겨를도 없이 나는 여자의 방문부터 두드렸다. 아무래도 소리가 없어 나는 손잡이를 돌려 슬쩍 문을 열어 보았다. 아뿔싸! 텔레비전은 아직도 한 쪽 구석에서 지글거리고 있었고 어디 갔는지 여자의 모습은 보이지 않았다. 밤새 잠을 안 잔 모양으로 이불도 반듯이 개켜진 채 그대로였다. 징 소리를 들으며 나는 아래층으로 뛰어내려 갔다. 식당엔 새벽부터 불이 환하게 켜져 있었다. 반쯤 열려 있는 유리문 안으로 비바람이 거침없이 흩뿌리고 있었다. 주인 사내도 눈에 띄지 않았다. 암만해도 느낌이 불길했다.

밖으로 나오자 해안 바위벽 아래 예닐곱 명의 사람들이 유령처럼 둥그렇게 모여 서 있는 게 보였다. 차디찬 비를 맞으며 나는 사람들이 있는 곳으로 내려갔다. 돌밭은 기름을 뿌려 놓은 듯이 미끄러웠다. 허리가 뒤로 확 휘어지면서 나는 두 번이나 머리통을 돌에 부딪힐 뻔했다.

징을 치고 있는 것은 50대의 웬 사내였다. 옆에는 노파 하나가 와서 무어라 알아들을 수 없는 소리를 연신 중얼거리며 바다에 대고 절을 하고 있었다. 나중에 들으니 둘 다 무당이란 얘기였다. 주위에 둘러서 있는 이들은 스무 살 안팎으로 보이는 앳된 처녀들이었는데 한결같이 슬픈 얼굴로 코를 훌쩍거리고 있었다. 무슨 일인지 알 수 없었으나 감히 누굴 잡고 물어 볼 엄두가 나지 않았다. 옆방 여자가 와 있나 싶어 주위를 둘러보는 사이에 횟집 사내가 바다에서 비를 맞으며 처벅처벅 걸어 나왔다. 턱수염에서 빗물이 줄줄 흘러내리고 있었다. 팔소매로 얼굴을 훔쳐내며 그가 내 옆으로 다가왔다.

"기어이 일을 저지르고 말았군요."

나는 사내의 팔을 잡고 덤비듯 물어 보았다.

"누가 말입니까?"

내 목소리는 바르르 떨려 나오고 있었다.

"소리꾼 중 하나랍니다. 새벽에 나가 바다에 몸을 던진 모양예요. 아무리 그래도 그렇지 그 어린 나이에."

사내는 쯧쯧 혀를 차며 밭은기침을 해댔다.

"시체는 조금 전에 저쪽 바위 밑에서 찾아냈습니다."

소리꾼들은 지금 바다에 빠져 죽은 이의 넋을 건지기 위한 굿을 하고 있는 중이었다. 바위턱엔 촛불 두어 개가 사납게 흔들리며 타고 있었으며 여자 무당은 바다에다 쉴새없이 쌀을 뿌려대고 있었다. 나는 무서운 눈으로 그들의 젖은 등만 노려보고 있었다. 이어 징을 치던 남자가 허리를 굽혀 16절지 크기의 한지 한 장을 물위에 띄웠다. 한지는 파도에 휩쓸려 곧장 시커먼 바닷속으로 사라졌다. 무얼 하는지 몰라 나는 사내를 돌아보았다.

"밀물 때 돌아오면 저기에 죽은 이의 머리카락이 묻어 있을 거란 얘기예요."

"정말 그런가요?"

"나도 아직 보지는 못했어요. 하지만 이네들은 그걸 보겠지요."

그 말을 들으며 나는 사내와 함께 횟집으로 올라왔다. 마당까지 올라와서 나는 그제서야 안으로 들어가려는 사내를 붙잡고 아까부터 옆방 여자가 보이지 않는다고 말했다. 나는 변명이라도 하듯 덧붙였다.

"밤새 깨어 있을 셈이었는데 깜빡 잠이 들어 버렸어요. 내려오다 문을 두드렸더니 이미 나가고 없더군요."

사내는 파랗게 된 얼굴로 왜 그 소리를 이제야 하느냐고 핀잔조로 몰아붙였다. 사내는 식당 안에서 살이 다 나간 우산과 전지를 가지고 나오더니 서둘러 앞장을 섰다.

"그게 언제였죠?"

"세 시까지는 제가 깨어 있었으니 아마 그 후일 겁니다."

"그럼 소리꾼이 바다에 빠진 그때군요."

사내의 낯빛은 창백하게 변해 있었다. 나는 여자가 밖으로 나가기 전에 내 방문을 두드렸다는 말은 차마 입 밖에 꺼낼 수가 없었다. 사위는 아직도 어두웠다. 네발짐승처럼 민첩하게 돌밭을 가로질러 숲으로 들어가는 사내의 뒤를 나는 미처 따라잡을 수가 없었다. 사내가 정신없이 휘두르고 있는 전짓불 속에서 검자줏빛의 동백꽃 무리가 꿈속에서처럼 언뜻언뜻 나타났다 사라지곤 했다. 나는 사지를 허우적거리며 사내의 뒤를 마구잡이로 뒤쫓고 있었다. 숲의 중간께쯤에 와서 맥없이 뒤를 따라오는 나를 돌아보며 사내가 외쳤다.

"숲은 내게 맡기고 어서 바다로 나가 봐요."

사나운 바람이 확 불어 가면서 들고 있는 우산 지붕에 빗물이 좌악 흩뿌리는 소리가 들려 왔다. 구두 밑창이 흙투성이가 돼버려 돌밭을 내려가다 나는 몇 번이나 미끄러지면서 옆으로 아프게 쓰러졌다.

구계 가든 아래쪽, 부엌칼처럼 서 있는 바위 틈을 죄 훑어보고 나서 나는 바닷물을 튀기며 굿을 하고 있는 곳으로 거슬러 올라왔다. 그러나 어디서도 여자의 모습은 찾을 수가 없었다. 마디마디 끊긴 불빛이 이따금씩 숲에서 튀어나오고 있었다. 그때는 한풀이라도 해주려는 모양인지 처녀 소리꾼 하나가 심청가의 한 대목을 중모리로 막 시작하고 있었다.

따라간다 따라간다 선인들을 따라간다. 끌리는 초맛자락 거듬거듬 걷어 안고 비같이 흐르는 눈물 옷깃에 모두가 사무친다. 엎더지며 자빠지며 천방지축 따라갈 제 건넛마을 바라보며 이 진사댁 작은아가 작년 오월 단오일에 앵두 따고 놀던 일을 니가 행여 잊었느냐. 금년 칠월 칠석야의 함께 걸교하자더니 이제 나는 하릴없다. 상침질 수놓기를 뉘와 함께 하자느냐.

숲 속의 사내도 갔던 길을 되짚어 오고 있었다.

……묻노라, 저 꾀꼬리, 뉘를 이별하였는디 환우성 지지 울고 뜻밖의 두견이는 귀촉도 귀촉도 불여귀라 가지 위에 앉아 울건마는, 값을 받고 팔린 몸이 어느 때나 돌아오리.

횟집 마당으로 다시 돌아왔을 때는 중모리가 아니리에서 다시 진양조로 넘어가고 있었다. 범피중류(汎彼中流), 상기는 심청이가 공선에 몸을 싣고 바다 한가운데로 떠나기 직전이었다.

여자는 어둑한 복도 한가운데에 앉아 있었다. 밖에서 금방 돌아온 듯 몸에서 줄줄 빗물이 흘러내리고 있었다. 어쩌면 바닷속에 들어가 푸른 돌밭을 밟고 나왔는지도 몰랐다. 여자는 넋이 빠진 얼굴로 나를 쳐다보았다. 문득 새벽에 들은 노크 소리가 다시 생각났으나 나는 아무것도 묻지 못한 채 여자 옆을 지나며 돌아왔군요, 란 말만 흘리고 쿨럭쿨럭 기침을 하며 내 방으로 들어왔다.

마른 수건으로 얼굴을 닦아 내며 나는 소리꾼이 빠져 죽은 바다를 치를 떨며 내다보았다. 바다는 갖은 소란을 집어삼킨 채 가만가만 몸을 뒤채고 있을 뿐이었다. 한풀이를 해주고 있는 소리꾼은 아직도 목젖을 빨갛게 떨고 있었으나, 심청이가 치마로 얼굴을 싸 안고 인당수에 몸을 던지려는 대목에서 무당들은 우비를 쓰고 그만 돌아갈 채비를 하고 있었다. 그러할 즈음 젖은 발소리 하나가 내 방문 앞으로 다가왔다. 누구인가……이어 똑똑똑 하고 문을 두드리는 소리가 났다. 이번엔 꿈이거니 할 여지조차 없었다. 옆방 여자? 횟집 주인? 나는 칼날 위에 서 있는 사람처럼 꼼짝도 못한 채 한동안 숨을 죽이고 있었다.

문을 여니 여자가 고개를 숙인 채 어깨를 떨며 서 있었다. 심청이가 바다에 몸을 던지는 소리가 창 밖에서 들려 왔다.

7

그날 새벽 왜 여자가 내 방으로 왔는지 물어 보지 않았다. 그 같은 일은 서로 묻고 대답할 수 있는 성질의 것이 아닌 성싶다. 여자도 그런 자신을 명백히 꿰뚫어 보고 있었다고는 생각하지 않는다. 그 여자와의 만남은 처음부터 그런 식이었고 헤어질 때도 역시 그랬다. 세상엔 참으로 여러 가지의 만남이 있는 모양이고 그걸 행여 인연이라고 부를 수 있다면 그 여자와의 만남은 분명 기이한 인연에 속하는 일이었다. 문을 열고 나서 나는 여자가 들어오게 옆으로 조금 비켜섰고 그런 다음 뒤에서 문을 닫아걸었다. 서로 아무런 말도 하지 않았다. 여자는 젖은 옷을 한 겹씩 한 겹씩 벗어 옷걸이에 걸어 놓고는 알몸으로 이불 속에 들어가 눈을 감고 반듯하게 누웠다. 커튼을 치고 불을 끄자 남은 어둠이 그물처럼 드리워졌다.

그러나 정녕 나는 모르고 있었다. 그날 새벽 남은 어둠 속에 보름달이 떠 있었다는 것을. 여자와의 관계가 끝나고 난 다음에야 나는 그 사실을 알게 되었다. 바로 내 손바닥 안에 달이 떠 있다는 것을.

앞뒤 아무 약속도 없이 만난 사이였기 때문이었을 것이다. 어쩔 수 없이 떨리고 서먹한 가운데 나는 여자 옆에 비스듬히 누워 그녀의 손부터 더듬어 잡았다. 여자는 가만히 있다가 얼마 후에야 떨면서, 가까스로, 응답해 왔다. 나는 몸을 돌려 왼팔로 여자의 목을 껴안고 다른 한 손으로 젖은 머리를 쓰다듬으면서 내 입술을 그녀의 얼굴에 갖다 댔다. 그때 여자의 숨이 잠깐 멎은 듯했고 몸이 조금 꿈틀했다. 내 손은 어느새 여자의 가슴께로 옮겨 가 있었다. 나는 밑으로 내려가 여자의 가슴에 입술을 갖다 댔다. 여자가 내 머리를 두 손으로 감싸며 이윽고 나직한 신음을 토해 냈다. 여자의 심장이 뛰는 소리가 너무나 선명하게 귀를 두들겨댔다. 내 입과 손의 움직임에 따라 여자의 아래께가 서서히 비틀리며 풀어졌다. 나는 가슴을 쓰다듬고 있던 손을 아래로 가져 갔다. 그리고 배꼽 근처에 이르렀을 때 갑자기 여자가 굉장한 힘으로 내 손을 덥석 몰아 쥐더니 제 다리 사이로 냉큼 끌어당겼다. 여자의 거웃은 벌써 푹 젖어 있었고 그때부터는 여자가 마구 서두르기 시작했다. 몸을 틀어 내 허리를 바싹 옥죄며 입술로 내 가슴을 사납게 더듬었다. 여자의 머리칼이 내 몸을 슬쩍 슬쩍 스치는 통에 나는 더 이상 참을 수가 없어 맥없이 들려 있는 여자의 다리 사이로 허겁지겁 쳐들어갔다.

범피중류, 나는 여자의 몸 위에서 아뜩한 현기증을 느끼며 마치 물 한가운데로 떠가는 듯하다가 뇌가 하얗게 비어 버릴 찰나 용암 같은 소용돌이에 휘말리고 말았다. 그런데 그 순간 왜 느닷없이 감성돔 회 빛깔이 떠올랐던 것일까. 그 미묘한 백색이 말이다.

나는 여자의 배 위에 손을 올려 놓고 잠꼬대라도 하듯이 뭐라 뭐라 웅얼거리고 있었다. 여자는 내 손끝을 쥐고 사이사이 한숨을 내쉬며 내 말에 대꾸하기도 했다. 나는 심청이와 인당수 밑에 누워 두런거리고 있는 것만 같았다. 그러다가 나는 손금에 걸린 달을 보며 잠이 들었다.

아침에 일어나 보니 여자는 벌써 떠나고 없었다. 잊은 듯 홱 이불을 걷어 보니 요 위에 그녀가 흘린 머리카락이 몇 올 남아 있었다. 섬뜩한 느낌……아, 그렇다면 이제 넋이라도 건져진 것인가. 허나 못할 짓을 한 사람처럼 나는 되게 몸서리를 치고 있었다.

여자는 임신 4개월째였다. 3개월 전 한 남자와 이곳 구계등에 왔다가 첫 관계를 갖게 되었다고 했다. 그런데 보리 싹이 팰 때 결혼하자던 남자가 1개월 전에 여자의 곁을 떠나 버리고 말았다. 여자는 광주에서 검은 양복을 입고 있던 나를 본 순간에야 자신이 죽으러 가고 있다는 사실을 깨달았다고 했다. 뱃속에 있는 아이를 생각한 것도 그때였다고. 내가 구계등까지 따라오게 내버려둔 것도 실은 아이를 염두에 두고 있었기 때문이었다. 말하자면 누군가 아이를 살릴 수 있지 않을까, 라는 생각을 하고 있었다. 어쩌면 그래서 자신이 부러 여기까지 나를 끌고 온 것인지도 모른다고 했다. 구계등까지 걸어온 건 읍내 터미널에 내려서도 확실히 갈피를 잡지 못하고 있던 탓이었다. 다른 한편으론 내게 돌아갈 기회를 주겠다는 뜻이기도 했다. 하지만 내처 따라오게 되면 어쩔 수 없는 일이라고 생각할 작정이었다.

여자는 자신의 전생을 지우기 위해 나와의 관계를 원했고 그리하여 아이는 살리되 아이의 아비에게서는 놓여 날 수 있었다고 중얼거리며 내 팔 안에서 깊이 잠이 들었다.

8

여자가 개놓고 간 옷을 챙겨 입고 아래로 내려와 나는 주인 사내가 미리 챙겨 놓은 밥상을 받았다. 어느덧 비가 그치고 햇살이 바다 위에 내려와 너울거리고 있었다. 늦게까지 주무셨군요, 하며 주인 사내가 벽시계를 쳐다보았다. 그새 열 시였다.

"여자 분은 먼저 내려와 아침을 먹고 떠났습니다. 소리꾼들도 오늘 다 떠난다고 하더군요."

새벽녘에 있었던 일을 아는지 모르는지 사내는 무심한 얼굴로 낚싯대를 닦으며 이렇게 중얼거렸다. 나는 묵묵부답으로 수저질만 하고 있었다. 오늘도 베란다에선 붉은 스웨터의 여자가 유리를 닦고 있었다.

내가 밥을 다 먹어 갈 때쯤 웬 젊은 여자 하나가 유리문을 밀치고 안으로 들어왔다. 혼자인 듯 여자는 주저하는 몸짓으로 주인 사내에게 다가가 며칠 방을 빌릴 수 없겠느냐고 물었다. 나는 홀린 듯 뒤를 돌아보았다. 머리에 스카프를 두른, 서른 살쯤 돼보이는 마른 여자였다. 여자는 돈을 내고 곧장 2층으로 올라갔다. 나는 표정을 숨기고 주인 사내를 바라보며 말했다.

"누가 또 온 모양이군요."

“내 집에 드는 사람을 어쩌겠어요. 그저 조용히 왔다 가기를 바랄 뿐이죠.”

밥상을 물리고 나는 자리에서 일어났다.

“동백이 피었나 한바퀴 돌아보고 가시죠. 오늘쯤엔 봉오리가 터졌을 텐데요.”

동백.

“그냥 가겠습니다. 어쩌면 본 것도 같으니 말입니다.”

아리송한 얼굴로 사내가 나를 쳐다보았다. 하지만 그게 무슨 뜻인지는 묻지 않았다. 다만 구두를 신고 있는 내 등에 대고 이런 말을 했다.

“전 처음부터 알고 있었어요. 그 여자 분이 전에 우리 집에 들었던 사람이란 걸요. 소리꾼들이 내려오고 나서 며칠인가 뒤에 웬 남자와 함께 와서 하루 묵고 갔죠.”

“…….”

“어쨌거나 목숨은 구하고 보자는 생각이었습니다. 처음 문을 들어설 때부터 느낌이 그랬거든요.”

나는 대꾸 없이 문을 밀치고 밖으로 나갔다. 사내가 따라 나오며 내게 가는 길을 알려 주었다.

“저 느티나무가 있는 곳으로 올라가면 바로 큰길이 나옵니다. 거기서 군내 버스를 타면 읍내까지 족히 20분이면 닿을 겁니다.”

“아뇨, 걸어서 들어왔으니 걸어서 나가야지요.”

나는 사내가 내민 손을 잡고 악수를 했다. 걸음을 옮겨 놓다 말고 나는 문득 사내를 돌아보며 이렇게 묻고 있었다.

“전에 어디서 무얼 하셨는지요. 구계등에 오기 전에 말입니다.”

그러자 사내가 빙긋이 웃으며 대꾸해 왔다.

“새삼스럽게 서로 그런 걸 물어 뭘 합니까. 만인이 다 혹자인 걸요. 나중에 기회가 닿으면 회나 한접시 드시러 오세요.”

생각해 보니 나는 새벽에 함께 있던 여자의 이름조차 모르고 있었다. 물론 어디서 온 여자인지 무얼 하는 여자인지도 모르고 있기는 마찬가지였다. 인연이 되면 또 만나겠죠, 라며 사내가 먼저 등을 돌려 횟집 안으로 사라졌다.

나는 장님처럼 꺼이꺼이 길을 짚어 가며 홀로 그 곳을 돌아 나오고 있었다.

수·상·작·가·자·선·작

말발굽 소리를 듣는다

윤 대 녕

어디선가 예의 그 말발굽 소리가 귀청을 때렸다.

따가닥! 따가닥! 따가닥! 따가닥!

……

화면이 바뀌면서 들판을

달려가고 있는 말이 나타났다.

그렇다, 갈기를 휘날리며 뛰어가고 있는

한 마리 검은색의 말이…….

말발굽 소리를 듣는다

어제 나는 아내의 부탁으로 원두 커피를 사러 적선동에 있는 현대 빌딩 지하의 '나이스데이'란 찻집에 갔었다. 아내는 언제 커피에 맛을 들였는지 그것만큼은 까다롭게 선택하는 버릇이 있었다. 그것도 '나이스데이'에서 갈아 주는 모카 타입이나 블루마운틴이어야만 했다. 아무데고 백화점에 가면 쉽게 구할 수 있는 것을 아내는 그 촌스럽기 짝이 없는 이름의 찻집에서 갈아 주는, 사실은 별맛도 없는 원두 커피만을 고집했다. 내가 생각하기엔 그 곳 커피를 선호할 특별한 이유가 없었다. 하나 있다면 아내와 내가 연애 시절 자주 들르던 찻집이란 정도였다. 알 수 없는 게 여자의 마음이라고, 그녀는 한두 달에 한 번 정도 남편에게 성지 순례를 시킴으로 해서 얻어지는 어떤 효과를 노렸는가 모르겠다. 아무튼 아내는 '나이스데이'의 커피와 그 곳까지 부러 가기가 귀찮아 명동 '롯데'에서 대신 사온 커피의 맛을 귀신처럼 분간해 냈다. 아닌게아니라 거기 원두 커피를 사러 다녀온 날만큼은 부부 관계의 탄력 같은 게 느껴지기도 했다.

커피를 산 다음 나는 '나이스데이' 바로 앞에 있는 꽃집에서 장미꽃 한 다발을 곁들여 사기까지 했다. 그리고 역시 아내와 자주 가던 경복궁에 들러 경회루에서 담배를 한 대 피운 다음, 몇 년 전 아내와 첫 입맞춤을 했던 만춘전과 수정전과 사정문을 거쳐 근정전을 돌아본 다음 집으로 돌아왔다. 햇살 좋은 봄날 오후, 그리고 거기 아내와 나의 성지(聖地)에서 나는 한 마리 말을 보았다.

그것은 근정전으로 올라가는 석축(石築) 기단(基壇) 위에 무릎을 괴고 앉아 있었다. 말하자면 그것은 근정전을 호위하고 있는 12지신 중의 하나인 석수(石獸)였다. 눈여겨보지 않았더라면 나는 그게 말이라는 것조차 알 수 없었을 것이다. 물론 나는 아내와 함께가 아니더라도 경복궁에 여러 번 가본 적이 있었다. 그러나 거기서 말을 본 것은 그때가 처음이었다. 그 말은 수백 년의 풍상 속에서, 무릎 위에 그 뭉툭한 턱을 올려 놓은 채 웅크리고 앉아 동자 없는 눈으로 무연히 앞을 내다보고 있었다. 감전이라도 된 듯 나는 그 자리에 붙박여 가만히 진저리를 치고 있었다.

그때 나는 꿈엔 듯 말발굽 소리를 듣고 있었던가. 일본인들이라 생각되는 한 떼의 관광객들이 나를 힐끗거리며 지나치고 있었다.

문 닫을 시간이 되어 나는 집으로 가기 위해 지하철 3호선 경복궁역으로 통하는 지하 계단을 비트적거리는 걸음으로 내려갔다. 그리고 전철을 타는 승강 보도에서 나는 또 한 마리의 말을 목격했다. 그것은 국보 91호로 5～6세기경 신라인이 만든 기마인물상을 화강암으로 복제해 놓은 것이었다. 경복궁역에서 수없이 전철을 타며 그때마다 무심코 스쳐 보았던 것인데 왜 그날따라 그것이 나를 걷잡을 수 없이 잡아 끌었는지 알 수 없었다. 거기엔 다음과 같은 말이 씌어 있었다.

완전하게 마구류를 갖춘 말과 말 위에 탄 인물상으로 되어 있다.

강렬한 신앙적·주술적 관념과 의식을 반영하는 신라 문화의 특이한 단면을 보이는 한국 독자적인 조형 작품.

저녁에 나는 식사를 마치고 여느 날처럼 아내와 커피를 마시며 그날 일어났던 일상적인 얘기들을 주고받았다. 아홉 시 뉴스를 보며 조심스럽게 돈 문제를 꺼내고, 새벽이면 불쑥 깨어나 제 방에서 안방 침대로 침입해 들어오는 아들 녀석의 버릇을 어떻게 고쳐 놓을까를 의논하고, 봄이 가기 전에 몇 년이나 미뤄 둔 건강 진단을 받아 보자는 말을 하고, 그리고 이웃집 여자가 유산을 했다는 좀 우울한 얘기까지 주고받은 끝에 아내와 나는 잠시 입을 다물고 텔레비전으로 눈을 돌렸다. 임성훈과 장윤정과 전영호가 공동으로 진행하는 〈밤으로 가는 쇼〉라는 토크 쇼가 방영되고 있었다. 그날 초대 손님으로 나온 사람은 김벌레라는 음향 연출가였다. 그러니까 콜라병의 뚜껑 따는 소리를 만들어 내고 백지 수표를 받아 유명해진 사람 말이다. 임성훈과 장윤정과 전영호가 번갈아 가며 시답잖은 질문들을 했고 그는 각본에 따라 몇 가지 소리 내는 법을 보여 주기도 했다. 침대 위에 비스듬히 누워 별생각 없이 화면에 눈을 주고 있던 나는 뜬금 없이 아내에게 이런 말을 하고 있었다.

"콜라 뚜껑 따는 소리를 듣고 있으면 동시에 마음 한구석에서 구멍이 뻥 뚫리는 것 같은 느낌이 들어."

석연찮은 표정으로 나를 히뜩 쳐다보며, 처음엔 빙긋 웃어넘겼던 아내는 잠시 후 내가 이런 말을 하자 서서히 뜨악한 얼굴로 변해 갔다.

"……뭔가가 환기된달까. 말하자면 거울같이 매끄런 표면에 눈에 보이지 않는 미세한 금이 가고 있는 것과 같은 거야. 더 이상은 억눌러 둘 수 없는 욕망 같은 게 나도 모르게 천천히 되살아 난다는 거지. 이를테면 무사한 일상을 담보 받기 위해 오랫동안 감춰 두고 덮어뒀던 그런 거 말이야."

"그게 뭔데요?"

"글쎄, 뭐랄까. 요즘 나는 자주 이런 꿈에 시달려. 잠결에 누가 뚜벅뚜벅 다가와 나를 툭툭 치며 잠을 깨우는 거야. 나를 어디로 데려갈 것처럼 말이지. 하지만 눈을 뜨는 게 두려워. 그렇게 깨고 나면 내가 여기가 아닌 전혀 다른 곳에 가 있을 것 같아서 말이지."

"거기가 어딘데요?"

아내는 슬그머니 자리에서 일어나 앉으며 조금은 따지는 듯한 말투로 내게 물었다.

"글쎄, 실은 나도 모르고 있어."

그쯤해서 나는 그만 입을 다물었어야 했다. 한데 내 입에서는 무슨 주문을 외우는 듯한 말들이 두서 없이 쏟아져 나왔다. 솔직히 나도 생각지 못했던 일이었다.

"굳이 말하자면 낙산이나 해남, 부여 무량사, 지리산, 경주, 그리고 강원도 홍천 어디쯤일 테지……."

"……."

"낙산에 가면 언제고 바다만 바라보고 있는 해수관음상이 있지. 해남엔 고산(孤山) 선생의 고가가 있고 거기 가면 그 유명한 공재(恭齋) 윤두서 선생의 자화상을 볼 수 있어. 부여 무량사는 계절이 침몰하는 장지(葬地)인 데다 지리산을 두고 누군가는 종교에 입문하는 길이라 했다지 아마?"

"그럼 경주는요?"

경주는 우리가 신혼 여행을 다녀온 곳이기도 했다. 아내는 노골적으로 비아냥거리는 말투로 목청을 돋웠다. 상대가 아무리 한 이불 속에서 자는 아내라 하더라도 사실 이런 말은 해서는 안 되는 것이다. 아니, 아내이기 때문에 더 더욱 하지 말아야 하는 것이다.

"경주는 햇살을 앙모(仰慕)하던 신라인들이 살았던 곳이 아닌가."

나는 누군가의 말을 빌려 이렇게 대꾸했다.
"그럼 홍천은 또 뭐구요?"
"홍천……은 나도 몰라. 그냥 얘기만 들었지. 얼마 전에 설악산을 다녀온 친구한테 들은 말인데 홍천 어디쯤에 도(道) 나무로 지정된 불꽃나무라는 게 있다더군. 가을이 되면 담쟁이처럼 생긴 덩굴이 가지 끝까지 빨갛게 돌돌 말고 올라간다는 거야. 그래서 멀리서 보면 온통 불길에 휩싸인 듯이 보인다는 거지……."
이 말을 할 때쯤 아내는 무슨 오랑캐라도 보는 듯한 사나운 얼굴로 변해 있었다. 딴엔 섭섭함이 지나쳤던지 제법 눈시울이 붉게 달아올라 있었다. 그녀는 흥, 하며 이불을 뒤집어써 버렸다. 여자라는 것은 일단 남의 아내가 되고 나면 아무리 사소한 것일지라도 남편과 공유하지 않으면 못 배기는 것이다. 칫솔을 따로 쓰는 것도 불만인 아내는 아마 이 때문에 속이 상했을 것이다. 괜한 말을 했다 싶었지만 이미 어쩔 수 없이 돼버린 일이었다. 좀 과했다는 생각이 들어 아내를 달랠 심산으로 이불 속으로 기어들어 가는데, 어디선가 예의 그 말발굽 소리가 귀청을 때렸다.
따가닥! 따가닥! 따가닥! 따가닥!
김벌레가 직육면체의 나무토막 같은 것을 양손에 들고 탁자를 두드리고 있었다. 나는 넋이 빠져 멍하니 그것을 노려보았다. 화면이 바뀌면서 들판을 달려가고 있는 말이 나타났다. 그렇다, 갈기를 휘날리며 뛰어가고 있는 한 마리 검은색의 말이…….
그날 밤은 마치 전쟁 포고령이 내린 밤 같았다.
기이한 일이다. 내 다시금 그 말의 환영에 이렇듯 사로잡히게 될 줄이야! 그토록 오랜 세월이 지난 지금, 내 앞을 질러가고 있는 그 말을 다시 보게 될 줄이야!
다음날 새벽 네 시쯤에 나는 불현듯 물 속 같은 잠에서 깨어났다.

내가 그 말을 마지막으로 본 것은 6년 전 겨울의 일이다. 내가 아내와 결혼을 하기 2년 전이니까, 정확히 말하면 1987년 1월이 되겠다. 그날, 아버지의 그 충격적인 차 사고가 아니었던들 나는 그 말에 대해서는 까마득히 잊고 살았을 것이다. 내가 말을 처음 본 것은 일곱 살이나 여덟 살 때쯤일 것이기 때문이다.

그날 아버지는 차를 몰고 나가는 게 아니었다.

새벽녘부터 내리기 시작한 눈이 발목께까지 올라와 있었는데도 아버지는 부슬부슬 내리는 눈발을 등에 받으며 차 바퀴에 스노 체인을 끼우고 있었다. 어머니 역시 메밀꽃 같은 눈을 머리에 이고 아버지 곁에 서서 그날의 출행(出行)을 기꺼워하지 않는 표정이었다. 그러나 어머니는 매양 그렇듯이 말을 앞세워 아버지를 막아 서거나 탓을 하는 일이 결코 없었다. 그것은 아버지의 고집스런 성격 탓이기도 했지만, 나이가 들어 버린 지금에 와서는 사소한 일조차도 무슨 운명의 회로를 따라 일어난다고 하는, 일종의 불가항력적인 체념의 뜻을 담고 있기도 했다. 또 그것은 산다는 일이 눈에 보이지 않는 어떤 힘에 의해 지배되고 있다는 것을 체험한 노인들에게서 흔히 볼 수 있는 삶의 태도이기도 했다.

아무튼 아버지는 그날 차를 부리는 게 아니었다. 환갑을 낼 모레 앞둔 양반이 그 궂은 날에 낡은 2톤 트럭을 끌고 위험하기 짝이 없는 길을 나설 까닭이 사실은 없었다. 매번 손님 상을 차리듯 밥상에 신경을 쓰는 어머니의 성격 탓도 있었지만 부엌에는 몇 달은 족히 버틸 수 있는 양의 쌀이 독에 채워져 있었고 냉장고 속엔 거의 언제나 한두 근의 고기와 양파, 감자, 싱싱한 풋빛 당근, 한 두름의 노란 굴비…… 등속이 들어차 있었다. 그리고 무엇보다도 안방 장롱 서랍엔 몇 달이 아니라 어쩌면 좋이 몇 년이라도 버틸 수 있는 액수의 생활비가, 물론 이자야 붙지는 않겠지만 저축돼 있었다. 다시 말해 당장 내일의 끼니가 걱정돼서 그런 날에 아버지가 일을 나가는 것은 필시 아닐 터였다.

아버지는 먼 친척과 동업하는 제철 회사 대리점의 공장장으로 일하고 있었다. 고물상부터 시작해 지금의 제철 회사 대리점이 되기까지 아버지는 오랫동안 운송 담당 노역부로 일했다. 하지만 지금 회사엔 아버지말고도 젊고 튼튼한 기사 두어 명이 더 있었다. 그래서 아버지가 회사 일로 차를 부리는 경우란 사실 드물었다. 어쨌거나 이제 그 일은 아버지가 할 일이 아니었던 것이다. 그리하여 대개는 하릴없어 보이는 무임 운행이나 되풀이하는 게 고작이었다. 어차피 월말에 계산되는 배당금으로 생활은 그런 대로 꾸려 나갈 수가 있었다. 그래도 아버지는 차를 놓고 나가는 법이 없었다. 미군 부대에서 보급 창고 운전병으로 복무한 적이 있는 아버지는 분가(分家)와 함께 이 일 저 일에 손을 대보았으나 어떤 것도 잘되지 않자 마침내는 삼륜 용달차를 사서 이삿짐을 나르는 일을 시작했다. 그리고 그 이듬해 막 고물상을 시작한 친척을 만나 지금껏 함께 일해오고 있는 것이다.

그날 어머니의 표정은, 오늘은 집에서 쉬든지 차를 놓고 나가는 게 어떠냐고 한마디하고 싶은 눈치가 역력했다. 오후 들어 눈발이 그칠 거라는 기상 예보가 있었으나 그것만을 믿고 걱정을 덜 수는 없는 노릇이었던 것이다. 그런 데다 왠지 그날따라 아버지의 출행이 생뚱한 느낌으로 다가왔고 그래서 그런지 처마의 기울기마저 평소와는 다르게 사뭇 위태로워 보였다. 어머니와 나는 아주 먼 길로 아버지를 보내는 듯한 느낌에 사로잡혀 있었다. 내습으로 굳어진 불안의 그림자가 그날 아침 고개를 치켜 들고 집 안 어디선가 우리를 흘겨보고 있는 것만 같았다. 지붕에 쌓였던 눈이 밀려 내려와 간헐적으로 마당에 퍽, 퍽, 소리를 내며 떨어지고 있었다.

"일찍 들어오세요."

아버지는 어머니를 쳐다보지도 않고 목장갑을 끼며 무덤덤하게 대꾸했다.

"암, 암, 그래야지."

"말씀만 하시지 마시구요."

"암, 암, 그래야지."

"술은 삼가시구요."

"알았소. 들어와서 마시리다."

어머니는 차가 보이지 않을 때까지 대문 밖에 서 있다가 스웨터를 벗어 눈을 탁탁 털면서 마루로 올라왔다. 며칠 사이로 만만찮게 내리는 폭설이었다. 매양 저녁 답에는 맨숭맨숭하다가도 밤이 지나고 나면 으레 한 뼘쯤 눈이 쌓여 있었다. 그러다 2~3일 날씨가 풀려 눈이 녹는가 싶으면 이내 빙판으로 변해 버렸다. 그야말로 이렇게 길이 사나운 날은 식구들을 봐서라도 차만큼은 놓고 나가는 게 좋을 터였다.

"어쩐지 요즘은 불길한 생각만 겹치고 꿈자리마저 뒤숭숭하구나."

"……그럴수록 맘 편히 가지세요. 여태껏 별일 없었잖아요."

"그러길래 더욱 말이다. 늙어 가면서 자꾸 눈앞에 어두운 게 보여. 산다는 게 그저 쌀 한 됫박과 소금 한 주먹일 텐데 말이다."

방으로 들어갈 생각을 않고 어머니는 마루에 쭈그리고 앉아 잿빛으로 무너져 내리고 있는 하늘을 시린 눈으로 올려다보며 말했다. 처마 밑을 쓸고 가는 매운 바람이 마루 끝을 핥으며 기어올라 오고 있었다. 어머니와 나는 한동안 입을 닫고 아버지가 남기고 간 바퀴 자국이 눈에 지워질 때까지 바람이 몰려가는 소리에 귀를 기울이고 있었다.

정말 그날 아침은 어쩐지 이상한 기운이 집 안에 감돌았는지도 몰랐다. 그러나 겉으로 보기에는 여느 날과 조금도 다른 것이 없었다. 다만 그날따라 갑자기 눈이 먼 듯 주춤대며 차에 올라타는 아버지의 옆모습을 슬쩍 훔쳐보았던 것인데, 그리하여 눈 오는 날의 희번한

햇귀 속에서 나는 별의식의 지침도 없이, 아버지의 살아온 내력을 마루에 앉아 있다가 내 방으로 들어오기까지의 아주 짧은 순간에 돌아보았던 것인데, 그렇다고 그것이 그날의 일에 대한 무슨 예후나 징조였다고 생각하긴 어려웠다. 바로 옆에 앉아 있던 어머니의 마음 속으로 무엇이 스치고 지나갔는지는 알 수 없었으나…….

아버지는 나이가 들어 건강이 눈에 띄게 꺾이면서 더욱 말에 대한 얘기를 자주 늘어놓았다. 불길하게도 전에 없이 술내를 풍기며 차를 몰고 들어와 둔탁한 기침 소리를 캭, 캭 뱉어 내며 매양 들었던 그 고리타분한 말을 주절대곤 했다.

"분가를 하던 날 네 조부님께서 이 애비를 불러 앉혀 놓고 이런 말씀을 하셨더란다. 본시 우리 집안은 역마살이 껴 있다는 게야. 말의 업을 지고 재가(在家)에 다시 난 사람들이란 게야. 이 애비만 하더라도 평생을 두고 달려야 할 팔자라는 거였지. 그렇게 달리다 보면 앞서가고 있는 또 한 마리의 말이 보이리란 말씀였어. 그때까진 편자를 갈아 박으며 달려야 한다는 게야. 그 말을 그대로 믿는 것은 아니지만 너도 왜 기억하지 않느냐. 옛날 우리 집에 들어왔던 말 말이다. 그리고 네 백부께서 그 말을 타고 나갔다 돌아왔던 일 말이다. 가만 생각해 보면 네 조부님 말씀에도 일리가 있다는 생각이 드는 게야. 게다가 그분은 그 쪽 학문도 깊었던 양반 아니셨냐……."

"……."

그렇다. 그 옛날 우리 집에는 조부를 따라 들어온 말이 있었다. 그러니까 우리 식구가 분가를 하기 바로 한 해 전이니 1968년이 아닌가 싶다. 그리고 그 말이 들어왔던 집은 지금도 내 고향인 그 곳에 남아 있다. 1972년 조부가 죽고 나서 지금은 장손인 백부가 그 집을 지키며 살고 있다.

방이 열 칸이나 되는 제법 널찍한 고가(古家)였다. 당간 지주(幢竿支柱)를 올려다보며 키 크는 꿈을 꾸곤 했다. 마당엔 조그만 연못까지 있었고 그 주위에는 매란국죽이 자라고 있었다. 그때껏 상투를 틀고 갓을 쓰고 다니던 조부의 호사 취미라고밖에는 설명할 도리가 없을 것인데 실제로 조부는 꽤 명망이 높던 유학자기도 했다. 그러나 몰락한 지가 오래인 양반 집안의 후예일 따름이었다. 종일을 어둑신한 안방에 앉아 서책을 뒤적이는 일로 소일했다. 어쩌다 학창의 차림에 행장을 꾸려 휘이 대문을 나섰다가는 이틀이나 사흘 만에 돌아오기도 했다. 술벗을 찾아 어딜 가거나 선산에 다녀오는 정도였을 것이다. 간혹 가다 역시 도포 자락을 흔들며 찾아오는 내방객이 있어 그런 날은 늦도록 고서(古書)가 쌓여 있는 사랑에서 두런대는 말소리가 끊이지 않았다. 기와 지붕에는 띄엄띄엄 풀들이 자라고 어떤 것들은 철 늦은 꽃을 피우기도 했다. 그러나 매양 조용하고 어두운 집이었다. 조부와 당시 마흔 살의 홀아비인 백부와 그보다 다섯 살 아래인 아버지가 살림을 꾸리고 살았다. 사범 학교를 나와 학교에서 선생 노릇을 하며 당시 좌익 활동을 했다던 백부는 6·25가 발발하자 곧바로 삿갓을 쓰고 사라졌다가는 전쟁이 끝난 이듬해야 봉두난발이 되어 집으로 돌아왔다. 서른둘에 상처를 한 후론, 줄곧 집 근처 과수원 한가운데다 원두막처럼 생긴 움막을 짓고 봄부터 가을까지 거기서 살다 날이 추워지면 돗자리를 말아 들고 행랑으로 들어왔다. 비 오는 밤이면 컴컴한 움막에서 하모니카 부는 소리가 구슬피 들려 와 잠을 이룰 수가 없었다. 그에겐 수란(水蘭)이라는, 좀 슬픈 이름을 가진 딸이 하나 있었다. 내게 사촌 누나가 되는 그녀는 어머니가 도맡아 키우다시피 했다. 웬일인지 그들 부녀는 남남처럼 지냈다.

아버지는 어려서부터 농사로 잔뼈가 굵은 사람으로 배울 기회를 일찌감치 백부에게 내주고 재산으로 남아 있던 과수원과 몇 평, 몇 마지기밖에 안 되는 논밭을 건사하느라 머슴처럼 살았다. 행랑에 벙어리 머슴이 하나 있었으나 그래도 일손은 턱없이 부족했다. 그리하여 어머니는 온 집안 살림을 맡아 하느라 내내 곁늙은 모습이었다. 조석으로 부엌에 쪼그리고 앉아 콩나물 시루에 물을 주며 은밀한 표정으로 광목 수건을 들쳐 보는 게 그녀의 유일한 낙처럼 보였다. 어쩌다 내가 들쳐 볼라치면 콩나물 대가리가 파래진다면서 손을 휘휘 내젓곤 했다.

밖으로 나가면 사방이 당근밭, 뽕나무밭이었다. 조모가 죽기 전날 봉황을 보았다던 곳도 거기 당근밭이었다. 집은 그렇게 풍화를 거듭하며 밭 한가운데 우뚝 서 있었다. 당근밭 사이로 난 길을 한참이나 걸어 나가야 행길과 맞닿았다. 눈이 내리면 도무지 길을 찾기가 어려웠다.

조부가 그 이상한 말을 끌고 집으로 들어온 것은 그 해 가을의 어느 저녁나절이었다. 아니, 끌고 들어왔던 게 아니다. 조부는 어둑한 대문을 들어설 때까지도 그 말이 자신의 뒤를 따라왔다는 것조차 눈치채지 못하고 있었으니까.

그 말은 당근을 먹으러 왔다가, 어둠이 내리자 길을 잃고 우리 집으로 들어와 버렸는지도 모른다. 아무튼 그날 조부는 수덕사에서 있었던 종친회에 갔다가 밤이 이슥해서 돌아오던 참이었다. 대문을 들어서는데 무언가 뒤가 수상쩍어 얼핏 고개를 돌려 보니 거기 한 마리 말이 어둠 속에 우두커니 서 있었다. 처음엔 그게 말인지 뭔지도 몰랐다는 이야기였다. 웬 바위 덩이만한 시커먼 물체가 푸우 입김을 토해 내며 조부가 비켜서기를 기다리고 있었다. 무슨 일이 벌어져도 낯색이 변하지 않던 조부도 그땐 꽤나 놀랐었으리라. 흠칫, 하고 조부가 뒷걸음을 치자 그 놈은 뚜벅뚜벅 대문 안으로 들어서더니 곧장 뒷간 옆의 비어 있는 우리로 들어갔다. 비로소 그게 말이라는 것을 안 것은 그때였다. 맨 먼저 아버지가 남포등을 밝혀 들고 나가고 이어 어머니와 수란과 내가 뒤따라 마당으로 우르르 몰려 나갔다.

그때 처음 나는 말을 보게 되었다. 그래, 말 말이다! 집은 삽시간에 큰물이 들이닥친 것 같았다. 어째서 그 말이 홀연히 우리 집으로 찾아 들어왔는지 도대체 영문을 알 수가 없었다. 20여 년 전이라고는 하지만 그때도 말은 쉽게 구경할 수 있는 짐승이 아니었기 때문이었다. 아무튼 우리는 입을 딱 벌리고 서서 그 말을 무슨 변복한 왕이라도 되는 것처럼 쳐다보고 있었다. 그 놈은 재갈도, 멍에도, 안장도, 물론 편자도 박혀 있지 않은 말이었다. 훌쩍한 키에 단단한 구절과 부드러운 거모를 가진 그 말은 멀뚱한 눈으로 사위를 둘러보며 마치 제 집에라도 들어온 듯 아무 거리낌이 없어 보였다. 늠연(凜然)한 풍채에 누구의 호령에도 움쩍하지 않을 기개마저 흘러 넘쳤다. 이 무슨 예고도 없이 찾아온 저녁 꿈이었던가. 불현간에 파란이 닥쳐 적막하던 집 안에 아연 팽팽한 긴장감이 감돌았다. 처마에 괴어 있던 달빛이 마당으로 흩어져 내리고 봉긋이 내다뵈는 하늘로 별들이 다투어 기웃거렸다. 만물이 상생(相生)을 시작하고 있는 혼효한 밤이었다.

그 놈은 생뚱한 눈빛으로 우리를 슬몃 쳐다본 다음 펄썩 무릎을 괴고 바닥에 앉아 빈 여물통을 들여다보았다. 갈색의 갈기를 수려하게 늘어뜨린 채 게딱지만한 코를 연신 벌름거리면서 말이다. 어떻게 해야 좋을지 몰라 우리는 그저 조부의 얼굴만 슬쩍슬쩍 살피고 있었다.

"여물통에 당근과 콩대를 넣어 두거라. 하고 대문은 열어 놓고 자거라. 길을 잃고 들어왔다면 새벽에 다시 가리."

이렇게 말하고 조부는 갓끈을 풀며 대청마루로 올라갔다.

허나 그 놈은 여물통만 말끔히 비운 채 아침까지도 정강이를 구부리고 앉아 우리를 태연하게 지키고 있었다. 언제 왔는지 백부가 우리를 말끔히 치워 놓고 싸리비로 말 잔등을 쓸고 있는 게 보였다. 안방 문을 열어 놓고 앉아 걱정스런 얼굴로 마굿간을 바라보고 있던 조부의 얼굴이 지금도 눈에 선하다. 어디서 온 말인지 누구네 집에서 기르던 말인지 알 길이 없었다. 며칠 새 인근 마을과 읍내 대장

간에 사람을 보내 말 잃은 집을 수소문해 보았으나 허사일 뿐이었다. 아무도 말 가진 집이 근방에 있다는 소릴 들어 본 적이 없다는 얘기였다. 조부는 무얼 찾는지 며칠 동안 사랑의 서책 더미를 뒤지더니 급기야 움막에서 백부를 불러내 송골 문중 서고로 보냈다.

저녁에 백부가 대문을 들어서기가 무섭게 조부는 버선을 신은 채 마당으로 뛰어 내려가며 있더냐! 있더냐! 를 외쳤다.

훗날 알게 되지만 백부가 가지고 온 것은 《마경(馬經)》이란 책의 필사본이었다. 그 쾨쾨한 황토색 종이 묶음을 받고 조부는 앙천 대소 하며 도로 안방으로 들어가더니 날이 샐 때까지 불을 밝혀 놓고 있었다. 필사본이라곤 하나 어째서 그 책이 우리 문중 서고에 와 있었는지 지금에 와서 생각해도 불가사의하게만 느껴진다. 《마경》은 중국에서, 그것도 17세기 초에 씌어진 것으로 알려진 희귀한 책이었다. 말을 다룬 것으로는 유일한 것으로 전해지는 책인 것이다. 1596년 발행된 중국의 약재 자료집인 《본초(本草)》라는 책에 말의 역사와 사용에 관계된 정보가 들어 있다고 하지만 아주 미미한 정도라는 기록이 남아 있다.

조부는 때없이, 그것도 하필이면 나를 그 어두컴컴한 방으로 불러들여 놓고 《마경》이란 책을 읽어댔다. 손자라곤 내가 유일했던 것이 아마 그 이유였을 것이다. 내가 듣거나 말거나 조부는 몇 시간이고 나를 붙잡아 놓고 흥얼거렸다. 오줌이 마려워도 배를 쥐고 참을 도리밖에 없었다.

"……사지에는 서른두 개의 흔적이 있는데 그 모든 것들에서 눈은 진주이니라. 눈은 둥글고 색이 깊으며 동공은 콩처럼 생기고 하얀 줄무늬는 선명해야 하느니라. 그 다음으로 알아야 할 것이 있으니 코에 공(公) 자나 화(火) 자 같은 선을 가지고 있는 놈은 불혹의 봄을 맞이할 것인즉, 앞이마가 눈보다 훨씬 높고 갈기는 1만의 부드럽고 미세한 털로 덮이고 귀는 버들잎 같고 목은 봉황이나 수탉이

홰를 칠 때와 같으며 입은 크고 깊으며 입술은 함처럼 바싹 맞물려 있고 앞니와 어금니는 상당히 떨어져 있고 혀는 양날이 선 칼 같고 빛깔이 좋으며 잇몸이 검지 않아야 하느니라. 또한 군살이 붙지 않고 소리에 놀라 뛰지 않으며 어떤 걸 봐도 두려워하지 않고 꼬리를 바싹 치켜 든 놈이 좋으니 머리는 수그리고 목은 정수리에서 세 번 돌출하여 구부러져 있고 근육은 노루의 근육 같고 다리뼈는 작고 발굽은 가벼우며 구절이 활처럼 나 있고 허리는 짧으며 복부는 걸친 듯하고 거기에 난 털은 위를 향해 자라며 발굽은 강하고 단단하며 무릎은 높고 관절은 가지런하며 등살은 두꺼워 바퀴처럼 둥글고 견갑골은 비파 같으며 대퇴골은 경사지며 꼬랑지는 흐르는 살별 같고 털은 모두 부드러워야 하느니…….”

이렇듯 조부는 언제 끝날지도 모르는 경 읽기를 날이 어두워지는 것도 모른 채 계속했다. 그도 모자라 조부는, 당나라 목왕(穆王)의 여덟 준마를 그린 한간(韓幹)이란 사람의 애기를 늘어놓기도 했다. 그가 그린 수백 필의 말은 제각기 전혀 다른 모습을 하고 있다는 것이었다. 또한 만주족의 변발은 말의 꼬리를 흉내낸 것이라는 등의 아리송한 말을 주워섬기기도 했다. 조부는 무엇에 씐 사람 같았다. 매양 장죽으로 방바닥을 두드리며 전에 없이 괴이쩍은 웃음을 흘흘 웃어댔다. 역학(易學)에도 관심이 깊었던 조부는 훗날 집안 사람 중에, 지금 집에 들어와 있는 말을 타고 먼 길을 떠나리라는 소리를 혼자말로 중얼거리기도 했다. 글쎄, 조부는 뒤에 일어날 일을 정말 알고 있었던 것일까.

그 놈은 마굿간에서 나올 생각을 하지 않았다. 종일 우리 안을 빙빙 돌다가 그도 지치면 정강이를 꺾고 앉아 대문 밖을 개개 풀어진 눈으로 내다보곤 했다. 대체 부르는 일이 없으면 집 안에 들어오는 법이 없던 백부가 하루 두 번씩 콩대와 당근을 삼태기에 담아 와 여물통을 채워 놓고 갔다. 밤마다 대문을 열어 놓고 잤지만 그 놈은 암만해도 떠날 기미조차 없었다. 정말 누구를 훌쩍 태워 가려는가 싶어 우리 앞을 서성이기가 못내 두려웠다.

어느 날 저녁인가는 조부가 억지로 그 놈을 끌어내 안장도 없이 등에 올라타고는 뽕나무밭을 휘이 한바퀴 돌아오기도 했다. 확실히 조부는 전과 같지가 않았다. 얼빠진 사람마냥 크흐흐 크흐흐 웃으며 종일 우리 앞을 왔다갔다했다.

흐린 날 밤엔 어김없이 움막으로부터 하모니카 부는 소리가 무슨 곡(哭)처럼 들려 오곤 했다. 그러다 자정쯤이 되면 돌연 과수원이 떠나가라 외치는 백부의 외침이 뽕나무밭을 타고 울안으로 건너왔다.

해탈! 초월! 개벽!

그런 날은 마굿간에서 말 우는 소리가 따라 들려 오는 것이어서 조부는 밤새 마당을 들락거리며 헛기침을 해대는 것이었다. 창호지에 구멍을 내고 그 쪽을 내다보면 우리 기둥에 머리를 비벼대며 울고 있는 말의 모습이 거뭇하게 눈에 비쳤다. 말도 그런 밤엔 잠을 못 이루는 성싶었다. 적막한 바람소리 삐걱이는 대문 안으로 함부로 밀려들고 그럴수록 집은 말할 수 없이 고적하고 음습한 기운에 휩싸여 갔다. 때없이 무서운 생각이 들어 수란의 방으로 건너가고 싶었으나……그 애는 식물같이 조용한 애여서 도무지 말벗이 되어 주질 못했다.

시나브로 계절이 깊어져 들판엔 바람만 자라고 당근밭에 서리가 내릴 무렵이었다. 여느 해처럼 백부가 멍석을 말아 옆구리에 끼고 겨울을 나기 위해 행랑으로 들어온 날이었다. 모처럼 백부는 안방에서 식구들과 함께 저녁을 먹었다. 낮게 기운 천장 아래서 등잔불 하나에 의지해 온 식구가 수저질을 하던 그 숙연하던 밤의 풍경을 아무래도 잊을 길이 없다. 밥상을 가운데 두고 조부 옆에 내가 앉고 맞은편에 백부와 아버지가 앉았다. 어머니와 수란은 한 쪽 구석에 쟁반을 놓고 앉아 몸을 잔뜩 구부리고 있었다. 미역국에 쇠고기 몇 점이 둥둥 뜨고 콩나물 무침에 비쩍 곯은 조기와 굴젓, 그리고 고등어 자반이 가지런히 놓여 있었다. 왠지 그날은 음복이라도 하고 있는 것만 같았다. 수저가 밥상에 부딪치는 소리만 이따금씩 귀에 튀어 들어올 뿐 누구도 입을 여는 사람이 없었다. 그러다 밥도 채 다 먹기 전이었다.

우리는 얼핏 말발굽 소리를 들었다. 처음엔 그저 바람을 타고 들려 오는 소리려니 싶어 방심한 채로 있었던 것이었는데…….

그러나 그게 아니었다. 잠시 후 우리는 말발굽 소리가 안방을 향해 다가오고 있다는 것을 깨닫고 있었다.

그렇다, 말이, 안방을 향해, 천천히, 걸어오고, 있었다!

따각, 따각, ……따각, 따각, ……이렇게.

수저질을 하던 손들이 저절로 멈춰졌다. 그리고 우리는 그 놈이 섬돌 위에, 마침내는 마루 위에 앞발을 올려 놓는 소리를 분명히 들었다.

따각, 따각! 따닥!

이어 커다란 말 대가리의 그림자가 방문에 불쑥 나타났다. 그러더니 이번에는 그 놈이 문설주에 대가리를 비비며 문을 툭, 툭 쳐대기 시작했다. 창 날처럼 생긴 귀가 위협적으로 창호지에 어른거렸다. 그쯤 해서 우리는 숨도 쉬지 못한 채 몸을 바싹 오그려 붙였다. 먼저 혼겁을 한 어머니가 수란을 화닥 싸 안으며 방바닥에 납작 엎드렸다. 남정네들은 밥 씹던 입을 다물고 그저 그 놈이 하는 꼴만 지켜볼 뿐이었다. 조부의 얼굴에 경련이 일면서 마침내 질끈 눈이 감겼다.

그때, 방문이 꺼억 하고 밖으로 열렸다. 그러자 그 놈의 말 대가리가 방안으로 불쑥 들이밀어졌다. 순식간에 얼추 가슴팍까지 말이 방안으로 들어와 버렸다. 급기야 남정네들도 혼절하듯 뒤로 벌러덩 나자빠졌다. 병풍이 넘어져 밥상 위로 떨어졌다.

뒤미처 우리는 말이 하는 소리를 듣고 있었다. 그래, 그 놈이 사람의 소리를 내고 있었던 것이다. 믿을 수 없는 일이었지만, 그땐 모두 오갈이 들어 입이 틀어져 있었기에 정작 말을 할 만한 사람은 아무도 없었던 것이다.

자!! 이제!! 가자!!

사람에 씌인 짐승의 소리가 방안에 그렁그렁 울려 퍼졌다. 방이 기우뚱하니 흔들렸다. 말의 입에서 뿜어져 나온 풀 녹은 단내가 방안에 부옇게 부풀어올랐다. 황망한 순간, 엉겁결에 누군가가 그 말을 되받았다.

"그래, 냉큼 가거라! 아, 무얼 해! 어서 가지 않고!"

누군가가 냅다 수저를 팽개치며 자리에서 벌떡 일어났다. 백부였다. 그는 귀면(鬼面) 같은 얼굴이 되어 부들부들 떨고 있었다. 허나 그도 잠시, 그는 비틀비틀 말에게로 다가가더니 여차, 하며 그 놈을 방 밖으로 밀어냈다. 말은 꼬리를 두어 번 세게 흔들더니 천천히 뒤로 돌아 마루 끝에다 엉덩이를 갖다 댔다. 꿈적하니 말 잔등을 노려보고 있던 백부가 훌쩍 잔등에 올라탔다.

이윽고 말은 백부를 태운 채 기웃기웃 대문을 나선 다음, 마침내는 발굽 소리를 요란히 남기며 어딘가로 사라져 갔다. 그때껏 마루 밑에 숨어 있던 누렁이가 뛰어나와 대문 밖에서 떠오르고 있는 달을 보고 사납게 짖어대기 시작했다. 문설주에 모로 기대어 마치 죽음을 면한 것 같은 모습을 하고 있던 조부의 입에서 이런 말이 주절주절 흘러 나왔다.

"어째, 어째 저 놈이 가지? 정작 가리라 생각했던 놈은 저 놈이 아닌데……."

어째서인지는 모르겠으나 조부는 그때 아버지가 그 말을 타고 가리라 믿었다는 이야기였다.

백부가 돌아온 것은 첫눈이 내리던 날이었다. 빈 마굿간 앞으로 싸락눈이 흩뿌리던 저녁 무렵, 백부는 슬그머니 대문 안으로 들어섰던 것이다. 말이 조부의 뒤를 따라 대문을 들어서던 때와 같은 형국이었다. 아버지가 과수원에서 땔감을 지고 들어와 막 대문의 빗장을 지르려던 참이었다. 대문 앞 어둠 속에서 무언가가 떡 버티고 서서 아버지가 비켜서기를 기다리고 있었다. 놀람 반 의혹 반으로 아버지가 주춤하고 뒤로 물러서자 그는 뚜벅뚜벅 마당으로 들어섰다. 그러고는 곧장 비어 있던 마굿간으로 걸어 들어갔다. 그러고는 우리를 한바퀴 빙 돈 다음 가부좌를 틀고 앉았다. 우리 앞에 몰려든 식구들의 아연한 모습에도 아랑곳없이 그는 처마 너머 밤 하늘에 눈을 박고 흔흔한 표정을 짓고 있었다. 물끄러미 우리 안을 들여다보고 있던 조부는 잔기침을 두어 번 내뱉고는 그때처럼,

"그만 들어가들 자거라. 대문 걸고."

하더니 안방으로 들어가 버렸다.

백부는 그렇게 나흘을 마굿간에서 돌부처처럼 버티고 앉아 있었다. 몇 번이고 아버지가 백부를 우리에서 끌어내려 했지만 그는 요지부동이었다. 그저 돌아올 때와 마찬가지로 누가 보거나 말거나 실실 뜻 모를 웃음만 흘리고 있었다. 어머니가 밥상을 차려 우리 안까지 들고 들어가도 그는 곁눈질조차 하지 않았다.

닷새째 되던 날 아침, 불현 안방 문이 열리며 조부가 목침을 들고 마당으로 성큼 내려왔다. 그는 지체 없이 백부의 면상을 향해 그것을 집어 던졌다. 목침은 곧바로 날아가 백부의 이마를 정통으로 때렸다.

"그만 일어나 과수원에 나가 봐야지!"

쩌렁한 조부의 외침을 듣고 그는 화닥 자리에서 일어나 다시 우리를 한바퀴 빙 돈 다음 밖으로 나왔다. 그러더니 광으로 저벅저벅 들어가 낫 자루를 챙겨 들고 나와 무어라 말도 없이 뒤란 문을 통해

과수원 쪽으로 사라졌다. 한갓 한나절 낮잠을 자다 깨어난 사람인양 심상한 모습으로.

그로부터 두 달 후에 그는 비어 있던 과수원 움막을 제 손으로 헐고 재취를 얻어 사랑에 살림을 들였다. 날이 흐려도 그는 더 이상 하모니카를 불지 않았다. 아침에 눈을 뜨면 곧장 과수원으로, 들로 나갔다가 밤늦게야 일을 마치고 집으로 돌아왔다. 돌아온 다음 그는 아예 딴사람이 되어 있었다.

집을 나간 후 그는 곧장 말을 내달려 그가 10여 년 전 머물러 있던 청양 장곡사의 대나무 숲으로 갔다. 그는 전에 보았던 대나무 꽃을 보고자 했다. 그러나 대꽃은 백년에 한 번 피는 꽃이어서 그는 그것을 볼 수가 없었다. 거기서 그는 길을 잃고 말이 가는 대로 실려 갔다. 막 겨울이 시작되는 산곡과 들을 지나 그는 홍성을 거쳐, 공주를 거쳐, 부여를 거쳐, 논산을 거쳐, 강경 땅으로 들어섰다. 그리고 어느 새벽녘에, 먼빛으로 강 줄기가 보이는 산문(山門) 끝에 와서 그는 한 그루의 거대한 불꽃나무를 보았다. 그것은 좋이 몇백 년은 묵었을 법한 고목이었다. 나무의 밑동에서부터 비늘처럼 생긴 붉은 잎이 잔가지 끝까지 달라붙어 확확 불을 질러 놓고 있었다. 강으로부터 젖빛 안개가 들판을 질러 우우 진군해 오고 있었다. 안개 속에서 붉게 타오르고 있는 그 휘황한 불꽃나무를 보는 순간, 그는 탈골이 된 듯 말 잔등 위에 널브러졌다. 마침내 업장이 소멸되며 밑동에서부터 가렵게 싹이 돋고 있는 것을 그는 황홀히 지켜보고 있었다.

그는 거기서 개벽했다. 그리고 그는, 그게 말의 입에서 나오는 소리인지 제 입에서 나오는 소리인지를 분간할 수 없었지만 어쨌든 이런 소리를 들었다.

다 왔다!! 이제 혼자 가라!!

강을 향해, 켜켜이 다가오는 안개 속으로 말은 총총히 꼬리를 흔들며 사라졌다. 문전 걸식을 하며 그는 만행하듯 하면서 제 거처로 돌아왔다. 머리가 하얗게 세어서. 훗날 와석종신(臥席終身)한 조부의 얼굴에서도 찾아볼 수 없었던 구족(具足)한 표정을 하고서…….

그는 자신의 개벽을 목격하고 그렇게 흔흔한 모습으로 되돌아왔던 것이다.

이듬해 우리 식구는 분가를 해 도회지로 이사를 했다.

그리하여 한때는 싸전을 하기도 하고 구멍가게를 하기도 하고 난전에서 헌 책을 팔기도 했으나, 싸전은 아침부터 응달이 져 쌀 속에 벌레가 자꾸 생겼으므로 곧 문을 닫아 버렸으며 구멍가게는 근처 공사장 인부들이 저녁마다 내려와 술을 마시고 행패를 부리는 바람에 더 이상 버틸 수 없었으며 헌 책을 팔아서는 네 식구(여동생이 하나 더 생겨 있었다)가 살아 낼 재간이 없었다. 그나마 시골에 아버지 몫으로 남아 있던 돌밭과 어머니가 아버지 몰래 조금씩 불려 나가던 곗돈을 털어 용달차를 샀을 때 아버지는 정말 제 일을 만난 사람처럼 즐거워했다. 이웃 사람들에게 막걸리와 떡을 나누어 주며 오래간만에 크흐흐 웃던 아버지의 얼굴이 지금도 사진처럼 선명하게 기억에 남아 있다. 도통 웃을 줄을 모르는 양반이었던 것이다.

딱히 먹고 살 다른 방도가 없기도 했으나, 아버지가 차를 몰기로 작정한 데는 나름대로 이유가 있었다. 헌 책 더미를 고물상에 저울로 달아 팔아 넘긴 날 그는 조부가 말하던 예의 그 말을 꿈에서 보았다. 말은 온갖 산향(山香)이 부풀어오르는 낯선 숲 속 길을 달려가고 있었다. 아버지는 말의 뒤를 따라 죽어라고 달렸다. 그러나 도저히 말을 잡을 수는 없었다. 아버지가 뒤처지는 듯하면 말은 멈춰 서서 힐끔힐끔 뒤를 돌아보고 다시 아버지가 쫓아갈라치면 앞으로 내닫곤 했다. 아버지는 이렇듯 괴로운 꿈에 시달리며 새벽이면 깨어나곤 했다.

차를 사기 전 아버지는 내리 3일 이런 꿈을 꾸었다는 것이다.

그 후 우리는 그런대로 살아왔다고 할 수 있다. 넉넉하달 수는 없었으나 밥 걱정을 줄이며 몇 해가 더 지나서는 변두리 주택가에 세 칸짜리 집을 지어 오랜 셋방 신세를 면하기도 했다. 또한 아버지는 여러 번 차를 바꾼 끝에 이제는 더 이상 운전대를 잡지 않아도 될 만큼 생활의 틀을 다져 놓았다.

하지만 아버지는 그게 아니었다. 무엇에 마음을 빼앗기고 있는지 요즘은 휴일에도 차를 몰고 나가 밤늦게야 털털거리며 돌아오곤 했다.

"20년 갈아 박은 편자만 하더라도 대체 얼만데 아무리 채찍을 휘두르며 달려 봐도 그 놈의 말은 꼬리조차 뵈질 않어. 그 놈의 앞서 가고 있다는 말은 정작 있기나 한 것인지. 암튼 평생을 두고 달려온 길인데 그냥 예서 눈이 멀고 말 팔잔지 원…… 그때 백부가 아니고 이 애비가 그 말을 타고 나갔더라면 어땠을지……."

아버지는 그렇게 20년 동안 일곱 대의 차를 바꿨으며 그때마다 거기에다 말의 이름을 붙이는 묘한 습벽을 가지고 있었다. 청이마(靑耳馬), 적다마(赤多馬), 돈점총이〔錢點驄馬〕, 추마(騅馬), 백설아마〔白馬〕, 오추마(烏騅馬), 유미마 등이 그것이다. 벽장 속에 꼬깃꼬깃 말려 있던 화선지를 꺼내 서툰 붓 글씨로 이런 이름들을 써서 차의 앞 유리 판에 붙여 놓고 다녔던 것이다.

"해도 어쩔 수 없는 일이지. 내처 달려가 보는 수밖에……."

얇둑얇둑한 어둠이 밀려들기 시작하고 초저녁의 싸늘한 바람이 방으로 스미는 것도 염두에 두지 않고 아버지는 저녁마다 이런 말을 웅얼거리곤 했다. 그러면 어머니는 조심스럽게 방문을 닫은 다음 밥상을 차려 가지고 들어오는 것이었다. 나는 수저질을 하다 말고 아버지의 얼굴을 보는 일이 고단해 짐짓 이런 말을 던져 보기도 했다.

"아버지가 혹 그 말을 앞서가고 계신 건 아닐까요?"

그러면 아버지는 수저를 들다 말고,

"예끼 놈! 말이 앞서갔대두!"

하며 내게 핀잔을 주곤 했다.

그러면서 아버지는 건성건성 밥상을 물리고 벽장에서 소주병을 꺼내 들고 골이 난 사람처럼 휑하니 마루로 나가 버렸다. 무엇을 못 이뤄 그리 울울한 모습으로 저녁마다 술을 탐하는지는 그 자신만이 알고 있을 터였다. 또한 아침마다 예외 없이 늙은 말 위에 올라앉아 이제는 세월에 닳아 반들거리는 채찍을 휘두르며 나는 가야 해, 하고 나직이 내지르며 길을 나서야만 하는 이유를 그 자신만큼은 확연히 알고 있었을 것이다.

도대체 앞서가고 있다는 말, 아버지를 뿌리치고 먼저 달려가고 있다는 그 말…… 누군가가 고삐에 달린 갈렛줄과 뱃대끈을 싹둑 잘라 버려 주인의 손에 빈 끌채만을 쥐어 놓고 달려가게 한 그 말, 도대체 그게 무엇이었던가. 아니, 무엇일까.

다음날 새벽에 우리 식구는 그것을 알게 되었다. 그것이 정작 무엇이었던가를.

그러니까 그날, 어머니의 심상찮던 예감이 현시되어 기정 사실로 우리 앞에 나타난 것은 아버지의 처음이고 마지막인 차 사고였다. 그것은 우리 식구를 삽시간에 충격으로 몰아넣었다. 그것을 사실로 받아들인 것은 사고가 나고 나서도 한참이나 지난 후였다. 20년 동안 아버지가 운전대를 잡고 있었지만 기억될 만한 사고는 단 한 번도 없었던 것이다.

"제발 술은 삼가세요. 술은 삼가야만 해요."
라며 몇 번이나 다짐하듯 어머니가 하는 말에 고개까지 두어 번 주억거리고 나간 양반이, 무슨 일이 있었는지는 모르겠으나……만취가 되어 차를 몰고 돌아오던 아버지는 아랫동네 사거리 길을 꺾어 들다 플라타너스를 비스듬히 받고 그만 6～7미터는 충분히 될 개울 아래로 떨어져 버렸던 것이다.

한데……,

새벽 여섯 시쯤, 눈이 그치고 짙은 안개가 주름주름 내리고 실루엣 두엇이 아직 컴컴한 골목길의 희미한 외등 속에서 일긋거리다 사라지고 있을 때 아버지는,

"어이 춥다, 어이 추워!"

하면서 태연하게 돌아와 마루 끝에서 밤을 새우고 있던 어머니에게,

"어서 요를 깔아요, 어서!"

하며 옷을 입은 채로 방으로 들어가더니 길게 누워 버렸다.

"차는 어쨌어요?"

어머니가 이렇게 물을 정도로 아버지는 멀쩡한 모습 그대로였다. 그날 아버지는 사고를 냈다고는 짐작할 수조차 없이 당당하게, 그러나 왠지 우리는 알 수 없는 먼 곳에 다녀온 사람처럼 눈이 풀린 채로 집으로 돌아왔던 것이다. 아버지가 신발을 신고 마루로 올라와 방으로 들어가려고 할 때서야 어머니와 나는 아버지에게 심상찮은 일이 벌어졌음을 눈치챘다.

"사고가 났었어요, 사고가. 흐흐. 한데 사고가 아니기도 하구…… 흐흐."

어머니가 묻는 말에 아버지는 실실 웃으며 건성으로 영문을 알 수 없는 말만 줄곧 내뱉었다. 그뿐이었다. 단지.

그리고 아버지는 자기 시작했다. 그는 끼니조차 거르고 온종일 자리를 지고 누워 있기만 했다.

이웃집 사람들이 우르르 몰려와 뭐라 수군거리며 방안을 기웃거리고 있을 때도 아버지는 안방에 누워 턱까지 이불을 끌어올린 자세로 저녁때까지 미동도 하지 않은 채 누워만 있었다.

천둥처럼 놀랐던 어머니도 차츰 그런 아버지의 모습을 보면서 슬슬 평온을 되찾아 갔으며 8톤 트럭에 의해 개울 바닥에서 끌려 나온 차가 대문을 들어설 때도 아버지는 자는 듯한 모습 그대로였다.

하지만 아버지는 깨어 있었다. 어머니와 나는 그것을 알 수 있었

다. 그러나 그의 얼굴에서 고통스럽다거나 하는 흔적 따위는 결코 찾아볼 수가 없었다. 그의 얼굴은 더없이 잠잠하고 평화로웠으며 아주 숙조하고, 지극히 맑은 미소까지 떠올라 있었다.

그 순간에 나는 오랜 옛날, 백부가 말을 타고 나갔다 돌아왔을 때의 그 흔흔하던 표정을 아버지의 얼굴에서 다시 보고 있었다. 또한 새벽에 아버지가 방으로 신발을 신고 들어오던 그때에, 나는 저 언젠가 저녁을 먹고 있던 방으로 불쑥 들어오던 말을 뚜렷이 떠올리고 있었다.

우리는 마당으로 절룩이며 들어와 상처투성이인 몸을 억지로 추스르며 버티고 서 있는 한 마리의 늙고 지친 말을 내다보고 있었다. 오추마! 그것은 아버지가 마지막으로 몰던 차의 이름이었다. 어머니는 남이 볼세라 눈물을 훔치며 슬금슬금 부엌으로 들어가 버렸다.

그랬다, 아버지는 그 멀고 먼 길을 달려오면서 한 번쯤은 그렇게 개벽하는 당신을 보고자 했던 것이다.

또한 우리는 알 수 있었다. 아버지가 평생 운명의 길을 좇아 달리며 잡으려 했던 그 앞서가고 있다던 말은 바로 아버지 자신이었으며, 그날 사고를 내고 집으로 돌아오던 그때에 이미 아버지는 그것을 알고 있었던 것이다. 왜냐하면 그 같은 사고를 내고 나서도 아버지가 상처 한 곳 없이 멀쩡한 것만을 보더라도 그것은 명백한 일이었기 때문이었다. 그 말은 평생을 두고 아버지에게 길들여져 있었으므로 이제 주인을 다치게는 하지 않는 것이다.

저녁 늦게 시골에서 백부가 올라왔고, 그때서야 아버지는 천천히 자리에서 일어나 앉았다.

……물 속 같은 잠에서 나는 깨어났다.

아니, 그것은 깨어난 것이 아니라 누군가에 의해서 깨워진 것처럼 느껴졌다. 누군가에 의해서? 그래, 내 안에서 그 동안 나이를 먹고 자라 온 누군가, 혹은 무언가에 의해서!

잠이 깨는 순간에 나는 팔다리와 어깨에 참을 수 없는 통증을 느꼈다. 그것은 누군가 완력을 사용해 억지로 뼈를 틀어 버릴 때 찾아올 법한 무서운 아픔이었다. 나는 세차게 몸을 버둥거리다가 이윽고 안간힘을 다해 자리에서 일어났다.

아니, 그것은 일어났던 게 아니다. 마치 가랑이 사이에서 무언가 거대한 것이 나를 태우고 벌떡 일어선 것만 같았다. 불가해한 어떤 힘이 내게 개입돼 있다는 것을 나는 비로소 확연히 깨닫고 있었다. 그러나 그것은 이미 거부할 수 있는 종류의 힘이 아니었다. 나는 견딜 수 없는 두려움을 느끼며, 침대 위에 두 발과 두 손을 디딘(!) 채로 옆에 잠들어 있는 아내의 얼굴을 내려다보았다. 그녀는 무슨 일이 일어났는지 모른 채 잠의 가면에 들씌워져 있었다. 그리고 그때 나는 깊은 물 속에서 울려 나오는 것 같은 이런 소리를 이명인 양 듣고 있었다.

자!! 이제!! 가자!!

나는 아내가 잠을 깨지 않도록 조심스럽게 장롱 서랍을 열고 옷을 꺼내 입었다. 새벽의 희부연 빛이 창문을 적시며 들어와 침대 모서리를 휘장처럼 감싸고 있었다.

안방을 나서려는 찰나에 아내가 잠에서 깼다. 때마침 아들 녀석이 눈을 비비며 제 방에서 안방으로 건너왔던 것이다.

아내는 단박에 사태를 짐작하고 차라리 냉정한 얼굴이 되어 나를 쳐다보았다. 그러나 그 흔들리지 않는 표정 속에서 말할 수 없는 당혹스러움과 슬픔과 노여움이 조용히 타오르고 있었다.

아내는 굳은 목소리로 내게 여자가 생겼는가, 라고 물었다.

아니라고, 나는 사실대로 말했다.

아내는 내게서 무슨 말인가를 듣고자 원했을 것이다. 하지만 나는 아무 말도 할 수가 없었다. 다시 말더듬이가 되어 아내가 가까스로 입을 열었다.

"그럼 어딜 가려구요?"

"그래, 어디로든 가려고 해."

"거기가 어딘데요?"

"몰라. 그냥 곧장 가보는 거지……."

"그럼 굳이 어디 갈 곳이 있는 것도 아니잖아요."

아내의 목소리는 마침내 쇠북처럼 떨리고 있었다.

"아니, 갈 곳이 있지. 그게 어딘지는 몰라. 하지만 가야만 하는 거지."

모든 것이 포함된 하나의 장소……라고 말하려다 나는 입을 다물어 버렸다. 어쩔 수 없었을 것이다. 아내는 아이를 안고 체념한 죄수처럼 조용히 안방으로 들어가 버렸다.

나는 소리 없이 대문을 열고 나와 문 앞에서 잠시 사위를 두리번거린 다음, 도대체 어디라고 할 것도 없이 낮게 낮게 발굽 소리를 퉁기며 내닫기 시작했다.

추·천·우·수·작

궤도를 이탈한 별

김 이 태

1965년 경북 대구 출생

서울대 철학과 졸업

현재 일본 기타큐슈(北九州) 대학교 대학원 재학중

1995년 《문학사상》 신인상에 중편소설 〈몽유기〉 당선

궤도를 이탈한 별

4년 전 그가 나를 데리러 온 날, 인생이 어떤 식으로 이끌려 갈지 아무 짐작도 못하고 있었다. 그는 나를 딱 두 번 봤다고 했다.

"그렇지만 제 얼굴을 기억하지요?"

씩 웃으며 모를 리 없다고 말했다. 그랬다. 나는 그의 얼굴을 기억하고 있는 것이다. 단단한 체격에 자연스럽게 짓는 그 웃음 때문인지도 몰랐다. 미대를 다니고 있었고 친구 언니가 경영하는 카페에서 아르바이트를 하고 있었다. 갈비집 둘째딸이 삶에 권태를 느끼며 겉멋을 부리고 있었던 것이다. 하루에 세 시간씩 신청 음악을 틀어 주고 손이 모자라면 맥주도 날라 주고. 여대 앞이라 별 치근거리는 사람도 없고 쓸데없는 자의식에 뻣뻣하게 굴 필요도 없는 심심하고 나른한 일이었다. 여대생들이 할 일 없는 시간을 때우느라 자기들끼리 담배도 피우고 술 주정도 하는 그런 곳이었다. 그래서 문득 까만 티에 짙은 회색의 가죽 잠바를 걸친 처음 보는 남자가 나타났을 때 우리 모두의 눈이 그에게 쏠렸는지도 모른다. 내게는 그의 얼굴보다 길다란 그의 다리와 잠수함 같은 대형 사이즈의 랜드로바가 먼저 눈에 띄었다.

여대에 다니는 여대생이란 여고생에서 미팅과 한가한 시간을 가질 수 있다는 것 외에는 별진전하는 데가 없어서 서로 네가 가서 주문을 받으라는 식으로 허리를 찔렀다. 나는 그가 멀쩡하게는 생겼지만 사복 경찰일 거라는 근거 없는 경멸감을 가지고 물수건과 물컵을 들고 갔다. 그러나 역시 긴장하고 있었는지도 모른다. 물컵을 의외로 거칠게 놓아 버렸고 그 바람에 물이 튀었다. 메뉴 판을 보고 있던 그가 불쑥 나를 쳐다보았고 눈을 한번 치켜 뜨고는 씩 하고 웃었다. 이성 앞에서 터무니없이 긴장했던 자신이 불쾌했고, 특히나 그 이성이란 남자가 형사일지도 모르는데 그가 짓는 여유로운 웃음에 나도 모르게 따라 어설프게 웃어 준 데 더욱 억울하다는 느낌이 들었다.

그래서 나는 그를 기억한다. 오후 서너 시쯤 들어온 여대 앞 카페에서 태연하게 커피를 한 잔 마시고 만나는 사람도 없이 한 30분쯤 앉았다가 온통 자기에게 집중되는 시선이 대수롭지 않다는 식으로 시계만 한번 보고는 건들거리며 나가는 그의 뒷모습을 기억하는 것이다.

"분명 먹물 좀 먹은 짭새야."

"뭔가 단단히 잘못 풀리고 있는 거지. 젊음이 한창 잘못 풀려 가고 있는 거야."

여대로 배치를 받은 사복 경찰들은 엉뚱하고 우스꽝스러웠다. 데모라고 해봤자 던진 돌이 50미터도 채 안 나가 쩩쩩거리는 정도인데 머리를 짧게 자른 그들은 어디서나 한심스럽게도 눈에 잘 띄었다. 걸핏하면 필요 없이 소리나 질러대고 컵라면으로 쭈그리고 앉아서 끼니를 때우는 그들은 위협적이라기보다는 무시와 조소의 대상이었다. 비슷하게 20대 초반인데 그들은 여대생들의 미끈한 다리를 보고는 침이나 흘리고 말도 못 붙여 보는 것이다. 그가 만약 그런 사복 경찰이라면, 짭새 중에서 그 정도의 이지적인 얼굴이 있다면, 우리는 작은 혼동을 일으켰을 것이다. 어쨌거나 그는 대학 주변의 무리는 아니었고 무역 회사 영업부 직원이라는 다른 틀 속에 있는 사람이었다. 시간을 뭉개야 한다는 것은 같았지만 그는 제 밥벌이를 하고 있는 사람이었고 나는 아르바이트해서 옷이나 한 벌 더 해 입는 정도인 것이다.

옷이나 한 벌 더 해 입는 정도. 그렇다고 몸치장에 연연했다는 얘기는 아니고 소유에 대한 감각이 지극히 옅었던 때라고 하는 것이 더 그럴듯하다. 무엇을 걸치든 상관없을 만큼 외모에 자신이 있었다기보다는 무엇인지 미확인의 물체가 자신을 짓누르고 있는 듯해서 옅은 마취 상태에 빠져 있었다고 할까.

그가 두 번째로 카페 문을 열고 들어섰을 때 나는 디스크 자키가 들어가는 조그만 박스에 앉아 담배를 피우고 있었다. 그때 나온 음악은 프린스의 〈컴퓨터 러브〉. 늦은 오후인데도 게슴츠레하게 앉아 있었고 그래서 누가 들어왔는지 별관심도 없었고, 해서 앞으로 유리 칸막이 하나를 두고 단단한 장딴지를 약간 흔들듯이 서 있는 그의 모습은 꽤나 외설적으로 보였다. 고개를 들자 그의 내려다보는 시선이 꽂히듯 들어왔고 예의 그 입가가 깊게 주름져 있었다. 그는 신청곡을 적어서 두는 곳에 얄팍한 상자 하나를 놓았다. 나는 손가락으로 내게 주는 것이냐는 시늉을 해보였다. 그렇다고 했다. 고맙다거나 이게 뭐냐거나 그런 말을 들을 필요도 없다는 듯 그는 곧 등을 돌려 나갔다. 그게 두 번째였다.

백화점의 스카치 테이프가 그대로 붙어 있는 얄팍한 상자 안에는 연어 살색의 가죽 장갑이 들어 있었다. 가격표도 떼지 않았을지 모른다는 생각을 하며 장난기가 돌아 장갑을 이리저리 훑어보았다. 구찌라는 상표의 마크가 장갑 손등의 한구석에 자그맣게 수놓아져 있었다. 성의도 무엇도 없이 덜컥 안겨 주는 고급 물건에 왜 기분이상하지 않았는지, 속물적이고 단도직입적인 그의 무엇이 오히려 유쾌하게 여겨졌는지, 이름도 모르는 생판 낯선 남자가 던지듯 주고 간 그 장갑을 왜 꽤나 오랫동안 끼고 다녔는지, 그 뒤로 종종 무소식이던 그가 2년 뒤 불쑥 아버지를 찾아 갈비집을 찾아왔다고 들었을 때 뭔가 개뿔도 없이 예감하고 있었다는 식의 기분이 들었는지.

나는 계속 과거의 어딘가를 헤집고 있다. 그 어느 곳엔가 필연적인 원인이 숨어 있을 것이라는 식으로, 그 원인을 규명하는 것이 마치 무슨 사건의 실마리라도 잡는 거라는 기분으로, 어쩌면 내가 그때 그러지 않을 수 없었다는, 그에게 행복한 채 끌려가지 않을 수 없었다거나 그게 어디로 향하는지도 모르면서 별로 두렵지도 않았다거나.

2년 뒤 그가 불쑥 갈비집으로 카운터를 보고 있던 아버지를 찾아왔다. 나는 대학원 재수라는 것을 하고 있었고 친구가 하는 미술 학원에 강사로 나가서 애들이 그린 괴발개발 같은 그림에 이딴 저딴 잔소리를 하고 있었다.

"너, 강태식이란 사람 아느냐?"

"강태식이 누군데요?"

"널 신부 삼고 싶다며 찾아왔더라."

아버지는 그가 내민 명함과 남자들끼리 담판을 벌였다는 데 꽤나 흡족해 하는 모습이었다. 남자들끼리……. 선보는 것도 이리 빼고 저리 빼고 어쩌다가 마지못해 나가면 아무렇게나 담배 피워 물고 파장을 내버려서 중매쟁이가 이렇게 비협조적이면 자기도 일하는 보람이 없다며 혀를 찼는데, 그 남자가 무슨 조선 시대 얘기처럼 여자 아버지를 찾아와 대뜸 나를 달라고 했다는 얘길 들었을 때 나는 펄쩍 뛰는 척하면서도 어딘지 흐뭇한 느낌이 들었다. 약간 강요당하듯 하는 섹스가 더 흥분되는 것과 비슷했다.

나는 그를 전혀 모르는 반면 그는 나를 속속들이 알고 있는 듯했다. 물론 속속들이……라고 해봤자 우리 집 주소에 내가 갈비집 미대 나온 둘째딸이라는 것 정도겠지만 그날 아버지를 통해 처음 들은 그의 이름은 어딘지 불공평하게 일방적으로 들렸다.

강태식, 서른하나, 샌프란시스코 현지 채용 직원, 과장급, 부모는 LA에서 세탁소 체인 경영, 남동생 하나, 신붓감 구해서 결혼식까지 포함한 특별 휴가 한 달. 2년 전에 나를 점찍어 두고 갔다고 했다.

"명함 하나 보고 자네 얘기만 듣고 더럭 선선히 딸을 내줄 사람이 어디 있겠는가?"

"오늘은 그냥 초인사만 드리러 왔습니다. 그러나 열댓 번을 봐도 기면 기고 아니면 아니다 싶어서 왔습니다."

아버지는 그 대답을 옮기며 그 놈 참, 하고 껄껄 웃었다. 여전히 미덥지는 않지만 하고 간 꼴이 제법 마음에 든 모양이었다.

나는 미친 말에 올라탄 느낌이었다. 그 쪽 부모한테서 신원 보증이라도 서듯 전화가 오고, 마침 그 쪽에 있던 엄마의 고종 사촌과 자기들끼리 만남을 정하고, 나와는 하등 관계없는 일들이 일어났다. 그러나 정작 내가 그 남자를 따라가겠다고 선언 비슷하게 하게 된 것은 그와 저녁을 세 번쯤 같이했을 때였다. 그는 결혼식을 포함한 휴가를 한 달 정도 받고 나왔다고 했음에도 불구하고 한 번도 서두르는 기색을 보이지 않았다.

스치듯이 두 번 보고 2년 만이건만 그는 항상 오래 전부터 잘 알고 있는 사람의 얼굴을 하고 있었다. 엄마는 그런 게 천생연분이라고 말했다. 엄마는 이미 자기의 고종 사촌과 장황한 국제 통화를 한 뒤였다. 한인 사회가 그토록 빤한 곳인지 성공해서 아들 둘 잘 키워 놓은 집안이라고 했다. 남자가 그 쪽의 교포 신붓감들을 제쳐 두고 혼자서 데리고 올 사람이 있다며 덜컥 서울로 갔다는 얘기를 했다. 그가 홍차를 대접받으며 엄마를 웃기고 있다. 나는 저 자신만만한 얼굴을 구겨 버리겠다고 벼르고 있었는지도 모르고 도대체 괴물처럼 불쑥 나타나 요령 좋게 사람을 구워삶는 남자가 궁금해지기도 했다.

그의 빌린 차가 집 대문 앞에 하얗게 버티고 있었다.

그는 돈을 더 주고 시트의 플라스틱 커버를 벗기게 했다고 말했다. 겨울바람이 불어와 몸을 움츠리고 숨어 들듯 기어든 차 안이 아늑하고 고요했고 신선한 가죽 냄새가 났다. 그가 시동을 걸 때까지 흐려 오는 창 앞과 사라져 가는 낯익은 골목을 보고 있었다. 아 유 레디…….

"섬세한 거예요? 아니면 버릇처럼 모든 일에 계획적인가요?"

그가 나를 바라보았다. 그리곤 소리 없이 웃었다.

"그냥 이걸 가끔 들었죠. 별 아는 음악도 없고."

그는 언제나 시원스럽게 모든 것을 얘기한다. 거리낌이 없고 활발한 것이 그때도 별다르지 않았다. 우리가 얼마나 이상스럽게 일방적으로 만나고 있나 하는 것을 자기는 전혀 눈치도 못 채고 있다는 투로 마치 무르익어 있고 모든 것이 결정되어 있는 예의바른 약혼자처럼 담담했다.

"전 이해가 안 가요. 말을 나눈 적도 없이 잠깐 얼굴만 봤을 뿐인 여자를 용케도 다시 찾아내서 당장 신붓감으로 미국까지 데려가겠다는 게."

길이 거칠고 비좁아서인지 내 말을 못 들은 것인지 계속 앞만 보고 운전을 하는 바람에 잠시 나는 그의 옆얼굴을 볼 수밖에 없었다. 턱이 약간 네모지게 굳어 있어 뭐든 잘 씹어 삼킬 듯하고 그 위에 오래된 여드름 두 개가 작게 박여 있었다. 쌍꺼풀 없는 눈이 깊게 박혀 있는지 아니면 눈썹 있는 데가 원시인처럼 튀어나왔는지 그의 눈만은 뚜렷했고 어디서 한 대 얻어맞은 것처럼 코가 약간 휘어 있었다. 나는 시선을 급히 돌렸다.

"살면서 직감이 중요하다고 생각하고 있습니다. 물론 당황하는 것은 이쪽도 마찬가지지만 당신이 내 여자라고 느껴 버린 거죠."

"그래서 장갑만 던져 주고 2년 뒤에 불쑥 잊어버린 물건모양 찾으러 온 건가요?"

"서울에 계속 살았다면 그렇지 않았겠죠. 남들 하는 것처럼 데이트 신청하고 거절당하고 또 신청하고 간신히 만나고……. 사실은 그 이틀 뒤 다시 미국으로 가야 했으니까 말입니다."

그가 다시 나를 보고 '그런 것들이 멍청하고 쓸데없는 짓이라는 것을 잘 알지 않느냐'는 식으로 씩 웃었다.

"그래도 최소한 자기의 소개나 이쪽의 소개나 적어도 이름 정도는 나눌 수 있지 않았을까요?"

차는 성북동 고개를 내려가고 있었고, 나는 내 말이 부질없다고 느끼고 있었다. 소개나 어떤 절차를 얼마나 밟든 남녀 관계란 기면 기고 아니면 아니니까. 그가 마치 나를 버리고 간 남자라도 되듯이 나는 그의 불성실을 추궁하고 있고 그는 어, 미안, 하는 투로 대수롭지 않게 받아들인다.

"1년 간 연수를 와 있었습니다. 가끔 서울 아무데나를 헤집고 다녔죠. 어릴 적 골목을 찾아가는 식으로. 그러다 좀 쉴 겸 해서 아무데나 문을 열고 들어갔습니다."

우리는 자연스럽게 그 여대 앞 카페를 향하고 있었다.

"머리를 짧게 커트하고 있었지요? 고양이가 세 마리 그려진 까만 에이프런을 두르고. 그때 여자 친구도 몇 있었는데 잠깐 본 당신 얼굴이 잊혀지지 않고 당신을 생각하면 수백 번도 더 섹스를 한 느낌이 드는 겁니다."

나는 무릎 위로 올라오는 치맛자락을 모아 쥐고 있었다.

"당장 호텔로 가서 확인을 해보면 착각이라는 걸 알 수 있잖아요? 나도 하룻밤 관계에 목매다는 요조숙녀가 아니니까."

"운명이란 서둔다고 만들어지는 것은 아니지요."

그는 카페 옆 골목으로 차를 세우고 맥주라도 한잔하자고 했다. 지하로 들어서는 계단 옆 벽에 복사 그림의 판넬이 초롬히 붙어 있었다. 카페 안은 장사 잘 안 되는 적적한 분위기를 그대로 안고 있었고 친구 언니가 날 알아보고 오랜만이라며 나왔다.

"그새 결혼했어? 어째 소식이 없더니."

"아니에요."

"애인이니? 어쩜 둘이 그렇게 닮았어."

그는 내 뒤에 약간 비켜 서 있어서 얼굴을 보진 못했지만 그의 얼굴을 보지 않아도 잘 알겠다는 느낌이 왔다. 작은 테이블을 사이에 두고 맥주를 마시기 시작하면서 그의 무릎이 언뜻 스타킹 신은 내 무릎을 스쳤다. 그의 무엇이 그 당시의 나를 그토록 순식간에 대담하게 했는지 모른다. 그의 다리가 내 다리를 감싸듯 조여 들 때 나 역시 그처럼 이런 게 운명인지도 모른다고 생각하고 있었다. 우리의 신경은 우리가 나누는 대화보다 다리의 스침에 더 집중되어 있었고 우리가 2년 전에 무슨 얘기를 나누었든 그것은 별상관이 없다고 여겨졌다. 그는 나를 지그시 바라보기도 했고 나는 어처구니없다는 식의 웃음을 몇 번인가 터뜨렸다. 이런 일이 일어날 수도 있다는 게 믿기 힘들어서 말이다. 시계가 열한 번 종을 치고 그가 시계를 보며 이제 슬슬 가는 게 좋겠다고 말하며 일어섰을 때 나는 한동안 다리가 후들거려 테이블을 잡고 엉거주춤 서 있었다. 그는 집 앞으로 와서 '죄송합니다. 장모님'이라고 했고 엄마는 '아이구, 이 사람아, 넉살도 좋긴'이라고 말을 주고받는 것이 꿈결처럼 메아리 치며 들렸다. 나는 방으로 곧장 올라와 화장도 지우지 않은 채 잠에 빠졌고 그것이 술기운 때문이 아니란 것을 잘 알고 있었다. 다음날 그가 집으로 왔을 때 나는 열에 들떠 있었고 그가 건네 주고 간 썬키스트 주스 통을 얼핏 보고는 하루 종일 잤다.

눈을 떴을 때는 석양이 벌겋고 산만하게 방안으로 들어와 있었고 아래층에서 왁자한 소리가 들렸다. 언니와 형부의 목소리도 들렸고 틈틈이 껄껄거리는 그의 목소리가 섞이듯 뚜렷하게 울려 왔다. 어둠이 짙어질수록 소리는 점점 뚜렷해 갔다. 얼마나 누운 상태로 그렇게 엿듣고 있었는지 모른다. 방문이 살며시 열리며 엄마가 들어왔다.

"자니?"

"모두들 어떻게 미친 거 아냐? 저 사람 언제 봤다고, 내가 어떻게 생각하는지도 모르면서 무슨 벌써부터 한 식구처럼 굴어? 엄마, 저 사람 나 두 번 봤대. 그것도 2년 전에. 저렇게 엉뚱한 사람 도대체 뭘 믿고 웃고 떠들고 난리야?"

벌떡 일어나 어둠 속에 다짜고짜 소리를 지르는 나를 달래듯 엄마는 스탠드 불을 어스름하게 켜놓고 침대 위에 걸터앉았다.

"열은 좀 가라앉았니. 글쎄 우리도 모르겠다. 그런데 저 사람 웃기기도 잘하고 말도 시원시원하고, 조건 따져 봐도 흠잡을 데 없고. 물론 네 의향도 중요하지. 네 말대로 우리 모두 홀린 느낌도 들고. 넌 어떻게 생각하니, 저 사람 그냥 저대로 보낼 수도 있어. 그냥 즐겁게만 지내다가, 정말 자기가 너한테 마음이 있다면 1년 뒤나 그쯤 양가 부모 한 번씩 다 만나 보게 하고 다시 오나 보잔 얘기야."

"두세 번 본 사람을 나도 어떻게 알아? 그냥 이렇게 우당탕 떠밀려 가는 게 싫어. 나도 충분히 생각을 하고 싶고 저 사람 얼렁뚱땅하게 우리 집 사람들 다 자기 손아귀에 넣어 버릴 듯이 퍼지르고 있는 게 참을 수 없단 말이야."

나는 말을 이을 수 없었다. 나 역시 그의 손아귀에 잡혀 있다는 느낌 때문이었다. 동물적으로 치근덕 달라붙으며 떨어질 줄 모르는 그의 매력. 어디가 나쁜지 나도 몰랐다. 기억 상실증에 걸려 있던 것 같던 느낌, 우리는 그 동안 계속 편안하고 오래 사귀어 왔고 내가 잠시 정신이 나갔고 마침내 어떤 충격으로 과거를 기억하기 시작한 느낌, 과거라기보다는 전생이 있다면 전생을 기억하고 있는 느낌이라고 해도 좋다. 몸살 기운이 사라지고 나자 그는 잠깐 가볼 곳이 있다며 할 일이 없으면 같이 가는 게 좋겠다고 했다. 나는 엄마의 말을 따르기로 했다. 가장 객관적으로 손해나지 않는 방향으로 행동할 것을 작정했다. 한 달 사귀어 보기로 말이다. 그러나 그것은 마음뿐이었다.

그가 나를 데리고 간 곳은 어느 선배나 본사 상사의 집이 아니라 어린이 대공원이었다. 날이 추웠고 평일이라 사람도 뜸했고 모두들 어쩌다 들른 얼굴들을 하고 있었다. 눈사람처럼 눈만 보이게 옷을 잔뜩 껴입고 굴러다니는 아이들도 그랬고 난방기를 최대한으로 틀어 놓고 하품을 찍찍 하는 매표소 직원들도 그랬다. 살면서 어쩌다가 들른 한적한 곳에 그는 딱 하나 볼일이 있다고 했다. 88열차를 타자는 것이었다.

"그래요, 나도 겁은 없어요."

우리는 볼이 발개지도록 연이어 세 번을 탔고 근처의 학사 주점에 들러 두부김치에 소주를 마셨다. 그는 나와 있으면 박카스를 마신 것 같을 거라는 예감을 가졌고 그 예감이 맞다는 것을 순간순간 느끼고 있고 나 역시 그의 확고한 예감을 따라가면 절대 후회하지 않으리라고 말했다. 그는 자연스럽게 자기의 손 안에 내 손을 포개어 넣었다.

먼저 결혼하자는 말을 입 밖에 낸 것은 내 쪽이었다. 동등하게 나도 당신을 선택한다는 의미처럼 말이다. 마치 빨리 달아나 버리고 포즈를 취할 줄 모르는 얼뜬 짐승을 스케치하듯 나는 불과 보름도 안 되어 한번 받아들인 그의 인상에 도박을 걸듯 얘기했다. 크로키에 어떤 계산이 소용 되는가? 암담하고 느려 터질 바에야 사진을 보고 베껴 넣는 가짜 초상화가 낫다. 내가 결혼하자는 말을 먼저 했다고 해서 그 결혼이 나의 선택이었다는 것은 거짓이다. 아무도 반대하는 사람이 없었던 반면 모두가 소를 몰듯 나를 그런 선택으로 몰아갔는지도 모르고, 내가 재빨리 결정을 내렸다고 하는 것이 사실은 그의 속도에 발을 맞춘 것뿐이고 스타카토로 현을 튀기는 듯한 탕탕한 그의 삶이 부러워 그를 따라 살려고 한 때문인지도 모른다. 무엇에 속았다거나 예의 사기 결혼 같은 것을 당했다거나 했다면 오히려 나는 이런 글을 쓰지 않았을 것이다.

우리가 손을 붙잡고 무릎 꿇고 앉아서 결혼하고 싶다는 말을 꺼냈을 때 누구 하나 의아해 하는 사람도 없었고 엄마는 언제 봤는지 싱글거리며 자못 심각하게 궁합 본 얘기를 했다.

"네가 지레 길길이 뛰고 청개구리 짓을 할까 봐 미루고 있었지만 네가 결정을 내렸으니 잘됐다. 청량리 오 선생이 그러더라. 제 발로 굴러 들어온 복을 기어이 찰 것이냐고. 둘이 궁합이 좋은 것은 오히려 둘째래. 넌 그저 강 서방 옆에만 붙어 있으면 호강도 그런 호강이 없다고 하더라."

내 기분이나 느낌 같은 것은 더 이상 거론되지도 않았다. 살 집은 이미 그 쪽에서 마련해 둔 것이 있고 혼수를 구질구질하게 장만하는 대신 공동 명의의 구좌를 터주었다. 아버지와 친분이 있던 교회 목사에게 주례를 맡겼고 청첩장 대신 전화로 친지며 친구들을 불렀다. 모두들 긴급 상황에 대피하는 사람들처럼 침착하게 우리의 결혼을 추진해 주었다. 그의 부모는 시간이 너무 박해 참석할 수가 없다고 했다.

"일생에 한 번뿐인데 너무 서둘러 제대로 치르지 못해서 나중에 후회될 것 같으면 지금 당장 하지 않아도 돼. 내년이나 내후년이라도 상관없고 약혼만 해놓고 미국에 와서 잠시 지내다 가도 되고."

의외로 그런 말을 해준 것은 그였다.

"회사에다가는 뭐라 그러구요."

"실패했다고 하면 되지. 신붓감한테 바람맞았다고."

그런 소리가 오히려 아수라장처럼 변해 버린 집안을 하루빨리 탈출하는 게 좋겠다는 생각을 심었는지도 모른다. 나는 그의 여유와 그가 돌연 마련해 주는 신비한 속도감에, 틀어박혀 어설프게 시간을 허비하고 싶은 욕망을 접어 버렸다. 결혼 날짜가 잡히자 그는 우리 부모에게 식을 치르는 비용이라며 상당액의 현금을 전했고 그것에 불이 붙었는지 신부 화장이며 드레스며 결혼 반지며, 복권에 당첨된 사람처럼 단기간 최고의 사치를 누리게 되었다. 신부 화장을 한답시고 눈썹을 뽑고 문신을 했는데 결국 나는 그게 채 지워지기도 전에 미국행에 오른 것이다.

LA에 사는 시부모에게 먼저 인사를 드려야 하는 것이 순서일 텐데도 그는 휴가가 차버려서 급하게 회사를 나가야 한다고 했고 주말에 들르자고 했다. 우리는 LA 공항에 내려 세 시간을 바에서 보낸 뒤 곧장 샌프란시스코로 갔다. 아침이라 서류 가방을 들고 출근을 하는 비즈니스맨들이 많았다. 이게 미국이야. 손오공에 나오는 부처님 손바닥처럼 대지가 굵게 주름잡혀 있고 광활하고 대담해 보였다. 그가 창 밖을 가리키며 이곳이 자기가 자란 땅이라고 했을 때 비로소 나는 그가 미국 영주권을 가진 사람임을 깨달았지만 정확하게 그것이 무엇을 의미하는지는 몰랐다. 순두부도 잘 먹고 고등 학교 때 가서 그런지 우리말 발음이 하나도 이상하지 않고 말할 때 영어를 섞어 쓰는 법도 없었다. 신혼 여행이라고 사흘을 내리 묵은 한강이 내려다보이는 호텔에서도 내가 콘티넨탈 브렉퍼스트를 침대에서 받아먹은 반면 그는 근처의 식당을 찾아가 호박죽이나 콩나물국을 먹고 왔다.

"당신은 미국 간 지 10년도 넘었는데 아직 그렇게 순수 토종 짓을 해요?"

"고생을 많이 해서."

나는 더 이상 물어 보지 않았는데, 대뜸 그의 부모가 처음 이민 가서 자리잡을 동안의 전형적인 고생담을 떠올렸고 사춘기였으니 말이 안 통해서 받는 소외감 정도로 내리 짐작을 해버렸다. 나는 자궁에서 막 나온 태아처럼 온갖 탯줄을 다 잘라 버리고 말갛게 해서 그의 품에 안겨 태평양을 건너왔고 여느 인간의 새끼처럼 연약하기 짝이 없었다. 태어난 지 여섯 달이 지나야 겨우 기기 시작하고 또 석 달쯤 다시 지나야 뒤뚱거리며 먹을 것을 찾아내는 더디기 짝이 없는 동물 말이다. 그러면 그는 무엇이었을까. 차를 타고 20분쯤 갔다. 우리의 보금자리가 있다는 러시안 힐로 올랐다. 공원처럼 보이는 곳에 4층짜리 빅토리아 식의 건물이 있었고 1미터쯤 되는 작은 오솔길 사이로 3층으로 통하는 하얀 문이 보였다. 3층과 4층이 우리가 살 집이었다. 그는 집으로 들어가자마자 나의 옷을 통째로 벗겨내서는 침대 안으로 넣어 준 뒤 커튼으로 빛을 차단해 주고 회사로 나갔다. 나는 거짓말처럼 깨끗한 하얀 시트에 맨살의 감촉을 느끼며 잠에 빠졌다. 비행기에서 남들이 신문을 보며 새까만 모닝 커피를 마실 동안 나는 샘플 같은 위스키를 계속 마셨고 취기는 자동차 범퍼처럼 이질적 환경의 충격에서 자신을 어느 정도 방어해 주었는지도 모른다. 나는 그의 뜨겁고 진득한 입술의 감촉을 꿈꾸며 잠이 들었고 그래서 얼마큼 잤는지 몰랐고 입술이 타들어가는 느낌에 스탠드에 놓인 물컵을 찾으려고 했을 때 열린 방문 사이로 언뜻 누군가 지나치다 다시 돌아와서 나를 바라보며 빙긋이 웃음짓고 있었을 때도 그다지 놀라지 않았던 것이다.

커튼을 뚫고 들어오는 대낮의 햇빛이 그와 그가 서 있는 주변과 그가 비스듬히 기대어 서 있는 회색의 벽과 멕시코 풍의 판화 액자를 비추고 있었다. 얼핏 금발이 아닌가 하는 생각도 들고 턱을 깎고 얼굴에 분을 발라 변장을 한 나의 남편이 아닌가 하는 느낌도 들었다. 인상이 말없이 부드러웠고 머리를 치렁하게 늘어뜨리고 있었다. 상아색의 두터운 폴라 스웨터에 무릎이 닳은 물 빠진 청바지 그리고 맨발과 발가락으로 뻗어 있는 푸릇한 힘줄과 약간 휜 듯한 몸매.

"잘 주무셨어요, 형수님."

그가 나보다 한 살 적다고 했던 시동생 인문이었다. 물컵이 비어 있었다. 베개 뒤로 머리를 받치며 난감한 표정을 지었는지 눈인사를 했는지 모르겠다. 그가 고개를 숙이며 머리카락을 쓸어 넘기더니 커피를 마시겠냐고 했다. 나는 시트 위로 얼굴만 내놓은 채 고개를 끄덕였다.

햇살은 부엌에 가장 많이 쏟아지고 있었고 자동차 부속품 같은 작고 네모난 시계는 4시 5분을 가리키고 있었다. 나는 남편이 벗어 놓고 간 줄무늬 와이셔츠를 걸쳤다. 겨울인데도 난방이 잘되어 있어 따뜻했고 창문에 김이 서려 있었다. 그는 한 사발쯤 되는 묽고 검은 커피를 양철 머그에 담아 손으로 받쳐 주었다. 식당에 있는 둥근 탁자에는 보라색의 테이블 보가 씌워져 있었다. 갓 지은 건물처럼 옅은 페인트 냄새가 났지만 식당을 통해 나가게 되어 있는 목조 베란다의 결이 비를 잔뜩 머금고 내뱉은 어두운 색을 띠고 있었다. 샌프란시스코가 내려다보였다.

"얘기 많이 들었어요. 납치당했다구요."

그는 우리말을 조심스럽게 썼다. 살금살금 단어와 단어 사이를 밟아 가며 더듬지 않고 또박또박하게 말했지만 그의 형처럼 태연하지 않았고 찰랑거리며 불안해 보이는 컵 속의 작은 물결처럼 목소리가 잔잔했다. 형과 열 살 차이가 나니 그가 이곳에 온 것은 국민 학생 때였을 것이다.

"그래요. 내가 지금 어디 있는지 잘 모르겠어요. 순식간에 날아와서는 잠을 자버렸으니까."

새 지저귀는 소리가 들렸고 해가 빨리 지고 있었다.

"형이 조금 전에 전화를 했어요. 곧 들어오겠다고."

우리는 식당 탁자에 마주보고 앉아서 커피를 마시고 있었다.

"나는 일을 하러 나갈 시간이에요."

그는 약간 부은 듯 선명하게 쌍꺼풀이 진 자신의 아름다운 눈을 감추기라도 하듯이 테가 없이 동그랗고 까만 알만 있는 선글라스를 꼈다. 후드가 달린 외투를 입고 목도리를 걸친 뒤 기타가 든 듯한 단단한 가방을 어깨에 메고 그는 나갔다. 문 닫는 소리와 자동차 시동 거는 소리를 들으며 나는 집 안을 둘러보았다. 완전히 새로운 생활이 나를 기다리고 있었던 것이다. 그러나 어디론가 던져졌다는 느낌을 버릴 수 없었다. 텔레비전을 틀었다. 몸통에 줄을 매고 공중낙하를 해서 인형처럼 달랑달랑 다시 끄집어올려지는 장면이 보였다. 보르네오 옷장만한 대형 냉장고가 있는 반면 텔레비전은 국민학생들이 쓰는 도화지만한 화면에 지직거리는 소리가 났다. 발이 시려 왔다. 목욕탕 물을 틀어 놓고 그 안에 들어가 누웠다. 그들의 생활에 내가 끼여든 느낌도 들었다. 2층 자그마한 응접실에는 새것인 듯한 작은 소파와 카펫이 있었고 내가 자고 일어난 방도 자디잔 꽃송이들이 뭉쳐 있는 침대 커버며 흰색의 단조로운 화장대며 마치 무국적의 호텔 방처럼 새롭게 단장이 되어 있었지만, 목욕탕에는 그들이 쓰는 면도기, 남자용 애프터셰이브, 반쯤 짜서 쓴 뚜껑 열린 치약, 여기저기 흩어져 있는 바스 타월들, 이용실에서 쓰는 듯한 헤어드라이어가 낯설게 놓여 있었다.

나는 꽃씨를 터뜨리듯 트렁크를 열어 내 물건들에게 활개를 치게 하고 싶다는 생각과 뜨뜻하고 미끈한 물의 감촉에 저절로 벌어져 가는 양다리를 보며 남편의 단단한 엉덩이를 다시 쓰다듬어 보고 싶다는 생각을 번갈아 하며 눈을 감고 졸고 있었다.

목욕탕은 김으로 뿌옇게 차 올랐고 나의 오른손이 자연스럽게 허벅지로 내려갔다. 나는 그 곳을 가볍게 쓰다듬었다. 마치 무엇인가를 확인하는 것처럼 남편의 혀끝이 그랬듯 손가락으로 그 곳을 간지럽히며 벌리려 하고 있었다. 나는 그가 얼마나 거기 서 있었는지 모른다. 그는 나를 바라보고 있었다. 비스듬히 기대어서 재미있다는 식으로 말이다. 눈을 떠서 그를 보자 그는 웃으며 괜찮다고 말했다. 세면대 위에 놓인 시계를 집어 들고는 내 이마에 입을 맞추고 나갔다. 나는 당황하지 않은 나 자신에 더 당황했다. 마치 발가벗고 물장난을 친 것 같은 착각을 나도 일으키고 있었다. 그의 웃음이 대번에 나를 안심시켰고 상식적으로 놀 필요가 없는 나라에 왔다고 얘기하는 것 같았다. 미국에 와서 처음 한 짓이 자위를 하려다 시동생한테 들킨 것인데 그것이 이상하게 하나도 부끄럽지가 않았다. 그의 시선이 가져다 준 대담성인지도 모른다. 오히려 나는 그에게 혈족 같은 친근감을 지니게 되었다. 낄낄거리며 웃을 수 있는 일이 많이 있으리라는, 은근히 신나는 공범자가 된 기분 말이다.

그날 저녁 남편은 1주일 생활비로 눈에 익지 않아 돈처럼 보이지 않는 달러 지폐와 걸어서 갈 수 있는 슈퍼의 지도와 한국 식품점의 전화 번호를 건네 주었다. 회사 일이 많이 밀려 있었다고 했다. 틈이 나는 대로 시내 관광을 시켜 주겠다고 했다.

남자 둘이서 무얼 해먹고 살았는지 식기도 별로 없고 냉장고도 크기만 했지 속이 비어 있었다. 그는 당분간 자기의 신용 카드로 살림에 필요한 물건을 사라고 했다. 버스가 있으니 저팬타운 근처로 가면 한국 상점들이 많다고 했다. 나는 지도를 펴놓고 빨간 동그라미를 치며 걱정할 필요가 없다고 했다. 그는 어두워지면 불량 거지가 많이 나돌아다니니 어둡기 전에는 반드시 들어오라고 했다.

형제의 생활 사이클이 완전히 반대였다. 인문은 음대를 휴학하고 나이트클럽에서 기타 연주자로 밤일을 하고 언제 들어와 언제 나가는지 잘 모를 정도로 조용했다. 나는 두 남자의 끼니를 제때 챙겨주기로 했다. 자신이 묵고 있다는 걸 분명히 하고 싶어서였다. 온지 1주일쯤 지났을 때 회사에서 신혼 부부 환영 파티를 한다길래 지사장 집으로 갔다. 수영장이 있고 바비큐에 갈비를 굽고 한국 아이들이 뛰어다니며 소리를 지르고 부부 쌍쌍으로 어색하게 칵테일 잔을 들고 있었다. 남편은 내게 자유스러워 보이더라도 절대 그들 앞에서 담배는 피우지 말라고 했다. 한국에 있는 사람들보다 사실은 더 보수적인 그들에게 처음부터 흉잡힐 필요가 없다면서 말이다. 나는 특별히 머리를 올리고 손 수가 놓인 연분홍색 한복을 입었고 말로만 듣던 한인 사회에 호기심을 가지고 그들을 살폈다. 아이들은 영어를 쓰고 엄마들은 아이들에게 우리말로 얘기한다. 간단한 농담 같은 것은 영어를 쓰고 술이 들어갈수록 그 수가 늘어난다. 지사장이 가족처럼, 이란 말을 강조하듯 자주 했고 부장과 과장의 아내들은 동서처럼 보였고 나를 막내라고 부르겠다고 했다. 좋을 대로 하라고 했지만 그들의 계급 속에 들어갈 생각은 없었다. 시집살이를 하는 대신 누구 생일이며 누구 돌잔치며 심심찮게 서로를 불러들였고 그들이 내 삶의 한 틀이 된 것은 사실이지만 아내로서의 최소한의 의무 이상으로는 다가오지 않았다. 만나기만 하면 빨리 아이를 가져야지, 라고 말하는 그들에게 나는 별로 할말이 없었다. 그들은 남편이 정말 수단이 좋은 사람이라고 말했다. 갑자기 나라는 여자는 그의 수단에 농락을 당하고 있는 정도로 비칠지도 모른다는 생각이 들었다. 그러나 그들의 가치관이니 선입관 따위는 그들을 만나고 돌아서는 순간 쉽게 잊혀졌다.

나는 우리 세 사람의 생활에 들떠 있었다. 아내와 형수를 맞이한 그들 역시 나만큼 들떠 있었는지는 모르겠다. 그들의 생활은 그 전과 별다를 바 없었는지도 모른다. 미국이란 곳 자체가 내게는 흥분과 불안을 동시에 안고 살아가게 했다. 건물과 사람들의 크기, 걸어서 다니는 사람들이 별로 보이지 않는 한적하고 휑한 주택가. 눈 대신 더듬이를 사용해서 마련해 가는 생활의 소도구들.

나는 집에서 그다지 멀지 않은 차이나타운에 자주 갔다. 그 곳에 가면 아는 동네에 들어섰을 때처럼 마음이 놓였고 1달러짜리 귀고리며 찐만두가 가득 놓여 있는 것이다. 남편은 내게 외로운가 물었다.

그런 말을 들으면 그때서야 내가 외로울지도 모른다는 생각이 들 만큼 나는 거칠고 손에 잡히지 않는 미국 생활을 여기저기 바쁘게 더듬어 나갔다. 시댁 얘기가 다시 나온 것은 한 달쯤 뒤였다. 우리는 모처럼 시간을 맞추어 저녁을 같이 먹고 있었다.

"부모님께 인사드리러 안 가요?"

전화를 건네 받아 시어머니한테 인사한 게 전부였다. 맛이 좋다며 엉성하게 양념된 불고기를 열심히 먹던 남편의 얼굴이 갑자기 굳어지는 것을 보았다. 결혼하고 나서 처음 보는 얼굴이었다.

"갈 필요 없어. 계부야."

그는 그 얼굴로 잠시 화면이 정지한 듯 꼼짝 않고 있었다. 인문이 입술을 치켜 올리듯 말했다.

"너무 그럴 필요 없잖아?"

"구태여 갈 필요도 없어."

남편은 화가 난 듯 젓가락으로 고기를 휘젓고 있었다.

"왜 나한테 진작 얘기하지 않았어요?"

"시아버지가 계부건 아니건 우리 결혼하고는 상관없다고 생각했어."

그는 내 말이 맞지, 하는 뚜렷한 시선을 보냈지만 여느 때처럼 쉽게 납득이 되지는 않았다.

"그렇다고 숨길 필요도 없잖아요?"

"필요, 필요. 무슨 필요를 위해서 당신에게 말을 안 하고 일부러 그 곳에 안 가고 하는 게 아니야. 단지 내 관심 밖의 사람들이고 만나서 기분 좋을 사람들도 아니야."

시댁이 좋은 집안이건 콩가루 집안이건 사실 내게는 차이가 없었다. 그러나 미국행에 오를 때만 해도 갖고 있던 어떤 화목한 가정, 가끔씩 인사드릴 시부모님이 있고 건장한 아들 둘이 있고 하는 그 가정의 이미지가 순식간에 날아가는 느낌이 그다지 유쾌하지만은 않았다. 특히 그가 언성을 높였고 그 언성 높인 이유를 나는 몰랐고, 돌연 내가 그에 대해 알고 있는 것이 여전히 별로 없다는 사실을 깨달았다. 이곳에 와서 시동생을 만나고 그의 회사 사람들을 만나고 한 것이 그의 과거에 대한 실마리를 전해 주지 않았고 서울에 있을 때 그의 부모가 우리 집에 전화를 하고 한 것이 어떤 쇼에 불과했나 하는 의심이 들었다.

"그럼 우리 엄마 고종 사촌이 만난 분들은 누구예요?"

"물론 엄마와 계부야. 자기들이 그저 들떠서 한 짓이지 내가 부탁한 게 아니고. 그 사람들을 안 봤으면 나라는 놈은 한치의 믿을 구석이 없단 얘기야?"

"그게 아니에요, 갑자기 뭔가 어처구니없어져서."

"복잡한 문제가 아니야. 나랑 계부랑 사이가 안 좋고, 각자 따로 살아왔는데 그들이 갑자기 며느리에게 시부모 노릇을 하고 싶어하는 꼴이 보기 싫다는 거야."

그날 밤 남편은 오해할 필요가 없다며 자신의 얘기를 아주 간략하게 해주었다. 여자 홀몸으로 아들 둘 데리고 미국이란 곳에 무작정 건너왔고 어렵게 살던 차에 세탁소 홀아비가 접근을 해서 서로 의지할 겸 결혼을 했고 그 세탁소 홀아비는 그들 형제에게 선불리 가부장적인 권위를 휘두르려 했고 고등 학생이던 그는 두말없이 집을 나왔고 아르바이트를 해서 학교를 마쳤고 어머니가 부치는 돈을 매번 돌려보냈다고 했다.

"마치 창녀 같다는 생각이 들더군. 몸 팔아서 자식 공부시키는. 죽은 아버지가 죽은 게 아니고 버림받았다는 생각이 들었어. 그건 어디까지나 내 감상이야. 여기 애들 일찍 자립하는 것 보니까 별 아쉬운 생각도 안 들고 그냥 자기들끼리 잘살겠지 싶었지."

그가 5년 만에 그들을 찾아갔을 때 그의 어머니는 한 쪽의 멍든 눈을 머리카락으로 가리듯 하고는 살림도 펴지고 생활이 편하게 됐다고 했다. 중학생이 된 인문은 계속 기침을 하고 있고 계부가 데리고 온 비슷한 또래의 뚱뚱한 딸아이가 거지 같은 느네 동생을 데려가라고 했다고 했다.

"그 뒤 우리 둘이 이렇게 살아 버틴 거야."

인문을 데리고 온 다음부터는 돈을 돌려보내지 않았다.

"나 혼자서는 먹고 살겠는데 동생 학비며 치료비까지는 감당을 못하겠더군. 계부가 그걸 알고 있는 거야. 내가 자기 돈을 몰래 받고 있다는 걸 처음부터 알았겠지. 그러고는 이제 슬슬 돈 임자 노릇을 하고 싶은 거지."

인문의 가벼운 천식은 곧 나았지만 그는 어떻게든 대학을 졸업하고 직장을 잡는 것이 중요했다. 트럭 운전, 양계장에서 달걀 줍기, 학교 식당 점원, 안 해본 것 없이 어렵게 대학을 마쳤고 곧바로 제약 회사 세일즈맨으로 들어갔다.

"여긴 봉급쟁이도 하기 나름이야. 실적이 좋았지. 사람 운도 있고."

나는 그날 밤 그렇게 그렇게 그의 자수 성가한 얘기를 들었다. 고등 학생 때 엄마 따라 미국 와서 혼자 살기를 터득한 그의 과거였다. 길게 늘어뜨린 얘기도 아니고 자랑스러워하는 어조도 아니고 섭섭한 감이 배어 있지도 않은 그의 얘기를 듣고 있는데 왜 갑자기 찬바람이 일며 외롭다는 느낌이 들었을까. 그가 외로워 보이고 그의 동생이 외로워 보이고 그들 가운데 내가 끼여 나도 외로워진 것일까. 그는 유산도 못 받을 고아 같은 사람 따라온 게 후회가 되냐고 물었다. 나는 물론 아니라고 했다. 당신이 그걸 더 잘 알지 않냐고 했다. 내게는 부엌에 들어와 엉덩이를 툭 치고 가고 자면서 코끝을 손등으로 문지르는 이 현재의 남자가 중요했지 피곤한 그의 과거는 멀게만 느껴졌다. 그의 얼굴이 가끔씩 어두워지는 것도 그가 과거에 받은 상처나 고생의 흔적이 아니라 현재 무슨 일엔가 결단을 내리거나 돌파구를 마련할 때임을 알게 된 것도 그의 얘기에 휘말리지 않는 데 큰 힘이 되었다.

겨울 기운이 풀어져 감에 따라 나도 우리의 신혼 생활에 익숙해져 갔다. 그가 출근하고 나서 집 안 청소를 하기 시작했고 청소기 소리에 더 잘 수가 없었는지 인문이 부스스한 얼굴로 내려왔다. 말랐지만 제대로 근육진 그의 상체가 반팔 티를 통해 내비쳤다. 그가 커피를 두 잔 타서 다시 올라갈 때 나는 그의 방에 여자가 있다는 것을 알았다. 나는 그 여자가 발가벗은 채로 아직 자고 있을 모습을 상상했다. 그는 조용히 올라가서 부드러운 아침 햇살처럼 여자를 깨울 것이고 그들은 다시 섹스를 할 것이고 쌍둥이처럼 겹쳐져 다시 잠이 들 것이다.

나는 시동생의 여자를 한 번도 본 적이 없었다. 가끔씩 바뀐다는 것은 알았다. 그는 웃는 얼굴로 가볍게 여자를 거부하기도 할 것이다. 그를 찾는 여자들의 전화가 빈번했고 어떤 여자는 내가 영어를 잘 알아듣지 못하는 데 가정부 취급을 하듯 짜증 섞인 목소리를 내기도 했다. 그러면 나는 내가 그의 형수인데 그는 지금 집에 없다고 잘라 말했다. 질투였지만 그가 그렇게 부탁하기도 했다. 그는 노래를 만들고 싶다고 했고 내가 그에게 어떤 종류냐고 물어 보기도 했다. 그는 헤드폰을 끼고 하루 종일 전자 피아노 앞에 앉아 뭔가를 끼적였다. 그의 방에 가끔 테이프나 CD를 빌리러 가기도 했고 오선지가 어지럽게 널린 방에 그가 없는 동안 혼자 우두커니 서 있기도 했다. 그는 친구들에게 곡을 주기도 한다고 했다.

그의 방에 들어가 있으면 현실이 근거 없이 떠다닌다는 느낌을 받곤 했다. 내가 있는 곳이 서울인지 미국인지 결혼을 한 건지 안 한 건지 나는 그냥 주인 없는 방에 두리번거리며 서 있고 흡수될 듯한 타인의 낯선 공간 속에 일말의 아뜩한 향기를 맡곤 하는 것이었다. 한 가족이 살아가는 데 이처럼 동떨어진 다른 세계가 있다는 것을 쉽게 납득할 수 없었다. 나는 뭐라도 훔치러 들어온 사람처럼 재빨리 나와 계단을 내려와 버리곤 했다.

서울에서 부친 짐이 반쯤 거덜이 난 채 도착했고 세관 직원들한테 말도 안 되는 욕을 퍼부은 뒤라 정신이 산만해져 있었다. 되는 대로 화구와 옷가지 등만 챙겼다. 과장 부인이 근처 애들을 네 명 정도 짜서 미술 지도를 해달라고 했다. 1주일에 한 번 정도인데 내키지는 않았지만 이것도 내조라는 생각에 우리말이 서투른 아이들을 상대로 지네 엄마 얼굴도 그리게 하고 색종이도 뜯어서 붙이고 하며 놀이 상대를 해주고 있었다. 그날따라 잘 놀고 있던 아이 하나가 갑자기 배가 아프다며 뒹굴기 시작했고 그 아이의 에미란 여자는 어디를 나갔는지 계속 집에 없고 간신히 이웃집 차를 빌려 타고 병원에 데려다 준 뒤 수영장에서 연락을 받고 젖은 머리인 채 뛰어온 그 아이 엄마 모습에 심사가 뒤틀려 있었다. 남편은 수고했다고만 말하고는 뉴욕 출장을 사흘 정도 갔다 와야 한다고 했다. 따라가고 싶다고 했을 때 남편은 다음에라고 하고는 혼자서 익숙하게 와이셔츠며 양말이며를 가방에 챙겼다. 동생도 밤에 나가고 혼자 집에 있기가 무서우면 지사장이 자기 집에 와 있어도 된다고 했다는 말을 했다. 나는 알았다고 했다. 서먹하게 인사나 하는 사람 집에 가 있느니 혼자 버티겠다고 했다. 남편은 매일 전화를 해주겠다며 다음날 아침 비행기로 떠났다. 사흘 이상은 걸리지 않을 거라고 했다.

그가 출장을 떠난 날은 유달리 화창했다. 커튼을 통해 내비치는 햇살에 포근하고 촉촉한 봄 냄새가 묻어 있었고 집 안에서 구차하게 커피나 마시고 있는 자신을 뚜렷한 이유 없이 한심하게 바라보게 했다. 겨울이 갔고 이곳에는 말도 안 통하는 새 생활이 있다. 퍼머라도 미국식으로 하거나 아무 식당에라도 들어가 그들이 먹는 음식을 시켜 먹자. 곳곳에 늘씬하고 풍만하고 시끄러운 사람들을 그냥 찬찬히 바라보기라도 하자. 어딘가 웅크려 있길 좋아하는 자신이 무겁게 느껴졌다. 2층에서는 아무 소리도 들리지 않았다. 빨리 동면했던 껍질을 벗고 싶었다. 우선 식욕이 왕성한 남편을 위해 매일 저녁을 차리는데 그날은 그 걱정에서 벗어난다는 홀가분함도 있었다. 새처럼 적게 먹는 나나 인문이나 특별히 정성껏 마련된 우리 음식에는 별흥미가 없었다. 나는 까만 스판덱스를 입었고 여전히 무릎 주위가 마른 데 기가 솟았다. 보슬거리며 얇고 따뜻한 하늘색의 앙고라 스웨터를 조심스럽게 걸쳤다. 발목까지 올라오는 두툼한 운동화까지 신으니 단박에라도 어디든 달려갈 듯싶었다. 집을 나와 무턱대고 한참을 걸었다 싶은데 결국은 차이나타운 근처로 내려와 있었다. 진열장의 비취 목걸이나 실크 가운 같은 것들이 색이 바랜 것처럼 초라하게 보였고 나는 좀더 화사하고 반짝거리는 이국의 진짜 분위기를 맛보고 싶었다.

전차를 타고 두 정거장쯤 가서 어디선가 왁자지껄한 소리가 나고 풍선이 떠다니는 듯한 환영이 비치는 곳에 내렸다. 한자가 섞이지 않은 영문 간판들이 이탤릭체로 적혀 있었다. 하얀 페인트로 메뉴가 적힌 유리창 사이로 빨간 의자와 젊은 사람들의 빠른 몸짓이 비치는 식당으로 들어갔다. 미니스커트에 껌을 씹는 웨이트리스가 주방장과 뭐라고 계속 농지거리를 하며 작은 수첩을 들고 내 앞에 섰다. 나는 오늘의 점심 메뉴를 달라고 했다. 산더미 같은 포테이토 칩과 기름이 지글거리는 닭다리 튀김에 권투 선수 글러브만큼의 스파게티, 오이며 토마토가 얹어진 샐러드가 나왔고 대형 컵에 콜라가 담겨져 나왔다. 질식할 듯 4분의 1쯤 먹고는 담배를 피웠다. 음식은 아직 손도 대지 않은 것처럼 많이 남아 있었고 언뜻 본 옆자리에는 접시가 깨끗하게 비워져 있었다. 나는 잔뜩 긴장을 하면서 틀리지 않게 계산을 치렀고 거리로 나왔다. 휘파람을 부르며 건들거리는 흑인의 모자가 형광색으로 눈부셨다. 진열장을 바라보는 척하며 가게들을 더듬어 작은 공원으로 내려왔다. 벤치에 앉아 반쯤 졸듯 그 곳의 공기를 마시고 하나도 귀에 꽂히지 않고 흐르기만 하는 사물의 소리처럼 사람들의 말소리에 감미롭게 휩싸였고 그들의 언어를 이해 못하는 것이 항상 답답한 것만은 아니라는 것을 알았다. 내 앞에 놓인 현실은 언젠가 본 적이 있는 영화의 장면들로 점철되는 것 같았다. 아, 저 길고 큰 차는 〈더티 해리〉에서 본 적이 있고 저 육각형의 하얀 지붕은 멜라니 그리피스가 뜯어고친 집 같고 저기 저렇게 뜨개질을 하고 있는 백발의 할머니는 애거서 크리스티의 소설에 나오는 제인 마플을 그대로 빼박았다. 역이 주어지기를 기다리고 있는 엑스트라처럼 꿈을 꾸듯 햇살 속으로 허리를 굽히며 앉아 있었다.

집으로 돌아왔을 때 거실에서 분 듯한 썰렁한 공기가 그래서 더욱 새삼스러웠는지도 모른다. 라면 끓일 물을 올려 놓고 그릇 가게에서 사온 칠이 되어 있지 않은 접시와 물감과 붓을 꺼냈다. 여느 때보다 더 비어 있는 듯한 벽에 뭔가를 만들어서 걸고 싶었다. 주황색과 초록색의 물감 튜브가 눈에 들어왔고 엉성하게 수공으로 만들어진 냄새를 내게끔 선도 반듯하지 않고 물감도 희끗거릴 정도로 사용했다. 어떤 영화에서였을까, 브리지트 폰다가 헌 스탠드를 사와서 칠을 하고 새 갓을 씌우던 게……. 그런 생각을 하고 있었고 그런 생각이 내게는 곧 이국적으로 다가왔다. 급하고 조잡하게 만들어진 새 물건을 사는 대신 자기가 뭐든지 퉁탕거리며 만들려고 하고 사람 손끝 밴 물건이 오히려 더 비싸게 치이고, 일단 자리가 잡히고 생활의 여유가 보이는 풍경. 나는 서울에 있을 때 가질 수도 있었던 여유로운 시간들이 왜 그렇게 참담하고 우울했는지 잘 기억할 수 없었다.

인문이 내려온 것은 내가 한참 생활의 여유를 생각하며 어떤 아늑함에 자신 있게 잠기려 할 때였다. 그는 머리를 뒤로 해서 하나로 묶고 있었다.

"라면 먹을래?"

"글쎄, 그래. 계란 많이 풀어서 먹지."

우리는 동급생처럼 만만하게 지내며 반말을 썼다.

"오늘 저녁 혼자서 뭐 할 거야?"

“텔레비전 보고 편지나 쓰는 뭐, 그 정도겠지.”

“심심하면 따라와도 돼. 나는 일하지만 지루해지면 바래다 줄 수도 있고, 가까우니까.”

나는 부모가 집을 비운 것처럼 소리라도 마음껏 지르고 싶은 해방감 같은 것을 느꼈고 그가 연주하는 걸 왜 진작 보러 가지 않았을까 하는 생각도 들었다. 남편이 퇴근하는 것을 기다리며 살아서였을 것이다. 우리는 체할 듯이 라면을 급히 먹고는 집 안 단속을 하고 밤거리를 나섰다. 그가 모는 구형의 포드는 엔진 소리가 요란했다. 인적이 드문 휑한 거리와 집집마다에서 비쳐 나오는 따스한 불빛을 빠르게 지나 아무도 살고 있지 않을 듯한 거리로 접어들었다. 그가 차를 세웠을 때 뚫을 수 없을 것 같은 캄캄한 고요가 덮쳐 왔다. 작은 네온 사인과 그 앞에 두런거리는 몇 사람의 윤곽이 보였다. 지하로 내려가는 나무 계단이 꽤나 가팔랐고 하이힐을 신은 나는 그가 내미는 손을 잡을 수밖에 없었다. 사방에 낙서가 난폭하게 그려져 있었다. 끼적거리는 화장실 낙서 글씨와는 달랐다. 페인트, 매직, 색색으로 대범하고 무신경하고 화려하게 그려져 있었고 콘서트 안내문인 듯한 팸플릿이 빽빽하게 인쇄되어 압정으로 꽂혀 있었다. 나는 큰 숨을 내쉬었다. 극장 문처럼 보이는 육중한 방음 문을 여니 까만 융단 커튼이 드러났고 그걸 제치고 나니 무대가 보였고 어둠 속에 바글거리는 사람들의 머리통 그림자와 역한 땀 냄새와 향수 냄새가 뒤섞여 나왔다. 그는 익숙하게 사람들과 아는 인사를 하고 구석의 한 탁자에 나를 앉히고는 맥주를 가져다 주었다. 그는 두 시간 간격으로 무대에 오른다고 했다. 머리에 염색을 한 펑크족 스타일의 눈 큰 여자가 쇠사슬 귀고리를 짤랑거리며 그의 등을 쳤다. 그 곳의 찐득한 열기와 땀 범벅이 되어 있는 벌건 상체들. 나는 이곳이다, 라는 막연한 생각을 확신 있게 하며 맥주를 주는 대로 받아 마셨다. 그는 우리가 있던 곳에서 껑충 뛰어 막바로 무대로 올라갔고 드럼을 치는 남자와 잠시 무언가 말을 주고받는 듯했다. 앞쪽에서 사람들이 춤을 추기 시작했고 싱어가 금발 머리를 치렁거리며 나타났다. 그의 모습은 조명에 가려져 보이지 않았고 나는 바 쪽으로 가서 맥주를 더 가지고 왔다. 나는 점점 희미하게 드러나는 그의 모습이 마음에 들었다. 음악이 이질적이어서 몸을 움츠리게 했지만 과장해서 연주하지 않는 그의 침착한 얼굴이 마음에 들었다. 옆에 앉아 있던 남자가 마리화나 만 것을 건네 주었고 나는 처음이면서도 태연하게 두 모금을 빨고는 내 앞의 여자, 머리를 계속 좌우로 흔들고 있는 젖가슴 큰 여자에게 건넸다. 몇 차례인가 그렇게 인문의 군살 없는 허리를 보고 맥주를 마시고 마리화나를 피우고 했을 때 그가 무대에서 내려와 술을 한 모금 마시고는 내게 피곤하냐고 물었다. 나는 재미있다고 했다. 그리고 그 곳에서 얼마를 그렇게 하고 있었는지 모른다. 음악 소리가 멀리로 무뎌지고 몸이 흐느적거리고 혼자라는 생각과 이런 곳은 아침이 어떤 식으로 올까, 인문은 얼마나 여기서 일을 했나, 그는 왜 저렇게 말짱해 보이고 영어가 유창하고 전혀 동양인 같지 않은가, 마리화나는 시선에 금을 긋게 하는 효과가 있나……. 나는 혓바닥이 굳어 가고 점차 지루해졌다. 나는 막막하게 그의 차에 실려 토악질을 한 번 하고 깔깔거리며 웃다가 일터로 다시 나가는 그를 보고는 잠이 들었다.

다음날 전화 소리에 잠이 깼을 때 나는 어딘가 몽둥이 찜질을 당한 듯 온몸이 욱신거렸다. 남편이 잔뜩 볼멘소리로 어젯밤에 어디 갔었냐고 물었다. 지사장 집에도 전화를 했다고 했다. 동생을 따라 그가 일하는 곳에 놀러 갔다고 했다. 그는 자기가 오면 자기와 같이 가자며 걱정을 많이 했다고 했다. 남편은 말한 대로 사흘 뒤에 돌아왔다.

그들이 싸우는 것만큼 답답한 일도 없다. 그들은 영어로 싸웠다. 남편은 가방을 소파 위에 던지고는 위층으로 올라가 인문의 방문을 열고 뭐라고 소리지르고 있었다. 마치 아버지가 아들에게 하는 식으로 어깨에 힘을 준 당당한 소리로 말이다. 인문의 낮고 끈질긴 소리도 들렸다. 나는 그가 왜 화를 내는지 몰랐다. 인문은 가죽 재킷을 들고 그대로 나가 버렸다. 남편이 뒤따라 내려왔다.

"내가 한국까지 가서 당신을 데리고 온 이유가 뭐라고 생각해? 술 처마시고 아무렇게나 몸 굴리는 여자들이 신물이 나서야. 나는 건전하고 확실하게 살고 싶은 욕망으로 당신을 소중하게 생각하는 거야."

그의 얼굴은 언뜻 보면 어딘가 흉터가 있는 것 같다. 자세히 살펴보면 오른쪽 눈썹 바로 위에 오래된 흉터가 있는 듯한데 그의 전체 인상을 규정 지을 정도로는 뚜렷하지 않았다. 그럼에도 불구하고 그의 얼굴은 가끔 그런 칼잡이 같은 착각을 불러일으켰다.

"마약 딜러를 하면 얼마큼 돈을 버는지 알아? 그리고 총 맞아 죽기 전까지 평균 수명이 몇 살인 줄 아냐고."

새가 지저귀는 러시안 힐의 목조 건물에서 비현실적으로 쳐들어오는 그의 흥분된 목소리만 듣고 있었다. 내가 무슨 잘못된 일을 했다고는 생각하지 않았지만 출장 간 첫날 집을 비운 게 잘못 정도로 여겨졌다. 그는 나를 보살펴 주고 싶은 것이다. 밤거리, 마약, 매음, 헤비 메탈, 그 자신이 체험했을지도 모르는 그런 온갖 단정치 못한 가능성들을 철저히 배제시켜 주고 싶었던 것일지도 모른다. 내가 한두 살 먹은 어린애가 아니라고 아무리 얘기해 봤자 소용이 없다. 오히려 나와는 하등 상관없이 자기 혼자 쌓아 가는 성(城)에 관한 문제였다. 든든하고 굳건하고 명랑한 가정이란 성, 그가 굳이 한국인이 경영하는 회사로 들어가 가족적인 분위기를 찾은 것도 그런 희망이자 의지의 일종이었다.

다음 주 그는 어색한 집안 공기를 환기라도 시키려는 듯 셋이서 디스코테크에 가자고 했다. 우리는 모두 까만색 옷을 입었다. 나는 아직도 그날이 가장 행복했던 때로 기억에 남는다. 나는 사병처럼 머리를 아주 짧게 잘랐고 미용사는 자기가 잘랐지만 사내애 같은 머리 스타일이 의외로 내게 잘 어울린다고 했다. 오랜 침묵에 대한 보상이었다.

키가 큰 동양 남자 둘. 남편은 팔 근육이 더욱 도드라져 보였고 의기 소침해 있던 인문은 가는 금 목걸이를 차고 있었고 나는 열한 겹의 은 팔찌를 끼고 있었다. 디스코테크는 금문교가 내려다보이는 언덕 위에 있었고 포르셰니 재규어니 하는 고급 차들이 주차장에서 번쩍거리고 있었다. 열두 시가 넘은 늦은 밤인데도 내 기억 속의 그곳은 파란 하늘에 흰구름이 떠 있다. 우리 셋은 그 속에 붕붕 떠다니고 누구의 시선도 개의치 않고 곡이 바뀔 때마다 저마다 괴성을 지르며 팔다리를 뻗친다. 인문의 치렁거리는 머리카락이 바람에 날린 듯하고 남편의 불끈 쥔 주먹이 내 가슴을 철렁거리고 내가 입고 있던 하늘거리는 까만색 미니스커트가 꽃처럼 펴진다. 셋이서 같이 행복해 했던 유일한 순간이었다. 겁이 나는 생활의 틀도 없고 돈도 있고 매력도 있고 감수성도 있었다.

며칠 뒤 시작된 나의 입덧이 그런 방자한 젊음에 종지부를 찍었다. 두 남자 모두 뛸 듯이 기뻐했고 나와 내 뱃속에 든 아이를 끔찍하게 위해 주었다. 남편의 귀가 시간이 약간씩 늦어지는 것 이외에, 가끔씩 멍하니 창 밖을 바라보는 자신의 시선 이외에는 티끌만큼의 불안도 없었다.

아니면 자꾸 그렇게 확신을 하고 싶었는지도 모른다. 동생을 대하는 그의 태도가 어딘지 잔인하게 여겨질 때가 있었고 가끔씩 커미션이라고 들고 들어오는 그의 수입이 상상할 수 없을 정도로 많을 때가 있었고 아침저녁으로 식성이 까다로워지는 그가 얄미울 때도 있었다. 그러나 레몬 주스에 꿀을 타주기도 하고 2층 작은 방에 새로 도배를 하기도 하고 동생에게 레코드 관계자를 주선해 주기도 하는 그에게 달리 불만은 없었다. 다들 불러 오는 내 배를 만지고 싶어했고 피곤한 기색을 보이면 재빨리 등뒤로 쿠션을 대주었다. 인문은 가끔 코카인을 하는지 코를 킁킁거리며 내려오기도 했지만 일정 선을 넘지 않았고 기타 연습을 할 때라든가 곡을 편곡해 주거나 할 때는 얼음처럼 냉랭하게 건조해졌다.

나는 이제 정말 한 사람의 아내가, 한 아이의 엄마가 되면서 어쨌든 살아간다는 생각이 들었다. 언제든 맘에 안 들면 다 때려치우고 되돌아간다는 음흉한 생각도 그 즈음 잠들기 시작했다. 사실 돌아갈 곳도 없었다.

나는 작은 스케치북을 사서 수채화를 그리기 시작했다. 볕만 쬐며 가만히 앉아 있기에는 뭇 사람들의 움직임에도 신경이 쓰였고 설거지하고 찌개 끓이는 일 외에 뭔가 손가락이며 시선을 쓰고 싶었다. 그것이 내가 원하는 삶이었다. 나는 풍경을 그리지 않고 마음에 떠오르는 외계인이나 기하학적 무늬들을 그렸다. 딸랑거리는 방울 소리와도 비슷한 그 작고 해괴한 모습들이 도화지에 가득 차면 아랫배도 뿌듯해졌다. 잔디가 허벅다리를 찌르고 개미가 기어오르는 듯해서 집에 있던 군용 담요를 깔고 그 위에 비스듬히 누워 오밀조밀한 형체들이 뜻 없이 연결되고 우스꽝스러워지는 것을 바라보며 시간이 정지한 듯한 봄날을 보냈다.

남편의 출장이 전보다 잦아지고 1주일쯤 전에 미리 예고해 주는 법도 없어졌지만 나는 우리가 앞으로 태어날 아이를 위해 열심히 살고 있다는 어리석은 충만감을 가졌을 뿐이다. 그가 그토록 원하던 따뜻한 밥과 국이 있는 아침상을 준비했고 밤늦게 누구를 데리고 들어오든 한국식으로 안주와 술상을 차렸고 돈을 아주 잘 버는 사업가의 안주인 흉내를 내며 나는 아이와 나 자신을 속여 갔다. 확인을 해볼 수도 있는 일이었지만 그가 스스로 자제해 주기를 바랐다. 어쩌면 문제를 터뜨릴 용기가 임신한 여자에게서는 나오지 않는 것인지도 몰랐다. 어떤 허울을 덮어쓰고 있든 무조건 정착하고 안주해서 새끼를 낳으려는 욕망.

그러나 처음부터 나는 그의 성격을 이겨낼 자신이 없었는지도 모른다. 그의 성격이 추한 모습으로 터뜨려지기 시작하면 걷잡을 수 없으리라는 두려움. 그가 생활비에 손을 대기 시작했을 때, 이유 없이 생활비를 반으로 줄여 버렸을 때, 수입을 모두 자기가 관할하면서 내가 어딘가 낭비를 하고 있다는 식으로 가계부를 적지 않는다고 채근하듯 힐끔 쳐다봤을 때, 나는 그때그때 따지고 물고늘어질 수도 있었는데 결국 그 짓을 하지 않은 것이다. 뱃속의 아이가 세상의 모든 평화를 가져다 주리라고 게으르게 방관하고 있었다. 혹은 방관을 인내라는 미덕쯤으로 여기고 있었는지도 모른다. 그는 카지노에 출입하기 시작했다.

그의 호주머니에서 플라스틱으로 만든 빨간 칩이 나왔다. 그렇게 불길한 빨간색은 본 적이 없다. 처음에는 바보처럼 무엇인지 몰라 손바닥 위에 올려 놓고 이리저리 살펴보았다. 많이 본 듯한 것이었지만 그것이 엉뚱하게 내 집 안방에서 아무렇게나 벗어 놓은 남편의 양복 안주머니에서 흩어져 나왔을 때 마치 텔레비전에서 놀고 있던 베이비 헐먼이 갑자기 담배를 피우며 본 모습을 드러낸 것처럼 현실성이 없었다.

"당신, 도박하러 다녀요?"

아침 신문을 보며 커피를 마시는 그에게 칩을 식탁 위에 올려 놓으며 물었다. 그는 신문을 옆으로 제치고 따르르 하고 소리가 난 식탁 위를 보았다.

"그거 어디서 났어?"

"당신 호주머니에서."

그가 이마를 심하게 찡그렸다.

"뒤진 게 아니에요. 드라이 클리닝 맡기려고."

그에게서 정확한 대답을 듣는 대신 변명 같은 말을 하는 자신이 비겁하고 역겹게 느껴졌다. 나는 그가 아침부터 재수 없다는 소리를 하며 화는 내는 것이 무서웠던 것이다. 그는 다시 신문의 다른 페이지를 펼치며 말했다. 그는 이마에 그대로 주름을 잡고 있었다. 나는 어디론가 숨고 싶었지만 부른 배를 하고는 제대로 숨지도 못할 거라는 혼자 생각을 하며 속으로 피식 웃기까지 했다.

"바이어 대접하러 따라간 거야."

그는 1주일에 세 번 정도 새벽 두 시가 넘어 들어왔다. 그의 머리카락에서는 역하게 찌든 담배 냄새가 났고 그는 옷도 채 벗지 않고 그대로 침대에 쓰러져 코를 골았다. 취해 있었던 적은 없었다. 저녁을 인문과 둘이서만 먹을 때가 많았고 인문은 안쓰러워하며 기타를 메고 나갔다. 그에게도 서서히 뿌리를 내리기 시작한 그의 형에 대한 의심을 말할 수 없었다. 자존심 때문이었다. 친정에 내가 얼마나 철석같이 행복한가를 부풀려 얘기하듯 시동생에게도 우리 부부의 불신이라는 흉악한 얼굴을 보여 주고 싶지 않았다. 아이는 발길질을 시작했고 그럴 때마다 나는 가슴이 철렁 내려앉았고 어떡하지 하는 생각으로 자신도 모르게 손가락을 발발 떨었다.

그래도 뭔가 숨기려 하고 핑계를 대고 거짓말을 했을 때가 그로서는 가정에 대한 의무나 자기 자신에 대한 자제 같은 것에 미련이 있었던 때 같다. 도대체 어떻게 하려고 그러냐고 내가 히스테리를 터뜨렸을 때 그는 오히려 자신의 무공담까지 얘기했다.

"내가 하룻밤에 얼마 딴 지 알아? 월급의 세 배 되는 돈이 두 시간 만에 들어왔어."

조소처럼 보이는 그의 웃음이 비굴하게 입가로 번졌다.

"도박해서 먹고 살겠단 얘기예요?"

그는 휘뚝거리며 눈빛을 바꾸었고 다시 화를 내며 집을 나갔다.

"한두 번 간 걸 가지고 왜 그리 야단이야? 당신 신경이 예민해진 탓이야. 이 강태식이란 놈을 어떻게 보고 그래?"

"그래도 가지 않겠다고 약속해. 우리 꼴이 이게 뭐냔 말이야? 통장이 빈 걸 내가 모르는 줄 알아?"

애초부터 내 인생을 누군가에게 맡겨도 되겠지 했던 생각이 잘못된 것이었는지도 모른다. 그러나 나는 애초부터 무엇이 잘못되었다는 식으로는 생각하고 싶지 않았다. 세상 어디에도 보장된 행복은 없다. 살다 보면 누구나 별의별 일을 다 겪게 되고 나 역시 그중의 하나를 겪고 있을 뿐이다. 무엇이든 영원히 계속 잘못되어 가는 법은 없다. 그러나 경제적 여유가 사라졌다는 것은 우리를 보다 노골적이고 직선적으로 만들었다. 나를 싸고 있던 몰랑한 보호막이 일순에 벗겨지고 녹아 내려 대로에 벗은 몸을 드러낸 것처럼 초라하고 불안하게 만들었다. 나는 그가 당장 그만두지 않으면 회사로 찾아가 지사장을 만나 이판사판을 보겠다고 했다. 번쩍 하고 그의 손이 올라왔고 그가 주먹으로 쳤는지 손바닥으로 때렸는지 분간할 수 없었다. 누군가의 도움이 절실히 필요했다. 인문은 곁에 있던 유일한 사람이었지만 형에 대해서는 나 이상으로 약하고 힘이 없었다. 그래서 밥줄을 쥐고 있는 사람을 찾아가겠다고 한 것이다.

그는 지사장을 찾아가면 죽여 버리겠다고 했다. 그가 문을 닫고 밖으로 나가자 잠시 지진이 일어난 듯 집이 흔들렸다. 등에서 식은 땀이 났고 눈앞이 핑 도는데 언제 내려왔는지 인문이 등뒤에서 안아 주었다. 나는 그의 품에 안겨 태어나서 한 번도 내지른 적이 없는 짐승 같은 울음을 울었다. 아스피린을 건네 주었지만 먹지 않겠다고 했다. 어떤 약물도 뱃속의 아이에게는 허용하고 싶지 않았다. 그는 수건에 물을 적셔 주었고 포도주를 데워 주었다.

"내가 형에게 얘기하겠어."

"무슨 얘기를 해."

형 앞에서 항상 이상하게 기가 죽고 말을 더듬는 듯한 그를 잘 알고 있었다. 오히려 내가 그를 보호해 주고 싶은 적도 있었다. 그런 그가 나를 위해 아버지 같은 형에게 부딪쳐 보겠다는 것이다. 우리는 서로의 상처를 혓바닥으로 닦아 주듯 울면서 가볍게 잠이 들었다. 남편은 그날 일찍 들어왔고 집안은 다시 감쪽같이 평안을 찾은 듯 보였다. 그는 그 다음날도 일찍 들어왔고 미안하다고 했다. 자기 정신이 어디 잠깐 나갔던 듯싶다고 했다. 그러나 이미 그의 명랑한 얼굴은 그 자신의 것이 아니었다. 그의 몸에서 뿜어져 나오는 여느 때의 당당하고 활발한 기운을 느낄 수 없었다. 그의 웃음 소리가 주는 공허함에 소름이 돋았고 유성처럼 꼬리를 길게 그으며 우주의 구멍으로 무한정 떨어지는 것 같았다.

달걀로 눈 언저리를 문지르며 갑자기 무당이라도 되어 버린 듯 그 사람의 기운에 지나치게 반응하는 자신도 싫어졌다. 정말 그만두었겠지, 오히려 자기가 잘못한 것 때문에 어색하게 행동하는 것이라고 생각하기도 했다. 그는 나보고는 꼼짝도 하지 말라며 자기가 상을 치우고 퐁퐁으로 거품을 가득 내어 그릇을 닦았다. 뽀득거리는 소리가 난다며 휘파람을 불었다. 나는 연극 관람을 하듯 가깝고 낱것으로 보이는 들썩거리는 그의 등을 바라본다. 그는 접시 닦는 행주까지 빨고는 탁탁 털며 뒤돌아본다. 나는 어쩔 수 없이 다시 그에게 반한 듯 희미한 웃음을 짓는다. 그는 정말 미안하다고 말하며 저녁 드라이브를 하지 않겠냐고 한다. 나는 유순하게 가벼운 스웨터를 걸치며 고개를 끄덕인다. 그는 그날 저녁 동생을 바래다 주겠다고 했다. 우리 셋은 차 안에서도 별로 말이 없었다. 그가 말을 하지 않으면 아무도 말을 하지 않았다. 그는 혼자서 거침없이 꾸준하게 차를 바꾸는 것에 대해, 까다로운 바이어의 거들먹거림에 대해, 상사 직원들의 형편없는 영어 실력에 대해 얘기했다.

그는 동생이 일하는 곳에 차를 세운 뒤 잠시 들러 한잔하겠냐고 했다. 나는 담배 연기만 너무 자욱하지 않으면 그러는 것도 좋겠다고 했다. 나는 지난번 내가 이곳에 왔을 때 그가 얼마나 당당하게 야단쳤는지를 마치 아주 옛날에 일어난 일처럼 아련하게 회상하고 있었다. 그는 의외로 아는 사람이 많았다.

"몰랐어? 얘기 안 했나? 나도 10년 전에 여기서 머리 염색하고 드럼 치고 그랬지."

그는 막혀 버렸을 거라며 두 개씩 뚫어 놓았던 귀고리 구멍의 흔적을 보여 주었다. 그에게서는 어떤 역력한 태도가 보였다. 마치 너희들은 아직도 이런 곳에서 이러고 있느냐는 식으로 알아차리기 힘들 정도지만 분명한 우월감을 여유 만만하게 내비치며 악수도 하고 등도 쳐주고 농담도 하고 나를 아내라고 소개하기도 했다. 나는 오래 앉아 있을 수 없었다. 아랫배가 땅기며 음악 소리가 귀에 거슬렸다. 그는 돌아오는 길에 말했다.

"나는 막가면 아주 막가는 놈이야. 그러니 당신이 도와 줘."

"그래, 손목을 잘라 버리겠어."

나는 피곤했지만 모처럼 기분이 가벼웠고 강한 남자 옆에 있고 그 남자가 나를 필요로 하고 있다는 이중의 안정감을 맛보았다.

그러나 일기 예보를 보듯 그의 귀가 시간이며 그의 기분 같은 것을 점검하는 삶이 그다지 즐거운 것만은 아니었다. 더욱이 달이 차오면서 아이가 뿜어내는 듯한 우유 냄새 나는 안개로 온통 머리 속이 자욱했고 밥하고 청소하고 애들 그림 가르치는 일상을 간신히 뼈대만 지켜 가는 듯했다. 졸리운 기운 속에서 허리에 손을 받치며 하루에도 샤워를 대여섯 번 하고 손가락이 여덟 개고 손가락마다 제각기 다른 반지를 끼고 눈이 주먹만큼 튀어나온 미지의 생물체들을 귀엽게 그렸다. 물고기에 발이 달리고 구름에서 별이 쏟아졌다. 조마조마하게 살아가는 듯해서 옷을 모조리 꺼내어 다시 정리를 하고 아이 모자며 옷을 보러 다녔다. 친정에서 가끔 잘살고 있냐는 전화가 왔고 나는 내 몸 이외에는 걱정할 일이 없고 이곳에서 구할 수 없는 돼지 족발이나 파삭파삭하게 잘 튀긴 우리식 탕수육 같은 게 엉뚱하게 먹고 싶어진다고 했다. 집에 와서 몸을 푸는 게 어떻겠냐고 했지만 나는 그이가 옆에 있는 게 제일 든든하다고 했고 부모는 딸자식은 그래서 남의 집 식구 되면 하나도 쓸모 없다며 오히려 기쁜 듯한 투로 말했다. 나는 전화기를 던져 버리고 싶었다. 현실이 버겁게 여겨졌다.

좋아하던 괴기 영화도 더 이상 볼 수 없을 만큼 신경이 파삭해져 갔다. 불어 온 몸과 믿을 수 없게 된 남편, 병원비는 어떻게 하나 하는 대책 없는 걱정, 떠듬거리는 영어로 꽂게 값을 깎으려는 엉성한 생활. 시댁이라도 다녀오고 싶었다. 시어머니와는 전화로 꽤 친해져 있었고 나는 죄스러워하는 그들과 친해질 수 있을 것 같았다. 집에서 부친 오징어 젓갈로 밥을 세 공기씩 먹고 제대로 앉아 있지도 못하는 무거운 생활이 극으로 치달았다.

비행기표를 환불하러 갔다가 옆자리에 앉아 보게 된 40대 중반의 한국 여자. 미국 병사와 결혼해서 이곳으로 왔다가 성격 차이로 헤어지고 국적만 미국으로 바뀐 탓에 한국에서도 석 달밖에 묵을 수 없다고 했다. 이곳에는 아이도 없고 친척도 없어서 늙은 어머니가 혼자 사는 서울의 신당동에 석 달마다 왔다갔다하며 횡설수설하게 멍하니 살고 있다고 했다. 미국 국적을 포기하면 그나마 다달이 받는 생활비며 위자료 문제가 물거품이 된다고 했다. 나이 마흔이 넘어 태평양 고아가 되는 게 별것 아니구나, 저렇게 순식간에 인생이 형편없이 되어 버리는구나 하고 잊고 있던 두려움이 다가왔다.

그러고 나서는 웬만하면 한국 식품점에도 발길을 끊었고 미술 지도라는 것도 당분간 쉬기로 했다. 나는 한여름에 동면을 취하는 곰처럼 집 안에서 맴돌았다. 침대 시트를 깨끗하게 자주 갈고 그늘을 찾아 집 앞을 잠깐씩 거닐고 쓸데없는 일들을 외국 생활이랍시고 포장을 해서 친구들에게 편지를 썼다. 여기는 우아하게 산책할 수 있고 옷을 어떻게 입어도 누구 하나 희한하게 여기지 않고 시동생은 팝 뮤지션이고 아이를 낳고 나면 다시 그림을 시작할 거라고 말이다. 미국이란 나라가 얼마나 황량하고 불행하고 외로운가는 말하지 않았다. 자유에 신음하고 버림받은 사람들이 길을 걷는다. 남편 수입이 얼마라고 말하고 나면 그 다음은 할말도 없어진다는 얘기 따위는 하지 않았다. 인문의 눈자위가 갈수록 거무스름해지고 남편의 도박벽이 언제 다시 재발할지 모르고 우리가 가진 거라곤 4층 집의 3, 4층뿐이라는 사실.

남편이 어느 날 내게 할말이 있다고 했다. 할말이 있다며 따로 불러 앉힌 그의 얼굴을 제대로 볼 수 없었다. 나는 흔들리기 시작한 여물지 못한 이빨로 손톱을 물어뜯고 있었다. 그가 소파에 기댄 내 옆에 앉아 어깨를 지그시 눌렀다. 도움을 받아야겠다고 했다.

"공금에 손을 댔어. 마지막이라며 갔다가."

"내가 어떻게 도와 줄 수 있어요?"

"간단해. 우리가 살아날 수 있는 단 한 가지 방법이야. 공금을 채우지 못하면 난 해고야. 쇠고랑을 찰지도 몰라."

"집에서 돈을 빌리라는 얘기예요?"

나는 급하면 그럴 수도 있다고 했다. 집에는 사업 자금이나 뭐로 적당히 핑계를 댈 수 있다. 정 급하면.

"그게 아니야. 우리 힘으로 할 수 있어."

나는 초조했다. 이 남자가 대체 무슨 얘기를 하려고 이러나, 손톱이 잘려 나가는 바람에 손톱 밑의 맨살이 드러나 따가웠다.

"나와 같이 가. 그래서 모조리 건져 오는 거야."

"당신 제정신이야?"

"내 눈을 봐. 내가 거기 한 번 더 가고 싶어서 당신을 끌어들인다고 생각해? 아주 현실적인 얘기야. 하루에 한 번은 운이 터져. 문제는 그 운이 지나간 걸 알면서도 한 번 더 오겠지 하고 바라는 바람에 다 망쳐 버리는 거야. 당신이 옆에서 그만, 이라고 얘기해. 도와 줘."
그는 내 입에서 손을 떼어 그의 손으로 감쌌다.
"배부른 당신이 앙칼지게 그만이라고 하면 내가 거역할 수가 없어. 내가 원하는 게 바로 가차없는 당신 목소리야."
"그렇게 꿈같은 일이 어떻게 일어나? 그럼 다 떼부자가 됐게?"
"사람들이 미련해서 그렇게 못해. 도박이 무서워. 합리적으로 생각을 못하게 해. 마약과 똑같아. 당신이 정 믿을 수 없으면 하루만 가서 보기만 하자구. 내게 다른 방법은 없어."
"이 집을 팔면 되잖아."
"딱 한 번이야. 속는 셈 치고 가. 거짓말은 하지 않아."
파국이 눈앞에 닥쳐 오니 오히려 마음이 담담해졌다. 서러운 일이었다. 요행을 바라고 흐느적거리듯 그를 따라갔다. 그를 막을 수 있는 사람은 아무도 없었다. 차를 타고 두 시간을 가자 이내 배 아래쪽이 당겨 왔다. 우리는 잘될 거야. 배를 쓰다듬으며 아이에게 그 말을 하면서도 내 가슴에는 자꾸 썰렁한 바람이 불었다. 해안을 타고 내려가면서 본 흰 물결 때문인지도 모른다. 인문에게는 우리가 하룻밤 바람을 쐬러 나간다는 쪽지를 남겼다. 당장 해고를 당하고 거덜이 날지도 모르는 판국에 그는 동생에 대한 자기 체면 지키는 것은 잊지 않았다. 그는 무슨 짓을 해도 잘못하는 법이 없다는 식이었다. 차 안에는 에어컨을 켜두었는데도 손바닥이 자꾸 찍찍해졌다. 나는 10분 간격으로 차를 세워서 아무데나 쪼그리고 앉아 소변을 보았다. 엉덩이에 체온 같은 미지근한 바람이 와 닿았다. 갈매기 소리가 들리고 멀리서 등대 불빛이 비쳤다. 차창으로 남편이 핸들을 손가락으로 두드리고 있는 모습이 보였다. 낯선 사람이었다. 그의 인생에 내 인생이 꼼짝없이 달라붙어 있다는 게 믿어지지 않았다. 아이 때문에, 결혼식 때 맹세한 선서의 몇 구절 때문에, 나는 그를 따라 카지노로 가는 것이다. 안 될 줄 알면서도 그가 강구해 낸 단 하나의 방법이라는 것이 철저히 파괴되는 것을 보기 위해 아무렇지도 않게 엉덩이에 묻은 모래를 털며 바닷바람을 마시는 것이다. 그가 망해서 알거지가 된다고 해도 그를 떠날 생각은 추호도 없었다. 돈이야 어디서든 빌릴 수 있겠지. 아비 없는 자식은 키우고 싶지 않아. 그러나 매번 소변을 보고 나면 그가 앉아 있는 까만색 승용차로 되돌아가기가 싫었다. 바람이 따뜻하게 여겨져서인지 휑하게 열린 밤 하늘을 바라보며 모래사장에 누워 잠을 자고 싶었다. 날이야 어떻게 밝아 오든 맨발로 모래를 쑤시며 뭉그적거리고 싶었다.

멀리서 카지노의 불빛이 보였다. 덩그러니 해안에 지어진 고성처럼 혼자서 네온 사인을 번쩍이고 있었다. 그 안에 이브닝 드레스를 입거나 줄담배를 피우며 우글거릴 사람들. 남편은 가끔 내게 괜찮은가 물었다. 그때 내 머리 속에 흐르는 음악이 있었다면 그것은 마이클 나이만의 피아노였을 것이다. 차창에 비친 내 얼굴은 여느 겁먹은 동양 여자의 얼굴과 다를 바 없었다. 그 여자가 남편에게 '그만해' 라고 소리지르기 위해 현란한 소음과 불빛 속으로 들어가고 있다. 남편의 넥타이 푼 모습이 후줄근하고 기력 없이 보였다면 나름대로 위안이 되었을지도 모른다. 그의 여느 때와 다름없는 기운차고 흥분한 모습이 역겨워졌다. 그날 그는 블랙 잭을 했다. 그가 특별히 따로 구해 온 의자 위에 비스듬히 앉아 그 해독 불가능한 움직임을 바라보고 있었다. 어떻게 하는 건지 굳이 알 필요도 없다고 했다. 자기가 돈을 땄다 싶으면 그만하라고 말하라 했다.

그날 우리는 2,000달러를 가지고 가서 3,000달러를 벌어 왔다. 잃지 않은 것만으로 운이 좋았다고 할런지도 모른다. 우리는 다음 주말에 다시 가기로 했다. 정말 되든 안 되든 마지막이라고 못박고서 말이다. 그가 말한 대로 한두 번은 따게 되어 있어 보였다. 나는 정말 마지막이라고 말했다. 우리는 5,000달러를 가지고 갔다. 가는 도중에 점점 배가 당기어 왔고 가다가 카페에 내려 쉬어야 했다. 남편이 오늘은 정말 잘해 보자고 말했다. 모두들 우리보고 미쳤다고 할 거야, 나는 힘없이 말했다. 되돌아가고 싶었다. 그와 만나기 전 카페에서 뒹굴던 시간까지 되돌아가고 싶었는지도 모른다.

3인칭으로 들어가는 문—가는 길이 벌써 눈에 익어 버린 게 어디선가 악몽 같은 데자뷔가 튀어나올 것 같아 불길했다. 무의식과 기억과 연상의 교묘한 조합이라는 일견 과학적으로 들리는 설명도 막상 데자뷔를 갖는 순간에는 아무 위로가 되지 않는다. 소용이 없다. 칼침처럼 꽂히는 이미 한 번 겪어 본 적이 있다는 느낌, 모든 것이 이미 정해져 있고 내가 아무리 발버둥쳐 봤자 벗어나지 못한다는 무력감, 아등바등하는 자체가 예정된 삶에 포함되어 있다는 막힌 곳에 대한 공포증. 나는 데자뷔를 싫어했고 그만큼 그것이 닥쳐오리라는 예감도 싫었다.

"안 가면 안 돼? 꼭 가야 돼? 그냥 지사장한테 빌어. 돈은 어디서든 빌릴 수 있잖아. 만삭인 나를 꼭 이런 식으로 끌고 가야 돼?"

나는 징징 울면서 차에 올랐다. 몸을 뒤척이다 쥐가 나는 바람에 10여 분을 꼼짝없이 어금니를 악물고 있었다. 그러나 성공한 10대 기업의 예—이판사판이란 없다. 항상 양다리를 걸치고 교묘하고 지루한 타협을 포기하지 않는다. 그 순간에 왜 그 생각이 났는지 모르겠다. 나는 극단적으로 자신의 인생을 극화시켜 버리려는 경향에도 멀미가 났다. 근육이 뒤틀려도 가만히 있으면 풀릴 때가 있다. 개구리처럼 양팔을 뒤로 뻗으며 오늘이 마지막이라고 생각했다. 마지막, 마지막, 그러나 죽는 순간까지 마지막이란 건 없어. 어떤 일들은 다른 어떤 일에 밀려 의식의 숨도 못 쉰 채 사라져 간다. 이 일이 어떤 다른 일로 묻혀 떨어질 수 있을까?

남편은 짙은 보라색의 폴로 티셔츠와 베이지색의 면바지를 입고 있었다. 바지의 벨트 위로 살이 한 겹 겹쳐져 있다. 벌써 나이를 먹는 거야? 오늘이 마지막이지. 딴다는 보장은 없어도 오늘이 마지막

이야. 그 역시 어떤 비장한 느낌이 들었는지 모른다. 음악도 틀지 않고 라디오도 꺼버린 채 밤을 뚫고 네온 사인을 향해 질주했다.

"오늘이 마지막이야. 그거 알지?"

"알아."

"안 되면?"

"각오는 되어 있어. 뭐든 달게 받겠어."

나는 갑자기 그가 우습도록 여전히 한국 사람임을 절감했다. 뭐든 달게 받겠다는 말을 미국 사람들은 하지 않는다. 그들은 합리화를 위해 평생 단련된 사람들이다. 저렇게 요지부동으로 변할 줄 모르는 사람, 그 사람에게 나는 인생을 맡겼는지도 모른다. 내 인생을 내가 책임지지 않으려는 한 누가 책임질 것인가. 그 사실을 깨닫기에는 내게는 불행이며 고뇌며 산전수전이 부족했는지도 모른다. 머리로 피가 솟구쳐서 머리 안에서 뽀록뽀록 하고 핏방울 끓이는 소리가 코가 막혀 나는 소리처럼 났다. 눈을 찌르는 앞머리를 넘기느라 머리에 씌운 까만 머리띠가 손오공처럼 머리를 죄어 왔다. 마지막이라고 생각하면 모든 것이 보다 분명해 보이고 분명해진 만큼 퇴색한 디테일들이 더 눈에 잘 뜨인다. 욱욱거리며 뒷골이 조여 오면서 이빨 빠진 네온 사인이며 녹이 슨 간판의 끄트머리, 여기저기 담배꽁초에 지져진 카펫, 노랗게 때가 전 웨이터의 와이셔츠 깃, 한 손에 버드와이저 캔을 들고 눈가에 바른 아이 섀도가 뭉개진 것도 모르는 채 슬롯 머신의 바를 급하게 잡아당기는 금발의 중년 여자. 한꺼번에 휘장을 젖힌 듯 드러나는 카지노의 누추함이 나를 점점 개처럼 만들었다. 나는 끙끙거리며 앞으로 가지 않으려고 뒷발로 버티는 만삭의 개였다.

"여기까지 와놓고 왜 이래?"

내 손을 끌어당기는 남편의 손에서 욕망을 향해 두말없이 달려가는 포악함이 묻어 나왔고 나는 2층으로 올라가는 계단 한 쪽에 주저앉으려 했다.

"나 터질 것 같아."

"소파에 누워 있어. 곁눈으로 보면 되잖아."

우리는 밀실처럼 보이는 2층으로 올라갔다. 아래층의 사람들은 온갖 겉멋을 부리며 하룻밤 푼돈으로 시간을 보내는 이들임에 분명했다. 문이 꽉꽉 닫혀 있고 방음 장치가 되어 있는지 고급 호텔의 복도처럼 조용하고 그윽하기조차 했다.

나는 18세기 유럽 풍의 자주색 융단이 곱게 덮인 의자에 앉아 그의 입 모양을 바라보았다. 트위스트, 바이 원, 바이 투, 스플릿. 그는 가끔씩 딜러를 향해 눈을 치켜 뜨거나 얼음이 담긴 냉수를 한 모금씩 마셨다. 내 손에서 언제 주스 컵이 떨어졌는지 모른다. 시간이 어떤 밀도로 흐르는지를 알 수 없었다. 슬로 모션처럼 오렌지 주스를 담은 길쭉한 글라스가 손을 떠난 순간부터 천천히 떨어지기 시작했고 바닥에 부딪혀서는 깨지지 않고 주스만 토한 채 옆으로 굴렀다. 양다리 사이로 뜨끈한 물이 흘러내렸다. 나는 그를 향해 손을 들었다.

의자 밑 카펫이 시커멓게 물들어 갔다. 겁에 질려 서서 오줌을 지리는 아이처럼 우두커니 서서 아래쪽을 바라보았다. 배에 가려 발은 보이지 않았지만 그림자처럼 번져 가는 터진 양수가 보였다.

그는 내 쪽을 몇 번 바라보더니 내가 말도 못하고 아래쪽만 바라보다 고개를 들자 자신도 내 발 밑을 바라보고는 카드를 놓은 채 벌떡 일어섰다.

"앰뷸런스를 불러!"라고 소리쳤다.

딜러는 앰뷸런스가 오는 걸 기다리기보다는 차라리 직접 차를 몰고 데리고 가는 것이 빠르다고 했다. 병원은 딜러가 말한 대로 고속도로에서 꺾어서 5분 정도 들어간 곳에 찾기 쉽게 위치하고 있었다.

"아이가 죽으면 너도 죽여 버리겠어."

진통이 내 몸을 한 번씩 꺾으려 들 때마다 나는 소리를 질렀다. 그의 이마에서 흘러내리는 땀방울도 믿을 수 없었다. 도박장의 열기처럼만 보였다. 양수가 다 빠져 나와 버리면 아이는 말라 버릴까? 고통에도 여러 종류가 있구나. 이건 정말 사람을 말아 먹을 것 같아. 나는 안전벨트를 붙잡고 양다리를 오므리려고 했지만 진통이 올 때마다 온몸이 뒤틀려 갔다. 클리닉 센터라고 쓰인 병원 간판도 네온 사인인 것을 보는 순간 데자뷔의 느낌이 덮쳤다. 아랫도리는 양서류처럼 열대의 바닷물 속에 잠겨 있고 밀치고 싶지만 아무라도 잡고 나가야 하기에 놓지 못하고 있는 그의 팔뚝. 모텔처럼 보이는 한 벌판에 세워진 병원의 십자가. 사물이 멈추고 고통만이 전율하는 기괴한 정적.

나는 이것을 겪기 위해 여기까지 오기로 되어 있었나. 스타킹에 흰색 단화를 신고 건강하게 달려오는 간호원을 보자 힘이 빠졌고 그 바람에 병원 복도에 주저앉아 버렸다. 그러고는 눈이 부신 수술용 전등 아래서 아이를 낳은 것이다. 조산이었고 아이는 낳은 지 이틀 만에 인큐베이터 안에서 죽었다. 모든 것이 끝났다.

팔을 포개고 병원 침실에 누워 있었다. 옆에 의자를 두고 앉은 그가 고개를 숙여 짐승처럼 포효하며 울고 있다. 나는 어릴 적 버릇처럼 천장의 무늬를 헤아리고 있다. 그가 용서해 달라고 한다. 나는 아이의 다섯 손가락을 보았고 강낭콩처럼 쭈그러진 작은 머리통도 보았다. 그가 자기를 죽여도 좋다고 한다. 나는 LSD를 먹은 것처럼 천장 벽지의 무늬가 가지각색으로 변하는 것을 보고 있었다. 처음에는 귀신들이 득시글거리며 아귀다툼을 하는 것처럼 보이더니 동화처럼 얼굴 모양을 가진 나무들이며 꽃으로 변했고 나중에는 아주 화려한 로마 시대의 침실이 되었다. 방안에는 대리석으로 만든 작은 호수가 있었는데 그 호수가 소용돌이치고 있었다. 남편의 용서해 달라는 소리가 그 소용돌이 속으로 빨려 들어갔다. 나 역시 그 소리에 묻혀 그 속으로 빨려 들어가고 싶었지만 그 방이 너무 화려해서 좀 더 보고 싶었다. 나는 소리만 떠나게 내버려두고 레이스가 많이 달린 침실의 커튼을 쳐본다. 손가락이 움직이지 않았다. 그걸 쳐서 세상에서 가장 가볍고 포근해 보이는 침대 안으로 혼자 들어가려는데 손이 올라가지 않았다. 나는 눈을 뜨고 환상을 보고 있었는지 아니면 눈을 감고 그런 형상을 그리고 있었는지 분간이 잘 가지 않았다. 손은 움직이지 않았지만 눈은 깜박거리며 눈 주위를 수축시키고 있었다. 온통 금으로 칠을 한 듯한 그 방이 희미해졌다가는 다시 보이고 대리석의 작은 호수도 그대로 있었다. 더 잘 살피기 위해 눈을 끔벅거렸고 그럴 때마다 작은 부분들이 흐트러지며 멀어져 갔다. 그의 어흐, 어흐, 하며 우는 소리가 마치 바람이라도 되듯 커튼을 흔들었다. 그의 울부짖는 소리가 봄날의 산들거리는 바람처럼 가볍게 들어와 방을 식히고 있는 것이었다.

나는 1주일 뒤 퇴원을 하고 집으로 돌아왔다. 달라진 게 있다면 배가 쑥 들어가서 발가락이 보인 정도였다. 화장대 위에는 1주일 전 급하게 바르느라 뚜껑이 채 닫히지도 않은 자주색의 립스틱이 그대로 뒹굴고 있었고 그날 벗어 놓고 간 여름용 란제리가 그대로 침대 위에 늘어져 있었다. 씻지 않은 커피 잔들과 찹찹한 느낌을 주는 부엌 바닥.

나는 짐을 대강 챙겨 2층으로 올라갔다. 어떻게 해야 할지 몰랐고 혼자 있고 싶었고 그와 같은 공기로 숨을 쉴 수 없었다. 그러나 혼자 있을 수 있는 곳이란 기껏해야 아직 벽지 조각이 널려 있는 아이의 방뿐이었다. 아래층에서 전기 장판을 가지고 와 거기 깔고 누웠다. 온몸을 전기 열로 지져 버릴 듯 세게 틀어 놓고 비스듬히 각진 천장을 바라보았다. 아이를 잃어버리고 뜨거운 공간 속에 떠 있는 느낌……. 나는 아이에게 미안하다고 했다. 내 잘못이 있었다면 그것은 허영이었을 것이다. 한 남자와 결혼하면서, 결혼이란 사회적 제도를 확실히 따라가면서 감히 비일상적인 삶을 꿈꾼 허영 말이다. 나는 그 역시 지난 1주일 어디서 죽었다는 느낌을 가졌다. 모두를 잃고 혼자 있었기 때문이다. 그 역시 어디론가 가버렸다. 장딴지를 건들거리며 손가락으로 딱딱 소리도 잘 내던 그 건강한 실체가 사라졌다. 내게 이그러진 하체를 남겨 놓고 안아 보지도 못한 아이의 얼굴을 낙인처럼 새겨 놓고 그 한들거리던 바람처럼 기체가 되어 증발해 버렸다.

집에 돌아와서도 손가락을 움직일 수 없었다. 나는 중국집 주인처럼 양 겨드랑이에 손을 집어 넣고 있었다. 나는 무슨 일이 있었는지도 모르고 그저 신경성이려니 생각한다. 아이를 잃은 충격으로 신경 어딘가가 끊어져 버렸을 것이다. 자신에 대한 벌이라고 생각하고 스스로 걸고 있는 최면인지도 모른다. 아이를 구하지 못하고 가만히 있었던 게으른 두 손에 대한 감금, 동시에 직면하기 두려운 현실을 도피해 가는 한 방법. 등과 엉덩이가 지글지글 녹아 내리는 듯했다. 나는 그날 수면제 과다 복용으로 다시 한 번 병원 신세를 졌다. 이번에 눈을 떴을 때는 짧고 거친 머리카락 대신 곱슬거리고 부드러운 머리카락이 출렁거리고 있었다. 인문이 엎드려서 잠을 자고 있었다. 나는 그의 머리카락을 움직이지 않는 손가락으로 감아 보려 했다. 보드랍고 향긋한 성격이 그리로 흘러 들어올 것 같았다. 한참 바라보고 있었다. 그가 가볍게 고개를 들며 눈을 떴다. 다 큰 어른의 얼굴에도 운 자국이 나는구나. 엄마를 부르며 울다 지쳐 자버린 얼굴이었다. 그가 내 이마를 쓰다듬어 주었다.

그것이 나의 현실이었다. 남편의 도박으로 아이까지 잃어버리고 시동생의 위로를 받는 것이 나의 현실이지 그 곳을 떠나 친정 부모가 있는 따듯한 안방으로 기어들어 가는 것이 나의 현실은 아닌 것이다. 그 1주일 동안 서울 집 생각이 한 번도 안 난 것은 오히려 지극히 당연한 일인지도 몰랐다. 그들이 나의 사람들이었다. 출가외인이란 지극히 고색 창연한 말을 쓰지 않더라도, 시집 온 지 겨우 1년이 지났다는 사실을 되새겨 보지 않더라도 내가 느끼는 심정적인 소속감은 어쩔 수 없는 것이었다. 나는 그들 형제를 떠날 수 없었다. 인문은 한국 식당에 가서 메뉴에도 없는 잣죽을 시켜 놓고 두 시간을 기다렸다고 했다.

"돌아가지 마."

"그래."

나는 웃으며 남동생을 달래듯 말했다.

"형이 죽으면 동생이 형수를 맡아 주는 풍습이 어딘가에 있지?"

그는 이마에 손을 얹은 채 나를 바라보았다.

"형은 죽지 않았어."

"그래? 그럼 죽여 버리자."

"형도 너만큼 불쌍해져 버렸어."

"그 사람은 어떤 일이 일어나도 불쌍해지지 않아."

"그래, 시간이 해결해 주는 일이 있을 거야."

"시간이 흐른다고 모조리 다 변하는 건 아니야."

"어떤 일들이 변하지 않을 것 같아? 변해."

"아니야. 변할 수 없는 건 안 변해!"

식어 버린 잣죽을 떠먹으며 나긋나긋 말을 씹다가 모두 다 게워내고 말았다. 어쨌든 한 번은 누군가를 붙잡고 통곡을 할 일이었다. 옆 침대에 누워 마른 기침을 해대던 검버섯 핀 늙은이가 눈물이 그렁해서는 우리를 빤히 쳐다보고 있었다. 우리가 무슨 말을 하는지도 모르면서 지레 인생의 모든 굴절에 공감하는 그 연민 섞인 눈초리가 오히려 더 참을 수 없었다. 나는 끽끽 울음을 삼키며 죽을 입에 퍼넣었다. 숟가락이 얼어붙은 손가락 사이로 자꾸 빠져 나와 시트에 얼룩을 만들었다. 인문이 계속 숟가락을 질리지도 않고 집어 주었고 나는 엄지와 검지 사이로 해서 계속 퍼넣었다.

남편은 해고를 당했다. 지사장이 용서를 해줄 수도 있는 문제라고 말했다지만 그는 다른 직장을 구하러 다녔다. 우리와 한인 사회는 그것으로 끝이 난 것이다. 인문의 말대로 시간은 싸늘하게 거침없이 흘렀다. 낙엽을 태우는 청소부 옆에서 나는 아이의 옷이며 손싸개, 레이스 달린 주먹만한 모자를 태웠다. 흑인 청소부가 내 등을 두드려 주었다. 느낄 수 없었다. 높아진 하늘로 연기가 싸하게 꼬리를 그으며 눈앞을 갈랐다.

위층에 있는 작은 방에는 봉긋한 곰 인형이 풍선과 붕붕 떠다니는 벽지가 발려져 있을 뿐 아무것도 없었다. 나는 인문에게 그 벽지를 모두 다 뜯어 달라고 했다. 여전히 손이 불편했다. 손목은 움직일 수 있었지만 손가락에 힘이 주어지질 않았다. 죽지 않을 만큼 먹고 지냈다. 남편과는 거의 얼굴을 마주치는 적도 없었다. 연금을 타서 조용히 쥐새끼처럼 살아가는 노인네처럼 줄곧 그 방에서만 지냈다. 마룻바닥 위에 전기 장판을 깔고 그 위에 얇은 이불 하나를 덮고 인문이 주고 가는 작은 우표 딱지처럼 생긴 LSD로 하루를 보냈다.

드러누워서 끔찍하게 아름다운 형상들을 보며 흥얼거리고 노래를 불렀다. 인문이 방으로 들어와서 누워서 부르느니 서서 부르는 게 어떻겠냐고 했다. 그룹에서 여자 보컬이 한 명 더 있었으면 하는데 가창력보다는 미니스커트가 잘 받는 마른 다리가 필요하다고 했다. 나 역시 아무리 새처럼 살아도 돈이 필요했고 살아갈 힘도 필요했다. 나는 다시 머리를 중학생처럼 잘랐다. 미용실 거울에서 난생처음으로 볼에 파인 우물을 보았다. 눈두덩도 많이 꺼져 있었고 입가로 잔주름도 잡혀 있었다. 나는 인문에게 그냥 한번 가서 보기만 했으면 좋겠다고 했다. 또 그들이 이렇게 엉망으로 바짝 마른 동양 여자를 필요로 하는지도 모르겠다고 했다. 인문이 수줍은 듯이 말했다.

"내가 쓰자고 하면 쓰는 거지만, 네가 가서 우선 일할 만한 곳인지 봐."

하숙생처럼 쓰고 있는 방에는 길다란 창문이 있고 아침이면 자동차 시동 소리가 들리고 남편의 뒷모습을 본다. 나는 결국 이혼하자고 했고 그는 이혼만은 할 수 없다고 했다. 강제로 소송에 걸려 이혼을 당하지 않는 한 그는 기다리겠다고 했다.

"무엇을 기다린단 말이야?"

"당신."

교묘한 줄다리기였지만 나는 이미 그를 상대로 살고 있지 않았다. 그래 네가 얼마큼 기다리나 보자 하는 식으로 살 만큼 그가 대단하게 여겨지지 않았다. 어쩌면 간신히 숨이나 쉬고 있는 정도의 여자를 다시 강간하듯 자기의 침실로 끌고 가지 않는 데 고마워했는지도 모른다. 내가 그 곳에 있을 수 있는 적정 수준을 유지해 주었으니 말이다.

나는 방을 상아색 페인트로 두텁게 칠했고 벼룩 시장에서 헌 매트리스와 초등 학교 교실에 있었던 것 같은 작은 책상과 의자를 사와서 같은 색으로 칠했다. 아래층에 놓여 있던 화장대까지 올려 놓으니 제법 학생 방처럼 단출하고 적당해 보였다. 이국의 햇살 많고 서늘한 바람이 향기처럼 불어왔다. 내가 노래를 부르기 시작한 것이다. 시간이 변하고 모든 것이 흘러간다.

"밥 먹었어?"

"인터뷰 안 늦어?"

"나 일 구했어."

"텔레비전 소리 좀 낮춰."

말들이 남편과 나 사이에 꼼지락거리며 생활을 만들어 간다.

"내려오는 게 어때?"

"내가 어디서, 누구와 자건 상관하지 마. 이혼하지 않겠다고 한 건 당신이야. 내가 당신의 인내나 테스트해 보려고 이런다고는 생각하지 않지?"

그러면 그는 "내가 기다린다고 했잖아" 하며 유유히 식당으로 들어가 맥주 캔을 딴다.

우리는 세 사람의 자유로운 동거인으로 변해 갔다. 감정을 일단락 짓고도 병신처럼 떨어질 수 없어 같이 살아가기 위해서는 그 방법만이 유일한 것인지도 몰랐다. 그것은 일종의 비밀스러운 관계였다.

"느네 결혼 생활 괜찮니?"

집에서 조심스럽게 전화가 오면 의외로 씩씩한 목소리가 튀어나오곤 했다. 제대로 물어 왔다면 구태여 감출 일도 없었다.

"지내기 외롭지 않니?"

천만에, 외롭지 않았다. 나는 나의 현실 속에 있었기 때문이다. 그것을 놓치지 않으려는 본능이 강했기 때문에 남편이 까무잡잡한 라틴 계의 늘씬한 여자를 집으로 데려왔을 때도 마음속 깊이 태연할 수 있었는지 모른다. 부부라고 맺어진 한 남자에의 습관적인 애착이 그때처럼 말짱하고 우스운 틀로 보인 적도 없다.

"내 아내야. 우린 정말 개방적이지?"

티나라고 하는 여자는 약간 겁을 먹고 불편한 듯이 보였지만 내가 목욕탕에 들어가서 샤워를 하고 젖은 머리를 흔들며 왔다갔다하는 것을 보고는 오히려 자기가 부부 사이의 불화에 끼여 심리전에 이용당하고 있는 것이 아닌가 하는 의심쩍고 굴욕스러워 하는 표정을 짓기도 했다.

"오케이. 그럼 나 갔다 올게. 잘 지내라구."

나는 한 쪽 옆으로 비스듬히 그물 무늬가 쳐진 까만색 원피스를 입고 있었고 인문 역시 가늘고 까만 넥타이를 매고 있어서 남편이 쓸데없는 소리를 하지 않았다면 우리가 부부처럼 보이고 그는 혼자 사는 총각 시아주버니 정도로 보였을지도 모른다. 티나는 소파에 엉거주춤 기대어 탁자 쪽으로 발을 뻗은 채 담배를 피우고 있었다. 남편이 내 볼에 가벼운 입맞춤을 하며 귀에다 속삭였다.

"내가 질투에 바들바들하리라고는 생각하지 마. 나는 오늘 저 년을 세 번 죽여 놓을 작정이야. 어때? 그 생각을 하면 네 아랫도리도 절로 뜨거워지지?"

자신이 내게 가르쳐 준 육체의 쾌락. 그는 그것을 담보물 정도로 생각하고 있는 듯했다. 밤에 살며시 기어들어 온 그의 몸을 나는 거부하지 않았던 것이다. 그러나 그것은 얼굴 없이 들이미는 뜨겁고 반가운 육체일 뿐 나를 구속해 온 부부 관계는 아니었다. 나는 그의 말이 재미있다는 듯이 키득거리며 인문에게 말했다.

"그럼, 나 근질근질해서 어떡하지?"

인문이 내 어깨를 감싸듯이 하며 밖으로 나갔다. 그의 얼굴에는 형에 대한 조소의 빛이 분명히 떠오르고 있었다. 그 즈음은 밖으로 나올 때마다 밤이, 기다리고 있기나 한 듯 항상 현관에 도시의 불빛을 산발하며 버티고 있었다. 새벽에 들어와 남들의 출근 시간이며 부산한 아침을 건너뛰는 것 또한 작은 즐거움이었다. 무대는 내게 공포의 대상이 아니었으며 술이나 마약으로 반쯤 제정신이 아닌 관객들 역시 낯설지 않았고 기타를 치며 나를 주시하고 있는 듯한, 나와 자주 눈빛을 맞추는 인문의 시선은 목을 매달아도 좋을 만큼 친근했다.

그러나 목소리는 나와 동떨어져서 그 자신의 위력을 지니며 나왔고 장식물로 눈치 있게 허밍이나 해주면 그만이던 내가 가끔씩 조용한 노래를 부르게 되었다. 인문은 내 목소리가 평소 말하는 음성과는 너무 달라 믿어지지가 않고 귀신처럼 질기고 정확하게 들린다고 했다. 두어 번 따라가서 세상의 탁한 공기를 한껏 쐬면 그만일 줄 알았던 내가 겁도 없이 홀로 조명을 받고 입과 마이크 사이를 조절하고 뜻도 모르는 외국어로 노래를 부른다. 아이를 잃어버리고 녹초가 된 여자에게 귀신이 들러붙었다. 노래로 나오는 내 음성은 내 것이 아니었다. 가성도 아니었다. 아주 높고 아주 가는데 끊이질 않았다. 떠듬거리며 노래를 시작하면 나는 음성이 서서히 내 몸에서 떠나는 것을 볼 수 있었고 저 혼자 창공으로 떠올라 가 춤을 추는 것을 본다. 나는 잠결처럼 그 음성에 손을 흔들어 준다. 내가 언제 가사나 제대로 외우고 있었는지도 몰랐다. 그러나 내 안에 살고 있는 제삼자를 거역할 힘이 내게는 없었다. 그렇게 아름답고 흥을 잘 내고 미친 듯이 잘 뛰어 노는 제삼자를 또다시 지워 낼 수는 없었다. 나는 죽은 아이가 지 어미 곁을 떠나지 못하고 여전히 붙어서 생전에 해보지 못한 어리광이며 응석을 피우고 있다는 생각을 했다. 몸에 살이라고는 한 점도 찾아볼 수 없고 잠에서 깨어날 때마다 머리에 못질을 당하고 있는 느낌이 들어도 육신이 피곤하다는 이유만으로 그만두게 할 수는 없었다. 나는 누구든 같이 살기로 했다. 죽은 아이든, 내 아이를 죽인 철없는 남자든, 내 몸에서 죽은 아이의 영혼을 불러내 마지막 몇 방울의 피까지 짜내려는 남자든 모두 같이 살기로 했다. 가끔 어두운 구석에서 팔짱을 끼고 있는 남편의 얼굴이 언뜻 스치기도 한다. 위스키든 코카인이든 마리화나든 내게는 거칠 것이 없었다. 나는 이미 오래 전에 나를 잃어버리고 있었던 것이다. 남편은 디트로이트로 갔다.

"나 지금 임신중이야. 누구의 아이인지 몰라."

그는 고개를 숙이고 잠시 말을 멈추고 있었다.

"기다려 줄 테야?"

그는 돈 많이 벌어 오겠다며 예의 그 씩 하는 눈물겨운 미소를 지으며 나갔다. 그는 동생에게 우리의 씨앗을 잘 보살피라고 했다 한다. 나는 다시는 그 얌전한 일상으로 내려올 것 같지 않다.

추·천·우·수·작

담배 피우는 여자

김 형 경

1960년 강원도 강릉 출생

경희대 국문과 졸업

1983년 《문예중앙》 신인상에 시 당선

1985년 《문학사상》 신인상에 중편소설 〈죽음 잔치〉 당선

시집 《모든 절망은 다르다》

소설집 《단종은 키가 작다》·《세월》 등

국민일보 문학상 수상

담배 피우는 여자

초저녁, 바람

산의 움직임이 심상치 않습니다. 바람이, 북풍이 분명한 바람이 산의 이마를 쓰다듬고 지나갑니다. 바람의 손길 아래서 산은, 더 많은 바람을 불러모으는 굿거리 동작으로 온몸을 뒤척이고 있습니다. 아무래도, 오늘 밤 안으로 저 산이 비를 불러올 것 같습니다. 푸른 머리채를 휘저으며, 온몸을 뒤척이며, 산이 기우제를 올리는 모양입니다. 저 빨래 건조대가 또 비를 맞겠군요.

보이세요? 저기, 옆집 베란다에 놓인 빨래 건조대 말입니다. 빨갛고 굵은 테두리에, 그 사이를 가로지르는 희고 가는 쇠 막대기로 이루어진 빨래 건조대. 단순한 형태의 무생물이지요. 그러나 어쩌다 시선이 닿을 때마다, 저 물체가 살아 있는 생물처럼 보이곤 한답니다. 앙상한 뼈를 드러낸 채, 굶주림과 추위에 떠는 짐승처럼요.

여기서 지금 무얼 하느냐고요?

네, 저도 빨래를 걷으러 나왔습니다. 심상치 않은 저 산의 움직임이 비를 몰아오기 전에 빨래를 걷으려구요. 여기, 이 노란 원피스는 딸아이의 것입니다. 지금은 피아노 학원에서 체르니를 연습하고 있을 겁니다. 흰색 와이셔츠들은 남편의 것이지요. 아마, 그이는 오늘도 늦을 겁니다. 제가 알 수 없는 마음의 깊고 구불구불한 길목들을 이리저리 걷다가, 늦게서야 집으로 돌아오겠죠. 지친 걸음, 어쩌면 취한 걸음으로 말입니다. 그런데, 빨래는 걷지 않고, 여기 앉아서 무엇을 하느냐구요? 글쎄요……, 빨래를 걷기 전에, 그전에…….

이 연기가 보이세요? 제 몸 안을 한바퀴 돌고, 허파와 심장의 내부까지를 쓰다듬은 다음, 천천히 날숨과 함께 빠져 나가는 이 뿌연 기체가 보이세요? 제 몸을 벗어나자마자, 저토록 바삐 바람을 따라 사라지는, 저 기체 말입니다. 금세 허공으로 흩어져 흔적도 남기지 않는 기체, 그러나 공중 가득 퍼져 나가며 높은 곳까지 올라, 어쩌면 영혼들이 사는 마을의 저녁 이내로 퍼지고 있을 기체…….

그렇습니다. 저는 지금, 담배를 피우고 있습니다. 이렇게 베란다에 나와 담배를 피울 때면 이따금, 레테 강을 건너는 사신이거나, 명부의 깊은 곳을 내려가고 있는 오르페우스가 떠오릅니다. 위태롭지요. 다시 이 세상으로 돌아오지 못할 것 같은 위태로움 때문에, 더 깊이 담배 연기를 들이마십니다. 그런 때, 담배 연기는, 저토록 희미하고 나약한 끈으로라도, 저를 이 베란다에 묶어 주는 최후의 힘인 것처럼 느껴집니다. 잠깐만요…….

이제 괜찮습니다. 재채기요? 아직 담배 피우기가 미숙해서 그런 것만은 아닙니다. 제게서 빠져 나가 사라져 버리는 저 기체를 잡고 싶어, 아니, 저 기체를 따라가고 싶어, 그래서 재채기를 하기도 하나 봅니다.

저 베란다가 빈 이후부터, 빈 베란다에 빨래 건조대만 덩그러니 혼자 남겨지게 된 이후부터, 담배를 피우기 시작했습니다. 채 석 달이 되지 못했지요. 담배를 피우면서부터, 또 하나 이상한 습관이 생겼습니다. 바로 이겁니다. 아무때나, 아무 대상도 없이, 혼자 중얼거리는, 바로 이 버릇입니다. 아니, 정신 분석학적으로 진단하지 마세요. 소외나 단절감, 혹은 무엇무엇으로부터의 억압…… 그런 분석은 사양합니다.

예전에도 이런 버릇이 있었습니다. 낯선 도시, 낯선 학교로 전학갔을 때였습니다. 초등 학교 4학년이었죠. 어느 날, 책가방을 들고 집으로 돌아가는 길에, 한 아이가 손가락을 들어 제 쪽을 가리키며 그러더군요.

"재, 미쳤나 봐. 혼자 중얼거리면서 걸어가잖아."

길가에서 고무줄 놀이를 하던 아이들이 모두 제가 있는 쪽을 바라보았습니다. 저도 주변을 둘러보았습니다. 제 옆에는 아무도 없고, 그 아이의 손가락은 정확하게 저를 가리키고 있고, 아이들의 시선은 일제히 제게 꽂혀 있었습니다. 아이들의 눈빛이 땡볕처럼 따가워지면서 저는 문득 희고 투명한 해일 속으로 휩쓸려 들어갔습니다. 허공이 핑글, 돌더군요. 그때 이미 짐작했지요. 소외나 단절감, 그런 것들이 혼자말을 중얼거리게 만든다는 것을요. 새 친구가 생기면서 그런 버릇은 없어졌습니다.

그런데 말입니다, 그런데 요즈음, 제가 혼자말을 하고 있더군요. 쌀을 안치다가도, 빨래를 널다가도, 머리를 감다가도, 혼자 무어라 무어라 중얼거리곤 합니다. 들을 대상이 없어서 되돌아오지 않는, 중요하지 않아 허공에서 흩어지는, 그런 무의미한 말들을 계속하는 겁니다. 빨리 그런 자신을 발견하고, 그 버릇을 스스로 통제할 수 있게 된 건, 나이가 주는 미덕일 겁니다. 적어도 남편과 아이가 있는 앞에서는 그런 버릇을 내보이지 않지요.

그 여인 때문일 겁니다. 지금은 굶주린 짐승 같은 빨래 건조대만 놓인 베란다, 저 베란다에 있던 여인 때문일 겁니다. 늘 곱게 화장을 하고, 꽃무늬가 예쁜 홈 드레스를 입고, 그 위에 또 레이스가 고운 앞치마를 두르고, 그런 모습으로 베란다에 나와 남편의 와이셔츠며 아들의 태권도복을 널곤 하던 여인이었습니다. 때로, 머리에 머릿수건을 쓰고 있기도 했습니다. 삼각형 모양의, 꼭지점이 목덜미 쪽으로 차르르 늘어뜨려지는, 그런 머릿수건을요.

왜, 여성 잡지들에 나오는, 행복을 표나게 드러내고 있는 여인들의 모습 아시죠? 그런 모습을 상상하시면 될 겁니다. 베란다에는 빨래 건조대뿐 아니라, 그 여인이 공들여 돌보던 화분들과, 무지개빛 바퀴가 달린 세발 자전거가 있었습니다. 빨래를 널다가, 화초를 손질하다가, 베란다 너머로 시선이 마주치면 입 꼬리를 양쪽으로 당겨 올리며 웃어 보이곤 했습니다. 입매가 고운 여인이었습니다. 가만히 있을 때도 미소를 띠는 것처럼 보이는 입매였습니다.

그럼에도, 평화, 행복……이런 어휘를 사용할 때는 조심해야 합니다. 어쩐지, 그런 어휘를 사용하려면 많은 대가를 지불해야 할 것 같습니다. 현실은, 아니 이 세상의 그 어느것도, 우리가 생각하는 것만큼 호락호락하지는 않으니까요.

지금 저 베란다는 비어 있습니다. 화초도, 세발 자전거도 없습니다. 이사할 때 왜 저 빨래 건조대를 빠뜨리고 갔을까요? 처연하게 남겨진 빨래 건조대가 그 여인을 기다리고 있는 생물처럼 보입니다. 결코, 결코 돌아오지 않을 그 여인을.

담배를 한 대만 더 피우겠습니다. 네, 그래요. 줄담배는 아니지만, 집안일 하는 틈틈이 몰아서 피우는 담배기 때문에, 한 번에 두세 대씩 피우는 버릇이 있습니다. 첫 번째 담배는 초조하게, 조급하게 피우곤 하죠. 담배 피우는 편안함을 음미할 수 있는 건 대체로 두 번째 담배입니다. 아니, 이건 제가 스스로 터득한 게 아니라, 그 여인을 보면서, 그 여인이 담배 피우는 것을 지켜보며 느꼈던 것 같습니다.

그렇습니다. 그 여인 때문이었습니다. 혹시, 그런 경험이 있으세요? 늘 보던 사물이 문득 다르게 보이는 일 말입니다. 자신의 통찰력 부족이나, 상대에 대한 관심 부족을 돌아보게 되는, 그런 경험 말입니다. 제게는 그 여인이 그랬습니다.

제가 그 여인을 발견한 것은 지난 가을이었습니다. 아니, 그 여인은 이미 지난 봄부터 저 옆집에서 살았습니다. 이미 두 계절 동안이나, '행복'이라는 제목을 단 여성 잡지 속의 사진 같던 그 여인의 모습을 보아 왔습니다. 그러나 지난 가을 이후, 그 여인은 제 가슴에 다른 모습, 다른 무게로 얹혀 오기 시작했습니다.

가을이었지요. 그날도 저 산의 움직임이 심상치 않았습니다. 오늘처럼 비를, 바람을 부르는 기우제를 지내는 게 아니라, 신열에 들떠 쇠약해지는 몸을 뒤척이는 것 같았습니다. 몸 안의 수분을 모두 비워 내면서, 마른 살비듬처럼 나뭇잎을 떨구면서, 살이 내리듯 숲이 헐렁해져 가고 있었지요. 그토록 모질게 앓고 있는 산을 보다가, 이상한 기척을 느꼈습니다. 힘 같은 것, 밀어내거나 끌어당기는 힘이 아닌, 그 자리에서 안으로 안으로 말려들며 원심력과 구심력을 동시에 견지하고 있는 힘 같은 것, 그것이 느껴졌습니다. 오른쪽에, 옆집 베란다에서 말입니다.

거기, 베란다 난간에 기대 세워져 있는 물체가 보였습니다. 허공을 가로막고 있는 쇠창살에 기대어져 있는 것, 그것은 물체였습니다. 가늘고 긴 물체, 그러나 몇 차례 접혀져 납작하게 부피가 줄어든 물체……. 그래요, 접는 우산이나 빨래 건조대 같은, 그런 물체가 있었습니다. 물체가 아니라면 그런 식으로 쇠창살에 기대 세워져 있지는 않았을 겁니다. 제 말은, 사람이라면, 위험을 감지하는 기능을 가진 인간이라면, 튼튼한 벽이나 유리창 쪽에 기대 앉아 산을 바라보고 있었을 거라는 뜻입니다.

그러나 그건 물체가 아니었습니다. 그 여인, 바로 옆집 여인이었습니다. 그 여인이 산을 등지고, 산이 신열에 들떠 몸을 뒤척이는 것에는 아랑곳없이, 아니 어쩌면 일부러 산의 병세를 외면하듯이, 쇠창살에 기대 앉아 유리창을 바라보고 있었습니다. 쇠창살 사이로 빠져 나온 그 여인의 옷자락이 허공에서 펄럭펄럭 날리고 있었습니다.

이상한 일입니다. 그때 제가 왜 위기감을 느꼈을까요. 절벽의 가장 끝을 딛고 서 있는 사람이거나, 조금씩 끊어지다가 마지막 한 가닥 실오라기만 남아 있는 밧줄을 잡고 있는 사람이거나, 급류에 휩쓸려 사라지기 직전에 물굽이 사이로 잠깐 보이는 사람……. 그런 영상이 떠올랐습니다. 모르겠습니다, 왜 그랬는지는. 어쩌면 그 여인의 자세 때문이었는지도 모릅니다. 저는 한 번도, 단 한 번도, 그 쇠창살에 기대 앉는 일을 상상해 본 적이 없으니까요.

쇠창살은 안간힘을 쓰며, 온 힘을 다해 여인을 버텨 주고 있었습니다. 그 힘의 버팀과 긴장으로 인해 쇠창살이 떨리는 것처럼 보였습니다. 저는 다만, 바라보고만 있었습니다. 그 여인을 부를 수도, 그 여인에게 말을 건넬 수도 없었습니다. 쇠창살에 기대어 웅크린 등, 바람의 기운을 뚫고 이따금 건너오는 깊은 한숨, 한숨과 함께 여인의 주변으로 자욱하게 피어 오르는 희뿌연 연기…….

여인은 허공의 난간에 기대 앉아, 자신의 집으로 들어가는 큰 유리문을 바라보고 있었습니다. 집에서 쫓겨난 아이처럼, 크고 투명한 유리창 너머로 고스란히 들여다보이는 자신의 집을 바라보고 있었던 거지요. 아이들이 자주 손가락을 입에 무는 버릇이 있는 것처럼, 처음에는 저도, 그 여인이 손가락을 입에 물고 있는가 싶었습니다. 서쪽으로 지는 해가 그 여인 주변을 희뿌염하게 감싸고 있어, 사물이 잘 분간되지 않았습니다.

그런데 아니었습니다. 그 여인 주변으로 흰 연기가 피어 오를 때에야, 그 여인이 입에 물고 있는 희고 긴 물체가, 손가락이 아니라는 것을 알았습니다.

거기서 저는 모든 것을 다 보았던 것 같습니다. 아니, 이런 말은 조심해야겠군요. 누군가의 무엇인가를 다 본다는 것은 불가능합니다. 인간이란 겹겹의 양파거나, 굽이굽이 휘돌아 들어가는 우렁쉥이 같은 존재지요. 그럼에도, 저는 제가 보고 있는 것의 실체, 제가 보고 있는 장면의 본질, 그런 것을 파악했던 것 같습니다. 짐작할 수는 있었지만, 이해할 수는 없었습니다. 늘 행복해 보이던 여인이었으니까요.

저는, 그 여인이 새 담배에 불을 붙이는 것을 보며 조용히, 그 여인이 눈치채지 못하도록 조용히, 집 안으로 들어섰습니다. 투명한 유리 상자 안에 갇혀 있는 그 여인은, 부르면 유리 상자가 깨어지면서 외부의 공기에 감염되어 숨을 거둘 것 같은, 그런 청정한 존재처럼 느껴졌습니다. 그 여인이 얼마나 더 거기에 앉아, 몇 대나 되는 담배를 더 피웠는지는 모릅니다. 세탁기를 한 통 돌리고, 잘 탈수된 빨래를 안고 다시 베란다로 나갔을 때, 그 여인은 보이지 않았습니다.

그 후로도 여인은 조금도 다름이 없었습니다. 예전과 똑같이 고운 드레스에 앞치마를 입고, 베란다에서 빨래를 널곤 했습니다. 탁탁 힘있게 빨래를 털어, 손수건조차도 두 귀가 잘 맞도록, 단정하게 펴서 널곤 했습니다. 어쩌다 시선이 마주치면 희미하게 웃어 보이곤 했지요. 고운 입매로, 행복이라는 제목을 달 만한 미소를 지어 보였습니다. 저도 예전과 똑같이 그 여인을 대했지요. 그 여인이, 베란다 난간에 쭈그리고 앉아, 떨면서 담배 피우는 모습 따위는 꿈에도 본 적이 없다는 듯이 말입니다. 그러나, 그러나 말입니다. 모든 것이 예전과 똑같아지지는 않았습니다.

그날 이후, 이따금 베란다에 나와 앉아 담배 피우는 그 여인의 모습을 보곤 했지요. 대체로 저녁이었습니다. 앞치마를 입고, 머릿수건을 쓰고, 금방 파를 다듬거나 생선을 굽다가 나온 것 같은 모습으로 그 여인은 담배를 피우곤 했습니다. 쇠창살에 기대 앉아 발끝을 내려다보거나, 유리문에 기대 서서 먼 산을 바라보면서 말입니다. 산이, 점차 어두워지는 산이 웅크린 짐승의 모양으로 보일 때까지, 그 여인은 꼼짝없이 서 있기도 했습니다.

한 달에 한 번쯤은 그런 날이 있는 모양입니다. 달이 부풀어오르고, 바닷물이 차 오르고, 고기들의 뱃속에서도 노랗고 토실토실한 알들이 자라나는, 그런 날이 있지요. 남자들은 대체로 밤늦게까지 술집이며 홍등의 거리를 방황하고, 집 안에만 있는 여자들도 문득 베란다 밖으로 나와 하아, 깊이 숨을 들이쉬는, 그런 날이 있는 모양입니다. 제가 베란다 문을 열고 나갔을 때, 그 여인이 먼저 저쪽 베란다에 나와 있었습니다. 그 여인은 쇠창살 난간에 온몸의 체중을 실은 채, 잠든 듯 웅크린 산의 등허리를 건너다보고 있더군요. 푸르스름한 달빛에, 목덜미가 희게 두드러져 보였습니다. 그 흰 살빛이 기화하여 날아오르듯, 여인의 주변으로 희고 푸르스름한 기운이 퍼지고 있었지요. 여인은 제게 고개를 돌리더니, 연기처럼 푸슬푸슬한 웃음을 지어 보였습니다.

"때로, 담배 한 대로 위안이 되는 일도 있지요."

바람처럼 스쳐 지나가는, 그러나 무언가 절박함의 기미가 묻어 나는, 그런 말투였습니다. 그 여인도 알고 있었던 모양입니다. 제가 그 여인이 담배 피우는 모습을 지켜보곤 했다는 사실을 말입니다. 여인은 다시 산 쪽으로 고개를 돌려, 쓰다듬는 듯한 눈빛으로 산의 등허리를 훑으며 담배 연기를 뿜어냈습니다.

"처녀 적에, 직장에 다닐 때, 그때 배웠어요. 하루 종일 일하고, 퇴근하여 빈집으로 돌아갈 때면, 벌써 마음이 어수선하게 허공으로 떠오르곤 했어요. 아니, 몸 안의 어떤 부분이 바짝바짝 말라 가는 것 같았어요. 어둠 속에서 핸드백을 뒤져 열쇠를 꺼내고, 맹꽁이 자물쇠의 구멍을 더듬거려 열쇠를 끼우고, 그리고 역시 어두운 방안으로 들어서면, 그러면 갑자기 절벽 아래로, 세상의 아득한 밑바닥으로 떨어져 내리는 듯한 느낌이 들곤 했어요."

베란다에 온 체중을 얹고 있는 그 여인의 자세가 불안해 보였습니다. 금방이라도 베란다의 허술한 철제 난간이 삐끗 어긋나면서, 그 여인과 함께 저 아래로 떨어져 내릴 것만 같았습니다.

"벽을 더듬어 형광등 스위치를 올리고 나면, 그러면 온몸에서 힘이 빠지면서 몸이 무너지는 것 같았어요. 벽에 등을 대고 미끄러지듯 쭈그리고 앉으면 20분, 30분을 꼼짝도 할 수가 없었죠. 그대로 땅 밑으로 가라앉아 숨이 멎을 것 같은 기분이었어요."

여인은 먼 곳의 시선을 천천히 끌어당겼습니다. 그 시선을 다시 제게 고정시키며 머리카락을 쓸어 올렸습니다. 무심한 낯빛과 고운 옷차림에 비해, 손가락 마디는 굵고 거칠어 보였습니다. 그 손마디, 그 눈빛에서, 담배 한 대로는 결코 메워지지 못할 구멍을 본 것 같았습니다. 구멍을 메워 보려고 헛되이 헛되이 담배 연기를 쌓아 가는 검은 가슴속을 보아 버린 것 같았습니다.

"그때 담배를 피우기 시작했어요. 그렇게 쭈그려 앉은 자세로, 모로 쓰러져 잠들곤 하다가, 그래서는 안 되겠다고 판단했어요. 무언가 위안이 될 만한, 혹은 그 단절감을 이어 줄 수 있는, 그런 일이 필요했지요. 회사에서의 일상과 집에서의 일상을 이어 줄 수 있는 일, 혹은 땅 밑으로 가라앉아 화석이 되지 않게 해줄 수 있는 일……, 그게 좀더 바람직하고 창조적인 것이었으면 좋았겠지만……."

담담한 말투였습니다. 아니, 단단한 말투였지요. 여인에게는, 무엇으로도 훼손당하지 않을 것 같은 단단함이 엿보였습니다. 늘 베란다에 나와 앉아 담배를 피우며, 그렇게 마음 안의 무엇인가를 혼자 연마해 오고 있었던 게 아닌가 싶은, 그런 단단함이 있었습니다.

그날, 여인은 베란다 난간에 허리를 대고, 상체를 베란다 바깥으로 많이 내밀고, 오래도록 그런 자세로 있었습니다. 저는 위험해 보인다고 말했습니다. 그렇게 온몸의 체중을 받아 내기에는, 그 철제 난간이 좀 허술해 보였습니다. 그 여인은 말없이 웃더군요. 제 말이 무색해질 만큼, 곱고 담담한 웃음이었습니다.

그런 여인이 있었습니다. 웃음이 고운 여인, 웃을 때면 담배 연기를 뱉어 내듯 입을 오므리는 여인, 아니, 담배를 피울 때조차 웃는 것처럼 보이는 여인, 그런 여인이 있었습니다. 지금은 비어 있는 저 베란다에.

이 담배를 끄고, 저도 이제 들어가 봐야겠습니다. 딸아이가 피아노 학원에서 돌아오기 전에, 그이가 퇴근해 돌아오기 전에, 제자리로 돌아가 있어야 합니다. 어머니와 아내의 자리로요. 산이, 저토록 머리채를 흔들어대는 산이, 저를 완전히 잡아매기 전에 제자리로 돌아가는 게 좋습니다. 들어가서, 밥솥에 쌀을 안치고 찌개를 끓여야 합니다. 남편은 얼큰한 걸 좋아하죠. 딸아이는 매운 음식을 먹지 못하고요. 찌개도, 김치도, 두 가지를 만들어야 합니다. 저요? 저야 아무거나 상관없습니다. 주부의 자리란 다 그런 것이죠.

혹시 제가, 등뒤로 너무 빨리 문을 닫더라도 이해해 주세요. 그건, 제 마음 때문입니다. 저 바람에 잡아채여, 허공으로 날아오를 것 같은 마음, 그것을 단속하기 위해서랍니다.

참, 빨래 걷는 것을 잊었군요.

한밤중, 폭우

저 산이 기어이 비를 불러왔군요. 어두운 허공을 희끗희끗, 그리고 번들번들하게 잠식해 들어가는 덜 진화한 생물 같은 물체, 저것이 비군요. 허공을 제압하는 물줄기, 사물의 움직임을 일시에 정지

시키는 물줄기, 뽀송뽀송하고 질서 정연한 일상을 단번에 뒤흔드는 물줄기. 그런 비가, 제 발치로도 밀려드는군요. 몸피 작은 찬피 동물이 발등을 슬금슬금 기어오릅니다. 정강이를 지나, 무릎을 지나…… 그렇게 해서 심장에까지 이를 것 같은 물줄기. 아니, 제 마음을 온통 점령하고야 말 것 같은 물줄기…….

저 빨래 건조대가 다시 비에 젖고 있군요. 아니, 옆집 베란다 전체가 비를 맞고 있습니다. 마치 비를 기다렸다는 듯이, 온몸을 열고 비바람을 불러들이는 모양입니다. 베란다 난간에 비스듬히 기대 세워져 있는 빨래 건조대는 해갈의 기쁨을 누리는 생물처럼 보입니다. 오래도록 조갈증에 시달리다가, 물을 만나고도 기진한 몸을 추스리지 못해, 겨우겨우 물기를 받아들이는 탈진한 생물처럼 보입니다. 저 빨래 건조대를 어루만지던 여인의 모습이 떠오릅니다. 빨래 건조대를 폈다가, 접었다가, 그 쇠 살들을 어루만졌다가……. 어두운 빗줄기 사이로 그 여인의 움직임이 희끗희끗 드러나 보입니다. 꿈 때문일까요?

잠깐만요, 담뱃불을 좀 붙여야겠습니다. 이런……바람이, 바람이 아직도 저 산의 기우제에 맞추어 춤을 추나 봅니다. 성냥이 눅진해진 모양입니다. 이렇게 황이 묻은 성냥 대가리로 성냥갑 옆구리를 그을 때면, 바이올린 몸체를 긋는 활이 생각납니다. 환하게 피어 오르는 불꽃이, 음악처럼 빛나곤 하지요.

옆집 여인은 라이터를 싫어했습니다. 아니, 성냥을 더 좋아했지요. 성냥을 켜서 유황이 다 탄 다음, 성냥 대가리가 검은 재로 꼬부라져 내린 후에야 담뱃불을 붙이곤 했습니다. "불에 타는 나무 향기, 담배에 불을 당길 때 맡아지는 나무 향기가 좋아요." 그 여인은 늘 성냥만 사용했습니다.

이렇게 어둠 속에서 담배를 피울 때면, 빨갛게 타올랐다 스러지곤 하는 이 담뱃불조차 예사로이 보이지 않습니다. 뭐랄까요, 그게 우리네 삶에 대한 빨간 신호등처럼 보이기도 합니다. 우리네 삶이라는 것이, 담배처럼 타들어가는 소모적인 무엇임을 분명하게 나타내 보이는 것 같습니다. 혹은, 힘없이 부서져 내리는 담뱃재처럼, 등뒤에서 연소되어 허물어지는 나날들을 보는 것도 같지요. 그러면 가장 마지막에는, 처치 곤란한 담배꽁초처럼 아무렇게나 치워져야 하는 육신이 남게 되는 거죠. "담배는 당신의 목숨을 태웁니다." 어느 금연 포스터의 한 구절이죠. 맞는 말이에요. 우리의 삶이라는 게, 결국은, 한 대의 담배 같은 데가 많지요.

다들 잠든 모양입니다. 저기, 온 힘을 다해 비바람을 불러들이는 산, 저 숲에 깃들어 있던 새들은 다 어디로 갔을까요? 남편은 아직 돌아오지 않았습니다. 그이는 늘 늦지요. 회사에서 야근을 하거나, 야근이 없는 날은 동창을 만나거나, 동창을 만나지 않는 날도, 밤이 아주 깊어지지 않으면 집에 돌아오지 않습니다. 왜 그런 사람들이 있지 않습니까? 집에 들어가는 것을 한사코 싫어하는 사람 말입니다. 그이도 그런 유형인가 봅니다. 그래도 하루에 한 번씩은 집에 들어와, 옷을 갈아입고 콩나물국을 마시고 다시 나갑니다.

이따금 일찍 들어오는 날도 있긴 합니다. 그런 날, 퇴근하여 잠자리에 들 때까지 그이가 하는 말은 모두 세 마디 정도입니다. 식탁에 앉으면서, 밥 먹자. 컴퓨터가 있는 방으로 들어가면서, 커피 한잔 줄래? 한참 만에 그 방에서 나와 침대에 누우면서, 자자. 그 동안 저는 설거지를 하고, 커피를 타고, 딸아이의 세수를 도와 주고, 남편의 와이셔츠를 다립니다. 부부란, 같은 방향을 바라보며, 같은 길을 걷는 것이라고 하던가요? 그런 말을 들으면 저는 부끄럽습니다.

이만큼 함께 살고 나면, 상대방에 대해 무엇을 기대하거나 요구하지 않게 되나 봅니다. 그이의 눈에는 제가 늘 집 안에 있는 가구와 별반 다를 바 없이 보일 테고, 제 눈에는 그이가 생활비를 건네 주는 은행 구좌 정도로 여겨지는 거죠. 무슨 일이 있어서가 아닙니다.

오히려, 아무 일도 없어서 그럴 겁니다. 그건 부부 사이의 문제가 아니라, 그저 인간의 문제일 뿐이죠. 인간이란 원래, 여러 개의 동공 같은 것으로 이루어진 존재들인 모양입니다. 남편이나 아이, 가정이라는 존재에 의해서도 메워질 수 없는, 아니, 그런 존재들에 의해 상대적으로 더 깊게 두드러지는, 그런 동공을 가진 존재들인가 봅니다.

아이를 잠재우다가, 그 곁에서 깜박 잠이 들었던 모양입니다. 산의 뒤척임이 심상치 않음을, 내내 그 기척을 느끼면서 말입니다. 꿈을 꾸었지요. 넓은 밭이 있었습니다. 밭의 가장자리가 보이지 않는, 그러니까 눈앞에 보이는 것이라고는 온통 밭뿐인, 그런 밭이었습니다. 그 밭이, 세상의 어둠을 모두 빨아들인 듯 검은색이었습니다. 흙이 왜 이렇게 검을까, 생각하며 저는 밭으로 들어섰습니다. 손에는 호미를 들고 있었지요.

밭의 대각선 모퉁이에, 저보다 먼저 밭을 매고 있는 사람이 보였습니다. 머리에 흰 수건을 쓰고, 잡초 무성한 수풀 한가운데 앉아 있는 사람. 몸은 거의 잡초에 가려져 있어, 제가 볼 수 있는 것은 잡초 더미 위로 떠가듯 움직이는 흰 수건뿐이었습니다. 천천히, 미끄러지듯 고요히 움직이는 흰 수건은, 멀리서 보면 언뜻 백로나 왜가리처럼 보였습니다. 잠잘 때, 한 쪽 다리는 가슴속에 묻고, 긴 목은 어깻죽지에 묻고, 그렇게 쓸쓸한 자세로 잠든다는 그 흰 새들 말입니다.

그런데 왜 그런 생각이 들었는지 모릅니다. 잡초 더미에 가려진 그 사람이, 바로 옆집 여인이라는 생각 말입니다. 그 생각이 드는 순간, 꿈속에서조차 너무 놀라, 거의 잠에서 깰 뻔했습니다. 그러나 놀란 마음을 진정시키고 계속 밭을 맸습니다.

아니, 아직 밭을 매지는 않았던 것 같습니다. 밭을 매기 전에, 웃자란 잡초들을 손으로 뽑아 내고 있었을 겁니다. 잡초들은 쉽게 뽑히지 않았습니다. 잡초의 머리채를 휘어잡고 힘껏 잡아당길 때면, 그 대지, 검은빛을 띤 그 땅과 힘겨루기를 하고 있다는 생각이 들었습니다. 승산이 없는 싸움, 그럼에도 포기하지 못하는 오기, 그런 것들이 느껴졌습니다. 꿈에서조차. 제가 마지막 힘이라 생각하며 잡초의 머리채를 힘껏 잡아당기자, 그 검은 대지가 들썩이는 것 같았습니다. 그런데 바로 그때, 대각선 끝에 있던 여인, 흰 머릿수건을 쓴 여인이 사라졌습니다. 대신, 왜가리 한 마리가 희고 큰 날개를 휘저으며 완만하게, 그리고 무심하게 날아올랐습니다.

안타까웠습니다. 꿈속에서, 새가 날아가 버려 안타까웠는지, 잠깬 뒤, 꿈에서 깬 것이 안타까웠는지는 알 수 없지만, 그 안타까움만은 생생하게 남아 있었습니다. 잠깬 뒤에도 오래도록, 그 큰 새가 깃을 펄럭이며 날아오르던 소리가 들려 왔습니다. 아니, 그건 사실, 저 산이 비를 부르는 굿거리 장단이었는지도 모릅니다. 오래도록 그 날개 소리를 들으며 누워 있다가, 결국, 이불을 들추고 일어났습니다.

이렇게 한밤중에, 이렇게 한데에 나와 서 있으면, 제가 서 있는 곳이 지구의 끝이라는 생각이 듭니다. 한데……. 제가 그 말을 쓰고 있군요. 한데. 그 말이 제 고향 사투리인지, 순 우리말인지는 잘 모르겠습니다. 사방에서 바람이 들이치고, 머리 위에서는 물줄기가 쏟아지고, 그리하여 발 딛고 선 땅마저 무너지고 말듯 흔들리는, 한데……. 한데에서, 저 베란다가 비를 맞고 있군요. 빨래 건조대도.

아무래도……, 아무래도 이야기를 해야 할 것 같습니다. 처음부터 차근차근, 선은 이렇고 후는 이렇다……. 말해야 할 것 같습니다. 해명을 하고자 함이 아닙니다. 이해를 받고자 함도 아닙니다. 그저, 이야기를 하고 싶습니다. 혼자말을 하듯이, 아무도 듣는 사람이 없다는 사실을 알게 되면 더 자연스럽게 이야기를 할 수 있는 것처럼, 그렇게, 이야기를 하고 싶습니다.

그날도 꼭 이런 날이었습니다. 남편은 아직 돌아오지 않았고, 딸아이는 곰 인형을 안고 잠들어 있었습니다. 시간도 이맘때쯤이었을 겁니다. 남편이 늦는 날은 술을 마시는 날이지요. 다음날 아침에 해장국을 끓일 콩나물이 없다는 사실을 발견하고 잠깐 슈퍼마켓에 다녀왔습니다. 콩나물과, 아이가 좋아하는 소시지를 들고 아파트 현관을 들어설 때까지는 아무 일도 없었습니다. 모든 게 그대로였지요. 반찬거리를 냉장고에 넣고, 안방으로 들어가기 위해 몇 걸음 걸었습니다. 그러다가, 그러다가 그걸 보았습니다.

처음에는 그것이 무엇인지 알 수 없어 멍하니 서 있었습니다. 조금 시간이 지나서야, 쿵, 가슴이 내려앉는 느낌이 왔습니다. 도둑이나 강도, 그런 생각은 하지 않았습니다. 뭐랄까요, 이 세상의 한가운데를 큰 걸음으로 성큼성큼 지나가 버린 바람의 발자국 같은 것, 혹은 이미 오래 전에 지구에서 멸종된 공룡의 발자국 같은 것, 혹은 비 내리는 거리에 흙 발자국을 남기며 떠나는 사람의 뒷모습 같은 것……. 그런 것들, 다시 잡을 수 없는 것들의 미진함, 혹은 안타까움……. 그런 흔적을 보는 것 같았습니다.

흙 발자국이었지요. 발자국은 베란다로 난 유리문 앞에서 시작되어, 거실을 가로질러, 안방 문 앞까지 이어지고 있었습니다. 맨발이었고, 크지도 작지도 않았습니다. 딸아이의 것이라기에는 너무 크고, 남편의 것이라기에는 좀 작았지요. 그 사실을 추찰해 내기까지 시간이 좀 걸렸습니다. 딸아이의 방문을 열어 보니, 아이는 곰 인형을 안고 침대에서 곱게 잠들어 있었습니다.

딸아이의 방문을 닫고, 발자국이 끊어진 안방 문 앞에 섰습니다. 어쩐 일인지 손끝이 조금 떨렸습니다. 그러나 방안은 텅 비어 있었습니다. 또 잠깐 서 있었지요. 그러다가, 이번에는 방을 가로질러 찍혀 있는 발자국을 보았습니다. 발자국은 옷장 앞에서 멎어 있더군요.

옷장 문을 열 때, 사실 좀 두려웠습니다. 삶의 길목에서 예기치 않게 불쑥불쑥 만나는 사건은 대체로 당혹감을 일깨우게 마련이죠. 처음에는 옷장 안에서 아무것도 발견하지 못했습니다. 그저, 길이가 긴 겨울 옷들이 조금 흐트러진 채 걸려 있었을 뿐입니다. 그러나 다음 순간, 어떤 기운, 안으로 안으로 응축되다가 기어이 폭발하면서, 불꽃과 화산재를 내뿜을 것 같은, 폭발 직전의 뜨거운 기운 같은 것을 느꼈습니다. 그제야, 온몸의 근육이 일제히 굳으며, 심장이 더 크게 뛰기 시작했습니다. 그건 사람의 숨소리였습니다.

조심스럽게 옷자락을 들추었습니다. 좁고 어두운 옷장 속, 그중에서도 가장 구석진 곳에 한 여자가 웅크리고 앉아 있었습니다. 두 다리를 힘껏 당겨 가슴에 묻고, 머리는 목덜미 깊이 묻은 자세였습니다. 앞으로 쏟아진 머리카락이 무릎까지 펼쳐져 있었습니다. 옆집 여인이었지요.

저는 또 그 상황이 의미하는 바가 무엇인지 몰라 멈춰 섰습니다. 그 여인이 왜 그런 자세로, 왜 거기 앉아 있는가에 대한 의문보다 먼저, 한 인간이 그토록 작아질 수 있는가 하는 것이 더 의아했습니다. 그건 단순히, 체표 면적이 작다는 의미가 아닙니다. 인간으로서의 존엄성이나 자연스러움, 그런 것들을 모조리 거세당한 상태, 인간이라고 말할 때 떠올릴 수 있는 어떤 모습도 없는, 그런 상태를 의미합니다. 궁지에 몰려 떨고 있는 보잘것없는 짐승, 그것의 형상뿐이었습니다.

옷장 문이 열리는 기척을 느꼈을 텐데도, 여인은 가슴에 묻은 고개를 들지 않았습니다. 아니, 더 심하게 떠는 것 같았습니다. 앞으로 있을 공격, 그 가장 최후의, 가장 치명적인, 그런 공격을 앞두고 있는 약한 짐승 같았습니다. 한참 만에야 저는 여인의 어깨에 조심스럽게 손을 올렸습니다. 움찔, 여인의 몸이 진저리쳤습니다. 칼날을 맞은 생선이 퍼덕이듯, 떨림이 고스란히 팔을 타고 전달되어 왔습니다.

"괜찮아요, 저예요."

여전히 떨리는 여인의 어깨를, 진정시키듯 더 힘주어 잡으며, 저는 최대한 부드러운 목소리를 냈습니다. 떨림은 천천히, 그리고 조금씩 가라앉았습니다. 저는 옷장 안에 그 여인과 마주보는 자세로 걸터앉아, 다른 손으로 여인의 등을 쓸었습니다. 그제야 여인이 고개를 들어 저를 보더군요. 눈물을 흘린 흔적이나, 구원을 요청하는 애절함이나, 그런 눈빛은 아니었습니다. 공포와 절망에 가득 찬, 그런 눈빛도 아니었습니다. 아니, 그 눈빛에는, 아무것도 들어 있지 않았습니다. 완전히 비어 버린 눈빛이었지요.

"난, 언젠가는 그를 죽이고 말 것 같아요."

방안으로 나와, 여전히 웅크린 자세로 앉아, 그 여인이 한 첫마디는 그것이었습니다. 원한이나 적의, 그런 것들이 전혀 느껴지지 않는 목소리였습니다. 담배 한 대로 위안이 되는 일도 있지요. 그렇게 말할 때와 똑같이, 낮고 음울하기까지 한 어조였습니다. 머리카락은 흐트러져 있고, 왼쪽 눈두덩이는 벌써 푸르게 부풀어오르고 있었습니다.

"아니면, 나를 죽이거나……."

가슴이 내려앉았습니다. 제가 할 수 있는 일은, 여인의 손을 잡아주는 것뿐이었습니다. 몸 어딘가에 통증이 오는 듯, 여인은 얼굴을 찡그렸습니다. 그럼에도, 그 눈빛은 건조하고 딱딱했습니다. 자주 있었던 일, 그래서 이제는 일상의 한 부분이 되어 버린 일을 대하는 듯한 모습이었습니다. 그런 시선으로, 이따금 경계하듯 방문을 바라보곤 했지요.

"괜찮아요. 아무도 없어요."

그게, 제가 해줄 수 있는 말의 전부였습니다. 저는 그 여인의 남편에 대해 분노를 느꼈습니다. 폭력이라니요. 어떤 인간에게도, 다른 인간에게 그렇게 행동할 자격은 없습니다. 그 여인의 맨발, 푸른 심줄이 드러나는 발등을 바라보다가 외면하듯 몸을 일으켰습니다. 아무것도 물어 볼 수 없었습니다. 왜 남편에게 맞았는지, 어떻게 7층 높이에 있는 넓은 베란다 사이를 건너뛰었는지……. 다만, 커피를 한잔 타줄 수 있었을 뿐입니다. 여인은 커피를 마시면서, 여전히 웅크린 자세로 커피를 마시면서, 이따금 현관 쪽을 바라보았습니다. 문을 보는 것도 아니고, 좀 전에 있었던 사건을 되짚어 보는 것도 아닌, 텅 빈 눈빛으로 말입니다.

"담배 때문이었어요. 그이는 제가 담배 피우는 걸……싫어해요."

빈 커피 잔을 밀어내며, 여인은 그렇게 말했습니다. 오직 담배를 피운다는 사실이, 그렇게 한 사람을 구타하고, 저 위험한 베란다를 건너뛰어 도망치게 하는, 그런 잘못이 되는 걸까요? 저는 또 아무 말도 하지 못했습니다.

"그이가 잠깐, 담배를 피우러 나간 사이에 도망쳤어요. 그냥 맞고 있다가는 죽을 거 같아서……."

여인은 이제 희미하게 웃어 보이기까지 했습니다. 그 웃음에서 어쩐지, 냉소와 자기 혐오 같은 게 느껴졌습니다. 담배 피운다는 이유로 아내를 구타하는 그 남편은, 역시 담배를 피우는 사람인가 봅니다. 저는 말없이 커피 잔을 챙겨 들고 돌아섰습니다.

"담배, 없죠?"

등뒤에서, 여인의 목소리가 따라왔습니다. 등줄기로 소름 같은 것이 쓸려 내려갔습니다. 자신은 담배를 피우면서, 담배 피우는 아내를 구타하는 남편도, 혹은 그런 폭력과 굴욕을 당하고도 다시 담배를 찾는 아내도, 모두 이해할 수 없었습니다. 이해할 수 없었지만, 그래도 저는 경대 서랍에 있는 남편의 담배를 꺼내다 주었습니다. 여인은, 담배와 라이터를 챙겨 들고, 베란다 쪽으로 가더군요. 그러나 베란다로 나가지는 못한 채, 그 문 앞에 웅크리고 앉아 담배를 피웠습니다. 담배 연기를 문밖으로 뱉어 내며, 자신의 집 쪽으로 귀를 기울이곤 했습니다.

그 여인이 담배 한 대를 채 피우기도 전이었습니다, 현관에 달린 초인종이 울리기 시작한 것이. 저는 몹시 놀랐습니다. 아니, 초인종 소리에 놀란 게 아니라, 초인종 소리를 들으며 화들짝 움츠러드는 그 여인의 모습을 보며 놀랐습니다. 여인은 반사적으로 담배를 눌러 끄더군요. 잘못을 저지르다 들킨 아이처럼 말입니다. 그러고는 황급히 두 손을 내저었습니다. 담배 연기를 날려보내려는 동작 같기도 하고, 저를 저지하는 동작 같기도 했습니다. 문을 열지 말라는 뜻처럼 보이기도 하고, 자신이 없다고 말하라는 뜻처럼 보이기도 했습니다. 잠시 사방을 두리번거리더니, 손가락을 입 위에 수직으로 세워 보이며 안방으로 들어갔습니다.

네, 그랬습니다. 안방으로 숨어 드는 여인의 옷자락을 보며, 누구에게라고 할 것도 없는 분노를 느꼈습니다. 그건 인간의 행동이 아니었습니다. 인간으로서의 존엄성이라고는 조금도 찾아볼 수 없는 동물의 행동, 동물 중에서도, 작고 약한 동물의 행동이었지요. 저는 현관 문 앞으로 다가가, 최대한 침착한 어조로 물었습니다.

"누구십니까?"

남편은 아니었습니다. 그이는 현관 열쇠를 가지고 있어, 직접 문을 따고 들어오거든요. 문밖에서는 잠시 대답이 없었습니다. 불빛 흐린 아파트 복도로 긴 생물 같은 바람이 지나가는 소리만 들렸습니다.

"누구세요?"

다시 한 번 묻는데, 제 목소리가 떨리더군요. 두려움에도 전염성이 있는 모양입니다. 저쪽에서는 쉽게 대답이 없었습니다. 얼마간 간격을 두었다가 다시 한 번 묻는데, 그제야, 거의 동시에 저쪽에서 말이 건너왔습니다.

"네, 저……, 옆집 기철이 아빤데요……."

기철이 아빠, 역시 그 여인의 남편이었습니다. 믿을 수가 없었습니다. 불과 얼마 전까지, 광포한 폭력을 휘두른 사람이라고는 믿을 수 없을 만큼, 침착하고 온순하고, 예의바른 목소리였습니다.

"그런데요?"

저는 되도록 짧게 되물었습니다. 푸른색 현관 문이, 저 바깥으로부터 안쪽을 지켜 주고 있다는 사실이 새삼스럽게 느껴지더군요. 저는 잠깐, 그 여인과 저를 동시에 검은 아가리 가까이 밀어 넣고 있는 그 두려움의 정체가 무엇일까 생각해 봤습니다.

"혹시……, 저희 집사람이, 여기 있는가 싶어서요……."

그의 목소리는 여전히 온순하고, 심지어는 미안함 같은 것까지 느껴졌습니다. 그에게 아직 분별력이 남아 있다고 짐작하며, 조금 용기를 낼 수 있었습니다.

"없는데요."

현관 바깥에서는 아무 소리도 들리지 않았습니다. 네, 알겠습니다. 그런 대답이 돌아올 줄 알았는데, 아무 소리도 들리지 않았습니다. 저는 현관 이쪽에 서서, 여전히 바깥 기척을 살피고 있었습니다. 한동안 문밖이 조용했습니다. 그가 말없이 돌아갔는가 하는 마음으로, 조심스레 현관으로부터 몸을 돌렸습니다. 그때였습니다.

"여기 있다는 거 압니다! 빨리 내보내세요!"

쇠붙이로 된 현관 문을 통해 한 번 걸러져 들리는 소리인데도, 그 소리가 구체적이고도 생생한 힘이 되어 등을 쳤습니다. 아까와는 전혀 다른 목소리였지요. 크고, 강하고, 벌써부터 폭력의 기미가 느껴지는, 그런 말투였습니다.

이번에는 제가 가만히 있었습니다. 몸이 굳어서 말을 할 수 없었을 뿐더러, 아무것도 판단할 수 없었습니다. 계속 잡아떼야 하는지, 경찰을 불러야 하는지, 그 여인에게 결정하도록 해야 하는지…….
그러나 한 가지 분명한 것은, 저토록 광포한 사람에게 그 여인을 내어 줄 수는 없다는 점이었습니다.
"여보, 빨리 나와!"
목소리는 조금 더 낮아졌지만, 억눌려져 더 커진 분노가 담겨 있었습니다. 저는 현관을 벗어나 주방 쪽으로 걸어갔습니다. 식탁에 앉아 물을 한잔 마셨지요. 아무래도 경찰을 부르는 게 나을 것 같았습니다.
"여보!"
다시 한 번 그 남편의 목소리가 들리자, 마치 남편의 부름에 대한 대답처럼, 그 여인이 방문을 열고 나오더군요. 여전히 겁먹은 표정이었습니다. 저는 그 여인에게 도로 들어가라고 손짓했습니다. 그의 남편이 투시력이라도 가지고 있어, 현관 저편에서도 거실 안을 환히 보고 있는 듯 말입니다. 그러나 여인은 조심스럽게 걸어 제 옆으로 오더군요. 저처럼 식탁에 앉아 물을 한잔 마셨습니다. 물을 따르는 동작도, 물을 마시는 소리도, 마치 남편이 듣기라도 하듯 조심스러웠습니다.
"여보, 거기 있다는 거 알아. 내 말 듣고 있지?"
그건 무슨 공포극의 한 장면 같았습니다. 문밖에서 이야기하는 사람의 목소리는 점점 낮아지고 있었지만, 문 안쪽에 있는 사람들은 공포에 결박되어 숨조차 크게 쉬지 못하는, 그런 장면 말입니다.
"여보, 내가 잘못했어. 정말 미안해. 한 번만, 한 번만 당신이 이해해 줘."
문밖의 목소리는 이제 애원처럼 들렸습니다. 온몸으로 진저리 같은 것이 지나가더군요. 그 교활함에, 그 이중성에, 한 인간이 그토록 금방 다른 얼굴을 내보일 수 있다는 사실에, 다시 공포를 느꼈습니다. 여인은 떨구듯 고개를 숙이더군요. 그러고는, 두 팔로 머리를 짚고 오래도록 미동이 없었습니다.
"여보, 당신도 알지? 내가 얼마나 마음이 아팠으면……."

그런데 이상한 일입니다. 제가 점점 더 문밖에 서 있는 사람에 대한 공포와 분노에 사로잡히는 동안, 그 여인의 얼굴이 편안해지는 것이었습니다. 그 동안 얼굴에 깃들여 있던 두려움이나 경계심 같은 것이 한 겹씩 벗겨지면서, 얼굴이 순하고 편안해졌습니다. 시간이 지날수록 부드럽고, 도취된 듯하고, 어쩌면 감동적이기까지 한 표정을 지었습니다.

"여보 제발, 여보……."

그러고는 상황이 정반대가 되었습니다. 그 남편이 약자가 되어 애원하고 있고, 그 여인이 연민의 표정을 지으며 그를 받아들여야 할지 어떨지를 갈등하는 입장이 되어 있었습니다. 글쎄요, 부부 싸움이라는 게 원래 그런 건지, 인간이라는 존재가 원래 그런 건지, 아니면 이 우주라는 것이 원래 그런 건지……. 모르겠습니다. 갈등과 화해, 적의와 용서, 원심력과 구심력, 그런 모든 상충하는 힘들의 견인력에 의해 만물이 존재하는 건지…….

제가 아직도 그 돌변한 상황에 대해 제대로 이해하지 못하고 있을 때, 그 남편이 다시 한 번 여보, 라고 부를 때, 그 여인이 식탁에서 몸을 일으키더군요. 저를 잠깐 내려다보고는, 현관을 향해 몸을 돌렸습니다. 이번에는 제가 고개를 숙였습니다. 답답하고, 이해할 수 없었지요.

"그이는, 제가 없으면 잠을 자지 못해요."

그게 무엇이었을까요? 사랑? 관성? 모르겠습니다. 한 가지 분명한 것은, 그때 제가 몹시 부끄러웠다는 겁니다. 무엇에 대해 그리 부끄러워했는지는 지금도 생각하는 중입니다. 인간의 본성에 대해? 삶이라는 것의 동공에 대해? 혹은 인간에 대한 제 이해의 깊이에 대해? 모르겠습니다. 그 모든 이해 불능의 상황에서, 저는 단 한 가지, 부끄러움만을 느꼈을 뿐입니다.

이 시간에도 깨어 있는 사람들이 있는 모양입니다. 맞은편 아파트의 공룡처럼 거대한 몸집에, 사각형으로 드문드문 빛나는 불빛들이 공룡의 몸체를 덮고 있는 비늘 같아 보입니다. 저 안에, 아직도 깨어 있는 사람들은 아마도 담배를 피우고 있을 겁니다. 홀로 잠깨어 밤의 터널을 건널 때는, 잠깐 빛났다 스러지는 담뱃불이라도 있어 주어야 할 겁니다. 그럴 겁니다.

오늘, 그이는 더 늦을 모양입니다.

새벽, 안개

안개가, 산의 이마를 부드럽게 쓰다듬고 있습니다. 안개의 손길에는, 비가 아직 버리지 못한 미련이나, 태양이 보내는 온정이나, 그런 것들이 깃들여 있는 것 같습니다. 이렇게 새벽 안개 사이로 담배 연기를 뿜으면, 그것들이 서로 스며들면서, 반갑게 한 몸이 되는 게 보입니다. 어떤 생물이, 저토록 서로 스며들어, 기쁘게 하나가 될 수 있을까요?

잠깐 나왔습니다. 잠에서 깨면, 아니, 잠에서 깨기 위해서는, 한 대의 담배가 필요합니다. 담배가 어제 저녁보다 더 눅눅해져 있군요. 약간 습기를 머금은 담배가 지나치게 건조된 담배보다 더 맛나다는 사실, 아세요? 너무 잘 마른 담배는 연기가 칼칼해서 목구멍 안쪽을 지날 때 따끔하게 쓰린 느낌을 줍니다. 또 너무 잘 빨려서, 금방 꽁초가 되고 말죠. 그러나 약간의 습기를 머금은 담배는 온순합니다. 빨아들일 때도 온화하고 목구멍을 넘어갈 때도 부드럽고, 타들어 가는 속도도 완만합니다. 꼭 그만큼의 완속으로, 먼 곳으로부터 돌아오는 아침처럼, 정신이 돌아오고 있습니다.

안개 속에 가려져 희뿌염하게 보이는 빨래 건조대는 쇠잔해진 몸으로 지쳐 잠든 짐승처럼 보입니다. 저 짐승도, 담배 한 대의 힘으로 잠에서 깰 수 있을까요?

남편은 아직 잠들어 있습니다. 그이는 새벽 세 시쯤, 만취해서 들어와 옷도 벗지 않은 채 잠들었습니다. 늘 그렇듯이, 제게 등을 보인 자세로 말입니다. 그이는 그런 자세로 자는 게 습관이라고 합니다. 그런 습관이 들게 된 생물학적 이유에 대해서도 설명하곤 하죠. 위장이, 반달 모양의 위장이 오른쪽으로 둥글게 늘어져 있기 때문에, 그런 자세로 누워야 위장에 부담을 주지 않는다는 겁니다. 남편의 습관이 왜 제게는 또 하나의 벽처럼 느껴지는 걸까요.

그 벽 옆에서 저는 눈을 뜨고 누워 있었습니다. 바람이 잦아들고, 산의 뒤척임이 진정되는 기미를 느끼면서 그냥 누워 있기만 했습니다. 그러다가, 창 밖이 희뿌염하게 밝아 오는 것을 보았습니다. 결국, 잠을 한숨도 못 잔 것 같습니다. 초저녁에 잠깐 잠들었던 게 잘못이었을 겁니다.

새벽의 첫 담배, 공복에 피우는 담배는 건강에 치명적이라고 하더군요. 그렇지만 새벽에 피우는 첫 담배의 맛은, 그 위험 부담을 모두 감수할 만큼 매혹적인 데가 있습니다. 저는 이제야, 그 여인이 왜 그토록 담배를 버리지 못했는지 이해할 것 같습니다. "때로, 담배 한 대로 위안이 되는 일도 있지요." 그렇게 말한 그 여인의 마음 깊은 곳을 짐작할 것 같습니다. 담배 한 대로 위안이 되는 서글픔, 중압감, 배고픔, 추위……. 이렇게 아무도 없는 새벽 베란다에 나와 담배를 피울 때면, 일상의 발길에 걸리는 자잘한 돌멩이들이 모두 담배 연기와 함께 휘발되는 것을 느낀답니다. 남편의 늦은 귀가나, 저의 불면 같은 것까지도요.

그 여인이 궁금하다구요?

그래요, 그 여인. 남편에게 맞다가, 맨정신으로는 도저히 건너뛸 수 없는 베란다를 건너 저희 집으로 숨어 들었던 여인, 내내 공포에 떨다가 "그이는 제가 없으면 잠들지 못해요" 그런 말을 남기며 호랑이 아가리로 들어선 여인. 네, 저도 그 여인이 궁금했습니다. 그 밤 이후, 그 여인이 보이지 않았으니까요. 유치원에 다니는 아들도 보이지 않았습니다.

처음에는 앓는가 보다 생각했습니다. 다음날에는 집을 나갔는가 싶었습니다. 이틀이 지나자 별의별 생각이 다 들었습니다. 다시 구타를 당하고 병원에 입원했는가, 아예 방안에 갇혀 한 발자국도 나오지 못하고 있는가, 심지어는 아주 극단적인 곳으로까지 치닫는 생각에 저 자신이 놀라기까지 했습니다. 왜 있잖습니까? 아내나 남편을 살해해서 야산이나 화물 열차 같은 데 유기하는, 그런 사건이 가끔 있지 않습니까?

사실, 그러고 생각하니 저는 그 여인에 대해 아는 게 거의 없었습니다. 고향도, 나이도, 이름도 모르고 있었습니다. 기철이 엄마라는 것, 기철이가 우리 딸아이와 비슷한 또래니까 그 여인은 저와 비슷한 연배일 거라는 것, 그리고 결혼 전에는 직장 생활을 했다는 것, 그 정도밖에 아는 게 없었습니다. 와이셔츠에 넥타이를 매고 출근하는 그 남편은, 어디서나 흔히 볼 수 있는 샐러리맨으로 보였습니다.

네, 그 남편, 그는 잘 지내고 있었습니다. 그 여인이 없는 집에서도 아침에 출근했다가 저녁에 퇴근하는, 조금도 흐트러짐 없는 생활을 하곤 했습니다. 출근하기 전에는 저기 빨래 건조대에 양말이나 와이셔츠 같은 것을 빨아 널고, 저녁에 돌아와서는 빨래를 걷곤 했습니다. 술을 마시고 늦거나, 밖에서 밤을 지내고 들어오는 일도 없었습니다. 식사도 늘 집에 돌아와 하는 것 같았습니다. 저녁이면 그 집에서 생선 굽는 냄새나 된장찌개 끓이는 냄새가 건너오곤 했습니다. 아무런 변화도, 아무런 동요도 없어 보였습니다.

참으로 이상했습니다. 온갖 불길한 상상을 다 하고 있는 제게, 그이의 흐트러짐 없고 평온한 생활은 의문이었습니다. 아니, 기이해 보이기까지 했습니다. 극단적인 이기심이나, 잔인하리만큼 무심한

면이 느껴졌지요. 그 여인이 잘못 알고 있었던 겁니다. 그이는 제가 없으면 잠들지 못해요. 그건, 그 여인의 착각이었을 겁니다.

한 1주일쯤 혼자 온갖 망상을 키워 나가다가, 급기야 경찰에 신고해야 하지 않을까 생각하던 때에, 그 여인이 저 베란다에 모습을 나타냈습니다. 1주일 전과 조금도 다름없는 모습으로, 빨래 건조대에 남편의 속옷을 널고 있었습니다. 햇살이, 화사한 햇살이 그 여인 주변으로 크고 넓게 내려앉고 있었습니다. 처음에는 반가움과 다행스러움, 그런 감정이었습니다. 그러나 아무 일 없었던 듯, 낮은 목소리로 노래까지 부르는 그 모습을 보자, 어쩐지 속은 것 같은 기분이 들었습니다. 남의 집 칼로 물 베기에 공연히 가슴을 앓았구나. 자신의 어리석음에 대해 웃음이 나왔지요.

제 기척을 느꼈는지, 그 여인이 이쪽으로 고개를 돌려 인사하더군요. 그날 밤, 옷장 속에 웅크리고 있던 모습이나, "언젠가는 그이를 죽이고 말 것 같아요"라고 말하던 모습은 어디에도 없었습니다. 왼쪽 눈두덩이에 나 있던 푸른 멍도 사라지고 없었습니다. 저는, 며칠 동안 안 보여서 걱정했다고 말했습니다.

"담배를 끊었어요."

개운하고 맑은 목소리였습니다. 담배 따위에는 조금 치의 아쉬움이나 미련이 없다는 목소리였지요. 저는 무슨 뜻인지도 모른 채, 고개를 끄덕였습니다. 며칠 동안 집에 없었던 것과, 담배를 끊은 것이 무슨 관계가 있다는 뜻인지…….

"친정에 가 있었어요. 그날 아침, 그이가 서울역에 데려가 차표를 끊어 주면서, 담배 끊기 전에는 올라오지 말라고……. 한 1주일쯤 지났죠?"

저는 다른 말, 무언가 다른 말을 찾고 있었습니다. 그 여인에게 해줄 수 있는 말, 아니, 그 여인으로부터 들을 수 있는 다른 말을 기대하고 있었는지도 모릅니다. 그 여인 자신에 대해, 혹은 그 남편에 대해.

“그날, 고마웠어요. 많이 놀라셨죠?”

그 여인은, 그 말로써 그날 밤의 일을 모조리 쓸어 묻어 버리겠다는 의지를 나타내 보였습니다. 더 이상 거론하지 말자. 그날 밤의 일도, 그 후의 일도, 아니, 자신의 일에 대해 더 이상 관심을 갖거나 염려하지 말라, 그런 뜻으로 들렸습니다. 저는 또 고개를 끄덕였습니다. 그럼에도, 그럼에도 그냥 지나쳐 버릴 수 없는 부분이 있었습니다. 아니, 심술이 발동했을지도 모르겠습니다.

“안 계시는 동안, 바깥 분은 혼자서도 집안일을 참 잘 꾸려 나가시던데요.”

그 여인은, 그 말을 하는 제 마음을 읽었던 모양입니다. 그 여인의 얼굴에 스치듯 어두운 그늘이 지나갔습니다. 아니, 제 눈에 그렇게 보였는지도 모르겠습니다. 화사한 빛 아래서, 그 여인의 눈밑, 코밑, 턱밑에, 문득 그늘이 두드러져 보였던 것은, 제가 그렇게 느끼고 싶었기 때문일지도 모르겠습니다.

“친정에 가 있는 동안, 그이가 밤마다 전화를 했어요. 당신이 담배 끊는 고통을 견디고 있듯이, 나도 당신이 보고 싶은 고통을 견디고 있다고, 서로를 이 고통에서 벗어나게 하는 열쇠는 온전히 당신이 쥐고 있는 거라고…….”

마지막 말을 할 때, 그 여인의 목소리는 울먹이듯 떨리기까지 했습니다. 믿을 수 없었습니다. 그게 인간이었을 텐데……. 그때는 믿기지 않았습니다. 그렇게 중첩적이고, 그렇게 모순되고, 그렇게 나약한 게 인간의 본질일 텐데……. 이토록 하잘것없는 담배에 매달리곤 하는 것도 다 그래서였을 텐데……. 그때는 참으로 당혹스럽기만 했습니다.

그이는 아직도 잠들어 있습니다. 잠에서 깨면 설사를 할 테고, 그러고 나면 손바닥으로 배를 문지르며 콩나물국을 찾을 겁니다. 그이는 제게서 원하는 것이 콩나물국밖에 없습니다. 그래요, 콩나물국. 이젠 콩나물국을 끓이러 가야겠습니다.

오전, 햇살

저 산의 시선이 부담스럽습니다. 비 갠 날 오전, 저토록 말끔한 얼굴을 하고, 저토록 찌를 듯 건너다보는 산의 시선 앞에서는, 늘 부끄럽습니다. 그 시선 뒤에, 인간의 눈길이나 머리로는 헤아릴 수 없는 무엇이 느껴져 더욱 그렇습니다. 산속으로 천천히 걸어 들어가는 저 운동복 차림의 노인들을 보면, 좀더 쉽고, 좀더 단순하게 이 세상을 설명할 수 있는 이론이 있을 것도 같습니다.

그런 게 없을까요? 담배를 피우는 사람들의 심리에 대해서도 말입니다. 인류가 그토록 오래 담배를 피워 온 이유에 대해서 한두 마디로 명료하게 간추릴 수는 없을까요? 이런, 제가 또 담배 얘기를 하고 있군요.

그이는 출근했습니다. 딸아이는 유치원에 갔고, 아침 설거지와 집안 청소를 대충 끝냈습니다. 제겐 이 시간이 가장 행복합니다. 제가, 또 행복이라는 어휘를 사용하고 있군요. 아무튼 이 시간에, 음악을 틀어 놓고 커피를 한잔 마시며, 편안하게 담배 피우는 마음……. 그런 때는, 거대한 광석 속에 숨어 있는 가느다란 금맥, 거기에 닿아 가는 것 같은 설레임이 있습니다. 제 몸이 거대한 광석이고 몸안을 흐르는 담배 연기는 금맥 같다고 할까요?

아무래도 좋습니다. 저 음악 때문이라고 해도 저는 별로 개의치 않을 겁니다. 네, 거실에 음악을 틀어 놓고 나왔습니다. 들리세요? 외국 노래여서 노랫말은 알아들을 수 없지만 멜로디만으로도 그 곡이 말하고자 하는 바를 그대로 느낄 수 있답니다. 굵은 저음으로 가슴 밑바닥을 출렁이다가, 강한 박자로 쐐기를 박듯……. 그러면서도 일관되게 크고 투박한 손길로 몸을 쓰다듬는 듯한……. 저 노래에는 그런 게 있습니다.

옆집 여인이 준 테이프지요. 입 꼬리가 당겨 올라가는 웃음을 지으며, 그 테이프를 데크에 밀어 넣었습니다. 〈정사가 끝난 후의 담배 맛〉. 그 곡의 제목이 그렇답니다. 아직 담배를 배운 지 석 달밖에 되지 않아, 그 노래 제목과 딱 맞는 상황에서 담배를 피워 본 일은 없습니다. 그이와는 잠자리를 같이하지 않은 지 오래되었거든요. 그러나 이해할 수는 있을 것 같습니다.

비단 정사뿐이겠습니까? 힘든 노동을 한 후에, 심장과 폐가 크게 움직이고, 온몸의 근육이 모두 움직이고 난 다음, 그 다음에 피우는 담배 맛은 다 그럴 겁니다. 등산을 한 후 산의 정상에서, 집 안 청소를 한 후 반들거리는 거실을 바라보며, 힘든 계약을 따낸 후 계약서의 도장을 바라보며, 그때 피워 무는 담배 맛이 다 그럴 겁니다. 비어 있는 폐의 세포마다 나른한 기운이 차 오르고, 긴장되었던 근육이 편안하게 이완되고, 그리고 마음마저 온화하게 펴져 내리는 휴식. 아마, 그런 기분일 겁니다.

그런데 그 여인이, 담배를 끊었다던 그 여인이, 왜 이 노래를 들었느냐구요? 글쎄, 그 얘기를 하려면 좀…… 얘기가 길어질 텐데……. 괜찮겠군요. 오전 일과를 대충 마쳤으니까요.

바람이 무거운 날이었습니다. 허공을 떠도는 바람이 서로 얽히며, 대기가 무겁게 가라앉는 듯한, 그런 날이었습니다. 남편의 와이셔츠를 다리고 있는데 초인종이 울리더군요. 저는 문을 열지 않았습니다. 그 시간에 찾아오는 사람들이란, 아이의 학습지나 가스 경보기를 팔러 온 외판원이거나, 복음의 말을 전하는 전도사들이거나, 대체로 그렇지요. 대꾸를 하면, 문밖에서 워낙 집요하게 이야기를 계속하기 때문에, 아예 처음부터 대꾸를 않는 편이 더 낫습니다. 그러면 서너 번쯤 벨을 누르다가 돌아가곤 하죠.

그런데 그날은 달랐습니다. 벨 소리가 다급하게 이어지더니, 기어이, 현관 문을 두드리기까지 하는 겁니다. 누군가, 등뒤에 다가온 추적자의 발자국 소리를 들으며, 생명의 위협까지 느끼며, 간절하게 도움을 요청하는 소리 같았습니다. 왜 그렇게 느꼈는지는 모르겠습니다. 저는 다리미를 내려놓고 현관으로 갔습니다. 어안 렌즈에 눈을 대고 밖을 내다보니 거기, 한 여인이 서 있었습니다. 얼굴만 크고 둥글게 두드러지고, 팔다리는 가늘고 작게 보이는 여인, 옆집 여인이었습니다. 저는 서둘러 현관 문을 열었지요.

"혹시, 담배……."

여인은 제가 현관 문을 채 닫기도 전에, 그렇게 말했습니다. 얼굴에 검고 딱딱한 각질이 한 겹 입혀진 사람, 피 돌기가 되지 않아 피부 바깥에서부터 세포가 죽어 나가고 있는 사람, 그 여인은 그렇게 보였습니다. 담배를 끊었다고, 화사하고 개운한 표정으로 말한 지 1주일도 지나지 않아서였습니다.

"담배 있으면, 좀……."

경대 서랍을 뒤져, 남편의 담배를 내다 주었습니다. 서둘러 담배를 받아 들고 투명한 비닐 포장을 벗기는 여인의 손길이 눈에 띄게 떨렸습니다. 제가 미처 성냥을 건네 주기도 전에, 담배를 한 개비 뽑아 들고 주방으로 갔습니다. 가스 레인지를 틀고, 그 불꽃에다 담뱃불을 붙이더군요. 그 동안 저는, 그저 다리미판 앞에 앉아, 그 여인이 하는 양을 바라보기만 했습니다.

여인은 다급하게 연기를 빨아들였습니다. 아주 깊이, 그리고 빠르게. 차마 베란다로는 나가지 못한 채, 거실 끝에 앉아, 베란다 쪽으로 담배 연기만 내뿜곤 했습니다. 수면 위로 아가미를 내밀고 호흡하는 어항 속의 금붕어, 산소 부족을 이겨 보려는 금붕어의 절박한 빼끔거림을 보신 적이 있습니까? 여인의 동작이 꼭 그랬습니다. 그렇게 궁색하고, 그렇지만 꼭 그만큼 간절하고, 어쩌면 목숨까지도 걸린 것 같은, 그런 동작이었습니다. 한 대를 다 피우고 나서도 여인은 담뱃불을 끄지 않았습니다. 새 담배를 입에 물고, 그 끝에 방금 피우던 꽁초를 대고 다시 불을 붙였습니다. 그때쯤에야, 여인의 떨리던 손끝이 진정되었습니다.

믿을 수가 없었습니다. 필로폰이나 아편, 그래요, 그런 약물 중독자를 보는 것 같았습니다. 약물은 신체적 중독 증상이어서 투약을 중단하면 수전증이나 구토 같은 신체적인 금단 현상이 나타난다고 하더군요. 그러나 담배는 마약이 아니라고 알고 있습니다. 니코틴 중독이란, 그저 심리적인 의존증일 뿐이라고 알고 있었습니다. 그래서 더욱 믿을 수가 없었지요.

"이제 좀 살 것 같아요."

세 대의 담배를 연달아 피우고 나서야, 그제야 여인은 저를 돌아보았습니다. 비로소 얼굴에 핏기가 돌면서, 얼굴을 덮고 있던 황폐한 각질이 벗겨져 나간 것 같았습니다. 희미한 웃음이 번져 나가기도 했습니다. 저는 그제야, 멈추었던 다림질을 계속했습니다. 그 여인은 무릎걸음으로 천천히 다가와 제 앞에 앉았습니다.

"사실은, 담배를 끊은 게 아니었어요. 언제까지 친정 집에 있을 수도 없고……. 그래도 돌아올 때는, 집에 와서, 집에 와서는 정말 끊을 거라고……."

대답할 말이 없었습니다. 아니, 제가 어떤 대답을 들려주기를 바라는 말투는 아니었습니다.

"그 동안은 잘 참았어요. 저녁 먹고, 그이가 맛나게 담배 피우는 모습을 옆에서 보면서도, 잘 견뎠어요. 그런데 오늘, 저 바람이……."

그래요, 바람이 불고 있었습니다. 대기에도 그 안을 흐르는 힘의 방향이 있어서, 그것들이 서로 맞부딪치거나 어긋나면서 바람이 불게 된다고 하더군요. 여인의 내부에서 흐르던 어떤 힘이, 그 대기처럼, 문득 상충했나 봅니다. 바람은 시원하게 불어 지나가지 않은 채, 거기 베란다 밖 허공에서 서로 엉기며 회오리치고 있었습니다. 그 여인의 내부에서도 무언가가 그렇게 회오리치며 엉기고 있었던 모양입니다. 그렇지 않았다면, 한 귀가 터진 자루에서 내용물이 쏟아지듯, 그렇게 많은 말을 갑자기 쏟아 내지는 않았을 겁니다.

"신혼 첫날부터, 담배 때문에 문제가 생겼었어요. 중매 결혼이었는데, 그 동안 저는 그이에게 담배 피운다는 사실을 말하지 않았어요. 이해하시죠? 그런 말은, 그렇게 쉽게 고백할 수 있는 게 아니라는 것을요. 신혼 여행을 가서 호텔에 짐을 푼 다음, 그이가 먼저 샤워를 했어요. 하루 종일 정신없이 휘돌아 치다가, 잠시 한가하게 앉아 있으려니, 생각나는 건 담배뿐이었어요. 아니, 그전에도 계속해서 담배 생각이 났었어요. 두 시간 동안 신부 화장을 할 때나, 많은 하객들 앞에 서 있을 때, 폐백을 하고 피로연 자리를 돌고…… 그 정신없이 돌아치는 동안 불쑥불쑥 담배 생각이 났습니다. 긴장 때문이었을 겁니다. 그러나 그 긴장이 다만, 특수한 그날의 일과 때문만은 아니었을 겁니다. 그보다는, 결혼을 하고 있구나…… 그런 가슴 벅찬 느낌 때문이었을 거예요. 이제는 혼자 어둡고 빈방으로 들어가지 않아도 되는구나……."

그 지점에서 여인은 잠깐 말을 중단했습니다. 제 반응에 신경을 쓰는 것 같았습니다. 혹은 그렇게 이야기를 털어놓는 게 어떨지 잠시 점검하는 눈치였습니다. 저는 자리에서 일어나, 다 다린 와이셔츠를 옷걸이에 걸었습니다. 그 여인의 말을 저지할 필요도, 부추길 필요도 느끼지 못했으니까요. 제가 와이셔츠를 걸고 돌아오자 그 여인은 말을 계속하기로 마음먹은 것 같았습니다.

"일이 잘못되려고 그랬을 거예요. 그 욕실 문의 잠금 장치가 고장나 있었던 것, 그이가 욕실에 무언가를 두고 나갔던 것, 그리고 그이가 여자들의 흡연을 병적으로 혐오하는 사람이라는 것, 그런 모든 것들이 그토록 치밀하게 들어맞은 것은 분명, 일이 잘못될 조짐이었을 거예요. 욕조에 물이 채워지는 동안, 변기에 걸터앉아 담뱃불을 붙였지요. 이미 옷은 다 벗은 채였어요. 잠깐, 한 서너 모금만 피우고 끌 생각이었죠. 그런데 그때, 바로 그때 그이가 문을 연 거예요. 그렇게 되었어요. 그이는 말없이 돌아서더니, 방금 푼 짐을 다시 챙기더군요. 당신이 그런 여잔 줄 몰랐다, 더 얽히기 전에 여기서 끝내자. 표정도, 목소리도, 바위처럼 차갑고 딱딱했어요. 저는 무조건 빌었어요. 그이가 왜 화를 내는지, 무엇에 대해 그토록 노여워하는지, 그런 것들에 대해 따져 볼 겨를이 없었어요. 무조건, 반사적으로, 짐을 챙기는 그이의 손을 붙잡고 매달렸지요. 한 번만 눈감아 달라고, 이제부터 꼭 담배를 끊겠다고, 당신을 사랑한다고…… 무릎을 꿇고 애원했어요. 제발, 한 번만……."

저는 딸아이의 원피스를 다리던 손을 멈추었습니다. 알몸으로 신랑의 바지 자락을 붙잡고 애원하는 첫날밤의 신부…… 모욕적이고 부당했습니다. 왜 그 여인은 신랑이 짐을 챙겨 떠나도록 내버려두지 않았을까요? 결혼한다는 사실에 대해 그토록 큰 기대와 기쁨에 차 있었기 때문일까요? 그 여인은 잠시 말을 중단하고는, 제가 다리고 있던 딸아이의 흰 원피스를 내려다보더군요. 손을 뻗어, 원피스 자락을 쓸어 보면서 "아들보다 딸 키우기가 더 재미나다면서요?" 그렇게 덧붙이기도 했습니다.

"그이는 한 번만 눈감아주겠다고 하더군요. 물론, 그냥은 아니었어요. 제 뺨에 두어 차례 손바닥을 올려 붙이고 난 다음에, 웅크리고 앉아 훌쩍이는 제 어깨를 감싸 안으며, 그러면서 말했어요. 한 번만, 딱 한 번만 봐주는 거라고요."

저는 다시 딸아이의 원피스를 다리기 시작했습니다. 무언가, 가슴 깊은 곳에서 무언가 뜨거운 기운이 치미는 것 같았습니다. 한 인간이, 다른 인간에 대해, 그렇게 할 자격이 있는가……. 아니, 그런 일들을 겪고서도 아직 담배를 끊지 못하는가…….

"다행히, 신혼초에는 별탈이 없었어요. 금방 임신을 했는데, 임신하자 거짓말처럼 담배 피우고 싶은 생각이 없어지는 거예요. 오히려, 담배 연기가 역겨워지기까지 했어요. 몸 안에서 내내 담배 연기를 불러들이던 어떤 빈 구석이, 아이의 존재로 가득 찬 느낌이었어요. 담배가 필요 없었지요. 그러나 출산을 하고 나자, 아이가 몸에서 빠져 나갔다는 사실을 느끼자마자, 즉각적으로 담배를 피우고 싶어지는 거예요. 미친 듯이, 아니, 금방이라도 미쳐 버릴 것처럼 말예요. 삼칠일도 지나지 않아 다시 담배를 입에 대기 시작했어요."

다 다린 딸의 원피스에 주름이 어긋나 있었습니다. 저는 분무기를 들어, 원피스에 물을 흠뻑 뿌렸습니다. 그러고는 다시 주름을 잡아, 꼼꼼히 다림질을 되풀이했습니다. 가슴 저 깊은 곳에서 치솟는 뜨거움을 누르듯, 다리미를 꾹꾹 누르면서요.

"그때부터 지금까지, 그런 일들이 반복되지요. 얼굴에 멍이 들고, 담배를 끊고, 멍이 풀릴 무렵에는 다시 담배를 입에 대고…… 1년에 한두 번씩 그래요. 물론 금연 클리닉에도 가봤고, 금연 학교에도 가봤고, 금연 침, 금연 껌, 금연 반창고……. 그러나 아니에요. 그런 외부로부터의 물리적인 힘으로는 결코 해결될 수 없다는 걸 제가 알아요. 담배를 끊으려면 차라리, 고무 젖꼭지를 물고 다니는 게 더 나을 거라는 마음 같은 것……."

왜 그렇게 걷잡을 수 없이 뜨거운 기운이 솟아올랐는지 모르겠습니다. 그 여인의 내부에 깃든 동공을 보아 버린 것도 같고, 그 남편이 갇혀 있는 수렁을 본 것도 같고, 어쩌면 그 모든 것들이 오래 전부터 제 마음속에 고스란히 들어 있었던 것 같기도 하고……. 모르겠습니다. 다리미의 열기 때문이었을지도 모릅니다. 저는 다림질을 계속할 수가 없었습니다. 억눌린 듯한, 혀가 짧은 듯한, 그 여인의 말을 계속 듣고 있을 수도 없었습니다. 다림질을 멈추고 빨랫감을 주섬주섬 챙기기 시작했습니다. 다리미판을 챙겨 들고 일어서는데, 그 여인이 저를 올려다보았습니다.

"솔직히 말하면, 담배 끊기가 아까워요. 이상하게 들리세요, 아깝다는 말이?"

저는 그 여인의 시선에 붙잡힌 듯 멈춰 섰습니다. 여인은 이내 고개를 숙이더군요. 그러고는 손가락으로 거실 바닥의 리놀륨 꽃무늬를 문지르기 시작했습니다. 한참 바라보고 있는데도 여인은 오직 그 한 동작만 반복했습니다. 이상한 느낌이 들었습니다. 그 여인이 숙였던 고개를 들면, 지금까지와는 아주 다른 얼굴이 되어 있을 것 같은, 그런 느낌 말입니다. 지금까지와는 다른, 참혹하고 무서운 얼굴이 되어 울부짖으며 저 거리를 달려나갈 것 같은……. 아니, 제 마음이 그랬을 겁니다. 그래서 그런 말을 했을 거예요.

"담배, 한 대 더 피우세요. 그리고 앞으로 담배 피우고 싶을 때는 언제든지 우리 집에 들르세요."

그 후 여인은 저희 집으로 담배를 피우러 오곤 했습니다. 초조하고 노래진 얼굴로 들어서서, 담배를 두세 대쯤 피우고, 편안하고 발그레한 얼굴로 나가곤 했습니다. 저기, 거실에서 지금 흘러 나오고 있는 음악, 그것도 그 무렵에 가져온 거지요. 오전에 우리는 함께 커피를 마시기도 했습니다. 때로 저 음악을 틀어 놓고요.

"제가, 담배 피울 때 원하는 것, 그게 바로 저 음악과 똑같은 것 같아요. 저 분위기, 저 정서, 저 느낌……. 그 속에 들어가 편안하면서도 가득 찬 듯한 느낌을 받는, 바로 그런 상태요."

저 음악에 대해, 그 여인이 한 말이랍니다. 모든 것이 꿈같군요. 정말 그런 일이 있었는지 믿어지지 않습니다. 겨우 석 달쯤 저쪽의 일인데도…….

벌써 해가 저 산꼭대기에 걸려 있군요. 이제부터 오후에 해야 할 일이 있습니다. 딸아이가 유치원에서 돌아오면 점심을 먹여 다시 피아노 학원에 보내야 하고, 저녁상을 차리기 위해 시장에도 다녀와야 하고……. 담배를 한 대만 더 피우고, 들어가야겠습니다.

오후, 먹구름

날씨가 왜 저런지 모르겠습니다. 바람이, 북풍이 분명한 바람이 다시 검은 구름을 몰아오고 있습니다. 심상치 않게 몸을 뒤척이는 저 산의 이마 위로, 금방이라도 빗방울이 떨어질 것 같습니다. 빨래를 안으로 들여놓아야 할까 봅니다. 직접 비를 맞지는 않더라도, 비 오는 날 베란다에 널어 둔 빨래에서는 비릿하고 콤콤한 냄새가 난답니다. 그렇게 눅진한 날씨에서는, 젖은 옷가지 사이에 깃들여 있던 미생물들이 더 왕성하게 번식하는 모양입니다. 그래요, 습기 속에서, 그늘 속에서, 어둠 속에서 더 왕성한 생명력을 보이는 생물들도 있을 겁니다.

잠깐 짬을 내어 나왔습니다. 유치원에서 돌아온 딸아이는 다시 피아노 학원으로 가고, 남편은 아직 회사에 있고, 저녁을 준비하기에는 조금 이른 시간입니다. 담배를 한 대 피워야겠군요. 네? 아, 그렇군요. 지금 제 손 안에서 담배가 타고 있군요. 글쎄요, 이런 마음이 무언지도 모르겠습니다. 입으로는 담배 연기를 뿜어내면서도, 무심히 중얼거리죠. 담배를 피우고 싶구나……. 그런 때의 애절함은, 그 뼈가 사무치는 느낌은……. 모르겠습니다. 지금까지, 무엇에 대해 이토록 간절하게 마음이 묶여 본 적이 없었습니다. 남편과 연애할 때조차, 아이가 태어났을 때조차, 이토록 애절하지는 않았습니다.

그런데, 담배에게 이토록 마음을 빼앗기다니, 믿을 수 없습니다. 담배를 입에 물고도 담배가 그리운……. 단순히 담배 때문은 아닐 겁니다. 제 마음 때문이겠지요. 어쩌면, 어쩌면, 비어 있는 저 베란다 때문일지도 모릅니다. 빈 베란다에 홀로 남겨져 있는, 저 버려진 생물 같은 빨래 건조대 때문일지도 모릅니다. 이런 때는, 다른 방법이 없습니다. 손에 들고 있는 담배를 끄고, 새 담배에 불을 붙이는 수밖에는…….

아무래도 제가 그 여인을 너무 많이 닮아 가는 것 같습니다. 특히 흡연 습관에 있어서 말입니다. 〈정사가 끝난 후의 담배 맛〉, 그 음악을 틀어 놓고 담배를 피운다는, 그런 현상적인 모습에 대해 말하는 게 아닙니다. 그 여인처럼, 저의 일상도 이제는 흡연을 중심으로 운용되고, 흡연에 의해 구획되고, 흡연에 의해 정리된다는, 그런 점을 말하는 겁니다.

일과 일 사이, 일상과 일상 사이에는 그것들을 가르는 자오선 같은 게 있습니다. 오전과 오후, 오후와 저녁, 저녁과 한밤중, 그런 사이들마다 눈에 보이지는 않지만 분명히 존재하는, 시간 변경선이 있지요. 그 사이들마다, 그 경계선을 넘을 때마다, 제가 담배를 필요로 하더군요. 한 가지 일을 끝냈다는 사실, 잠시 쉬었다가 다음 일을 시작해야 한다는 사실, 그 사실들 앞에서 담배를 피우는 모양입니다.

그 여인도 그랬습니다. 오전에, 오후에, 저녁에, 그렇게 한차례씩 저 현관 문을 노크했지요. 주부들의 일과라는 게 거개가 비슷한 모양입니다. 제가 아침 일과를 마치고 커피를 마실 때, 그 여인도 한숨 돌리기 위해 찾아오곤 했습니다. 우리는 함께 커피를 마시며 음악을 들었지요. 〈정사가 끝난 후의 담배 맛〉, 그 음악을 듣기도 했습니다. 그 여인은 자주, '담배가 끝난 후의 정사 맛'이라고 제목을 잘못 말하기도 했습니다. 그러고는, 담배 연기를 뿜어내듯 푸, 웃었지요.

그 여인은 늘 앞치마를 입고, 머릿수건을 쓰고 방문했습니다. 그 무렵에야 저는 그 여인이 옷 위에 또 한 겹 옷을 입는 이유를 알았습니다. 담배 냄새 때문이라고 하더군요. 옷이나 머리에 담배 냄새가 밸까 봐, 그렇게 앞치마와 머릿수건으로 무장한다고 했습니다. 저녁마다 앞치마와 머릿수건을 벗어 빨고, 남편이 돌아오기 전에 양치와 샤워를 꼼꼼히 한다더군요. 그리고 남편이 좋아하는 향수를 뿌리면, 그러면 괜찮다고 했습니다.

"그이는 제 눈동자 흰자위 색깔만 보고도 흡연 여부를 알아내죠. 그래서 저는 안약을 사용해요. 탤런트들이, 충혈된 눈을 초롱초롱하게 보이기 위해 사용하는 안약이 있어요. 또 정기적으로 스케일링도 해요. 두 달에 한 번 정도씩요."

그런 이야기를 하며, 여인은 은밀히 웃었습니다. 저도 공모자의 웃음을 나누었지요. 그런 때, 우리가 속이는 것은 단순히 그 남편이 아니라, 이 세상이라는 거대한 괴물, 그 괴물이 가지고 있는 무수히 많은 눈동자나, 촘촘한 눈금의 잣대인 것 같았습니다. 발바닥이 간지러운 통쾌함 같은 것도 있었습니다. 물론 그때도 저는 아직 담배를 피우지는 않았습니다.

그것이 잘못이었을까요? 그 여인의 흡연을 진심으로 이해하고, 그 여인의 존재를 진심으로 받아들이고, 그 여인과 진정한 공모자가 되지 못한 것, 그게 아직 제가 담배를 피우지 않았기 때문일까요? 만약 그랬다면, 만약 그때 제가 담배를 피웠더라면, 그러면 그 여인이 저 베란다를 떠나는 일은 일어나지 않았을까요?

모르겠습니다. 다만, 저를 이해해 달라고 부탁할 수 있을 뿐입니다. 누구나 혼자 있는 시간이 필요한 때가 있을 겁니다. 거의 한 달 이상을, 하루에 서너 차례씩 담배 피우러 오는 여인과 마주해야 하는 사람에게도 얼마간의 불편함이 있었을 거라는 점을 이해해 주세요. 아무 시간에나, 당연하고도 당당하게 들이닥치는 사람이 있다고 생각해 보세요. 샤워를 하고 있을 때, 중요한 통화를 하고 있을 때, 방문객이 있을 때, 언제든 찾아오는 사람이 있다고 생각해 보세요.

언제부터인가, 저는 후회하고 있었던 것 같습니다. 그 여인에게 저 현관 문을 개방한 사실에 대해서요. 그렇게 수시로, 그렇게 당연하게 찾아올 줄은 예상하지 못했습니다. 아마 그 여인도 눈치챘을 겁니다. 언제부터인가, 현관 문을 열어 주는 제 얼굴에서 웃음이 사라졌다는 사실을요. 그리고 언제부턴가, 저 현관을 들어서는 그 여인의 얼굴에 웃음이 깔리기 시작했습니다. 겸연쩍어하는 웃음, 미안해 하는 웃음, 얼마간 비굴함의 기미마저 묻어 나는 웃음……. 생각하면, 가슴이 아프군요.

저는 그 여인이 담배를 피우는 동안 마주앉아 함께 커피를 마시거나 이야기를 나누지 않게 되었습니다. 그 여인이 혼자 담배를 피우도록 내버려둔 채, 설거지를 하고, 세탁기를 돌리고, 딸아이의 방을 정돈했습니다. 그럼에도, 그 모든 기미들을 알아차렸을 텐데도, 그 여인은 현관 문 두드리는 일을 멈추지 않았습니다. 그렇게 계절이 바뀌고, 겨울이 되었습니다.

겨울, 그 계절이 무얼 뜻하는지 아시죠? 난방과 환기가 일과처럼 중요해지는 계절이라는 거. 그 여인이 담배를 피우는 동안 창문을 열어 두어야 하고, 그 여인이 돌아가고 나서도 집 안의 담배 냄새가 빠질 때까지는 한참 동안 더 찬바람을 맞아야 했습니다. 꼭 그것 때문은 아니었겠지만, 딸아이는 감기에 걸렸고 남편은 집 안에서 나쁜 냄새가 난다고 투덜거렸습니다.

그러던 어느 날이었을 겁니다. 그 여인이, 김장김치가 잘 익었다면서, 김치를 한 보시기 들고 현관에 들어섰습니다. 저는 그 여인의 얼굴에 깔린 웃음과 김치 보시기를 외면했습니다. 그렇게 빤히 속셈이 들여다보이는 행동, 저는 그걸 참 견디지 못하는 성격인가 봅니다. 그 여인이 베란다 쪽 유리문을 반쯤 열어 놓고 담배를 피우는 동안 저는 공연히 일거리를 찾았습니다. 뭉근하게 끓어오르는 속을 가라앉혀 줄 만한 일거리를요. 하루 일을 거의 마무리한 저녁나절이었기 때문에 별로 할 일이 없었습니다. 냉장고에서 콩나물을 꺼내

다듬기 시작했습니다. 평소에는 그저, 물에 한 번 씻어서 요리하던 콩나물을, 그날은 하나하나 다듬었지요. 대가리에 씌워져 있는 껍질도 벗기고, 잔뿌리가 달려 있는 꽁지도 떼어 내고…….

참, 왜 그랬는지 모르겠습니다. 아니, 그때 이미 그러고 있는 자신에게 화가 나 있었습니다. 그 여인의 방문을 정중하게 거절하지도 못하고, 그렇다고 그 여인의 존재를 진심으로 받아들이지도 못하고……. 고작 그 정도밖에 되지 못하는 제 크기에 더 많이 실망하고 있었을 겁니다. 물론 그 여인에게도 화가 나 있었지요. 남편과 터놓고 이야기한 다음 당당하게 담배를 피우거나, 남편의 뜻을 받아들이기로 했으면 담배를 끊거나…….

제가 식탁에 앉아 콩나물을 다듬는 동안, 그 여인은 베란다 문간에 앉아 두 대째의 담배에 불을 붙였습니다. 웅크리고 앉은 뒷모습 위로, 전날 남편과 팔짱을 끼고 행복한 모습으로 외출에서 돌아오던 그 여인의 모습이 겹쳐졌습니다. 혼돈스러웠습니다. 어느쪽이 그 여인의 진정한 모습일까, 그런 생각도 들었습니다. 열린 창으로는 찬 바람이 밀려들어, 담배 연기는 오히려 거실 안으로 쌓이고 있었지요. 천장에서부터 차곡차곡 쌓여 내려오는 담배 연기가 눈앞에 수평의 막이 되어 떠 있었습니다. 답답했습니다. 담배 연기가, 제 가슴이, 그 여인의 웅크린 뒷모습이, 모두 답답했습니다. 창을 열어제치고, 팔을 걷어붙이고, 먼지털이개를 들고 소리 나게 먼지를 털고 싶은, 그런 뜨거움이 가슴 밑바닥에서 꿈틀거리며 솟구쳐 올랐습니다. 그래서였을 겁니다. 불쑥, 그런 말을 했던 것은.

"왜 이렇게 살아요? 담배를 끊든가, 남편을 떠나든가……."

그 말을 할 때, 저는 베란다 창을 바라보고 있었습니다. 창에는, 어두워지는 대기를 배경으로 한 창에는, 그 여인의 웅크린 모습이 고스란히 담겨 있었습니다. 거실 한 쪽 끝에 치우쳐 앉아, 웅크린 자세로 담배 피우는 그 여인은, 마치 남편 몰래 혼외 정사를 치르는 사람 같아 보였습니다. 왜 그런 극단적인 거부감까지 들었는지 모르겠습니다. 여인은 별다른 대답 없이, 담배 연기만 뿜어내고 있었습니다. 바로 그 태도, 비굴할 정도로 수굿한 그 태도 때문에, 제가 더 잔인해졌는지도 모르겠습니다.

"니코틴 중독은 순전히 심리적인 거래요. 마음만 단단히 먹으면, 얼마든지 끊을 수 있다고 해요."

주제넘고, 부주의한 말이었을 겁니다. 그 여인은 여전히 별로 미동이 없었습니다. 미동 없이, 들고 있던 담배를 천천히, 끝까지 피우더군요. 저는 어두워지는 바깥을 배경으로, 점점 더 선명하게 창에 되비치는 거실 풍경을 바라보고 있었습니다. 한참 만에, 꽁초를 꼼꼼히 비벼 끄고는 그 여인이 고개를 들었습니다.

"난, 그이도, 담배도 사랑해요. 둘 다 똑같이요."

여인의 목소리는 담담했습니다. 고개를 들어, 창 밖으로 시선을 고정시킨 채, 어두운 유리창 저편을 바라보고 있었습니다. "언젠가는 그를 죽이고 말 것 같아요……." 그 말을 할 때와 똑같은 어조, 똑같은 감정이 담긴 목소리였습니다. 저는 유리창에서 시선을 거두어, 다듬은 콩나물을 그릇에 옮겨 담은 다음, 몸을 돌려 싱크대 앞에 섰습니다. 등뒤에서 그 여인이 몸을 일으키는 기척을 느끼면서도 저는 콩나물만 씻고 있었습니다.

"무엇보다 난, 담배를 피울 때만 살아 있다는 것을 느껴요. 그때만, 온전하게 내가 나라는 존재로 살아 있다는 걸 믿을 수 있죠."

등뒤에서, 그 여인이 천천히 거실을 가로질러 가는 게 느껴졌습니다. 저는 콩나물 그릇 속에 손을 담근 채 가만히 있었습니다. 현관문을 여닫는 소리를 들으면서도 꼼짝도 할 수 없었습니다. 그거였을까요? 그 여인이 그토록 담배에 매달린 이유가, 인간이 살아가면서 느끼는 기쁨이, 혹은 인간이라는 생물의 가장 밑바닥에 있는 본질이, 그거였을까요? 그런 사소한 것에 기대서라도 스스로의 존재를 확인하려 하는…… 그거였을까요?

믿을 수 없었습니다. 치욕과 폭력을 감수하면서도 그 모든 것을 사랑한다는 말도, 그런 하찮은 것에라도 매달려 보려는 게 인간이라는 사실도, 다 믿을 수 없었습니다. 무엇보다도, 그 말이, 그 여인이 제게 한 마지막 말이라는 것을 믿을 수 없습니다.

그렇습니다. 그 말이, 그 여인이 제게 한 마지막 말이었습니다. 다음날도, 그 다음날도, 또 그 다음날도 그 여인은 저 현관을 노크하지 않았습니다. 저는 후회했습니다. 정중하게 거절하든가, 말없이 이해하든가, 둘 중의 하나를 택해야 했을 겁니다. 그런 식으로 옹졸하게, 그런 식으로 상처를 주면서, 그 여인을 떠나게 해서는 안 되었을 겁니다. 그 후 며칠 동안, 저는 그 여인과 얼굴을 부딪칠 기회만을 기다리고 있었습니다. 자연스럽게 얼굴을 마주치면, 그때 말하려 했습니다. 왜 요즈음은 놀러 안 오세요? 그러나 그 말을 할 기회는 사라지고 말았습니다. 영원히, 이 땅에는 그 말을 할 대상이 없습니다.

바람이 점점 광포해지고 있습니다. 오늘 밤, 다시 비바람이 불어올 것 같습니다. 콩나물국이 끓었는지 모르겠습니다. 그이는 또 술을 마시고 들어올 겁니다. 봄이 깊어지면서, 그이는 아침에 시원한 콩나물국을 찾기 시작했습니다. 저녁에 국을 끓여서 냉장고에 넣어두어야 합니다. 그이가 제게서 원하는 것은, 콩나물국밖에 없으니까요.

네? 제가 담배를 너무 많이 피운다구요? 그렇군요. 이게 벌써 넉대째군요.

한밤중, 비바람

기어이, 저 산이 다시 비를 불러온 모양입니다. 아니, 비뿐만 아니라 바람까지 불러와, 그들을 서로 뒤섞고 있습니다. 저 빨래 건조대가 다시 비를 맞는군요. 비바람을 피하듯 마음이 저만큼 물러나고 있습니다. 아니, 세상이 저만큼 물러나고 있습니다.

남편은 아직 돌아오지 않았습니다. 그이는 늘 늦지요. 어제처럼, 딸아이를 잠재우다가 또 깜박 잠이 들었나 봅니다. 생활 속에서 무심히 형성되는 습관 같은 것, 그게 잘 사라지지 않는다는 걸, 이 작은 일로도 느낄 수 있는데……. 이런 마음은 회한일 겁니다. 그 여인의 흡연 습관, 그걸 왜 끝까지 이해하고 받아들이지 못했을까요? 제게도 이렇게 혼자말을 하는 습관이, 담배를 피우는 습관이, 이토록 깊이 들어 버리게 되는 것을, 불과 석 달 전에는 왜 예상하지 못했을까요?

깜박 잠든 동안, 또 꿈을 꾸었습니다. 그러고 보니, 꿈을 자주 꾸는 것도 담배를 피우기 시작하면서 생긴 습관인가 봅니다.

어두운 방안에 앉아 있었습니다. 전화 벨이 울리더군요. 꿈속에서, 저는 반사적으로 그 여인이구나, 생각했습니다. 모르겠습니다. 왜 그런 생각을 했는지는. 저는 수화기를 들고 다급하게 말했지요. 여보세요! 그러나 수화기에서는 아무 소리도 들리지 않았습니다. 아니, 무슨 소린가가 많이 들렸습니다. 메뚜기들이 좁은 공간에 갇혀 와글거리는 소리, 모래알들이 서로 몸을 비비며 사각대는 소리, 눈앞을 흐르는 전류가 일점쇄선처럼 끊겼다 이어졌다 하는 소리……. 그 소리들을 들으며 저는 소리쳤습니다. 여보세요, 조금 더 크게 말해 주세요. 희미하게, 흐릿하게, 어떤 숨결 같은 게 느껴지기도 했습니다. 저는 그 여인이라고 확신했습니다. 하고 싶은 말이 많았지요. 그 여인이라는 확신이 들자, 벌써 수화기를 든 손에 힘이 들어가면서, 가슴 어느 곳이 무지근하게 눌려 왔습니다. 여보세요, 여보세요! 목소리가 떨리기까지 했습니다.

그러면서 저는, 떨어져 내리고 있었습니다. 어두운 공간에서, 바닥이 없는 심연으로 계속해서 가라앉고 있었습니다. 온종일을, 아니 석 달하고도 열흘을, 그렇게 추락해 온 것 같았습니다. 어디서부터 떨어지는 길이었는지, 얼마나 오래 떨어져야 바닥에 닿을 수 있는지, 아무것도 모르는 채 떨어지기만 했습니다. 제가 완전히 곤두박질 치지 않을 수 있는 것은 오직, 제가 들고 있는 수화기 때문인 것 같았습니다. 그래서 더욱 수화기를 잡고 애원했지요. 여보세요, 아무 말이라도 좀 해보세요! 그러다가, 제가 지르는 소리에 놀라 잠에서 깼습니다. 누구와도 전화 통화를 하지 못한 채, 어느 낮은 바닥에도 닿지 못한 채, 내내 떨어지기만 하다가 말입니다. 몸에 진땀이 배어 있더군요.

무슨 꿈이었을까요? 아니, 정신 분석학적으로 진단하려 하지 마세요. 추락하는 꿈, 그게 의지할 대상을 만나지 못할까 두려워하는 심리를 상징한다든가, 나무 위에서 살았던 인류의 조상에 대한 추억을 뜻한다든가, 그런 분석은 다만 지식인들의 놀음이지요. 저는 다만, 그 여인을 만나고 싶었을 겁니다. 그 여인을 만나, 하고 싶은 말이 있었던 모양입니다.

담배가 다시 눅눅해져 있군요. 괜찮습니다. 습기를 머금은 담배가 더 부드럽지요. 밤도 깊은데, 제가 노래 하나 할까요? 네? 옆집에서 깰 거라구요? 아녜요. 작게 부를게요. 옆집 여인이 이따금 흥얼거리던 노래가 있답니다. 손가락 사이에 끼워진 담배를 내려다보면서, 푸우 담배 연기를 내뿜으며 흥얼거리곤 했지요.

"시집살이 못하고 쫓겨났으면 났지, 요놈의 엽초만은 못 끊겠네, 아리랑 아리랑……."

어때요? 정선아라리 한 토막이라고 하더군요. 그 여인의 고향이 그 근처였던 모양입니다. 축축 처지는 가락에, 그만큼 고달픈 인간의 마음이 묻어 나는 노래지요. 그러면서도, 해학과 긍정적인 힘이 느껴지는 노래더군요. 더 불러 보라구요? 밤도 깊은데…….

"흙물에 연꽃은 곱기만 하다, 세상이 흐려도 제 살 탓이지……."

이 노래는 고결하죠? 그렇지만, 또 다른 노래도 있답니다. 들어 보실래요?

"앞산에 딱따구리는 없는 구멍도 뚫는데, 우리 집에 저 멍텅구리는 있는 구멍도 못 찾나……."

아녜요, 민요라는 게 원래 그럴 겁니다. 누구나, 어떤 부분에서든 공감하게 되어 있지요. 오랜 세월 동안, 많은 사람들에 의해 첨삭되고 정련되어 온 것들이니까요. 그리고 사람들은 바로 그런 것들에 기대어 살아왔을 겁니다. 민요나 담배 같은 것.

담배를 맛나게 피우던 분을 알고 있습니다. 어렸을 때, 옆집에 살던 할머니였죠. 그분은 집 근처에 텃밭을 가지고 있었는데 참 알뜰히도 그 밭을 가꾸곤 했습니다. 고추나무에 받침대를 세우고, 배추를 솎아 주고, 김을 매곤 했지요. 고추밭을 한 이랑 다 매고 나면 저쪽 밭둑에 앉아 쌈지에서 담배를 꺼내 말았습니다. 합죽한 볼을 더욱 오므리며 담배 연기를 빨아들일 때면, 할머니는 합죽하게 패이는 볼만큼이나 혼곤한 표정을 지었습니다. 그때는, 할머니가 먹는 구름과자가 몹시 맛있을 거라고 짐작했습니다.

지금 생각하면, 흙투성이, 주름투성이의 투박한 손으로 쌈지에서 담배를 꺼내고, 그것을 정성 들여 말고, 불을 당기고…… 그 모든 행위에는 이미 신성함이 내포되어 있었을 겁니다. 이런, 제가 신성이라고 했나요? 그렇지만, 인간이 소중하게 여겨 온 것, 인간이 그토록 의지하여 온 것에는, 그만한 신성함이 있지 않을까요?

인류는 오래 전부터 담배를 피웠던 모양입니다. 로마 시대의 묘지에서도 철이나 동으로 만들어진 파이프가 출토된다고 하더군요. 그 유해론이 의학적으로 규명되고, 금연 빌딩이 선포되고, 금연 운동이 확산되고 있는 요즈음도, 꾸준히 흡연 인구가 는다는 사실, 그건 무얼 뜻하는 걸까요?

인간은, 아니 인류는, 늘 무엇엔가 기대어 살 것이 필요했을 겁니다. 에덴의 이브에게는 사과가 필요했고, 신대륙을 정복한 사람들은 담배가 필요했고, 비탈진 밭을 일구던 아낙네들에게는 한 자락 노래가 필요했을 겁니다. 어지러운 속도감을 견뎌야 하는 현대인들에게도 술이나 담배가 필요하지요. 그럴 겁니다. 인간은, 무엇엔가, 기대어 살 것이 필요할 겁니다. 그걸 이해했어야 했는데……. 제가 진작, 그 행위에 깃든 소중함을 이해했더라면, 그랬더라면, 그 일은 일어나지 않았을 겁니다.

그날, 그 일이 있던 날, 저는 바로 이 베란다에 나와 있었습니다. 지금처럼, 이렇게 늦은 시간이었습니다. 늘 그렇듯이 남편은 아직 귀가하지 않았고, 저 앞산도 추위에 떠는 짐승처럼, 몸을 한껏 웅크리고 있었지요. 저도 웅크리고 서서, 그 여인을 생각했습니다. 그 여인이 저희 집에 오지 않은 지 열흘쯤 지나고 있었습니다. 궁금했지요. 담배를 끊었을까, 너무 심한 모욕을 참을 수 없어, 강한 의지를 발동했을까, 그런 생각을 하고 있었습니다.

그런데, 바로 그때, 저 베란다에서 작은 소란이 느껴졌습니다. 유리창이 열리는가 싶더니, 검은 물체가 튀어나왔지요. 검은 물체는 베란다로 나와서는, 곧장 이쪽으로 방향을 잡아 몇 걸음 달려왔습니다. 좁은 베란다니까 달린다 해봐야 몇 걸음이나 되었겠습니까? 그런데, 달리던 물체가 멈칫 멈추어 섰습니다. 운동하는 방향으로 계속 나아가려는 힘의 법칙에 지배당하고 있던 물체는, 멈춰 서면서 베란다 난간에 몸을 부딪쳤습니다.

저쪽 베란다는 어두웠고, 이쪽 베란다에는 불이 켜져 있었습니다. 저는 저쪽 베란다의 물체를 아직 분간하지 못했지만, 저쪽 베란다의 물체는 분명하게 저를 보았을 겁니다. 제가, 저쪽 베란다 난간에 부딪친 물체가 그 여인이라는 사실을 발견하는 데는, 얼마간 시간이 필요했습니다. 물론 시간이라고 해봐야 고작 2～3초 정도였겠지요.

그 여인은 저 베란다를 건너뛰려 했던 것 같습니다. 처음에 저희 집에 숨어 들었던 때처럼, 그렇게 이쪽으로 건너오려 했을 겁니다. 다급하게 튀어나와, 이쪽으로 방향을 틀었을 때는, 분명 그런 마음이었을 겁니다. 그러다가 저를 발견하고는 멈칫 멈추었을 겁니다. "담배를 끊든가, 남편을 떠나든가……." 제가 주제넘게 뱉은 말이, 아니, 제가 거기 서 있다는 사실이, 그 여인을 멈추게 했을 겁니다. 아주 짧은 시간이었지요. 그러나 여인은 결단을 내린 것 같았습니다. 곧 이어 베란다로 나온 다른 물체, 그 물체 때문에 용기를 냈는지도 모르겠습니다. 아니, 그건 용기가 아니라, 절박한 상황에 처한 짐승이 마지막으로 몸을 뒤트는, 그런 동작이었습니다.

여인은 베란다 난간으로 올라서려 하더군요. 저는 벌써 땀이 배어나는 주먹에 힘을 주고 있었습니다. 그 여인이 무사히, 무사히 베란다를 건너뛰어 이쪽으로 오기를 바랐습니다. 이쪽으로 오기만 하면, 다시는 그 남편에게 돌려보내지 않으리라, 벌써 그런 다짐을 하고 있었습니다.

저쪽 베란다 난간에 올라서서, 그 곳을 차고 오른 물체는, 그러나 이쪽 베란다까지 닿지 못했습니다. 저쪽 베란다와 이쪽 베란다의 중간쯤에서, 문득 사라지고 말았지요. 이어, 아주 절망적이고 음울한 짐승의 울부짖음 같은 것이 들려 왔습니다. 그 여인이 낸 소리였는지, 그 남편이 낸 소리였는지, 혹은 제가 지른 비명이었는지……. 알 수 없었습니다. 높은 곳에서 물체가 떨어져 내리는 둔중한 소리요? 그런 것도 듣지 못했습니다. 몸의 모든 감각이 일순간 마비되었던 모양입니다. 외부로부터의 어떤 자극도 몸 안으로 들어오지 못하는, 제 몸이 일순간에 검고 딱딱한 덩어리가 되어 버린 것 같았습니다. 아니 거대한 동공 같은 것으로 비어 버렸던 것 같습니다.

정신을 차렸을 때는 베란다 난간에 허리를 꺾고, 그 아래쪽을 내려다보며, 울부짖는 그 여인의 남편이 보였습니다. 금방이라도 무게 중심이 앞으로 쏠리면서, 자루처럼 저 아래로 풀썩 내려앉을 것 같은 모습이었습니다. 저는 무너지듯 그 자리에 주저앉았지요. 모든 것이 순식간의 일이었습니다. 다 합해야 5초도 되지 않을 시간이었을 겁니다.

저 앞에 보이는 산이, 거대하고 검은 산만이, 그 모든 광경을 지켜보고 있었습니다. 지켜보면서도, 여전히 아무 말이 없었습니다. 무엇이 잘못이었을까요? 여인이 애초에 가졌던 그 가속의 힘을 일순간 상실했던 것? 아니면, 이내 뒤따라온 그 남편이 여인의 뒤에서 옷자락을 잡아챘던 것? 그도 저도 아니고, 혹시, 베란다 난간을 차고 오를 때, 그 여인이 일부러 몸에서 힘을 빼버렸던 것일까요?

아니, 제 잘못이었을 겁니다. 그 여인이 계속 저희 집에 와서 담배를 피울 수 있었더라면, 최소한 그날 제가 여기 서 있지만 않았더라도, 그런 일은 일어나지 않았을 겁니다. 이 세상에는 왜, 저 바람처럼 자연스럽게 흐르지 못하는 막힌 구멍들이 그리 많을까요? 시원하게 뚫려, 마음도 생각도 습관도 모두모두 서로 이해되고 받아들여지는, 그런 일이 불가능할까요? 우선 저 자신부터 말입니다.

그 후 정신없는 날들이 지나갔습니다. 영안실, 경찰서, 장례식……. 그 남편은 통곡을 하더군요. 영안실에서, 장례식에서, 그리고 집으로 돌아와서도 소리 내어 울었습니다. 경찰에서는 자신이 죽였다고, 자신을 처벌해 달라고 울부짖었습니다. 그 남편도, 저도, 제정신이 아닌 날들을 보냈습니다.

목격자. 그래요, 저는 한 여인의 죽음의 목격자였죠. 그래서 여러 차례 그 여인의 삶에 대해 증언해야 했습니다. 그 여인이 상습적인 흡연자였다는 사실과, 이미 한차례 베란다 난간을 건너뛰어 저희 집으로 숨어 든 일이 있다는 사실과, 그날 밤에도 역시 그 베란다를 건너뛰려 했다고, 그 남편이 뒤에서 민 것은 아니라고, 경찰서에 가서 그렇게 증언했습니다. 경찰들은 저처럼 그 일을 믿을 수 없어 하지는 않았습니다. 오히려, 그런 상황에서도 담배를 끊지 못한 그 여인을 딱해 하는 눈치였습니다. 그러는 내내, 저는 그 여인과 함께 모욕당하고 있음을 느꼈습니다. 가슴속에, 토해 낼 수 없는 딱딱한 것들이 쌓이는 것 같았습니다.

그러던 어느 날, 발견했지요. 제가, 제가 남편의 담배를 꺼내, 이렇게 피우고 있다는 사실을요. 가슴 안에 딱딱한 것이 쌓여, 온몸이 돌덩이처럼 차고 딱딱하게 굳어 가고 있다고 느껴지던 때, 그때 담배를 피웠을 겁니다. 처음 담배를 피웠을 때는 별다른 느낌이 없었습니다. 연기가 식도로 들어가 재채기를 심하게 했을 뿐이지요. 그 다음에야, 목 내부에 두 줄로 나뉘어 있는 식도와 기도의 차이를 알게 되었습니다. 지금은, 담배를 피울 때마다 온몸의 맥이 낮은 곳으로 가라앉는 듯한 느낌, 그 느낌 하나만 생생하게 이해할 수 있을 뿐입니다. 그것도 괜찮은 일입니다. 온몸의 맥이 가라앉으면, 견딜 수 없는 자괴심이나, 외로움이나, 배고픔이나 추위…… 그런 모든 일들이, 그 맥처럼 희미하게 느껴집니다. 모든 긴장이 이완되고, 모든 갈등이 제풀에 풀려 나가죠. 바로 그걸 겁니다. 담배가 인간을 붙드는 힘은.

그이는 제가 담배를 피운다는 사실에 대해 별다른 말이 없었습니다. "당신, 언제부터 담배 피웠어?" 그렇게 묻고는 코를 골며 잠에 떨어진 일이 한 번 있었을 뿐입니다. 그 여인이 한결 현명하고 행복했을 겁니다. "담배도, 그이도, 똑같이 사랑해요." 그 말이 두고두고 되살아 납니다. 이렇게 담배를 피우지만, 저녁마다 남편을 기다리지만, 저는 담배도 남편도, 그다지 사랑하는 것 같지 않습니다. 그런 점에서 남편은 공정합니다. 늦은 귀가만큼, 제게 무관심한 만큼, 저의 흡연에 대해서도 관대합니다.

사건은 그렇게 종결되었습니다. 그 남편은 복덕방에 아파트를 내놓고, 아파트가 아직 팔리지 않았는데도 다른 곳에 세를 얻어 이사

했습니다. 이사하던 날, 이삿짐 센터 사람들이 짐을 싣는 동안에도, 그는 화단가에 앉아 담배만 피우고 있었습니다. 이삿짐이 다 실리고, 트럭이 출발하기 전에, 그는 몸을 돌려 제게로 오더군요. 그 사이, 얼굴이 반만큼 작아지고, 살색도 검게 타 있었습니다.

"…… 미안합니다."

작고 힘없는 목소리였습니다. 그 사람이 제게, 무엇에 대해 미안해 하는지 알 수 없었습니다. 그럼에도, 저 역시 그에게 미안하다고 말했습니다. 우리는 아마 그 말을 할 진정한 대상이 없어서, 누구에게라도 미안한 마음을 털어놓으려 했을 겁니다. 제가 미안하다고 하자 그는 고개를 꺾더군요.

"아내는, 자궁암 수술을 받은 적이 있습니다. 저는…… 아내가 다시 병에 걸릴까 봐……."

마치 고해 성사를 하는 사람 같았습니다. 목소리가 떨린다 싶더니, 얼굴이 일그러지더군요. 저는 입술을 깨물었습니다. 그래도, 그래도 용서할 수 없었습니다. 그래요, 경찰에서는 여러 차례 그를 위해 진술했지만, 그의 행동을 완전히 수용한 것은 아니었습니다. 제가 저 자신을 용서할 수 없는 것처럼, 그도 용서할 수 없다고 고집했습니다.

"아내가 저를 남겨 두고, 먼저 이 세상을 떠날까 봐……저는 늘 그게 걱정이었습니다. 아내 없이는……저는, 아내 없이는, 하루도 살 수 없을 것 같았습니다."

여전히 고개 숙인 채, 그는 몸을 돌렸습니다. 저를 보지도, 베란다를 보지도, 먼 하늘을 보지도 않았습니다. 허청허청 멀어지는 그의 등뒤로 회오리바람 같은 것이 날아올랐습니다. 회오리바람에 쓸려 멀어지듯, 순식간에 그의 모습이 흐려졌습니다. 눈앞에는 어둡고 깊은 구멍 같은 것만 남았지요. 사랑이, 사랑이 왜 그래야 했을까요? 아니 마음이, 인간의 마음이 왜 그랬을까요?

사방으로 휘몰아치는 비바람이 사납습니다. 오늘도 그이는 많이 늦을 모양입니다. 이렇게 베란다에 나와 담배를 피울 때면 이따금, 레테 강을 건너는 사신이거나, 명부의 깊은 곳을 내려가고 있는 오르페우스가 떠오릅니다. 위태롭지요. 다시 이 세상으로 돌아오지 못할 것 같은 위태로움 때문에, 더 깊이 담배 연기를 들이마십니다. 그런 때 담배 연기는, 저토록 희미하고 나약한 끈으로라도, 저를 이 베란다에 묶어 주는 최후의 힘인 것처럼 느껴집니다.

저 베란다가, 저 빨래 건조대가, 다시 비에 젖고 있군요. 왜 이사할 때, 저 빨래 건조대를 빠뜨리고 갔을까요. 버려진 짐승, 내내 추위와 굶주림에 떠는 짐승 같은 빨래 건조대, 온몸으로 어둠과 빗줄기를 견디고 있는 저 빨래 건조대를…….

추·천·우·수·작

첫사랑

성석제

1960년 경북 상주 출생

연세대 법학과 졸업

1986년 《문학사상》 신인상에 시 〈유리 닦는 사람〉 당선

시집 《낯선 길에 묻다》

작품집 《그 곳에는 어처구니들이 산다》·《위대한 거짓말》

《왕을 찾아서》 등

첫사랑

1

흙먼지가 커다란 꽃처럼 피어 올랐다. 빵 공장에서 트럭들이 쏟아져 나왔다. 트럭은 빵 공장에서 나갈 때는 보름달 빵처럼 부풀었다가 돌아올 때는 러스크 빵처럼 납작해졌다. 흰 머릿수건을 하고 하늘색 제복을 입은 처녀들이 소리 없이 지나다녔다. 정자나무 아래에 노인들이 죽은 듯이 잠을 자고 있었다. 매일이 똑같았다. 하나의 빵 틀에서 똑같은 빵이 찍혀 나오듯이 오늘은 어제와 같고 내일도 오늘 같을 것이었다. 그리고 네가 따라오고 있었다, 수없이 많은 네가.

시장 앞에서 노래를 하는 춘자 남편을 보았다. 흙투성이에 다 떨어진 교복 차림이지만 구두만은 늘 반짝반짝했다. 혹시 우리 춘자를 못 보았나요, 내 사랑 춘자를. 성은 김이고 이름은 춘자, 오 나의 사랑 춘자. 지옥의 주민들은 모두 삶은 달걀처럼 무표정하게 그 앞을 지나쳤다. 조금 있으면 지나가는 여자 하나하나를 붙잡고 물어

보다가 전부 다 춘자라고 소리를 지르다가 춘자가 많다고 히죽거리다가 마침내는 모로 쓰러져 흙구덩이 속에 뒹굴겠지. 다리를 버르적거리면서 눈을 까뒤집고 입으로는 조용히 거품을 흘릴 것이다. 정신을 차리면 구두를 반짝반짝 윤이 나게 닦고 다시 노래를 부르기 시작하겠지. 나는 춘자 남편을 지나 잿빛 수채물이 흐르는 도랑을 뛰어넘었다. 어제와 똑같다. 너는 여전히 따라오고 있었다, 여전히.

아이들이 찬 공이 268번 버스 아래로 굴러 들어갔다. 차장이 오라잇 탕탕, 차 문을 두드렸다. 버스는 지옥에서 출발해서 어디 있는지 모를 넓고 큰 딴 세상으로 갔다가 다시 지옥으로 돌아올 것이다. 축구공이 뻥, 소리를 내며 바퀴에 튕겨져 하늘 높이 날았다. 어디선가 무엇인가를 태우는 연기는 쉼 없이 솟아오르고 있었다. 너는 어느 때는 연기처럼 어느 때는 노는 아이처럼 어느 때는 바퀴며 공인 것처럼 보일 듯 말 듯 나를 따라왔다.

네 키는 나보다 한 뼘은 더 컸다. 네 얼굴은 크고 네모지고 검었다. 너에게선 늘 낯설고 수상한 냄새가 났다. 너를 두고 선생들은 산적 같다고 말했지만, 선생들이 어디서 산적을 만나 보았는지는 모르겠지만, 산적도 이런 지옥에는 살지 않을 것이고 선생들도 이 지옥에 살지 않았다. 선생들은 딴 세상에서 버스를 타고 와서 아이들을 가르치다가 빈 도시락을 들고 딴 세상으로 가버렸다. 딴 세상에서 온 사람들이 가버리고 나면 지옥에는 어둠과 먼지와 소란과 냄새, 연탄 가스, 뚱뚱한 누나들만 남았다. 또 있었다. 견딜 수 없는 것, 그것, 끔찍한 것, 사람 머리, 머리통, 머릿수였다. 어떤 짐승보다도 사람이 더 많은 땅, 내 머리만한 면적에 내 머리칼 수보다 사람이 많은 세상, 지옥.

우리가 처음 만났던 그때, 지옥 중학교 3학년 26반은 다른 스물다섯 개 반과 마찬가지로 시골에서 도시로 전학 온 아이들이 마흔 명쯤 됐다. 나는 그중의 하나였다. 넓은 도시에서 하필이면 지옥구 지옥동으로 흘러 들어온 불쌍한 아이들이 스무 명쯤 됐다. 너는 그중 하나였다. 원래부터 살던 아이들은 열 명도 되지 않았다. 출신 성분이 복잡한 아이들은 서둘러 서열을 지었다. 1등부터 10등까지는 하루 만에. 10등 이하는 천천히. 그렇게 해서 몇 달 뒤 전교 5,000여 명의 서열이 만들어졌다. 거기서 왕이 된 아이가 말했다.

"나는 딴 학교에서 제일 힘센 아이들하고 같이 놀고 있다. 나는 고등 학생하고도 논다. 나는 딴 세상의 진짜 깡패들도 알고 있다."

그런데 그 자랑스러운 아이가 바로 우리 반에 있는 너를 제일 무서워하다니. 네가 여차하면 면도칼을 휘두르는 갈 데 없는 독종이며 누구에게도 진 적이 없는 그 깡패에게 존경받는 이유가 무엇인지 나는 몰랐다. 나는 막 전학 온 시골 아이였으니까. 그 깡패에게 잘못 걸리면 죽는다는 건 곧 알게 되었다. 그걸 알아야 도시 변두리의 지옥 중학교에서 살아 남을 수 있었다. 성한 몸으로 졸업해야 딴 세상, 딴 동네로 갈 수 있었다. 나는 그걸 몰랐다. 나는 막 전학을 왔으니까. 그 깡패는 그 위대한 진리를 가르쳐 주려고 아무렇게나 이유를 만들어 나를 변소 뒤로 데리고 갔다. 말라죽은 나무와 부서진 책상과 칠판이 쌓여 있고 구린내가 나는 후미진 곳에서 나는 깡패에게 맞았다. 맞느라고 점심 시간이 끝나는 줄도 몰랐다. 나는 난생처음 남의 주먹에 맞아 코피가 터졌다. 그것 때문에 수업에 들어갈 수가 없어 난생처음 수업을 빼먹게 되었다. 가엾어라, 가엾게도. 나는 울지 않았다. 그 대신에 내 인생의 목표를 바꾸었다. 깡패한테 맞아도, 맞아서 코피가 터져도, 수업에 들어가지 못해도 자살을 하지 않는 것. 그때 네가 다가왔다. 너는 느릿느릿 바지 단추를 채우면서 내 앞에 섰다.

"얼씨구, 여기 땡땡이 치는 놈이 또 있네."

너는 침을 찌익 뱉으면서 규율부처럼 말했다.

"너 누구하고 싸웠어?"

나는 싸운 적이 없다. 맞았을 뿐이다. 나는 일어섰다. 고개를 돌렸다. 네가 무엇이든, 내가 무엇이든 아무 상관이 없다고 생각했다. 가버리려고 했다. 그러나 고양이과 동물처럼 빠르고 가볍게 다가온 너는 내 어깨를 눌렀다. 바로 그때 나는 내 장래 희망을 바꾸었다. 살아서 이 지옥을 빠져 나가기. 너는 빙글빙글 웃으면서 나를 흙먼지와 톱밥 속에 주저앉혔다. 나는 너를 노려보았을 뿐이다. 장래 희망을 바꾸었기 때문에.

봄이었다. 아프리카에서 코뿔소들이, 시베리아 벌판에서 사슴들이 각축하는 계절이었다. 코딱지를 누렇게 만드는 흙먼지가 떠다니는 지옥의 공기에는 빵 공장에서 빵을 찌면서 내보내는 고소하고 시큼한 냄새가 섞였다. 하늘은 시퍼랬다. 매일 똑같았다.

너는 신기한 물건을 본 것처럼 네 손가락으로 내 턱을 쳐들었다. 네 손길은 너무나 부드러웠고 자연스러워서 누군가에게 어떤 식으로든 위안받고 싶어하던 내게 거부할 수 없는 것처럼 느껴졌다. 네가 말했다.

"넌 꼭 계집애같이 생겼구나."

나는 노려보고 노려보고 노려보다가 분해서 울고 말았다. 계집애처럼 흑흑 느껴 울었다. 너는 나를 한참이나 내려다보고 있었다. 나는 마음껏 울었다. 싸움과 코피와 수업을 빼먹었다는 것이 서럽지는 않았다. 너에게 계집애 취급을 받았다는 것이 슬펐다. 그런 취급을 받고도 아무 말도 못하고 찔찔 울기나 하는 내가 가여워서 머리가 아프도록 울었다. 너는 문득 사라졌다가 양동이에 물을 담아 가져왔다. 그 양동이에는 축구부라는 글자가 씌어 있었다. 그건 학교에서 가장 사나운 깡패들로 만들어진 축구부말고는 아무도 건드릴 수 없는 물건이었다.

"씻어."

나는 너를 깨끗이 무시했다. 축구부 양동이와 축구부를 무시했다.

온 세상을 무시했다. 일어서서 나왔다. 네가 무섭지 않았다. 그저 창피했다.

다들 너를 피했다. 너를 피하는 아이들을 너는 무시했다. 그런데 너는 너를 싫어하는 나한테는 점점 가까이 다가왔다. 나는 네가 무섭지 않았다. 그냥 싫었다. 웬일인지 너는 그전처럼 수업을 빼먹지 않았다. 선생들은 말했다.

"야, 오랜만에 백승호 얼굴을 보는구나. 잘 있었니."

그러면 너는 피식 웃으면서 의자를 뒤로 젖히고 천장을 바라보았다. 침으로 방울을 만들어 하나씩 날렸다. 옆에 있던 아이들이 웃음소리를 냈다. 그러면 선생은 얼굴이 발개져서 출석부를 접었다. 너는 아예 네 자리를 내 뒤로 옮겼다. 그리고 내 등을 칠판삼아 연필로 한 자씩 썼다.

"너 죽어."

나는 네가 무섭지 않았다.

"그만둬! 싫어!"

칠판에 악보를 그리고 있던 음악 선생이 돌아보았고 앞자리에 앉았던 작은 아이들이 돌아보았고 옆자리에 있던 아이들과 뒷자리에 앉은 아이들은 숨을 죽였다. 너는 옆자리에 앉은 아이의 공책을 빼앗아 거기에 뭘 쓰는 척하고 있었다. 아이들은 무슨 일이냐고 묻는 선생에게 아무 말도 해주지 않았다. 선생은 내 머리를 출석부로 가볍게 탁탁 치고는 교단으로 돌아갔다. 너는 그 뒤에 대고 주먹을 쥐어 앞뒤로 끄떡거리는 시늉을 했다. 아이들이 소리 없이 웃었다. 나는 학교에서 너한테 소리를 지른 최초의 아이가 되었다. 나는 그게 자랑스럽지는 않았다. 매일이 똑같았다. 어쩌다 다른 날이 있기도 했다.

그날도 길에는 빵 트럭이 지나다녔다. 길에서 공을 차던 아이들이 트럭 꽁무니에 달라붙어 같이 뛰기 시작했다. 빵 공장에서 나온 트럭들은 덜컹거리면서 달려가다가 이따금 빵을 떨어뜨리기도 했다. 그런데 그날은 빵이 상자째 내 코앞에 떨어졌다.

"빵이다, 빵!"

삽시간에 아이들 수십 명이 모여들었다. 작은 먼지 구름이 만들어지고 그 속에서 아이들은 서로를 깔아뭉개고 올라타고 물어뜯으며 빵을 나눠 가졌다. 나는 제일 가까이에서 제일 빨리 빵을 집었지만 봉지를 뜯기도 전에 누군가 손목을 쳐서 내 빵을 가져가 버렸다. 나는 빈 빵 상자를 앞에 두고 멍하니 서 있었다.

"빵 도로 놔, 새끼들아."

언제 네가 다가왔는지 아이들에게 나직한 목소리로 명령했다. 아이들은 순식간에 반쯤 뜯어먹은 빵까지 전부 다 상자에 내려놓았다. 나는 그냥 가려고 했다. 그런데 네가 나를 불렀다.

"너, 거기서 다섯 개 집어."

나는 무시했다. 나는 네가 싫었다. 네가 그런 식으로 나한테 접근해 오는 게 싫었다.

"나는 빵 안 먹어."

보름달이 그려진 포장지 속에 든 빵이 얼마나 맛있는지 나는 진작에 알고 있었다. 하지만 끝내 그 빵을 집지 않았다. 나는 터덜터덜 집으로 갔다. 집 앞에서 너는 나를 기다리고 있었다. 너는 찢어진 네 모자 속에서 빵을 꺼내서 내게 내밀었다.

"왜 나한테 이러는 거니. 나는 거지가 아냐. 나는 빵이 싫어. 너도 싫어."

네 턱이 딱딱해졌다. 미술책에서 본 그리스 조각처럼 각이 졌다. 너는 고함을 치면서 빵을 팽개쳤다.

"사람 마음을 이렇게 모르냐."

너는 모자까지 찢어 버렸다. 대문을 발로 힘껏 차고는 가버렸다.

"아니, 왜 대문을 차고 난리냐? 주인 보면 큰일날라."

누나가 달려 나올 때까지 나는 찢어진 모자와 그 안에서 종이 조각처럼 구겨진 빵을 노려보고 있었다.

"이거 웬 빵이냐."

누나가 빵을 주워 모았다.

"버려. 버리란 말야."

"얘, 먹는 걸 이렇게 버리는 법이 어디 있니. 포장도 안 뜯었는데. 오늘 저녁 대신 먹어도 되겠다."

누나는 그날 저녁 돼지처럼 그 빵을 다 먹었다. 나는 누나가 싫었다. 누나가 싸주는 도시락도 싫었다. 그래서 잊어버린 척 다음날은 도시락을 가지지 않고 학교에 갔다. 학교가 끝나고 나니 배가 고팠다. 나는 빵 트럭을 따라 열심히 달렸다. 그렇지만 빵 상자는커녕 빵 한 봉지도 떨어지지 않았다. 다음날도, 그 다음날도 그랬다. 하루하루가 똑같았다. 어쩌다 다른 날이 있기도 했다. 그날 누나와 나는 아침을 굶어야 했다. 누나가 다니던 공장에서 월급을 주지 않았기 때문이었다. 누나는 울었고 눈이 퉁퉁 부어서 공장으로 갔다. 나는 수돗물로 배를 채워서 누나처럼 배가 고프지는 않았다. 그날 너는 교문 앞 빵집 앞에서 나를 기다리고 있었다. 너는 나를 끌고 빵집 안으로 들어갔다.

"이건 너 주려고 산 거야."

너는 김이 나는 찐빵을 내밀었다. 너는 커다란 암소가 그려진 우유도 주문했다. 나는 허기가 져서 쓰러질 것 같았지만 먹지 않았다.

"먹어 봐."

"왜 나한테 이러는 거니."

"그냥 주고 싶어."

"난 네 부하가 아냐."

"너 같은 부하 필요 없다."

그때 온 가게 안에 튀김 냄새가 퍼졌다. 나는 기름기가 많은 튀김을 싫어했다. 배고플 때 튀김을 먹으면 설사가 났다.

"저거 먹고 싶어?"

나는 고개를 끄덕였다. 너는 마치 네 것인 양 얼른 튀김을 집어 왔다. 가게 안에 있던 누구도 너에게 뭐라고 하지 않았다. 나는 그걸 새처럼 조금씩 나누어 먹었다. 내가 튀김을 먹는 동안 너는 착한 공룡처럼 눈을 두리번거리면서 나를 내려다보고 있었다. 나는 네가 싫었다. 나도 싫었다. 너는 튀김을 몇 봉지인가 싸서 가방 안에 넣어 주었다. 나는 누나 생각이 나서 그냥 가만히 있었다. 가게를 나오면서 나는 너에게 물었다.

"이 찐빵 가져 가도 돼?"

너는 고개를 끄덕였다. 너는 찐빵도 가방이 터지도록 담아 주었다. 그날 저녁 나는 찐빵을, 누나는 튀김을 배가 터지도록 먹었다. 누나는 설사가 나서 그 다음날 공장을 가지 못했다. 또다시 똑같은 날이 반복됐다. 다른 날은 어쩌다 있었다.

독서실 안에는 내 자리가 있었다. 네 자리도 있었다. 내 자리는 고등 학생 반에 있었고 네 자리는 중학생 반에 있었다. 나는 공부를 하려고 독서실에 갔고 너는 나를 따라 독서실에 왔다. 너는 독서실에서 공부 같은 건 하지 않았다. 학교에서도 공부를 하지 않았다. 네가 왜 독서실에 나왔는지 나는 안다. 너는 나를 좇아왔다. 그렇다. 고개를 숙인 채 멀찌감치 전봇대 뒤에 숨어서 나의 눈을 피하던 너를 나는 숱하게 보았다. 나는 그런 너를 경멸했다. 그래도 아이들은 너를 존경했다. 너를 함부로 대할 수 있는 아이는 아무도 없었다.

네가 아이들에게 존경을 받는 이유를 나는 몰랐다. 오월, 아니 사월이던가. 학교 운동장에 있는 플라타너스 나무가 온몸 가득 새 잎을 피워 올리기 전까지는. 그 무렵 신체 검사라는 걸 했다. 신체 검사를 할 때 아이들은 교복 윗도리를 벗고 바지를 벗고 윗도리 속옷을 벗고 전날쯤 목욕탕이나 부엌에서 때를 벗긴 몸을 드러냈다. 풍선처럼 뚱뚱한 아이들이 있었고 두부처럼 희고 네모진 아이들이 있었다. 길고 가는 몸이 있었고 납작하고 포동포동한 몸이 있었다. 아이들은 서로의 몸에 손톱자국을 내고 간지럼을 태우며 킬킬거렸다. 그런 아이들이 갑자기 조용해졌다. 네가 나타났던 것이다.

너에게는 우리에게 없는, 아니면 드물게 있는 무엇인가가 있었다. 그것은 우리가 가끔 실오라기인 줄 알고 잡아 뽑는, 막 돋아 나기 시작하는 이상하고 낯선, 어른 냄새가 나는 털이었다. 그건 겨드랑이의 털이었고 가슴에서 배로, 배에서 속옷에 가려진 사타구니로 줄달음치는 털의 행렬이었다. 수백 개의 눈알이 너에게 집중되었고 흩어졌고 다시 들러붙었다. 반에서 제일 힘센 아이도 어쩔 수 없던 것은 바로 너의 털이었다.

네가 다른 아이들보다 나이가 많았던가. 그건 모르겠다. 네가 조숙했던가. 그것도 모르겠다. 네 생각이나 행동은 다른 아이들과 비슷했다. 다만 너는 너의 털로 존경을 받았다. 너는 털로 덮인 이상한 몸을 저울 위에 올려 놓았다. 그 다음 차례가 나였다. 너는 내가 저울 위에 올라갔을 때 나를 흘끗 쳐다보았다. "이거 어때?" 하고 묻는 듯이. 나는 잠자코 있었다. 내게는 상관이 없는 문제였다. 너는 내가 너나 너의 털을 존경하지 않는 것을 이상해 하는 것 같았다. 그래서 내게 그걸 보여 주려고 했는지도 모른다. 그걸, 다른 아이들이 꿈도 꾸지 못하는 그것을.

나는 독서실로 가서 한 달 치 출입증을 끊고 여름 방학 동안 거기에서 공부를 했다. 내가 알기에 지옥을 잊는 방법, 지옥에서 빠져나가는 방법은 공부밖에 없었다. 나는 공부에 공부에 공부에 공부를 거듭했고 고등 학교 교과서에도 손을 대었다. 독서실 주인은 내게 고등 학생 반에 들어가도록 허락해 주었다. 대학 입학 시험을 준비하는 형들 사이에서 더욱 열심히 공부를 하라는 격려와 함께.

어느 날 네가 나타났다. 너는 반달 치 출입증을 끊었다. 나는 대학 입시를 준비하는 형들과 함께 있었고 너는 너를 무서워하는 아이들과 함께 있었다. 독서실의 중학생 반에서는 분유 깡통에 전기를 연결한 젓가락을 집어 넣고 라면을 끓이는 기술과 수음밖에는 공부할 게 없었다. 나는 독서실에서만은 중학생이 아니었다. 그 따위는 벌써 졸업했다. 다시 그 곳에 돌아갈 일이 없었다. 그러므로 어느 날 새벽 세 시에 내가 독서실의 옥상으로 가지 않았다면 나는 여름 방학 내내 너를 만나지 않을 수도 있었다.

독서실이 들어 있는 건물과 맞붙어 있는 건물의 1층은 목욕탕이었다. 한밤까지 무럭무럭 피어 오르는 살 냄새와 비누 냄새가 건물 뒤편을 돌아 중학생 반의 중학생과 고등 학생 반의 고등 학생 코에 닿기도 했다. 일요일 새벽에 바구니를 든 얼굴이 붉고 머리가 젖은 아가씨와 여인네들이 막 독서실 셔터를 올리고 집에 돌아가는 우리들과 마주치기도 했다. 그들은 뜨거운 물에 불린 몸과 마음을 뒤뚱거리며 입 안 가득 거품을 채운 듯이 쉴새없이 깔깔거렸다.

독서실 옥상에서 보이는 건 그 옥상과 똑같이 생긴 이웃 건물 옥상이었다. 그 옥상에는 작은 방이 있었다. 작은 방 너머에 전기 철탑이 거인처럼 서서 팔을 벌리고 있었다. 그날 새벽 달은 굴뚝 위를 넘어간 지 오래되었다. 지옥의 하늘에서는 원래부터 별을 볼 수 없었다. 작은 방에 세 든 처녀가 사는 방은 불이 꺼져 있었다. 처녀는 불을 켜고 자는 버릇이 있었다. 그 비밀을 아는 사람들은 재수생 형들이었다. 형들은 옥상으로 가는 계단에 번호 자물쇠를 걸었다. 번호를 아는 사람은 형들과 총무밖에 없었다. 나는 형들끼리 하는 이야기를 엿들었고 번호를 알게 되었다. 그래서 형들이 자는 것을 확인하고 번호 자물쇠를 열고 올라와 본 것이었다. 나는 독서실에서는 고등 학생이었다. 지옥의 고등 학생도 성장을 해야 했다. 성장을 하려면 불 꺼지지 않는 처녀의 방을 엿보아야 했다. 처녀의 방을 엿보려면 옥상에 가야 했다. 그 처녀는 그들의 상상이 만든 성 속에 살고 있는 고귀한 공주였다. 공주는 공장에 다니고 있었고 자기 전에 옷을 모두 벗어제친 채 머리를 빗으며 노래를 부르는 습관이 있었다. 못된 계모에 의해 지옥의 탑에 유폐된 모든 공주가 그렇듯이.

나는 부질없이 손을 저어 불 꺼진 창 쪽으로 흔들었다. 흔들리는 나의 손을 저주했다. 사방에서 늘어진 끈들이 딱딱 소리를 냈다. 나는 네가 언제 옥상에 올라왔는지, 언제부터 나를 지켜보고 있었는지 몰랐다. 너는 전봇대처럼 우뚝 서서 담배를 피우고 있었다.

"오랜만이다."

너는 담배를 튀겨 내 쪽으로 날려보냈다. 네가 긴장을 감추려고 그런다는 걸 나는 알았다.

"너 여기서 뭐 하니?"

나는 물었다. 마치 먼저 올라온 게 너이고 나중에 올라와서 너의 비행을 모두 목격한 게 나이기라도 한 것처럼. 너는 나를 탓하지 않았다.

"너를 보러 왔다."

"왜?"

"기차 타고 온갖 곳을 다 돌아다녔다. 네가 보고 싶어지더라."

그러면서 너는 옥상으로 올라오는 문에 쇠를 걸었다. 나는 지붕의 감옥에 갇힌 셈이었다. 그래서 네가 말을 걸어 오는 것을 잠깐 받아주었다. 하긴 그때 나는 한 번도 기차를 타본 적이 없는 중학생이기도 했다.

"어디로?"

"은척까지 갔다. 여기에서 은척까지 있는 역마다 다 내렸다. 은척에서 여기까지 오면서 모든 역에 다 가보았다."

"바보야, 그 역이 그 역이지 뭐냐."

웃을 일이 없는데도 웃음이 나왔다. 너도 어색하게 웃었다.

"저 너머 방에 누가 사니?"

"몰라."
나는 그전처럼 냉정한 중학생으로 돌아갔다. 서둘렀다. 누가 올지도 몰랐다. 재수생 형들이 알면 나를 반쯤 죽여 중학생 반으로 도로 돌려보낼지도 몰랐다. 내가 너를 지나치려고 하자 바보인 네가 감히 내 팔을 잡았다.
"그냥 갈 거야?"
네 손길에는 소름이 끼치도록 부드럽고 질기고 단호한 힘이 들어 있었다. 그건 사랑에 빠진 자만이 가질 수 있는 것.
"그래."
나는 너와 사랑에 빠질 정도로 어리석은 중학생이 아니었다. 나는 쌀쌀하게 너를 뿌리쳤다. 너는 뜨겁게 호소했다.
"우리 이야기 좀 하자."
"할말 없어."
우리는 잠시 실랑이를 벌였다. 그런 와중에 네가 헐떡거리며 소근거렸다.
"그렇게 여자를 보고 싶니?"
"뭘?"
"네가 왜 옥상에 왔는지 안다."
나는 창피했다. 너에게 화가 났다.
"내가 보여 줄게."
"싫다."
"이따가 목욕탕 문 열면 건물 뒤로 와. 건물하고 담 사이로 좁은 길이 있다. 거기로."
"안 갈 거다."
나도 그 자리를 알고 있었다. 건물 뒤 사람 손이 닿지 않을 정도로 높은 담은 금방이라도 쓰러질 듯했고 그 위에 날카로운 유리 조각이 꽂혀 있었다. 담과 유리는 담을 넘어 들어가거나 담 위에 올라

창문을 통해 목욕탕 안을 들여다보려는 저주받을 호기심을 억제하는 효과가 있었다.

"다섯 시다."

너는 그 말만 하고는 가버렸다. 나는 손을 씻었다. 씻고 또 씻었다. 가지 않겠다고 맹세했다. 책상에 엎드려 잠을 잤다. 자려고 했다. 분명히 잠이 들었다. 그런데도 웬일인지 나는 새벽 다섯 시, 목욕탕 창문으로 김이 쏟아져 나오기 시작할 무렵, 건물 뒤편 쓰러질 듯이 위태롭게 서 있는 담 아래에 서 있게 되었다.

"왔구나."

너는 미리 와 있었다. 너는 담 밑에 있는 판자를 치웠다. 판자 아래에는 네가 쌓아 놓은 벽돌이 있었다. 그 벽돌을 딛고 담 위로 올라갈 수 있도록.

"올라가. 내가 받쳐 줄게."

너는 나보다 키가 한 뼘은 더 컸다. 너는 나보다 두 배는 더 힘이 셌다. 네가 받쳐 주면 될 것이다. 네가 올려 주면 될 것이다. 네가 믿음직하고 성실해 보일수록 부끄럽고 창피한 느낌이 커졌다. 그래서 나는 다른 핑계를 찾았다.

"담 위에 유리가 있잖아."

목욕탕 뒤편 창문은 담보다 더 높았다. 담에 올라서야 안이 보이는데 그 담 위에는 유리가 박혀 있는 것이다. 나는 기껏 호기심이나 채우자고 엉덩이가 찢어질 위험을 감수할 생각은 없었다.

"내가 치워 놨어."

그랬다. 너는 몇 시간 전부터 미리 그 곳에 와서 담 위로 올라간 다음 한 사람이 앉을 만한 자리만큼 유리를 부수어 놓았다. 네가 소리를 내지 않으려고, 들키지 않으려고 얼마나 조심했는지, 왜 그런 일까지 했는지 내가 생각하는 동안 너는 문득 내 발을 받쳐 올렸다. 나는 얼떨결에 담 위에 올라갔다. 올라탔다. 네가 밑에서 말했다.

"보이지?"

보이지 않았다. 목욕탕 안은 김으로 꽉차 있었다. 김 속에서 어른거리는 것이 사람인지 고깃덩어리인지 구별이 되지 않았다. 사람이라 하더라도 그게 남자인지 여자인지도 구별할 수 없었다. 남자인지 여자인지 안다고 해도 옷을 벗고 있는지 입고 있는지 벗는 중인지 입는 중인지도 알 수 없었다. 내가 고개를 흔들자 밑에서 안타까워하던 네가 마침내 담으로 올라왔다. 너는 대포처럼 김을 쏟아 내는 목욕탕 창문을 보고는 내게 사과했다.

"다음에 오면 괜찮을 거야. 오늘은 재수가 없구나."

뾰족한 유리 위에 커다란 엉덩이를 힘겹게 걸친 네게 나는 괜찮다고 대답해 주려고 했다. 네가 미안해 할 필요가 없다고 말해 주려고도 했다. 다시는 이따위 담 위에서 너하고 참새처럼 나란히 앉지 않겠다고 말하려고 했다. 그런데 그럴 틈도 없이,

"네, 네, 네이 요 놈들!"

소리치며 목욕탕 안쪽에서 누군가 뛰어나왔다. 새벽의 희붐한 빛 속에서 손에 망치를 든 누군가. 나는 허둥대다가 구두를 떨어뜨리고 말았다.

"내 구두!"

누나가 사준 구두. 다 떨어졌지만 단 하나뿐인 내 구두. 너는 나를 담 바깥으로 떠다밀었다. 나는 담 밖으로 떨어져서도 구두, 구두를 외쳤다. 네가 담 안쪽으로 떨어지는 걸 보고 절름거리며 도망쳤다. 너는 엉덩이를 유리에 찢겼다. 망치에 정강이뼈를 맞았다. 그렇지만 내 구두처럼 담 안으로 떨어진 건 아니다. 네가 뛰어내렸다. 너는 주인에게 허리를 잡혔고 뺨을 맞았고 주인의 의기 양양한 욕설을 들어 가며 구두를 찾았고 찾고 나서는 주인을 떠밀어 나동그라지게 했고 구두를 들고 우리 집 대문 앞으로 나를 찾아왔다. 네가 말했다.

"미안하다."

생각해 보면 나는 지금까지 너에게 한 번도 미안하다는 말을 한 적이 없다. 미안하다는 말은 모두 네 차지였다. 나는 구두 한 짝을 건네 받았고 고맙다는 말도 하지 않았다. 나는 단 한마디 말만 했다.

"너는?"

너는 말없이 무릎까지 바지를 걷어 내게 보여 주었다. 발목에서 무릎까지 시퍼렇게 멍이 든, 털이 무성한 네 다리를. 나는 돌아섰다. 그리고,

"미안하다."

그 말이 네 입에서 나왔다.

"다음에 더 멋있는 걸 보여 줄게."

그 말도 너의 입에서 나왔다.

2

어제의 어제는 어제와 오늘과 같았다. 빵 공장에서는 오전 열 시만 되면 김이 솟아올랐다. 김에는 빵이 익을 때 나는 고소하고 시큼한 냄새가 섞여 있었다. 그 냄새는 공장 근처 하늘을 연처럼 돌아다니다가 점심 시간 직전에 교실로 흘러 들어 아이들의 뱃속을 간지럽혔다. 아이들은 빵과 원수가 져서 빵만 보면 미친 듯이 달려들어 먹어 치우려고 했다.

"너, 빵집 계집애 알지."

교문 앞 빵집의 여자 아이는 네 말처럼 계집애가 아니라 중학교를 졸업하고 집안일을 돕고 있는 처녀였다. 그 처녀를 모르는 아이들은 없었다. 학교를 갔으면 아마 고등 학교 2학년? 그 처녀는 늘씬하고 아름답고 가슴이 불룩 솟았고 잔소리가 심했고 중학생들이 자신에

대해 관심을 가지는 것을 끔찍하게 싫어했다. 그 처녀 앞에서는 가장 싸움을 잘하는 아이를 포함해서 그 누구도 꼼짝하지 못하고 고개를 푹 숙인 채 원수 같은 찐빵만 배가 터지도록 먹는 수밖에 없었다. 언제든지 아이들을 얼려 버릴 수 있는 그 차디찬 눈길, 경멸과 권태로 가득한 표정, 쌀쌀하고 매운 손길. 그런데도 그 가게 앞을 그냥 지나쳐 갈 수 있는 아이들은 거의 없었다. 학교 변소에 있는 낙서들, 거기에서 가르치는 그녀의 아름다움, 호색성, 냉혹함의 신화는 아무것도 모르는 1학년 아이들조차 거부할 수 없는 은밀한 빵 배급과 같았다.

"난 계집애들한테 관심 없어."

나는 그렇게 말했다. 내 대답에 거짓이 섞이기는 했지만 거짓만큼 진실도 섞여 있었다. 그때 내가 관심을 가지고 있던 사람은 변소에서 그 처녀와 비슷한 빈돗수로 발견되는 이야기의 주인공인 음악 선생이었다.

"그거 내가 먹었다."

거짓말. 그 처녀에게서는 늘 드라이 아이스처럼 찬 김이 뿜어져 나왔다. 아이들이 빵가게 앞에서 일없이 조금 머뭇거리든가, 살짝 들여다본다든가 하면 당장에 용암과 같은 욕설이 터져 나왔다. 그 욕설의 첫 대목이나 마지막 대목을 장식하는 말은 '대가리에 피도 안 마른 새끼들'이라는 말이었다. 매일 똑같았다. 그런데 그 마녀 같은 처녀를 처먹어?

가을이 되자 딴 세상처럼 너와 내가 사는 세상에도 바람이 자주 불었다. 집 근처 예전 과수원 자리에 몇 그루 안 남은 배나무에는 작고 뻔뻔스럽게 생긴 배가 열렸다. 곧 그 나무도 배도 쓰레기에 묻힐 운명이었다. 너는 나를 따라왔다. 항상 내 주변에 어른거렸다.

"개를 좋아해?"

나는 그 처녀를 잘 몰랐다. 질투 같은 건 하지도 않았다. 아무 상관이 없었다. 그런데도 너는 뽐내며 말했다.

"나는 관심이 없는데 그 계집애가 자꾸 따라다니거든. 그런데 걔는 꼭 구멍 난 속옷을 입는다? 너 좋아하면 하나 갖다 줘?"

네가 그럴 때마다 나는 너를 경멸했다. 벌레 먹은 배가 떨어졌다. 내가 가려고 하자 너는 초조해 했다.

"너한테 걔 먹는 걸 보여 줄까."

나는 네 눈을 들여다보았다.

"네 맘대로 해."

너는 풀이 죽었다. 그래도 끈질기게 속삭였다.

"내일 시험 끝나고 곰바위로 와줄래?"

나는 집에 와서 손을 씻었다. 네 말 같은 건 신경도 쓰지 않았다. 그런데도 내가 시험을 마치고 곰바위로 간 건 무엇 때문이었을까. 곰바위는 이따금 어른 남녀가 이상한 짓을 벌인다는 소문이 나 있는 학교 뒷산의 으슥한 곳이었다. 나는 그 전날 밤에 한잠도 자지 못했다. 시험 준비하느라 밤을 새우려고 했다. 그렇게 해서 다시 1등을 차지하려고 했다. 지옥을 빠져 나가는 1등석 기차표를 얻으려고 했다. 너는 공부를 못하면서, 공부를 잘할 생각도 없으면서 내가 왜 공부를 하는지도 모르면서 공부 잘하는 나를 따라다녔다. 어른에 가까우면서 아이와 가까운 나를 좋아했다. 어쩌면 내가 너의 잘난 것 어느 한 가지라도 존중해 줄 수 있다면 너의 맹목적인 헌신에 대한 빚 갚음이 될지도 몰랐다. 그리고 그리고 그리고 그리고 지옥에서도 나는 성장해야 했다.

내가 가방을 든 채 바위 위로 올라갔을 때 너는 없었다. 처녀도 없었다. 나는 바위 위에 누워서 내가 왜 거기까지 왔는지를 생각해 봤다. 누나가 처음으로 탄 월급으로 사준 단별 구두까지 신고, 그 구두의 콧등까지 까져 가면서. 내가 네 말을 믿다니. 나는 지옥의 가을 햇빛 아래에서 혼자 웃었다. 속아 준 것으로 빚은 없다. 와준 것으로 깨끗해졌다. 나는 돌아가려고 했다. 그때 두런거리는 소리가 들려 왔다. 나는 바위 위에 납작 엎드렸다. 그냥 그래야만 할 것 같았다. 그 목소리가 너의 것인지 다른 사람의 것인지 구별할 수 없었다. 굵어서 알아들을 수 없는 남자의 목소리에 이어 "추워" 하는 여자의 목소리가 들렸을 때 내 가슴속에 다른 가슴이 들어 있어서 격렬히 다투는 것처럼 쿵쾅거렸다. 그리고 곧 무슨 뜻인지 알아들을 수 있는 소리가 들렸다. 그 소리를 내가 난생처음 들었음에도.

그건 남자와 여자의 피부 가운데 가장 연약한 부분이 맞닿아 나오는 소리였다. 쯔읍, 하고 길게 끄는 소리. 짭짭, 하고 연속적으로 나는 소리. 쭈욱, 하고 무엇인가 잡아당겨지는 소리. 나는 소리를 내지 않으려고 가슴을 움켜쥐었다. 그 다음부터는 아무 소리도 들리지 않았다. 빵 냄새 비슷한 시큼한, 시궁창처럼 더러운, 목욕탕 김처럼 수상한 냄새가 한꺼번에 덤벼드는 것 같았다. 바위 위에서 내려다보이는 교정은 너무도 조용했다. 플라타너스들은 장난감 병정처럼 씩씩했고 어디선가 노랫소리가 들려 왔다. 나는 바위 밑에 있는 사람들이 가버렸기를 바랐다. 그들이 갔으면 나도 가리라 했다. 아무도 없는 교정 한 모퉁이에서 음악 선생의 노래를 들으리라. 그전처럼 알 수 없는 감정이 북받쳐 목이 메일지도 몰랐다. 나는 고개를 내밀었다. 아무도 없으면 바위에서 내려가려고.

그런데 바위 밑에서 무엇인가 움직이고 있었다. 그건 누군가의 엉덩이였다. 그 엉덩이가 네 것인가. 나는 너에게 물어 본 적이 없다. 네가 나에게 그때 곰바위에 와보았느냐고 묻지 않았듯이. 다만 그 엉덩이 아래에 길고 매끈한 두 다리가 더 뻗쳐 있던 것을 기억한다. 나는 눈부시다 못해 아픈 햇빛을 반사하는 아래에 깔린 흰 다리에서 눈을 뗄 수 없었다. 뒤에서 누군가 발을 잡아당기는 것 같아 나는 딸려 가지 않으려고 애를 썼다. 앞에서 누군가 끌어당기는 것 같아 끌려가지 않으려고 기를 썼다. 행여 떨어질까 싶어 모자를 움켜쥐었다. 그 동안 다리의 모양이 바뀌었다. 다리의 임자 얼굴이 드러났다. 그건 눈을 감고 있는 빵집의 처녀였다. 머리칼이 흐트러진 처녀였다. 그 처녀의 다리가 흔들리고 앙 다문 입술이 흔들렸다. 내 입에서는 단내가 났다. 눈앞에 엄청난 밝기의 전구가 켜진 듯했다.

확실치는 않다. 확실치 않아. 그 처녀가 언제 눈을 떴던가. 나와 눈을 마주치기까지 얼마나 오랫동안 눈을 감고 있었던가. 오오오, 나는 돌이 굴러 내려 내가 보고 있었다는 것을 들키고, 소리가 나서 놀란 두 사람이 떨어지는 것도 아랑곳하지 않고, 떨어지는 것도 두려워하지 않고 뛰어내려, 긁히고 찢기는 것도 모르고 수백 미터 산길을 뛰어내려 갔다. 그녀의 눈은 집에까지 따라오고 꿈속까지 따라오고 내가 처음 여자와 자던 20대의 어느 날까지 나를 따라왔다. 어쩌면 지금까지도 가끔 따라온다, 따라온다, 그 눈이.

나는 사랑에 빠졌던 것이다. 바로 그 처녀의 눈에 빠졌다. 놀람과 분노와 당혹감을 한껏 떠진 눈으로 총알처럼 쏘아 보내던 눈빛. 희고 검은 부분의 경계선이 지금도 손으로 그릴 수 있을 만큼 뚜렷한 그 눈. 동그란 눈. 홉뜬 눈.

3

그날 이후 매일이 똑같았다. 나는 너를 상대하지 않았고 그 처녀는 중학생을 상대해 주지 않았다. 우리는 서로 멀리 떨어져서 도는 행성과 같았다. 너는 슬픔에 잠겨 네 맘대로 했고 나는 시름에 겨워 내 마음대로 했다. 너는 퇴학을 당했고 나는 지옥에서의 마지막 시험을 치렀다. 네가 사라지고 나서 그 처녀도 사라졌다.

졸업식을 하기 전에 숫자가 적힌 종이 조각을 나누어 받았다. 그 번호를 가지고 추첨을 해서 진학하게 될 고등 학교를 정한다고 했다. 공고나 상고, 또 지옥의 특수지 고등 학교에 진학하게 된 아이들은 그런 종이 조각 따위는 받지 않았다. 불합격자에게는 당연히 그런 종이 조각이 돌아가지 않았다. 그러니 학교를 중퇴하고 검정고시도 보지 않았으며 공고나 상고에는 관심도 없는 네가 그 종이 조각을 나누어 주는 특정한 날, 특정한 장소에 나타난 것은 이상한 일이기는 했다.

나는 종이 조각을 받자마자 교실 밖으로 뛰쳐나갔고 해방의 포만감으로 누나처럼 뚱뚱해지고 두 뼘은 키가 커져서 운동장을 달렸다. 빵집 간판이 넘겨다 보였을 때 잠시 멈추었지만, 사랑은 다 그런 법이라는 노래 가사를 떠올렸을 뿐. 그때 햇빛을 받으며 걸어오는 너를 보았다. 너는 두껍고 커다란 외투를 입고 보기에도 멋진 모자를 쓰고 있어서 딴 세상에서 온 부자처럼, 기관사나 뱃사람이나 비행사, 우주인처럼 보였다.

"어디 가니?"

"너는?"

우리는 운동장에서 마주섰다. 네가 천천히 다가왔다. 너를 보는 게 마지막이라는 느낌이 든 건 왜였을까. 네 얼굴을 비추는 노란 햇빛은 내가 가게 될 다른 좋은 세상에서 오는 것 같았다. 해를 등지고 있는 내 몸에서 뻗은 그림자는 짧고 짙었다.

"한번 안아 보자."

"그래."

나는 처음으로 너를 받아들였다. 네가 나를 안았던 팔을 풀고 외투 단추를 풀면서 말했다.

"너, 다시는 안 오겠구나."

"그래."

너는 외투를 벌렸다. 나는 마지막으로 네 품안에 스며들었다.

"사랑한다."

너는 나를 깊이 안았다.

"나도."

지나가던 아이들이 우리를 이상하다는 듯이 쳐다보았다. 지옥의 공장에서 빵 트럭이 쏟아져 나오고 딴 세상 바다에선 고래들이 펄쩍 뛰어오르던 그때, 나는 비로소 내가 사내가 되었다는 것을 깨달았다.

추 · 천 · 우 · 수 · 작

빈처

은희경

1959년 전북 고창 출생

숙명여대 국문과와 연세대 대학원 국문과 졸업

1995년 《동아일보》 신춘문예에 중편소설 〈이중주〉 당선

작품집 《새의 선물》 등

문학동네 소설상 수상

빈 처

나는 그녀가 일기를 쓴다는 걸 몰랐다.

뭘 쓴다는 것이 그녀에게는 도무지 안 어울리는 일이었다. 자기 반성이나 자의식 같은 것이 일기를 쓰게 하는 나이도 아니었다. 그렇다고 학생 때 무슨 글을 써봤다는 소리도 듣지 못했다. 내게 쓴 연애 편지 몇 장도 그저 그런 여자스러운 감상을 담고 있을 뿐 글재주 같은 건 없었다.

그날 나는 낮 시간에 집에 있었다. 간밤에 초상집에 갔다가 새벽에 들어와서 열두 시가 넘도록 늘어지게 잤던 것이다. 자고 일어나 보니 집에는 아무도 없었다. 그녀는 아이들을 데리고 시장에라도 간 모양이었다. 물을 마시려고 자리에서 몸을 일으키던 나는 화장대 위에 웬 노트가 놓여 있는 걸 보았다. 당연히 가계부인 줄 알았다. 그런데 일기장이었다.

6월 17일

나는 독신이다. 직장에 다니는데 아침 여섯 시부터 밤 열 시 정도까지 근무한다. 나머지 시간은 자유다. 이 시간에 난 읽고 쓰고 음악 듣고 내 마음대로 할 수 있다. 외출은 안 되지만.

대체 이게 무슨 소리야. 내 마누라가 독신은 웬 말이며 집에서 애 둘을 키우는 여자가 직장이라니? 다른 사람 노트인가? 허나 다른 사람 일기장이 그녀의 화장대 위에 놓여 있을 리가 없다. 글씨를 봐도 그녀가 틀림없다. 이응을 크게 쓰는 것이며 비읍을 둥글게 말아 쓰는 것이.

직장 일 외의 시간에 난 애인을 만날 수도 있다. 스테디한 애인이 없기 때문에 또 열애에 빠지지 않았기 때문에 매일같이 애인을 만나지는 않는다. 1주일에 서너 번 정도다. 1주일 내내 한 번도 못 만나는 적도 있다. 그런 때 나는 생각한다. 20대에도 애인 없던 시절이 있었는데 뭘. 그러면 쓸쓸함이 조금 줄어드는 것도 같다.

처음엔 웬 애인인가 싶어 의아했다. 그러나 여기까지 읽었을 때 나는 알아챘다. 그녀가 애인이라고 표현한 것이 바로 나라는 걸. 물론 그녀는 그것을 애틋한 의미로 쓴 것은 아니다. 내가 밖으로 도는 시간이 많기 때문에 잘 만날 수 없다는 뜻에서 그렇게 표현한 것이다. 그녀 말이 맞다. 남편이긴 하지만 그녀 자신이 거칠게 표현한 대로 '스테디한' 관계라고는 할 수 없을지 모른다. 나는 거의 매일 술을 마셨고 집에 안 들어오는 날도 종종 있다. 자정이나 새벽에 들어오는 게 습관이 되어서 이제는 그런 일과가 피곤한 것도 거의 모른다. 언젠가 그녀가 말했다. 나는 인생에서 두 가지 일밖에 하지 않는데, 하나는 술 마시는 일이고 하나는 술 깨는 일이라고.

하지만 그녀는 그럭저럭 참아 왔다. 내가 가정적이지 못한 것이 불만이긴 하겠지만 그것이 그녀의 인생에 결정적으로 심각한 그늘을 드리운다고는 생각해 본 적이 없다. 물론 신혼 때는 바가지를 좀 긁었다. 이혼을 합네 마네 투닥거리기도 했다. 그러나 요즘은 살림하고 아이들 키우기 바빠서 나한테 매달릴 여유가 없다. 작년인가부터는, 난 당신 포기했어, 라고 스스로 공언하기까지 했다. 이웃 아줌마들하고 물건 싸게 산다고 마을 버스 타고 연금 매장 같은 데에 다니는 데 재미도 붙은 모양이던데…… 그런데 포기했다고 하는 게 이런 거였나? 자기를 과부나 독신으로 여기고 사는 거? 나는 입맛이 썼다.

나의 직장 일이란 아이 둘을 돌보고 한 집안의 살림을 꾸려 가는 일이다. 아빠 없는 어린애는 생겨날 수 없으므로 그 아이들은 물론 아빠가 있다. 하지만 사정이 있어 아빠와는 같이 살지 못하는 아이들이다. 나는 그 아이들을 사랑한다. 결혼도 안 했으면서 마치 내 아이 같은 느낌이다. 그 아이들을 사랑한 나머지, 아빠와 함께하는 즐거움을 알게 해주고 싶어서 고통스러운 때가 있다. 때로 아빠를 찾는 그 애들에게 "아빠는 너희와 함께 계시지 못한단다"는 말이 불행스러운 느낌을 줄까 봐 조바심난다. 하지만 세상살이에 이런 어려움은 얼마든지 있으니(내게뿐 아니라 아이들에게도) 이런 직업적 고충을 오래 생각할 필요는 없다.

애인이 오지 않는 날 난 애타게 기다리기도 한다. 하지만 오지 않은들 그게 무슨 큰일이랴. 남편이라면 내게 오지 않는 것이 상처를 주겠지만 애인이니 조금의 쓸쓸함만을 남길 따름이다. 신통하게도 아주 변심하여 영원히 안 와버릴 애인은 아니니 그나마 다행 아닌가.

제기랄, 글 솜씨는 투박했지만 나는 그녀가 하려는 말을 충분히 알 수 있었다. 그녀는 그러니까, 불행한 것이었다.

다음 페이지를 넘기려는데 밖에서 문 따는 소리가 들려 왔다. 그녀가 아이들을 걸리고 업고 들어왔다. 손에는 검은 비닐이 여러 개 들려 있다.

"언제 일어났어요?"

그녀의 목소리는 정답다. 나에게 주려고 샀을 주스병 주둥이가 검은 비닐 봉투 밖으로 비죽이 나와 있다. 그것이 어쩐지 무거워 보인다. 나는 그녀의 손에서 엉거주춤 비닐 봉투를 받아 든다. 익숙하지 않은 동작임을 스스로도 깨달으며.

그녀에게 어젯밤 초상집에서 만난 친구들 얘기를 꺼냈다. 고등 학교 동창의 아버지 상이었는데 친구들이 꽤 모였다. 그녀도 거의 아는 친구였다. 결혼하기 전 내 친구들은 생일이다 뭐다 하면서 애인을 데리고 배밭에도 가고 북한산의 두부집에도 곧잘 다니곤 했다. 언젠가 초파일에는 화계사에 놀러 갔는데 돌아오는 길에 친구들이 "야, 니가 집이 제일 멀구나"라고 나를 놀리던 기억이 난다. 그때 나는 화계사 바로 앞에 살았는데 그녀의 집이 잠실이었던 것이다. 그들이 놀리는 대로 과연 나는 잠실에 그녀를 데려다 주고 집까지 되돌아오는 데에 차 타는 시간만 세 시간 가까이 걸렸으니 친구들 말이 틀린 건 아니었다.

"다들 잘 있어요? 동구 씨는 결혼했대요? 민석 씨네는 이제 아기 있겠네?"

내 친구들의 안부를 물으며 그녀는 목소리가 밝다. 자기의 처녀적 생각이 나는 거겠지. 나는 결혼한 뒤로는 친구들 만나는 자리에 그녀를 데리고 가본 적이 없다. 우리끼리 마시는 게 훨씬 편했다. 집에서 듣는 것만도 지겨운데 밖에서까지 그만 마시라는 잔소리 들어 가며 술 맛을 축내고 싶지는 않으니까. 또 카페 같은 데서 아가씨와 몇 마디 주고받는 게 아무 일도 아니련만 그녀가 보면 신경이 쓰일 게 뻔하다. 내 속을 떠보려고 귀찮은 시비를 걸어 올지도 모른다. 달리 이유가 있는 것은 아니다. 자꾸 이렇게 변명 비슷한 말을 늘어놓다 보니 왠지 아내를 집 안에 팽개쳐 두고 혼자 나가 재미 본 기분이다. 오늘따라 왜 이리 마음에 걸리는 게 많은지, 망할 놈의 일기장.

사실은 어젯밤에도 나는 기분이 별로 안 좋았다.

언제부터인지 고등 학교 동창을 만나도 불알 친구라는 다정함이 없다. 학교 다니던 때 등교길이며 선생님이며 철봉이며에 대해 다퉈 가며 기억을 더듬을 때까지는 좋다. 그런데 각자의 사는 이야기로 돌아오면 좀 각박해진다. 은근한 과시와 견제, 무력감, 그런 것들이 나타난다. 어제만 해도 그렇다. 특히 두 친구가 거들먹거렸다. 하나는 아버지가 물려준 못나 빠진 야산이 돌산이라 떼부자가 되었다. 또 하나는 세무사 사무실에서 요령만 는 친구인데 이번에 여차저차 해서 세 번째 아파트를 샀다고 한다.

나 같은 월급쟁이 친구들은 애써 웃으며 들으려 한다. 허나 얼굴 근육이 유연하지 않다. 사촌이 논을 사서가 아니라 거들먹거리는 품이 아니꼬워서다. 걔들은 학교 다닐 때 공부도 못하고 늘 선생님한테 야단이나 맞던 애들이다. 대학 문턱도 밟아 보지 못한 녀석들이고. 바로 그 점 때문에 대학 물이나 먹은 우리 앞에서 더욱 돈 자랑을 하는 것이다. 모르는 건 아니지만 그래도 위축감이 든다. 내가 한 달 내내 스트레스 받아 가며 버는 돈의 열 배를 걔들은 부동산 같은 걸로 앉아서 번다.

다 못난 소리다. 사실 학교 다닐 때 공부를 잘하고 모범생이었다는 게 무슨 내세울 일이나 되는가. 제도 교육의 커리큘럼이 사람을 구별하는 절대적인 잣대가 되는 것은 아니다. 또 우열을 판단하는 선생들의 평가 기준이 꼭 공정했던 것만도 아닐 것이다. 그러니까 그때 영어나 수학 따위를 좀 잘했다고 해서 그렇지 못했던 친구들의 물질적 성공을 부당하게 생각하는 것은 또 하나의 불공정함일 뿐이다.

누군가가 이민 얘기를 꺼냈다. 야, 미국은 좀 그렇고 캐나다가 좋다더라. 맨날 이렇게 살면 뭐 하냐. 지겹다. 더 늙기 전에 이민을 가든지 그것도 안 되면 시골 가서 농사나 짓든지 무슨 수를 내야지 매일 아침 회사 들어가기가 죽기만큼 싫다.

그러는데 한 친구가 자기는 벌써 이민 신청을 하고 인터뷰까지 마쳤다고 한다. 우리 이야기는 그 친구를 둘러싸고 한참이나 이어졌다. 나는 그녀에게 그 이야기를 했다.

“여보, 태원이 있잖아.”

“예, 생각나요. 당신 고등 학교 친구 중에서 제일 먼저 결혼했잖아요.”

“걔 이민 간대.”

“왜요? 좋은 직업 놔두고?”

“방송국 피디가 보통 정신없는 게 아니잖아. 사람답게 살고 싶대. 그리고 이번에 애가 학교 들어갔는데 촌지 안 줬다고 담임이 이유없이 벌 세워 갖고 걔 딸이 학교 안 간다고 울고 난리래. 그걸 보니까 이 나라에 남은 마지막 미련까지 사라지더라고 그러드만.”

그녀는 대꾸를 안 한다. 부러웠나? 하지만 아니었다. 그녀는 시금치를 다듬고 있었는데 말없이 손놀림이 거칠어졌다. 그러더니 이렇게 말했다.

“그 정도도 안 힘들고 어떻게 살아요? 싫다고 그렇게 쉽게 떠나버리면 거기 가서는 뭐 주인 행세하고 살 수 있대요? 힘들어도 내 땅에서 사는 게 낫지.”

이건 또 무슨 소리인가. 이런 때 마누라들은 무턱대고 “어머, 좋겠다” 하거나 아니면 “외국 가서 살면 외롭지 않을까, 몇 년 갔다 오는 것은 몰라도” 식의, 여우와 신포도 우화 같은 반응을 보일 줄 알았더니 그녀답지 않게 웬 신랄함일까? 그녀가 언제부터 이렇게 자기 생각을 갖고 산다는 걸까. 좀 뜻밖이었다. 그녀는 아이를 키우고 집안일을 하는 데 소질이 있는 편이었다. 나는 그녀에 대해 그 정도로 알고 있었다. 물론 연애 시절에는 잔디밭에 앉아 문학 토론도 하고 포장마차에서 소주잔을 기울이며 시국에 대한 막연한 의분을 토로하기도 했지만 그것은 어디까지나 아줌마가 되기 전 일이다. 결혼 이후에는 그녀가 책을 들추는 것조차 본 적이 없는데…… 하긴 그녀와 길게 얘기를 나눠 본 것도 꽤 오래되긴 했다.

"그럼 당신은 내가 가자고 우겨도 이민 안 갈 거야?"

그녀는 나를 흘끗 보았다. 손으로는 시금치에 이어 파를 다듬으면서.

"난 내가 태어난 곳에서 죽을 때까지 살 거예요. 연애나 하면서."

"뭐, 연애?"

그래서 나는 다음날 다시 그녀의 일기장을 훔쳐보지 않을 수 없었다. 일기장을 앞뒤로 뒤지다가 드디어 '연애'라는 글자를 발견한 나는 정색을 하고 그 페이지를 읽기 시작했다.

9월 4일

나는 연애하고 싶다. 남자에게 심각한 얼굴로 헤어지자고 한 뒤 술을 마시고 싶다. 같이 자자고 요구하는 남자에게 눈물만으로 사랑을 확인해 달라며 폼잡고 싶다. 누구든 애태우고 싶다. 누구도 내 환심을 사려 들지 않을 뿐더러 나 때문에 마음 졸이지 않는다. 나는 하찮은 존재다. 나는 소박만 맞는다. 그이는 이제 내 얼굴을 똑바로 쳐다보는 일조차 별로 없다. 어떤 때는 이렇게 말해 주고 싶다. 이렇게 안 쳐다보고 살 걸 남자들은 왜 그렇게들 예쁜 여자와 결혼하려고 안달인지 몰라, 나는 이제 얼굴을 밀어 버리고 그냥 남들과 구별만 가게 '마누라'라고 써붙이고 있을게, 라고.

어휘력이 떨어지는 탓이겠지만 소박이 뭔가, 소박이. 그녀는 여전히 내게 소중한 아내인데. 그 소박이란 말이 내 마음을 무겁게 한다. 난 그냥 좀 바쁠 뿐인데. 정보도 얻어야 하고 부탁도 해야 하고 친해 두어야 할 사람도 있고, 그래서 술도 좀 먹고 모임에도 자주 얼굴을 내밀고 또 가끔씩 매운탕집에서 화투도 치고 그러는 것뿐인데. 사실 영업부 일이라는 게 다 그런 거 아닌가.

연애를 하고 싶다는 그녀 말의 속뜻은 어쨌든 확실했다. 즉 나와 많은 시간을 함께하고 싶다는 뜻이다. 그리고 그것은 내 예상에서 그다지 빗나가지 않은 아내의 속마음이었다. 아내가 다른 남자에게 관심을 가진다는 건 잘 상상이 가지 않았다. 언젠가 내 생일에 그녀는 이런 말까지 하지 않았던가. 재일 씨, 오늘은 당신 생일이지만 내 생일도 돼. 왜냐하면 당신이 오늘 안 태어났으면 나는 태어날 이유가 없잖아.

설령 아내가 진짜로 다른 남자와 새 연애를 하고 싶어한다고 치자. 그렇다고 한들 어디를 보나 살림 사는 아줌마일 뿐인 그녀에게 무슨 기회가 오겠으며 그럴 능력이나 있겠는가…… 이것이 또 새 연애를 하고 싶다는 아내의 말에 내가 긴장하지 않는 이유였다.

8월 25일

허리가 아프다. 작년에 그이가 출장을 가게 돼 사흘에 걸쳐서 나 혼자 이삿짐을 푼 적이 있다. 그때 소파를 옮기다 허리가 삐끗했다. 침을 맞아서 다 나았나 했는데 피곤하다 싶으면 영락없이 도진다. 어제부터 그 허리가 다시 아프기 시작했다. 그런데도 아침에 그이가 출근하며, 무슨 일이 있어도 오늘은 일찍 들어와 쉬어야겠는데, 몸이 영 안 좋아, 라고 하기에 그이가 좋아하는 음식을 만드느라 좀 부산을 떨었다. 다섯 시에 시작했는데 아홉 시에야 끝났다. 민영이가 너무 보채고 민후도 오늘따라 말썽만 피웠던 것이다.

칭얼대고 보챌 때마다 참기름이며 달걀이 묻은 손을 씻고 방에 데리고 들어갔지만 좀처럼 자려고 하지 않는 민영이. 그래서 부엌으로 데리고 나와 다시 칼질을 하다 보면 어느새 애가 도마 끝을 위태롭게 잡고 있다. 멀찌감치 데려다 놓아도 다시 기어오곤 하더니 급기야는 식탁 의자를 넘어뜨려 발가락 살이 벗겨졌다. 한참을 울고, 울다가 저녁 무렵 애써 먹인 달걀과 우유 한 통을 깡그리 토해 버렸다. 그것을 겨우 치우고 나서 손을 씻고 황급히 싱크대로 돌아와 끓고 있는 기름에 새우를 집어 넣으려는데 이번에는 민후가 똥을 누겠다고 한다. 화장실에 앉혀 놓고 정신없이 부엌으로 뛰어간다. 가스 불을 줄여 놓았는데도 벌써 프라이팬에서 연기가 올라오고 있다. 서둘러 프라이팬을 내려놓는데, 손에 물기가 남아 있었는지 프라이팬을 잡자마자 뜨거운 기름이 파팍, 하고 손목으로 튀어 오른다. 금세 손목이 부풀어오른다. 바셀린을 바르고 오니 민영이가 식탁 위에 놓여 있던 밀가루통을 하얗게 뒤집어쓰고 있다.

전화가 왔다. 늦는다는 걸 알리는 그이의 목소리. 그 목소리가 끊겨 버린 뒤에도 전화기를 한참 동안이나 들고 있었다. 나는 대체 몇 시간 동안 무슨 짓을 한 걸까.

허리를 다쳤다는 말을 들었을 때 나는 이렇게 말했던 것 같다. 미련스럽게 그걸 혼자 했어? 라고만. 만약 그녀가, 그럼 어떡해요 당신도 없는데, 했다면 나는, 사람을 좀 쓰지, 했을 거고 그러면 그녀가, 이사 비용도 빠듯한데 어떻게 사람을 불러요, 라고 항의했을 거고 나는 그때부터 듣기가 싫어져, 알았어 알았으니 당신이 다 알아서 하라구, 라고 그쯤에서 말을 돌려 버렸겠지. 그러면 그녀는 한숨을 쉰 다음 입술을 한번 깨물고 또 어떻게든 꾸려 나갔을 것이다. 그것이 남편과 아내의 판에 박인 대화법이니까.

내가 나쁜 놈일까. 별로 그런 것 같진 않다. 바람을 피운 것도 아니고 월급을 안 갖다 주는 것도 아니다. 세상에 자기 아내와 자식 귀하지 않은 놈 있겠는가. 밖에서 술을 먹고 돌아다니는 게 내 아내나 자식새끼가 싫어서 집에 안 들어가려고 버팅기는 게 아님은 모든 술꾼들이 다 안다. 그리고 그건 누구보다도 그녀가 잘 알고 있다. 그것을 그녀는 이렇게 적고 있었다.

하긴 살뜰하고 다감하여 지겨운 아내, 귀하고 기특해서 조바심나는 자식들, 남들처럼은 행복해야 하기 때문에 번거로운 가정사, 그런 것들로 이루어진 집이라는 일상에 갇혀 살기에는 그는 너무나도 자유에 익숙해졌다. 그리고 그 자유가 이 척박한 세상에서 그라는 사람이 무너지지 않고 살아갈 수 있는 한 방법이라는 것을 나는 인정해야 한다.

그녀는 지금 깊이 잠들어 있다. 고단한 잠이라서 입에서 단내가 난다. 이마 위로 부스스한 머리카락이 몇 가닥 내려와 있다. 나는 머리카락을 쓸어올려 준다. 그녀가 문득 눈을 뜬다. 내가 자기를 바라보고 있다는 사실이 믿기지 않는 듯 한동안 의아하게 쳐다보더니 다음 순간 '설마, 꿈이겠지' 하는 표정으로 다시 스르르 눈을 감는다.

8월 29일

난 그이가 매일 일찍 들어오는 것도 싫다. 일찍 오는 것이 가정에 충실한 거라는 편견도 갖고 있지 않다. 자기 시간을 갖지 않는 인간은 고여 있는 물처럼 썩는다고 생각한다. 그런데, 그런 나도 못 견딜 외로움이라니!

분명히 사랑해서 결혼했는데 사랑을 이루고 나니 이렇게 당연한 순서인 것처럼 외로움이 기다리고 있다. 이루지 못한 사랑에는 화려한 비탄이라도 있지만 이루어진 사랑은 이렇게 남루한 일상을 남길 뿐인가.

이루어진 사랑의 남루한 일상이라.

하기는 지금 잠들어 있는 얼굴을 보니 확실히 예전에 연애하던 때의 그녀는 아니다. 얼굴은 잡티와 마른 살갗으로 덮여 있고 입내도 난다. 손을 가져다가 쓸어 본다. 어젯밤 김치를 썰었었나? 손톱 밑에 고춧가루가 끼여 있다.

그녀를 얻기 위해 나는 서너 명의 연적을 물리쳐야 했다. 그녀가 나를 택한 것은 솔직히 나의 과감한 감투(敢鬪) 덕이다. 나는 한 학기 내내 그녀만 쫓아다녔다. 그녀의 강의실 앞에서 강의가 끝나기를 기다려 점심 먹는 데까지 졸졸 따라갔다. 새벽같이 도서관 자리를 맡아 주는가 하면 그녀의 리포트를 위해 남의 학교 도서관까지 뒤졌다. 미장원에서 잡지를 보며 그녀의 퍼머가 끝나기를 기다리기도 했다. 그때 내게 한심하다고 충고하는 친구도 있었다. 그러면 나는 용감한 자만이 미인을 얻는다며 짐짓 비장해 했다. 몇 달을 그렇게 하자 그녀는 감동했다. 그러고는 내가 평생 변함없을 줄 알고 나와 결혼했다.

갑자기 그녀가 뒤척인다. 식탁 불의 불빛이 눈을 찌르는지 한 쪽 소매로 눈을 가리는데 그 소매 끝이 허옇게 닳아 있다. 얼굴을 가까이 대보니 어깻죽지에서 아들 녀석의 젖 토한 냄새가 비릿하게 스친다. 불현듯 그녀가 안쓰럽고 소중한 것이 가슴에 품고 싶어진다. 그녀의 잠옷 아랫도리를 벗겼다. 그녀가 눈을 뜬다. 그대로 나는 그녀의 속으로 들어갔다.

그날 나는 초저녁에 집에 들어갔다. 나를 보고 그녀가 반색하며 하는 첫마디가 "당신, 술도 안 먹었네?"였다. "그렇지 그럼." 나는 약간 무뚝뚝하게 대꾸하며 윗도리를 그녀에게 내주었다. 마음은 전혀 그렇지 않은데도 그녀가 들떠 하는 것이 이상하게 못마땅했다. 그녀는 오늘따라 반찬이 없다는 둥 설마 당신이 진짜로 일찍 들어올 줄 몰랐다는 둥 말을 많이 한다. 나는 웃기는 놈이다. 왜 이렇게 생색이 나고 당당해지는 걸까. 소작인에게 겉보리 한 말을 빌려 주며 연신 절을 받고 있는 지주처럼 슷제 거만한 마음까지 들고.

저녁을 먹고 나서 나는 텔레비전을 보고 그녀는 어쩐지 서두르며 설거지를 하고 있었다. 그때 전화 벨이 울린다.

"어, 네가 웬일이냐? 그래 오늘 좀 일찍 들어왔다. 야 임마, 그런 날도 있지 그럼. 가정적인 남편 아니냐, 내가."

건너편 아파트 단지에 사는 친구 녀석이다. 지방대에 전임으로 있기 때문에 가족들과 떨어져서 혼자 사는데 서울 올라오면 이렇게 가끔 내게 전화를 한다. 그녀는 불안한 얼굴로 내 쪽을 계속 흘깃거리면서 설거지를 한다. 무슨 말을 하는지 들으려고 물 소리도 작게 해 놓았다. 그러다가 내가 전화에 대고 "그래, 얼굴이라도 봐야지?" 하자 결국은 낙망한 표정이 된다. 전화를 끊고 나서 나는 일부러 괜한 한숨을 한번 쉬고는 할 수 없다는 듯이, 나가 봐야겠는데, 라고 작게 말한다. 웃옷을 걸쳐 입고 신발을 신는 동안 그녀는 아무 말이 없다. 나는 일부러 그녀의 얼굴을 쳐다보지 않고, 금방 갔다 올게, 하고는 밖으로 나갔다. 나가니 바람이 시원했다.

나는 취해 들어와서 잤다. 생맥주집에서 무슨 얘기를 그렇게 떠들어대고 그걸로 모자라 결국 그 친구의 집까지 가서 양주를 따고…… 나는 그에게, 그래도 너는 지방에 내려가 사니 이 놈의 서울 생활보다 여유가 있지 않냐고 부러워했고 그는, 요즘은 지방 인심도 예전 같지 않다, 근처에 스키장이 개발되는 바람에 사람들을 다 버려 놨다, 그런 데다 어쩌다 서울 올라오면 다른 놈들은 10년 앞서가고 나만 촌놈 다된 것 같아 마음이 초조해진다, 대충 그런 식의 얘기를 네댓 시간 떠들어대니 목이 타서라도 술을 안 마실 수가 없었다.

새벽에 나는 목이 말라 잠이 깼다. 냉장고에서 물을 꺼내 마시고 있는데 식탁 위에 놓여 있는 그녀의 일기장이 눈에 띄었다. 나는 식탁 불을 켜고 그것을 읽기 시작했다.

나는 왜 이렇게 쉬운 여자인가.

새벽에 파고드는 그이를 안는데 이상하게 눈물이 핑 돌면서 사는 게 다 안쓰럽기만 하였다. 아침에 그이는 다정하다. 일찍 들어올게, 하더니 정말로 일찍 들어왔다. 나는 그만 감격해서, 저는 당신이 얼마든지 주무르고 어를 수 있는 여자예요, 하듯이 다소곳해져 갖고 그이를 맞았다. 그런데 그이는 다시 나간다. 나는 왜 이렇게 쉬운 여자인가. 그이에게 나는 왜 이렇게 하찮은가.

열한 시가 넘도록 들어오지 않는데 오늘만은 참을 수 없는 기분이 들었다. 화가 난다기보다 모욕감 같은 것이 들었다. 그렇다, 이것은 아내에 대한 사랑이 있고 없고를 떠나서 먼저 인간에 대한 예의가 아니다. 민후가 깊이 잠든 것을 확인하고 나서 민영이를 들쳐 업었다. 나의 분한 마음을 알 리 없는 민영이는 등에 업히자 발을 대롱거리며 좋아한다.

포장마차를 다 뒤졌다. 우리 아파트 단지를 다 훑고 건너편 아파트 단지까지 가봤는데 그이는 없다. 내가 민영이를 업고 포장을 비죽 들추고 들어가니 주인인 듯한 아저씨가 나를 술집에 선뜻 들어설 수 없어 머뭇거리는 아줌마라고 생각했는지 "들어오세요"라고 부추겼고, 부인인 듯한 아줌마가 남편을 쿡 찌르며 "누구 찾아왔어"라고 했다. 손님들이 일제히 나를 쳐다봤다. 오줌 누러 나왔던 한 중년 남자는 "아줌마, 뭘 기웃거려. 멱살을 잡고 끌어내라구" 하면서 슬쩍 다가왔다. 내 뺨으로 술 냄새가 확 끼쳤다.

등뒤에서 민영이는 잠이 들었는지 자꾸만 묵직하게 내려앉는다. 몇 번이나 포대기를 풀어 아이를 단단히 업어야 했다. 가게에서 소주 한 병을 샀다. 나는 한 손으로는 자꾸 미끄러지는 아이를 받치고 한 손으로는 소주를 병째 마시면서 집으로 돌아왔다. 단숨에 건너편 아파트 단지까지 갔다 오고도 나는 피로한 줄도 몰랐다. 술 덕분이었을 것이다. 그러나 그 따위 술기운이 내 꼴을 내가 보는 자괴감을 마비

시켜 줄 리는 없었다.

사방이 어두웠다. 나는 어떤 집인지 모를 불 켜진 창을 올려다보며 까닭 없이 그 불빛에 대고 그리움을 느꼈다.

갑자기 명치께가 아팠다. 가슴을 무엇인가 둔중한 것으로 얻어맞은 듯이 한동안 숨쉬기가 거북했다. 이윽고 긴 한숨을 내쉼으로써 호흡은 조절했지만 이번에는 머리 속이 한없이 복잡해졌다.

언제부터 그녀가 술을 마셨나. 그녀는 술을 못 마신다. 술도 못 마시면서 연애 시절 소주집으로만 끌고 다니는 내게 불만을 말한 적은 없다. 그런 그녀가 혼자 술을 마시고 있을 줄은 몰랐다. 나는 일기장을 거슬러 넘겨 가며 또 술 이야기가 없나 찾아보았다. 가슴이 아픈 것 같기도 하고 화가 난 것 같기도 하고, 그때부터는 내 마음을 종잡을 수가 없었다.

4월 7일

소주를 한 잔 따랐다. 첫 모금을 혀에 대니 좀 세다. 가슴이 지르르하다. 하지만 밥이나 빵이나 과일이 아닌, 술을 마신다는 것이 즐겁다. 이것도 손쉬운 방법이나마 일상의 탈피니까. 머리 속에서 그이의 생각도 차츰 아련해진다. 술이 나더러 여편네 아니라고 한다. 대신 혼자 술 마시는 외로운 여자 하라고 한다.

5월 27일

아이들은 낮잠을 자고 나는 목욕을 한다. 며칠 만인지 모른다. 피곤해서 내 몸을 돌볼 여유가 없다. 사실 내 옷은 빨기도 싫고 나 먹을 반찬은 만들기 싫다. 내 것은 뭐든지 대충이다. 꼭 해야만 하는 가족의 시중에 밀려 나 자신의 시중은 뒷전인 것이다.

샤워를 한 다음 세면대 앞에 한참 동안 서서 거울 속의 내 알몸을

본다. 거울에 바싹 붙어 서 있으려니 젖꼭지가 세면대에 닿는다. 차갑고 단단한 도기에 닿는 젖꼭지의 감촉이 싫지 않다. 이런 섬세한 느낌을 가질 수 있다는 게 여자 된 즐거움인 듯도 하다.

하지만 욕조를 닦기 시작하면서 그런 기분은 깡그리 사라진다. 수세미에 세제를 묻혀서 욕조 안의 기름때를 박박 문지르고 있는 나. 조금 전까지 이 몸이 어떻게 여자의 몸으로 의식되었던가? 지금 다시 거울에 비친 나는 머리가 헝클어진 채 고개를 욕조에 깊이 처박고는 엉덩이를 들썩대며 씩씩하게 욕조를 닦고 있다.

그때 벨이 울린다. 외판원인가 보다. 대충 누르다 갈 줄 알았는데 끈질기다. 이러다가는 아이들이 깰 것만 같다. 서둘러 옷을 꿰고 문을 여니 역시 외판원.

"사모님, 방송 보셨습니까?"

나는 그의 얼굴이 잘생겼다는 생각을 한다.

"아침 프로 안 보신 모양이죠? 우리 나라 문화 수준이 낮다고 좀 높여 보자고요."

책인 모양이군, 팔려는 것이. 수준 어쩌구 하면서 나처럼 살림만 하면서 무식해지기는 싫은 아줌마들을 주눅들여 책을 팔려는 얄팍한 상술이다. 그런데도 나는 그와 얘기하는 게 괜찮아서 귀담아듣는 척 한다. 계속 얼굴을 보면서. 언젠가 텔레비전에서 까만 터틀 스웨터를 입고 빙긋 웃는 안성기를 보고서 갑자기 가슴이 찌르르해지던 그때 기분 같기도 하다.

그가 돌아간 뒤 나는 다시 목욕탕으로 돌아와 욕조를 닦는다. 욕조와 벽 사이의 실리콘에 곰팡이가 잘 닦이지 않는다. 가계부의 '살림 힌트'란에서 그것을 지우는 방법을 본 것 같아 가계부를 들춰보는데 갈피에 끼워 두었던 고지서가 한꺼번에 떨어진다. 참, 오늘이 카드값 내는 날이지. 아이들이 깨면 데리고 은행에 갈 생각을 하며 나는 서둘러 쌀을 씻었다.

“여보, 새벽에 불켜고 뭐 해요?”

열린 방문 안에서 그녀의 목소리가 들린다. 지금은 그녀의 목소리가 다정한 것도 귀에 거슬린다. 일기장을 제자리에 두고 방으로 돌아오니 그녀는 밥을 지으러 나가려는지 스웨터를 걸치는데 가슴께에 눌린 밥풀 몇 개가 허옇게 말라붙어 있다. 칠칠맞기는.

나는 일기장 속의 그녀에게 화가 나 있었다. 하지만 그게 아닌지도 모른다. 꼭 그녀에게 화가 난 것은 아니었다. 어쩐지 산다는 게 다 울적했다.

다음날 술자리에서는 이런 이야기가 화제에 올랐다.

“요새는 한강 내려다보이는 고급 아파트들 인기가 떨어진다고 하대?”

“글쎄 말야. 신문 보니까 아줌마들이 강을 내려다보고 있노라면 삶을 비관하고 자살 충동까지 생겨서 그렇다며? 그래서 집을 복덕방에 내놔 버린다고 말야.”

“팔자 좋은 얘기지. 죽을 시간도 없는데 인생 비관할 시간이 어디 있어?”

“남편들은 이 눈치 저 눈치 봐가며 뼈빠지게 벌어다 주면 마누라들은 한가하게 인생 타령이나 하고, 수준들 높다니까. 우리 마누라가 뭐라는 줄 알아. 자기도 자유가 필요하다나? 집안일이 지겹고 힘들다는 거야 나도 알지. 하지만 처자식 먹여 살리겠다고 더러운 꼴 참아 가며 죽으나 사나 이 놈의 회사에 모가지 붙들려 있는 것에 비하면 자기야 근무 여건이 좋은 편이지, 안 그래?”

“그래서, 그렇게 말했어?”

“맞아 죽게?”

화제는 자연스럽게 간 큰 남자 시리즈로 이어졌다. 누군가가 여자들은 먹는 일에 자기 돈의 절반을 쓰고 다시 빼는 일에 나머지 반을 쓴다는 재담으로 한바탕 웃음을 자아냈다. 지글지글 익어 가는 돼지

갈비를 뒤집으며 소주 맛 좋다, 하면서 밤을 보내고 있었지만 나는 어쩐지 기분이 끝내 유쾌해지지가 않았다.

집에 들어가니 그녀도 그날따라 기분이 안 좋다. 문을 따주고는 등뒤에 가만히 서 있는 품이 발언권을 얻겠다고 단단히 작정한 눈치다. 왜 그래? 내 목소리는 그지없이 당당한 나머지 짜증까지 섞여 있었다. 그렇게 매일같이 마셔야만 해요? 그래, 매일 마셔야 해. 술 안 마시고는 사회 생활이 안 돼요? 그래, 술 안 마시고는 사회 생활이 안 돼. 간암 환자 빼고 그런 놈 있으면 나와 보라고 그래. 내가 야유조로 대꾸하자 그녀는 입술을 지그시 깨문다. 잠깐 침묵이 흐른다. 나는 어쩐지 좀 미안해지려고 한다. 그런 내 마음을 붙들어매 놓기 위해서라도 내 표정은 더욱 유들유들해질 수밖에 없다. 그녀는 한참을 그냥 그대로 서 있다. 나를 똑바로 쏘아보며. 그러다가 얼핏 고개를 옆으로 돌리는데 눈에 물기가 비친다. 내 귀에 그녀의 낮게 중얼거리는 소리가 들린다. 좀 진지하게 살 수 없어요? 그런 식으로 인생을 다 보내 버릴 거예요? 이게 무슨 소린가. 나는 갑자기 귀가 다 먹먹하다.

그 뒤로 며칠 동안 그녀는 말이 별로 없다. 밤늦게 들어오는 나를 맞아들이는 태도도 전처럼 다정하지 않고 아침 출근 때도 현관까지 따라 나오지 않는다. 좀 허전한 마음이 드는 것이 그제서야 그 동안 그녀가 내게 꽤 살가웠구나 싶어진다. 평소에는 느끼지 못했던 기분이다. 하지만 그렇다고 내 일상이 불편해지거나 지장을 받는 것은 아니다. 회사에서나 집에서나 내 일과는 다를 바가 없다. 집에서 밥도 잘 먹지 않고 얘기를 나눌 시간도 별로 없는 나로서는 설령 그녀에게 무언가 강한 의사 표현을 해야 할 때가 오더라도 단식이나 침묵 시위 같은 것은 애초에 성립될 수조차 없는 일인 것이다. 그러므로 내 쪽에서 먼저 그녀에게 말을 붙이는 것 역시 굳이 화해를 청하는 몸짓은 아닐 것이다.

사실은 '사우(社友) 아내들을 위한 교양 강좌'에 마누라들의 적극적인 참여를 끌어내라고 차장이 지시를 내렸기 때문이기도 했다. 강좌 제목을 보니 '남편 기 살리기'. 강사는 오랫동안 '사랑받는 아내 교실'을 운영해 온 여성 사회 운동가와 "남편이여, 아내를 사랑하라"라는 캐치프레이즈를 내걸었던 여성지의 사장이었다. 나는 다분히 사생활에 속하는 문제를 이래라저래라 하는 이런 종류의 강좌보다는 차라리 꽃꽂이나 서예 강좌가 낫다는 생각이 들었다. 하지만 머리 회전이 빠르고 세상 돌아가는 것을 앞서 파악한다는 기획 팀에서 대외 홍보와 사원 복지 차원에서 마련한 사업을 트집잡을 배짱은 없었다. 사우 아내를 위한 교양 강좌는 전에도 몇 번인가 열린 적이 있지만 그때마다 나는 그냥 무심코 지나쳤다. 그러나 이번에는 지나가는 말로라도 그녀에게 강좌가 있다는 것을 말해 줄 마음이 들었다. 그것이 그녀에게 '바람이라도 쐬라'는 말로 들려 주기를 기대한 건지도 모른다. 어쨌든 내게도 그녀가 도로 살가운 모습이 되어 주기를 바라는 마음이 없다고는 할 수 없으니까.

나는 그날 아침에야 출근하면서 넌지시 운을 떼었다.

"참, 오늘 회사 강당에서 사우 아내들한테 교양 강좌를 한다더라."

"……."

"당신, 가볼 거야? 두 시라는데."

"……무슨 내용이래요?"

"'남편 기 살리기'라나 봐."

그녀가 얼굴을 천천히 들더니 나를 빤히 쳐다본다. 눈 속이 투명하여 아무 생각도 없는 듯한 표정이다. 그렇게 나를 뚫어져라 쳐다보니 죄 없이 내 얼굴만 붉어질 참이다. 역시 안 말하는 게 나을 뻔했다고, 나는 속으로 떨떠름해 한다. 그 순간 그녀가 입을 연다.

"시간 봐서…… 애들 맡길 데 있으면 가볼게요."

오랜만에 현관까지 따라 나오며 그녀는 말을 잇는다.

"민후 감기 때문에 병원 가야 되니까, 좀 힘들긴 한데……."

"누가 꼭 가야 한댔어?"

내 목소리는 어이없게도 퉁명스럽게 튀어나왔다.

그날 밤도 나는 자정이 다되어서야 집에 왔다. 그런데 아무리 벨을 눌러도 그녀가 문을 열어 주지 않는다. 아들 녀석 병 치다꺼리에 피곤해서 잠이 깊이 든 모양인가? 할 수 없이 열쇠로 문을 따고 들어갔더니 과연 그녀는 일기장을 펼쳐 놓은 채 그대로 엎드려 잠들어 있다. 워낙 고단했는지 오늘은 날짜만 써놓고 빈칸이었다. 그런데 펼쳐진 일기장의 왼쪽 페이지가 갑자기 내 눈에 확 들어온다.

때때로 나는 똥을 보고 놀란다. 저 흉측한 것이 내 몸에서 나왔다고 인정할 수 없다. 그러나 똥은 엄연하다. 우리 관계는 부인할 수 없다. 그래서 한참을 보니 신기하게도 저것이 더러운 똥이라는 생각이 안 든다. 이제 막 궂고 수고로운 일을 마친 가족 같기도 하다. 나는 똥을 자세히 본다. 내 똥을 자세히 보는 나를 거울 속으로 보니 참 정답다.

아들 녀석이 칭얼거린다. 아까 5분 넘게 벨을 눌러도 끄떡 않던 그녀의 잠은 아이의 뒤척이는 소리에 민감하게 깨어난다. 그녀는 황급히 아이 곁으로 다가가더니 이마 위의 물수건을 내려놓고 아이를 품에 끌어안는다. 그러고는 눈을 감은 채 아이의 뺨에 자기 뺨을 대고 앞뒤로 몸을 흔들며 등을 토닥거린다. 그러나 잠이 덜 깬 탓에 등을 토닥이다가 뒤통수를 토닥이다가, 손놀림이 일정하지 않다. 그녀의 앉은 엉덩이께에는 약봉지며 체온계며 대야, 수건 같은 것이 어지럽게 널려 있어 지금 아이를 안는 그녀의 동작이 몇 시간 동안이나 반복된 것임을 말해 준다.

아이를 안은 채 눈을 꼭 감고 있는 그녀의 얼굴은 피곤에 절어 있다. 뒤로 묶은 머리가 머리핀 사이로 잔뜩 빠져 나와 어수선하다. 살아가는 것은, 진지한 일이다. 비록 모양틀 안에서 똑같은 얼음으로 얼려진다 해도 그렇다, 살아가는 것은 엄숙한 일이다.

추·천·우·수·작

말을 찾아서

이 순 원

1957년 강원도 강릉 출생

강원대 경영학과 졸업

1988년 《문학사상》 신인상에 단편소설 〈낮달〉 당선

작품집 《그 여름의 꽃게》·《얼굴》

《우리들의 석기시대》·《압구정동엔 비상구가 없다》

《압구정동엔 무지개가 뜨지 않는다》·《수색 그 물빛무늬》 등

말을 찾아서

"그럼 지금 나보고 봉평에 가달라는 겁니까?"

통화 중간 나는 나도 모르게 왠지 화가 나 있었다. 전혀 화를 낼 일이 아닌데도 그랬다.

"꼭 가셔야 되는 건 아니고요. 안 가시고도 쓰실 수 있으면 그렇게 하셔도 됩니다. 안 가셔도 2박 3일 간의 취재비와 취재 수당은 저희가 따로 드리고요."

그러니까 저쪽 편집자의 말은 웬만하면 거절하지 말고 꼭 좀 써 달라는 뜻일 것이다. 어떤 일이든 내가 하기 싫으면 그만이긴 하지만, 사실 그런 조건으로 쓰는 원고라면 이제까지 내가 받은 어떤 사보들의 청탁보다 좋은 조건이었다. 그런데도 나는 처음부터 그 일을 하지 않을 핑계를 찾고 있었다. 아마 며칠 전에 꾼 말 꿈 때문일 것이다. 그때 본 말이 아직도 내 머리 속을 떠나지 않고 있었다.

"그 회사는 돈이 그렇게 많습니까? 가지 않은 여행비까지도 주고."

이번에도 내 말은 가시를 달고 나갔다.

"그런 게 아니라 처음 그런 기획을 할 때부터 책정해 놓은 경비니까 저희들로선 그렇게 드려도 문제가 없다는 뜻입니다. 선생님들께서 좋은 원고만 주시면……."

"그러니까 거기 나오는 노샌지 나귀 얘긴지만 확실하게 써달라……?"

"예. 독자들이 작품과 작품 배경을 이해하기 쉽게 작품 얘기 반, 작품 무대 얘기 반, 그런 식으로요."

"그렇다면 다른 사람 찾아보지 그래요. 나는 안 가보고도 쓸 수 있을 만큼 봉평에 대해 잘 알지도 못하고, 그렇다고 그걸 쓰자고 지금 거기 다녀올 시간이 있는 것도 아니고 하니까."

"저희들은 선생님이 가장 적임자라고 생각해서 전화를 드린 건데. 고향도 그 쪽이고 해서……."

"적임자가 따로 있겠소? 가서 보고 쓰면 그게 적임잔 거지."

나는 저쪽에서 무어라고 더 말을 하기 전에 서둘러 전화기를 내려놓았다. 그러나 사실 봉평에 대해서라면 누구보다 가슴속에 묻어 두고 있는 이야기가 많았다. 어린 날 보았던 봉평 장터에 대해서도 그렇고, 〈메밀꽃 필 무렵〉 속의 허 생원과 그의 나귀, 또 그들이 걸었던 봉평에서 대화로 가는 80리(그러나 실제로는 60리밖에 되지 않는) 산길과 그 길 옆에 끝없이 펼쳐져 있던 메밀밭에 대해서도 그랬다. 다만 내가 지금 그 얘기를 하고 싶지 않은 것뿐이었다. 그 얘기를 하자면 나는 어쩔 수 없이 작품 속의 나귀가 아닌 또 다른 나귀와 아부제(양아버지) 얘기를 해야 할 것이었다.

"어디 전환데 그렇게 받아요?"

전화를 끊고 나자 옆에 섰던 아내가 말했다.

"아무것도 아니야."

"아무것도 아니긴요? 원고 청탁 전화 같던데……."

"원고 청탁 전화면 왜?"

"전화를 그런 식으로 받으니 그러지요. 애써 전화한 사람 무안하게……."

"말 얘기를 해달라니까 그렇지. 정초부터 말 꿈을 꾼 것도 부족해 말 얘기를 해달라고……."

"작품 여행 얘기가 아니고요?"

"그 얘기가 그 얘기지. 〈메밀꽃 필 무렵〉에 말 얘기가 안 나와? 나귀 얘기가 말 얘긴 거지."

"이제 그만 생각해요. 나쁜 꿈도 아니라면서……."

"그래도 내가 언짢으니까 그렇지."

며칠 동안 말 꿈으로 내가 신경을 쓰는 걸 보아서인지 아내도 더 이상 뭐라고 말하지 않았다. 만약 그러지 않았다면 아내도 지지 않고 그 속에 나귀 얘기가 나오긴 하지만 〈메밀꽃 필 무렵〉을 어떻게 말 얘기라고만 할 수 있겠느냐고 말했을 것이다. 어쨌거나 중요한 건 그게 말 얘기든 나귀 얘기든 지금 내가 그 원고를 쓰고 싶지 않다는 것이었다. 정초에 그런 꿈까지 꾼 다음 또 다른 나귀 얘기와 어린 날 아부제를 찾아 봉평에 갔던 얘기를…….

그 꿈을 꾸었던 것은 연말에 아이들을 강릉에 보내고 아내와 함께 모처럼 여행을 떠나 철원에 갔을 때였다. 한 해가 가는 마지막 날이었던 그날 우리는 이제 막 얼어붙기 시작하는 삼부연 폭포와 한때 임꺽정이 은신하고 있었다는 고석정, 김시습이 거기에 누각을 짓고 자신의 호를 따 이름붙였다는 매월대, 철원읍 홍원리의 궁예 성지 등을 둘러보았다. 그런데, 아무리 피곤하기도 하고 또 밖에 나와 자는 잠이라도 그렇지, 어쩌다 새해 첫날 그런 꿈을 꾸었던 것인지 모르겠다. 꿈에서 본 말은 내가 잠을 깬 다음에도 여전히 히히힝, 소리를 지르면서 달려와 앞발을 쳐들고 겅중겅중 뛰듯 내 주위를 맴돌았다. 새해 첫 꿈으로 말 꿈이 좋은 것인지 나쁜 것인지 생각해 볼 겨를도 없이 왠지 언짢은 기분부터 들었다. 차라리 나귀거나 노새였다면 또 모르겠다. 그랬다면 나도 어린 시절 늘 그걸 보고 자랐으니 충분히 그럴 수 있는 일이라고 생각해 다른 데까지 그걸 연결시켜 생각하지 않았을 것이다. 그런데 틀림없는 말이었다. 다리가 내 가슴 높이까지 오고, 앞발을 쳐들고 이리저리 겅중겅중 뛸 때 한 뼘 반도 넘는 길이로 휘날리던 검은 갈기도 나귀나 노새의 것이 아니라 말의 것이 틀림없었다. 말에 대해서는 잘 모르지만 나귀와 노새에 대해서라면 누구보다 잘 아는 내가 그게 말인지 아니면 나귀거나 노샌지 구분 못할 까닭이 없었다. 그 놈이 등에 갖춘 안장과 고삐도 없이 자르르 윤기 흐르는 붉은 맨몸으로 내게 다가와 무어라고 히히힝, 소리를 지르듯 주위를 맴돌던 중 잠을 깨고 만 것이었다. 그런 모습이 내게 우호적이었던 것 같지도 않고, 그렇다고 머리로 나를 떠받을 만큼 성이 나 있는 것처럼 보이지도 않았다. 그냥 그 놈은 저만큼 멀리 들판에서 내게로 뛰어왔고, 뛰어와선 이리저리 갈기를 휘두르며 내 주위를 겅중거렸던 것이다.

그 놈인가…….

나는 누운 채로 위로 손을 더듬어 머리맡에 둔 담배를 꺼내 물었다. 나로서는 한 번도 본 적이 없지만, 본 적이 없는데도 껄끄럽게 짐작이 가는 한 놈이 있었다.

"일어났어요?"

아내는 아직 잠결에서 물었다.

"응."

"몇 신데 벌써 일어나서 그래요?"

아내도 머리맡으로 손을 올려 시계를 더듬었다.

"다섯 시잖아요. 더 자지 않고……."

"이상한 꿈을 꿨어."

"어떤 꿈인데요?"

"말 꿈……."

"그럼 나쁜 꿈도 아니네요, 뭐. 난 또……."

아내는 다시 잠이 들었다. 그러나 나는 그때부터 아내가 다시 깨어날 때까지 잠을 이룰 수가 없었다. 눈을 감아도 눈을 뜬 것처럼 그 놈이 나타나고, 그래서 눈을 뜨면 이번엔 눈을 감았을 때처럼 머리 속에 그 놈이 나타나는 것이었다.

"혹시 궁예가 타던 말이 당신에게로 온 것 아니에요? 어제 당신 궁예 성지를 둘러보며 연신 아쉬워하더니……."

아침에 일어나서도 내가 계속 말 꿈에 신경 쓰자 아내가 말했다.

"아니야, 그런 말이."

"당신이 어떻게 알아요? 그 말이 맞는지 아닌지."

"봤으니까 알지."

내가 생각하는 건 아까 꿈에서 막 깨었을 때의 생각대로 내 의식 한구석에 껄끄럽게 남아 있는 바로 그 말이었다. 철원 평야와 그 곳 풍천원 도성 터를 달리던 궁예의 말이 아니라 꿈에서 본 것말고는 달리 직접 눈으로 본 적도 없고 출신도 모르는 일본 오사카 어느 교외의 후미진 마굿간에서 자라 소나 양처럼 죽어 우리 곁으로 왔던…….

그러나 그 이야기를 아내에게 하지 않은 채 여전히 찜찜한 마음으로 학저수지와 그 곳에서 멀리 떨어지지 않은 곳에 있는 도피안사, 철원 토성을 둘러보는 듯 마는 듯하고 서울로 돌아왔다. 혹시 꿈에서 본 것처럼 갑자기 헛것이 보이듯 말이 내가 운전하는 자동차 앞에 나타나는 것이 아닌가 싶어 그 곳을 돌아다닐 때에도 그랬고, 서울로 돌아올 때에도 나는 나보다 한참 운전이 미숙한 아내에게 키를 내주었다.

"왜 그래요? 자꾸……."

집에 도착해서도 자꾸 먼 산을 바라보듯 꿈에 본 말 생각을 하자 아내가 말했다.

"모르겠어. 새해 첫날 말 꿈을 꾸었다는 게 영 기분이 좋지 않아서 그래."

"말 꿈이 나쁜 것도 아니잖아요. 우리가 그냥 생각해 봐도……."

"그런데도 나한테는 자꾸 언짢은 생각이 드니 그렇지."

"그럼 물어 봐요. 그런 꿈이 좋은 꿈인지 나쁜 꿈인지."

"누구한테?"

"누구긴요? 강릉 어른들한테 물어 보면 알겠죠."

"강릉 어른?"

그렇게 되묻다가 나는 아버지의 얼굴보다 아부제의 얼굴을 먼저 떠올렸다. 다른 건 아버지가 더 많이 알지 몰라도 말에 대해서라면 아부제가 더 많이 알고 있을 것이었다.

"아이들이 지금 어디 있는지도 물어 보고요. 위에 있는지 아래에 있는지."

전화기의 번호 판을 누를 때 다시 아내가 말했다.

"여보시오."

아부제였다.

"아부제?"

"어, 그래. 서울이나?"

"예."

"서울이야?"

"예."

아부제가 먼저 서울이나? 한 것은 전화를 거는 사람이 나냐고 묻는 말이었고, 나중에 서울이야? 하고 물은 것은 지금 전화를 거는 곳이 집이냐는 뜻이었다.

"어제 어데 갔다가 완?"

"예. 어디 좀 둘러볼 데가 있어서요."

"그런 걸 전화를 하니 자꾸 다른 여자가 받지. 에미 목소리도 아니구."

"다른 여자가 아니고 전화기가 그러는 거예요. 집 비울 때 거기 얘기할 게 있으면 하시라고."

"그건 아는데 목소리가 다르니 난 다른 여자가 느 집에서 전화를 받는가 하고……그래서 잘못 걸어 그렇나 해서 또 걸으니까 같은 목소리잔."

다른 땐 외출할 때면 보통 내 목소리를 녹음해 두거나 아내 목소리를 녹음해 두곤 했다. 그런 걸 엊그제 철원에 갈 땐 그냥 전화기 안에 내장되어 있는 기계음으로 자동 응답 버튼을 눌러 놓고 간 것이었다.

"요즘 아부제는 어디 편찮으신 데 없지요?"

"없어. 하는 일도 없이 노는 기 뭐 펜찮을 데가 어데 인? 그래 전화는 왜?"

"아부제 새해 복 많이 받으시라구요."

"새해는 무슨, 이제 개설 지난 걸 가지구."

"그래도요. 어머니도 건강하시구요."

"그래. 우리야 늘 조심하지 뭐. 어멈도 자나깨나 느 걱정말고는."

"그런데 아부제."

"어."

"꿈에 말을 보면 어때요?"

"니가 말을 봤더나?"

"예. 전에 집에 있던 그런 말이 아니고 큰 말이오. 사람이 타고 댕기는……."

"좋은 거다, 그거. 뭐가 좋은 일이 있을라는 모냥인데 니한테."

"말이 내 앞으로 뛰어와서 자꾸 겅중겅중 뛰더라구요."

"타라고는 안 하고?"

"그러지는 않는데 내 주위를 빙빙 돌면서요."

"그랬으믄 더 좋았을 거르. 니를 떠받거나 해꼬지는 안 하구?"

"예."

"그럼 그것두 좋은 거야. 말을 봤으믄. 느는 양력으로 세월 가는 걸 아니까 정초 꿈이래도 괜찮구."

"얘들은 지금 어디 있어요?"

"점심 먹고 나서 위에 올라갔잔. 즈 사촌들이 시내서 올라오니 모두 어울레서. 오던 날은 위에서 자고 어제는 여기서 즈 할미하고 자고."

"인사만 하고 내려와 자라고 그러지 그러셨어요. 어제는 올라가 자더라도 가던 첫날은."

"나두어. 게서 자믄 어때서. 즈 애비 생가 댁에서 자는 건데."

내가 아이들의 잠자리를 첫날과 둘째 날을 분별해 말하자 아부제는 금방 마음이 뿌듯해져 오는 모양이었다. 한결 푸근해진 목소리로 위에는 전화를 했더나? 하고 물을 때 아뇨, 이제 해봐야죠, 하고 대답하자 표현을 하지 않아도 그 뿌듯함은 전화선을 타고 이쪽으로 와 거실 전체를 가득 채우는 듯했다.

"그럼 위에도 얼른 전화를 하잖구."

"예. 그런데 아부제."

"어."

"말고기를 입에 대는 건 어때요?"

"꿈에 말이다?"

"꿈이라도 그렇고, 생시라도 그렇고요."

"그런 꿈꿨더나?"

"아뇨, 그런 꿈을 꾼 건 아니고요."

"괜찮아, 것두. 꿈이라도 괜찮구 생시라도 괜찮구. 나야 그 짐승 부렸으니까 안 그랬지만 사람이 개고기는 안 먹든? 뭐든 없어서 못 먹는 거지 일부러 가릴 건 없어."

"그런 꿈꾸고 나니 왠지 기분이 좀 그래서요. 좋은 건지 나쁜 건지……말이 겅중겅중 뛰면서 자꾸 빙빙 돌던 게……."

"좋은 거랄수록. 타라고는 안 해두 니한테로 와서 겅중겅중 뛰고 했다믄. 니가 평소 말한테 해꼬지한 일도 없을 테구. 하기야 요즘은 뭐 그러고 싶어두 그럴 말이라도 인?"

"그럼 해꼬지한 다음 그런 꿈을 꾸면요?"

"그기사 좋을 게 없겠지만서두. 사람이나 짐승이나 해꼬지한 다음 다시 본다믄 아무래두 그렇지 않겐?"

"예에."

"괜찮아, 니가 꾼 꿈은. 좋은 거니까 그렇게 알구 어여 끊구 위에 아버지 계신데 전화나 혀."

"예."

"애들한테두 즈 사촌들 와 있는데, 안 떨어지려구 하는 걸 괜히 억지루 여게 내려와 자라구 하지 말구, 게서 그냥 어울레 놀다 자게 두구."

"예."

"에미 몸은?"

"괜찮아요, 저흰."

"그럼 끊어. 끊구 위에다 전화하구."

나는 아부제의 전화를 끊고도 여전히 개운한 마음이 아니었다. 아니, 혹을 떼려다 혹 하나를 더 붙인 듯한 느낌이었다. 내가 그 놈의 고기를 입에 댄 다음, 꿈에 나타나 내게 모습을 보인 거라면 아부제 말대로 그건 좋은 꿈일 수 없었다. 살아 있을 때 해꼬지를 한 것은 아니지만, 죽은 다음 고기를 입에 대고 나서 꿈에 그 놈을 본 것이라면 살아 있을 때 해꼬지를 한 것이나 다를 게 없었다. 더구나 말을 끌던 아부제가 예전 유일하게 가리고 금기하던 고기가 그것이었다. 그런 걸, 그러고 나면 내가 먼저 께름칙해지고 말 거라는 걸 알면서도 그때 어떻게 그것을 입에 댔던 것인지 모르겠다. 그것도 익힌 것이 아닌 날것을.

두 달쯤 전 일본에서 열린 어떤 문학 심포지엄에 갔을 때였다. 어느 지방 소도시에서 나흘 간의 공식 일정을 마치고 일행 모두 오사카로 왔다. 첫날은 버스 여행에 지쳐 방 배정을 받기 무섭게 잠을 자고, 아마 다음날 저녁때였을 것이다. 호텔 뒤편에 작은 술집들이 많았다. 일행 중 다섯 명이 함께 갔는데, 처음엔 저마다 입맛에 따라 데운 청주거나 맥주를 시키고 안주로는 메뉴 판의 그림을 보고 꼬치 안주와 철판에 구운 해물 안주를 시켰다.

"그런데 저건 뭐지?"

한참 술을 마시던 중 누군가 내가 앉은 자리의 뒤쪽 벽에 붙어 있는 안주 이름을 가리켰다. 돌아보았을 때 내가 아는 글자는 거기에 쓰여 있는 마(馬) 자 한 자뿐이었다.

"글쎄. 말고기라는 뜻인가."

한자로 '馬' 라고 쓴 아래 일본 글자 세 자가 더 붙어 있었다.

"가만 있어 봐. 말 사시미……."

누군가 그 일본 말을 읽었다.

"사시미라면 회를 말하는 거고, 그러면 이거 말고기 생거라는 얘기 아니야?"

"그래, 그럴지도 모르겠다. 쇠고기 육회처럼."

"이야, 여기선 그런 것도 먹네. 정말 별걸 다 먹어."

그러자 일행 중 제일 나이 든 선배가 사막 여행 때 낙타고기를 먹어 봤다는 얘기를 했고, 그 얘기 끝에 사막 도마뱀 요리에 대해 말했다. 아니, 요리라는 말을 붙일 것도 없는 그냥 사막 도마뱀 얘기를 했다.

"느 그거 알아?"

"뭘요?"

"난 안 먹어 봐 모르겠는데, 중동에 일꾼으로 나갔다가 들어온 노인네가 도마뱀 때문에 다시 중동에 나간 얘기 말이야."

"그게 그렇게 맛있나. 한 번 먹으면 다시 안 먹고 못 배길 만큼."

"그게 아니고, 사막 도마뱀이 이거에 아주 최고라는 거야."

선배는 탁자 위로 내민 팔뚝을 끄덕여 보였다.

"그럼 중동에서 돌아온 다음 양기가 떨어져서 다시 나간 모양이죠 뭐."

"그러면 애초 얘기도 안 되는 거지."

"그럼요?"

"거 왜 옛날 서울고 자리에 현대 그룹 인력 본부가 있었잖아. 중동으로 나가는 노무자들 뽑아서 교육하는 데 말이야. 거기서 어떤 사람이 실제로 들은 얘긴데, 지난번에도 중동에 나갔다 들어온 사람 둘이 거기서 다시 만났거든. 한 사람은 늙수그레하고 한 사람은 좀 젊고 말이지. 그래서 젊은 사람이 나이 든 사람한테 우리야 젊으니 돈 더 벌려고 나간다지만 당신은 이제 그만 쉬지 뭐 하러 다시 나가냐니까 도마뱀 얘기를 하더라는 거야. 말도 마라고, 마누라가 죽겠다고 떠밀어서 다시 나간다고 말이지."

"마누라가 왜요? 그거 먹어 힘도 좋을 텐데."

"좋아도 너무 좋아 노니 탈인 거지. 이 사람이 먼저 나갔을 때 그게 좋다는 얘기를 듣고 틈날 때마다 거기서 그걸 잡아먹었거든. 그런데 거기선 그걸 써먹을 데가 없어서 몰랐는데 귀국해 들어와 마누라를 안아 보니 대번에 효과가 나타나는 거라. 그러니 젊은 나이도 아니고 쉰이 훨씬 넘은 나이에 밤마다 해제키니 동갑내기 마누라가 배겨나나. 마누라가 보기에 이게 중동에 나가 뭘 먹고 왔는지 사람이 아니라 완전히 짐승이거든. 그래서 남편한테 아주 대놓고 하소연했다는 거야. 나도 이제 나이가 있는데 말이지 당신 하자는 대로 밤마다 그렇게 하다간 제명에 못 죽을 것 같으니 다시 거기 나가 뱀을 잡아먹든 뭐를 잡아먹든 더 늙은 다음에 들어오라고 말이지."
"에이……."
"에이는 이 사람아. 남 힘들게 얘기하는데. 저 말 사시미라는 것도 좀 그런 게 있는지 몰라. 말도 이게 크잖아. 소보다는 덩치가 작아도 이거 크기는 몇 배로 더 크고 말이지."
"그럼 우리도 한번 시켜 보죠 뭐."
"그럴까?"
"그래요. 많이는 말고 하나만."
도마뱀 얘기를 거치는 동안 조금 끈적해지기는 했지만 얘기는 다시 자연스럽게 말 사시미 쪽으로 돌아왔다. 그러나 그래서라기보다는 처음부터 다들 말 사시미가 어떻게 생긴 것인지 궁금해 하는 눈치들이었다. 나도 누군가 말 사시미라는 말을 읽어 준 다음 그것이 어떻게 생긴 것이며 또 어떤 모습으로 나오는지 궁금했다. 그러면서 마음 한편으로는 어린 시절 집에서 키우던 말 생각으로 말 사시미라는 말만으로도 왠지 께름칙해지는 기분이었다.
"어이, 어이, 스미마센."
누군가 장난 반의 서툰 일본 말로 40대 여자 종업원을 불러 '호스 사시미'를 시켰다. 여자는 '호스'의 뜻을 못 알아듣다가 벽에 붙여 놓은 안주 이름을 가리키는 손가락을 보고 나서야 하이, 하이, 하고 물러났다. 잠시 후 작은 접시에 나온 그 말 사시미는 마치 당근을 얇게 썰은 것 같은 모습으로 길쭉한 다섯 장의 꽃잎 모양으로 놓여 나왔다. 색깔도 고기 결도 꼭 그런 모양으로 저며 내온 쇠고기 같았다.
"말고기라니 우리 생각에 좀 그렇게 보이는 거지 생긴 건 쇠고기하고 똑같네."
나이 든 선배가 불빛에 이리저리 고기 접시를 비춰 보며 말했다.
"그래서 옛날에 말고기를 쇠고기라고 속여 팔았다지 않습니까?"
그 다음으로 나이 든 선배가 말했다. 두 사람 다 본인이 직접 말고기를 보거나 먹어 본 적은 없지만 6 · 25 때만 해도 그걸 먹었다는 얘기를 들었다고 했다. 그러나 어디 6 · 25 때뿐이겠는가. 나 역시 고기는 본 적이 없어도 그보다 썩 후에까지 아부제한테 말고기를 먹는 사람들의 얘기를 들은 적이 있고, 죽은 말고기를 가지러 집으로 온 사람들을 본 적이 있지만 입을 다물고 있었다.

"그럼 쇠고기가 말고기보다 비쌌던 모양이지? 살아 있는 건 말이 비싸도 말이지."

"아무래도 그렇잖겠습니까? 맛이야 그게 그거라 해도 기분상 차이가 있는 거니까."

"하긴……."

"그러데 이걸로 봐선 잘 모르겠는데, 사실 쇠고기와 비교했을 때 말고기가 더 뻘겋답니다."

그러면서 그 선배는 '사쿠라'에 대해서 말했다. 우리가 변절 정치인을 '사쿠라'라고 부르는 것이 사실은 벚꽃에서 나온 말이 아니라 말고기에서 나온 말이라는 것이었다. 말고기가 쇠고기보다 붉고, 그래서 쇠고기라고 속여 파는 말고기를 '사쿠라'라고 부르고 변절 정치인을 가짜라는 뜻으로 그렇게 불렀던 것인데, 우리는 그 말이 당장 일본 국화 벚꽃을 가리키는 말이니까 거기에 친일파라는 뜻까지 넣어 변절 정치인을 그런 의미로 해석해 부른다는 것이었다.

"그런데 이건 붉지 않고 좀 희끗희끗하네. 노새고긴가."

"냉동했다가 얇게 썰어서 그런 모양이죠, 뭐."

"니 이제 보니 많이 아네. 그 집 옛날에 노새 푸줏간 했나?"

그 말에 다들 웃었지만 나는 나를 보고 하는 말이 아닌데도 나에게 한 말을 못 들은 것처럼 시침을 떼느라 얼른 주머니를 뒤져 담배를 꺼내 물었다.

"가마이 있어 봐라. 700엔이면 이거 우리 돈으로 1만 원 넘는 거 아이가. 비싼 돈 주고 시켰으면 먹어야제. 우리가 다섯이고 이게 다섯이고, 그럼 딱 맞네. 한 앞에 하나씩."

"그래요, 먹읍시다. 우리가 안 먹어 봤던 거지 못 먹는 음식도 아니고……."

그래서 가장 용기 있는 한 사람이 먼저 젓가락을 가져 가고, 그걸 입에 넣고 우물거리며 뭐, 먹을 만하네, 하니까 또 한 사람이 나는 누가 먼저 젓가락만 대면 그게 지렁이라도 따라 대니까, 하면서 젓가락을 가져 가고…… 그러다 끝에 한 점 남은 게 접시째로 내 앞으로 오게 된 것이었다.

"야, 이수호, 그래 빼지 말고 니도 함 먹어 봐라."

"좀 있다가요……."

"먹어 봐라. 먹고 죽는 거 아니니까."

"그래, 이럴 때 먹는 거지, 언제 다시 우리가 말고기를 먹어 볼 기회가 있겠다고."

아마 공범자 의식 같은 것이었을 것이다. 얼굴에 먼저 검정을 묻히고 나면 아직 안 묻히고 망설이는 사람에게 저절로 그런 채근을 하게 되듯 모두들 한마디씩 거들고 나섰다. 나는 젓가락만 접시 위로 가져 갔다가 뺐다가 했다.

"하, 이제 보니 비위 되게 약하네. 니, 쇠고기 육회는 먹나?"

"그거야 이거하고 다르죠."

"그러면 이거라고 못 먹을 게 어디 있나. 말고기 먹으면 안 될 내력 가지고 있는 것도 아닐 테고."

"내력이 어디 있습니까? 옛날부터 소 키우던 집 소 잡고, 말 키우던 집 말 잡는 거지."

'사쿠라' 얘기를 하던 선배였다. 알고 한 말은 아닐 테지만 그 말이 무얼 알고 한 말인 것처럼 묘하게 가슴에 와 걸렸다. 남들처럼 일찍 젓가락을 가져 가지 않아 그런 소리까지 듣고 보면 언제까지 같은 채근을 받으며 접시를 앞에 두고 앉아 있을 수도 없는 일이었다. 나는 그걸 입에 대고 나면 한동안 께름칙한 기분에서 벗어나지 못할 거라는 걸 알면서도 당근을 썰어 만든 꽃잎 같은 그것을 젓가락으로 집은 다음 질끈 눈을 감고 입에 넣었다. 그리고 어금니 한 번 눌러 보지 않은 채 다른 손에 들고 있던 맥주로 그것을 삼켜 버렸다.

"잘 먹네. 하나 더 시켜 줄까?"

그때부터 나는 이제까지 마시던 맥주를 옆에 미뤄 두고 그 집을 나올 때까지 연신 맥주잔에 '사케'라는 일본 소주를 부어 마셨다. 얼마를 마셨는지 모른다. 잔이 비기도 전에 잔을 채웠고, 병이 비기 전에 다시 술을 시키곤 했다.

탈은 당장 다음날 아침에 있었다. 새벽부터 속이 쓰리며 자꾸 헛구역질이 나던 것이었다. 과음하긴 했지만 평소 경험했던 술탈과는 다른 무엇이 계속 속을 볶아대고 머리 속을 휘저어대고 있었다. 말이었다. 그날 관광 코스였던 나라(奈良) 지역이 대체 어느 나라 어느 지역에 붙어 있는 것인지 모를 정신으로 일행을 따라다녔다. 나라 공원 여기저기를 돌아다니는 사슴 떼를 볼 때에도 말 생각이 났고, 그 사슴들에게 주는 전병 모양의 사슴 과자를 볼 때에도 어제 먹은 말 사시미 생각에 속이 울렁거리고 거북했다. 약을 먹어도 다스려지지 않았다. 아마 일정이 사흘만 더 길었다면 나는 그 곳에서 병원 신세를 지고 말았을 것이다.

서울로 돌아오면 나아지겠지 했지만 돌아와서도 기분은 여전히 그랬다. 처음보다 나아지기는 했지만 수시로 그 말 사시미가 나를 괴롭혔다. 식탁에 오른 쇠고기를 볼 때에도 그랬고, 얇게 썰어 구운 돼지고기를 볼 때에도 그랬다. 고기만 보면 암만 참으려 해도 먼저 구역질이 나고, 일본에서 먹었던 말고기와 어린 시절 아부제 집에서 키우던 말 생각이 났다. 아이들이 먹는 과자를 봐도 나라 공원에서 본 사슴 과자 전병과 사슴, 그러다 또 그때 입에 댄 말고기와 말 생각으로 수시로 뱃속과 머리 속이 편하지 못했다. 그렇다고 그걸 누구에게 이야기할 수도 없는 노릇이었다. 일본에 가서 말고기를 먹어 그게 가슴에 얹히고, 앞으로도 당분간 내 의식의 한끝을 껄끄럽게 지배할 것 같다고…….

말 꿈도 아마 그래서 꾸었을 것이다. 꿈을 꾸다 깼을 땐 차라리 나귀거나 노새였다면 어린 시절 늘 그걸 보고 자랐으니 충분히 그럴 수 있겠다고 생각해 다른 데까지 그걸 연결시켜 생각하지 않았을 거라고 했지만, 그건 말 꿈을 꾼 다음의 생각이지 만약 그랬다면 그 자리에서 화장실로 달려가 토악질을 했을 것이다. 내게 말이라는 건 그랬다. 일본에서 그런 일 없이 그런 꿈을 꾸었다 해도 나는 그 꿈을 좋은 꿈으로 생각하지 않았을 것이다. 어릴 때부터 말에 대해서 한 번도 나는 좋은 생각을 가져 본 적이 없었다. 그건 아부제 집에 양자로 들어가기 전부터 그랬다. 집에는 안 들어가 살고 어른들이 그냥 아부제의 양자 아들로만 정해 놨을 때에도 내 별명은 이미 '노새집 양재'였다. 집 나간 아부제를 찾아 봉평에 다녀온 다음엔 밥도 거기서 먹고 잠도 거기서 자고 학교도 거기서 다니는 '노새집 아들'이 되었다. 그때까지는 아부제라고 부르지 않았다. 당숙이라고 부르거나 아재라고 불렀다.

전화로 힘들게 거절했던 그 사보의 원고는 잠시 후 다시 쓰지 않을 수 없게 되었다. 먼저 전화를 했던 담당자가 다시 전화를 해서 잠깐만요 선생님, 우리 과장님 바꿔 드릴게요, 하고 전화를 바꾼 사람이 예전 학교 다닐 때 같은 대학의 교지 편집실에 있던 후배였다. 후배도 그냥 후배였던 것이 아니라 여름 방학 동안 '한국의 장터를 찾아서'라는 기획 기사를 취재하며 대화에서 봉평, 또 봉평에서 진부까지 〈메밀꽃 필 무렵〉 속의 무대를 함께 걸어 여행했던 친구였다. 70년대 후반의 일이었다. 그때엔 허 생원처럼 나귀를 끌고 다니는 장돌뱅이는 없었지만 젊은 날 벌어 놓은 게 없어 조 선달처럼 등

짐을 지고 이 버스 저 버스 눈총 받으며 옮겨 타고 다니는 나이 든 장돌뱅이들이 아직도 오일장을 찾아 다니고 있었다.

"거긴 언제 갔는데? 그 회사 있다는 얘기는 들었지만……."

"지난 연말에 이쪽 부서로 자리를 옮겼어요."

"그랬어?"

"그러니까 내가 여기 있을 때 하나 써줘야지요. 내가 일부러 형한테 전화를 걸라고 시킨 건데. 우리 전에 그렇게 다니기도 했었고. 형, 그때도 그러지 않았나? 어릴 때에도 그 길 걸어 봤다고. 나귀가 끄는 마차를 타고……."

아마 이럴 때 쓰는 말이 빼도 박도 못한다는 말일 것이다.

"임마, 그럼 애초에 니가 전화를 했어야지."

"놀라게 하려고 일부러 그랬지요. 오랜만에 전화를 하면서 원고 얘기를 하는 것도 좀 그렇고 해서……."

"바빠, 요즘. 해야 할 일도 많고."

"그래도 써요. 하루 저녁이면 할 일을 가지고. 옛날 거기 취재 떠났던 일도 생각하면서. 그리고 원고 다되면 나와서 저하고 소주도 한잔하고요. 원고 핑계삼아 술 한잔하자는 얘기니까."

그러니 무작정 거절할 수만도 없는 일이었다. 처음엔 몰라서 못 쓴다고 그랬지만, 후배의 전화까지 받으면서 더 어떻게 뻗댈 수가 없었다. 그 친구에게 꿈 얘기를 할 수도 없는 일이었고, 직접적이든 직접적이지 않든 말 얘기라면 그것과 연관되는 어떤 것도 지긋지긋하다는 말도 할 수 없었다.

그래서 그날 저녁, 말고기를 맥주로 삼키듯 하기 싫은 일 차라리 단매에 끝내고 말지 하는 생각으로 책상에 앉았다.

대관령 아래에서 태어나 대관령의 산 그림자를 보고, 대관령의 물을 먹고 자라면서도 한 번도 그 영을 넘어 보지 못한 내가 처음 그

영을 넘었던 건 중학교 1학년 여름 방학 때 봉평 우체국에 근무하는 친척 누이를 찾아서였다.

대관령 아래 면 소재지 마을까지 20리를 걸어 나가 강릉에서 올라오는 대화행 완행 버스를 타고 먼지 풀풀 날리는 아흔아홉 굽이 고갯길을 넘어 세 시간 반 만에 장평에 도착해 거기서 다시 차를 갈아타고 한 시간 만에 가 닿은 곳이 봉평이었다. 차를 탄 건 네 시간 반 동안이었지만, 차를 타기 위해 걸어 나온 시간, 차를 기다리던 시간, 또 차를 갈아탈 때 지체했던 시간 때문에 아침 일찍 나온 걸음이었는데도 오후 늦게나 그 곳에 닿았다.

그러나 유감스럽게도 나는 그때 너무 어려서 내가 처음 큰 영을 넘어 찾아간 그 곳 봉평이 이효석의 〈메밀꽃 필 무렵〉의 실제 무대라는 것을 알지 못했다. 지금도 기억나는 건 그 곳의 늦은 장 풍경과 누이를 따라 처음 들어가 본 '남포 다방'의 풍경이다. 마침 가는 날이 장날이라 누이가 퇴근하기를 기다리는 동안 나는 그 곳 장터의 난전도 구경하고 나일론 양말과 나일론 옷들을 파는 포목전의 옷가게들도 구경하고, 장터 곳곳에 매어져 있는 장돌뱅이들의 나귀도 구경하고, 어른들의 눈을 피해 그 나귀의 왕자표 노새 자지를 툭툭 건드리며 나귀를 못살게 구는 각다귀 떼들도 구경했다. 그리고 누이가 퇴근한 다음 따라 들어가 본 남포 다방. 다방 이름이 '남포 다방'이었던 것이 아니라 내가 중학교 1학년이던 1969년 때까지 봉평도 큰 영 아래의 우리 마을과 마찬가지로 아직 전기가 들어오지 않아 장터가 있는 면 소재지의 단 하나뿐인 그 다방도 그렇게 밤이면 남폿불을 켜놓고, 작은 화덕에 숯불로 커피를 끓여 팔았던 것이다.

그러니까 나는 아직 이효석의 〈메밀꽃 필 무렵〉을 읽기도 전 그 소설의 무대를 거의 원형에 가깝게 보았던 셈이다. 작품이 씌어진 건 1936년의 일로 내가 본 것보다 30여 년 전의 일이었지만, 당시 강원도 내륙 지방의 사람살이와 도로 사정도 그렇고, 전기가 들어오지 않은 마을의 장터 풍경이란 그렇게 달라진 것이 없을 것이다. 아마 달라진 것이 있다면 숯불로 커피를 끓여 파는 다방이 들어서듯 허 생원과 조 선달이 피륙을 팔던 드팀전이 그때 막 대중화되기 시작한 나일론 양말들과 나일론 옷들을 파는 포목전으로 바뀌듯 몇 가지의 물건들이 시절에 따라 좀더 현대화된 것과, 또 생원이니 선달이니 하고 불리던 장돌뱅이들의 호칭이 허씨, 조씨 하고 불리던 것들일 것이다. 그들은 여전히 등짐이 아니면 나귀에 물건을 싣고 이 장 저 장을 떠돌아다녔다. 하루에 고작 몇 행보씩 다니는 콩나물 시루 같은 버스가 그들의 짐을 받아 줄 턱이 없었다. 장터의 음식점이나 술집 이름들도 두세 개의 중국집을 빼면 여전히 '충주집', '제천 식당'이 아니면 '진부옥', '강릉옥'들이란 간판을 반은 기와 지붕, 반은 초가 지붕 처마에 내걸고 있었다.

그러나 시작부터 나는 거짓말을 하고 있었다. 그때 봉평 우체국에 근무하는 친척 누이가 있었던 건 사실이지만 나는 그 누이를 찾아갔던 것이 아니라 몇 달째 집을 나가 있는 당숙을 찾아 봉평에 갔던 것이었다. 내 양아버지인 당숙은 그때 이미 나이가 마흔이 넘었는데도 밑에 아이가 없었다. 결혼한 지 15년이 넘는데도 당숙모가 아이를 낳지 못하는 것이었다. 유일하게 '애비'로 불리는 말이 있다면 그건 '노새 애비'라는 차라리 쌍욕보다 못한 호칭뿐이었다. 그때 당숙은 '은별'이라는 노새를 끌고 있었다. 붉은 기운이 도는 갈색 몸통에 정수리 한가운데만 별처럼 흰털이 난 노새였다.

어른들 사이에 내가 작은집의 양자로 정해진 건 국민 학교 4학년 때의 일이었다. 우리 집엔 아들 형제가 많았고, 그때 당숙모는 몸의 다른 곳이 아파 병원에 입원했다가 처음부터 아이를 낳을 수 없는 몸이라는 말을 들었다고 했다. 아파서 그런 게 아니구 애초 둘치라는구만. 당숙모가 없는 앞에서 어른들은 그렇게 말했다. 그래서 나는 둘치라는 말이 짐승에게 쓰는 말이 아니라 당숙모 같은 사람들에게 쓰는 말인 줄 알았다. 아마 어른들이 나를 일찍 작은집 양자로 정했던 건 이제 앞으로도 당숙모가 아이를 낳을 수 없게 된 것을 알아서라기보다는 그때 당숙과 당숙모의 실의를 나의 양자로 메워 주려는 배려 때문이 아니었나 싶다. 그것은 또한 내 문제기도 한데 모든 일이 나 모르게 이루어진 것이었다. 나한테 묻지도 않았고, 얘기해 주지도 않았다. 할아버지와 작은할아버지를 포함해 그냥 어른들이 일방적으로 그렇게 정한 것이었다. 나는 마을 사람들이 나를 '노새집 양재'라고 할 때야 비로소 어른들이 그 일 때문에 늘 사랑에 모였었구나 하는 것을 알았다. 작은집으로 가는 양자니까 큰아들이 갈 수는 없고, 나머지 세 아들 가운데 하나를 지목하라니까 작은할아버지와 당숙이 세째 아들인 나를 지목했다는 것이었다.

"그럼 작은형을 보내지 왜 날 보내?"

당숙의 양자로 정해진 걸 알고 내가 처음 어머니에게 따진 말은 그것이었다.

"작은집에서 널 들이겠단다. 아버지 어머이가 너를 보내는 게 아니라 누구를 들이겠느냐니까."

나를 달래기 위한 말이 아니라 실제로도 그랬을 것이다. 그때 작은형은 중학교 3학년이어서 집안에 무슨 일이 있는지 말하지 않아도 알았을 테고, 노새를 끄는 작은집(아니, 노새를 끌지 않더라도)에 자기는 죽어도 양자를 가지 않을 거라고 분명하게 말했을 것이다. 그리고 그런 것들을 짐작하고 있는 작은집에서도 일을 껄끄럽게 처리하는 것보다는 부드럽게 처리하자는 뜻에서 아직 무얼 모를 것 같은 나를 지목했을 것이다. 또 나를 낳고 나서 그 사이에 여동생 낳은 다음 낳은 막내는 아직 젖먹이나 다를 게 없어 작은할아버지나 당숙이 보기에도 어느 세월에 절 받고 잔 받을까 싶었을 것이다.

"나는 양재 안 가."

"누가 지금 가서 살라나? 나중에 작은집 제사만 맡으면 되지."

"그래도 안 가."

그러나 그게 어디 내 마음대로 될 일이던가. 그 해 가을 덜컥 작은할아버지가 세상을 뜨자 나는 단박 새로 지어 입힌 베옷을 입고 불려 나가 어린 상제 노릇을 해야 했다. 게다가 탈상 전 1년 동안 보름과 삭망 아침마다 작은집에 불려가 작은할아버지 궤연에 당숙과 함께 잔을 올리고 절을 하고 와야 했다. 그러면서도 나는 말끝마다 '양재 안 가'를 입에 달고 살았다. 그냥 양자도 싫고 서러웠지만 '노새집 양재'는 더 더욱 싫고 부끄러웠다.

"나 양재 안 가니까 도로 물려."

작은집에 불려 내려갔다 오는 날마다 나는 어머니에게 떼를 썼다.

"니가 몰라서 그렇지 작은집 살림이 어디 적은 살림인 줄 아나? 어여 그러고 가만 있으면 나중에 그게 다 니 것이 되는데."

"나 그런 거 안 가질 거니까 도로 물려 오란 말이야. 노새집 양재 안 할 거니까."

"말은 뭐 아무나 끌고 아무나 부리는 줄 아나? 다 있고 부지런하니 그러지."

"그럼 소로 끌면 되잖아."

내가 참을 수 없는 게 그것이었다. 마을에 우차를 끄는 종기 아버지조차 노새를 부리는 당숙을 노새, 노새, 하고 부르며 은근히 깔보고 우습게 아는 것이었다. 그러니 다른 사람들은 오죽했겠는가. 농사만 지어도 될 일을 당숙은 농사 일은 거의 작은할아버지와 당숙모에게 맡기고 아침마다 노새를 끌고 시내(강릉)로 나갔었다. 작은할아버지가 돌아가신 다음에도 그런 출입은 여전해, 시내로 나가 벽돌을 실어 나르거나 국유림 쪽으로 들어가 산판장의 나무를 실어 날랐다. 원래 천성이 부지런하긴 해도 작은집의 살림이 그렇게 불어난 것도 당숙이 말을 부려서라고 했다.

그런 당숙이 완전히 집 밖으로 돌기 시작한 건 내가 국민 학교 6학년 때부터의 일이었다. 밖에 일을 나가도 밤이면 꼬박꼬박 집으로 돌아오던 당숙이 어떤 때는 닷새고 열흘씩 집으로 돌아오지 않았다.

"거 봐라. 니가 그러니까 더 집 밖으로 돌잖는가."

어른들은 내가 정을 붙여 주지 않아 그런다고 했지만 그러거나 말거나 내가 상관할 일이 아니었다. 아니, 더 그렇게 해주길 바랐다. 나는 여전히 '양재 안 가'를 입에 달고 살았고, 어떤 때는 아버지와 어머니, 당숙과 당숙모가 함께 있는 자리에서도 서슴없이 그 말을 해 갑자기 분위기를 낯설게 만들어 놓기도 했다. 아버지 어머니가 아닌 다른 사람의 아들이 되는 것도 싫었지만 남들이 까닭 없이 깔보고 우습게 아는 노새집의 '노새 애비' 아들이 되는 게 싫었다. 나는 다른 아이들과 함께 길을 가다가 마차를 끌고 가는 당숙을 만났을 때 노새가 왕자표 통고무신 같은 자지를 배 밖으로 덜렁대고 있으면 내가 다른 아이들 앞에 옷을 벗고 그렇게 서 있는 것처럼 부끄러웠다. 동네 계집아이들이 그 옆을 지나기라도 하면 그만 학교에 다닐 마음조차 싹 가시고 마는 것이었다. 그래서 저만치서 노새가 보이면 늘 내가 먼저 그 자리를 피하곤 했다.

어른들은 내가 크면 낫겠지 했겠지만, 다음해 중학교에 들어간 다음 나는 노새를 끄는 당숙을 더욱 견딜 수 없어 했다. 중학교 때부터는 가르치는 데 큰돈이 든다 해서 교복도 작은집에서 지어 주었고, 학비도 작은집에서 가져오는 돈을 어머니가 내게 주었다. 어머니는 내게 그걸 늘 고마워하라고 말했지만 나는 그런 말부터가 싫었다.

"애초 그런 일 없었으면 집에서 줄 거 아니에요?"

"그래도 그러는 게 아니다."

"암만 그래도 난 양재 안 간다니까."

"누가 지금 가라더냐?"

"나중에도 안 간다구요. 누가 가는가 봐라 정말……."

그게 아버지 어머니에 대해서도, 그리고 작은집에 대해서도 나의 유일한 유세였다. 당숙은 일을 하러 나가고 들어오는 길에 나를 만나면 늘 마차에 나를 태우고 싶어했지만, 나는 한 번도 마차에 타지 않았다. 함께 학교로 가고 함께 집으로 오던 다른 아이들은 당숙의 마차를 만나면 즈들이 먼저 태워 달라거나 그런 말도 없이 달려와 가방부터 먼저 그 위에 던지고 냉큼 올라타곤 했지만, 나는 당숙의 마차가 아니더라도 마차만 보면 그 자리를 피하거나 그럴 틈이 없으면 고개를 팍 꺾고 내가 먼저 싫다는 뜻을 분명히 하곤 했다.

"남들도 타는 걸 왜 니는 안 타나?"

그런 말을 하는 사람은 늘 어머니였다. 당숙은 그런 말조차 하지 않았다. 내가 싫다면 억지로 뺏어 실었던 가방을 도로 내주며 그럼 천천히 걸어오라고 했다. 당숙도 내가 노새를 끔찍이 싫어하는 걸 알았다. 아니, 노새를 끄는 당숙을 싫어하는 걸 알고 있었다.

"몰라서 물어요? 남들은 남이니까 타지. 나도 남이면 타고 댕긴다구요."

"그래도 그러는 게 아니다."

"아니면 지금이래도 작은형을 양재 보내면 되잖아."

그러다 결정적으로 나빴던 건 어느 토요일 오후, 하교길에서의 일이었다. 남대천에서 모래를 퍼 실어 나르다 길 옆 버드나무 그늘 아래 마차를 세우고 다른 마부들과 함께 담배를 피우며 땀을 들이던 당숙이 같은 반의 다른 동무들과 함께 둑 길을 걸어오는 나를 보았던 것이었다. 내가 고개를 팍 꺾고 가면 그런 내 모습이 마음에 언짢더라도 못 본 척해야 되는데 그날은 웬일인지 그 자리에서 당숙이 나를 붙잡았다. 어쩌면 다른 마부들 앞에서 뭔가 낯을 내고 싶었던 것인지도 모른다.

"학교 마치고 오나?"

"야."

나는 친구들 앞에 쥐구멍이라도 들어가고 싶은 마음이었다.

"점심은 먹은?"

"토요일이잖아요."

"가마이 있어 봐라. 그래도 뭘 먹고 가야제. 안 봤다면 몰라두……."

그러면서 당숙은 품에서 빳빳한 100원짜리 한 장을 꺼내 주었다. 나는 고맙다는 생각보다는 그 자리에서 얼른 벗어날 생각으로 돈을 받았다.

"어이, 은별이, 갸는 누구야?"

당숙보다는 대여섯 살쯤은 아래로 보이는 다른 마부가 당숙에게 물었다. 당숙말고는 대부분 말만 끄는 사람들이었다. 그들은 서로의 호칭도 얼룩이, 점박이, 하는 식으로 노새의 이름으로 불렀다. 훗날 어이, 몇 호, 몇 호, 하고 자동차 끝 번호 두 자리를 이름 대신으로 부르던 택시 회사 사람들을 본 적이 있지만, 사람 이름을 은별이, 점박이, 하고 노새 이름으로 부르던 것도 내게는 낯선 일이었다.

"장래 우리 집 대주시다."

"대주라니?"

"우리 맏상주라구."

당숙은 보란 듯이 내 모자를 바로 씌워 주면서 말했다.

"뭐야, 그렇게 큰아들이 있었단 말이야?"

아들 소리를 듣자마자 갑자기 눈앞이 아득해져 오는 느낌에 나는 손에 들고 있던 돈을 당숙에게 도로 내밀었다. 대주니, 맏상주니 하는 말을 할 때만 해도 얼른 그 자리를 벗어나야겠다는 생각만 했는데 이제 동무들 앞에서 노새를 끄는 마부의 아들 소리까지 나온 것이었다. 아이들은 이제 대번에 그 사람 느 아버지냐, 하고 물을 것이었다.

"뭘 사 먹고 가라니까."

"싫어요. 나 이제 아재 양재 안 해요!"

나는 기어이 그 돈을 당숙 앞에 던지고 냅다 가방을 옆구리에 끼고 뛰었다. 뒤에 다른 마부들 앞에 당숙이 어떤 얼굴이 되었을까는 생각할 틈도 없었다. 당장 동무들 앞에 내 얼굴이 문제였다. 정말 그것만은 감추고 싶었고, 감추어 왔던 일이었다. 나는 동무들에게 먼 친척 아저씨인데 아들이 없으니까 분수를 모르고 나한테 찝적거리는 거라고 말했다. 그러니 우리 동네 애들한테도 물어 보라고. 내가 어느 집에 누구하고 살고 우리 아버지가 말을 끄는 사람인지 아닌지…….

아마 그 일이 있고 나서였을 것이다. 처음엔 밤마다 술에 취해 마차를 끌고 들어오던 당숙이 어느 날 집을 나간 다음 한 달이 되고, 두 달이 되고 방학의 반이 지나 석 달이 되도록 집에 들어오지 않는 것이었다. 처음엔 집안 어른들도 무슨 일인가 몰랐다가 당숙모가 당숙이 떠나기 전의 일들을 얘기해 모두 그 일을 알게 되었다.

"집 나가기 전에 술을 잔뜩 먹고 와 이런 말을 하잖우. 어디 가서 여자를 사서라도 애 하나를 낳아 와야겠다구. 그러면서 또 나한테 그러잖우. 내가 오죽하면 아 못 낳는 자네 가슴에 못질을 하고 있겠느냐구, 그러면서 대구 울구……."

아버지가 남대천 제방으로 나가 전에 함께 일하던 마부들에게 수소문을 하자 당숙은 봉평 어디의 산판장에 가 있다고 했다. 거기서 다른 살림을 차렸을 거라는 얘기도 있었고, 살림까지는 차리지 않았지만 좋아 지내는 술집 여자가 있는 것 같더라는 얘기도 있었다. 당숙모는 날마다 우리 집으로 올라와 아버지에게 당숙을 찾아 데리고 올 수 없겠느냐고 말했다. 당숙이 오지 않거나 거기서 다른 여자와 살림을 차리고 앉은 거라면 이녁이 여기 있을 게 뭐가 있겠느냐며 올라올 때마다 눈이 붓도록 울고 내려갔다.

"거 봐라. 저 귀해 주는 어른 가슴에 못이나 지르고……."

일이 그렇게 되자 아버지와 어머니는 내가 양자로 아직 들어가 사는 것도 아니고 족보에 그렇게 올린 것도 아니니 늦게라도 셋째 양자에서 둘째 양자로 바꾸는 이야기까지 했지만, 그리고 이제 고등학교 졸업반인 작은형도 어른들이 정 그렇게 정하면 자신도 어른들의 말에 따르겠다고 했지만 그건 당숙모가 안 된다고 했다.

"지가 우리를 싫다 해두 그간 그 양반하고 내가 시째한테 붙이구 들인 정이 얼만디요. 지두 그거 크면 어련히 알 거구……그러구 아버님 상세나셨을 때 어린 지가 와서 장삿날 다했는데……어린 게 달마다 오르내리며 보름 삭망 다 챙기구……아버님두 그래 알고 돌아가신 다음 절 받구 했는기……그간 정리를 생각해서두 난 시째 못 내놔요. 안 내놓는다구요."

"봐라. 니를 어떻게 생각하는지."

아버지는 아버지가 올라가 데리고 올 일이 아니라고 했다. 아버지가 가면 억지로라도 따라 내려오긴 하겠지만 이내 또 집 밖으로 돌 거라고 했다. 그러면 나라는 얘기였다. 그간 지은 죄도 있고, 또 그때쯤 나도 가슴에 풀어지는 무엇이 있었다. 예전 중학교에 다닐 때만 해도 노새집 양자는 죽어도 안 가겠다던 둘째 형이 이제는 어른들이 시키면 시키는 대로 하겠다고 말하는 것을 듣자 어제까지 가졌던 노새집 양자에 대한 부끄러움과 서러움도 많이 녹아 내리던 것이었다.

"올라가거든 거기 우체국에 가서 경금집 영자를 찾아라. 그리고 당숙을 찾는 거야. 수소문을 해 찾더라도 사람 찾는 것보다 짐승을 찾는 게 더 빠를 테구. 한 파수래도 좋고 두 파수래도 좋고 찾아서 니가 잘못했다구 말하구 모시구 오너라. 그러잖으믄 또 올라갈 테니까."

"살림하고 있으면요?"

철도 없이 그 말을 나는 당숙모까지 있는 자리에서 물었다.

"그런 일 없을 거다만 그런다 해도 널 보면 마음이 달라질 거다.

그간 니한테 들이고 쏟은 정이 얼만데. 이번에 올라간 것도 달리해 올라간 게 아니라 니한테 노여워서 올라간 거니까."

다음날 아침 면 소재지까지는 당숙모가 데려다 주었다. 나는 교복을 입고 가기 싫었지만 어른들은 교복을 입고 가는 게 모양도 반듯하다고 했다. 얼마를 묵을지 몰라 따로 몇 가지 옷들도 챙겨 갔다.

"꼭 니가 데리고 내려와야 한다."

"야."

"니가 가자면 올 거다."

"야."

"내려오면 내 인자 그 놈의 짐승 없애라고 할 거니까."

"……."

당숙모는 찐 계란 몇 개를 가방에 넣어 주고, 집에서 차비를 받아 왔는데도 100원짜리 돈을 세지도 않고 열 닢도 넘게 주머니에 넣어 주었다. 차를 두 번 갈아타도 봉평까지의 학생 차비가 완행 버스로는 100원도 되지 않을 때였다.

"경금집 영자한테 신세 질 것도 없이 때 되면 혼자서라도 든든히 사 먹어라. 잠이야 한데서 잘 수 없으니 얻어 자더라도."

"집이나 잘 설어(청소해) 놔요. 안 쓰더라도 내 방도 하나 내놓고."

어른들이 가르쳐 준 것말고도 나는 나대로 이 기회에 요량하고 다짐하고 있는 게 있었다.

봉평에 가서는 위에 적은 것 그대로였다. 우선 우체국에 들러 영자 누나를 찾았고, 혹시 이곳에서 우리 당숙을 보았느냐고 물었다.

"보기는 봤는데……."

봤어도 아는 체는 하지 않은 듯했다. 양자로 들어간 내가 길에서 마주쳐도 그랬는데, 암만 친척이라도 그렇지 영자 누나도 스무 살도 넘게 먹은 처녀가 객지에 나와 남들 보는 앞에서 말을 끄는 당숙을 아는 체하기가 쉽지 않았을 것이다.

"어디 잘 가는지는 모르나?"

"저쪽 장터에 가끔 보이는 것 같던데. 가방은 나 주고 거기 가서 물어 봐라. 진부옥이나 강릉옥이나. 그리고 이따가 이리로 와. 여기 와서 없으면 내가 저기 다방에 있을 테니까."

"내가 다방에 어떻게 들어가나? 중학생이."

"괜찮다, 여기는. 그냥 들어오는 게 아니라 나를 찾아오는 거니까."

"우리 아재를 찾으면 아재하고 같이 와도 되나?"

"그래. 니하고 같이 있으면."

"그런데 참 우리 아재 여기서 살림한다는 얘기는 못 들었나?"

"살림이라니?"

"방 얻어서 딴 여자하고 산다는 얘기는 못 들었느냐고."

"야, 수호야."

"왜?"

"닌 어린 게 그런 말도 할 줄 아나?"

"그 말이 왜?"

"니가 그런 말을 하니 이상해서 그런다."

"이상하긴. 몰라서 묻는 건데."

나는 우선 장터와 장터 뒷길을 다니며 당숙의 노새가 있는지를 살폈다. 장터라고 해봤자 시골 너른 집 마당보다 조금 더 큰 정도여서 이쪽 저쪽 뒷길까지 살피는 데도 10분이 안 걸렸다. 장꾼들의 노새가 몇 마리 보이긴 했지만 정수리에 흰털이 난 노새는 보이지 않았다. 그래도 혹시 살림하는 집이 따로 있고, 거기에 노새가 매어져 있는 게 아닌가 싶어 마을 부근의 집들을 하나하나 다시 둘러보았지만 장터 주변말고는 노새 비슷한 것도 보이지 않았다. 천상 장터 거리의 술집이며 밥집에 들어가 물어 볼 수밖에 없었다. 나는 때보다 일찍 강릉옥에 들어가 강릉에서 올라온 마부 이씨를 찾는다고 했다. 당숙의 얼굴 모습과 노새의 특징을 함께 말했다.

"그 사람은 왜 찾는데?"

찾아도 바로 찾아 들어온 셈이었다. 마흔쯤 되어 보이는 주인 아주머니가 칼질을 멈추고 물었다.

"우리 아버집니다."

"콧날이 우뚝하고, 여기 귓불 아래 어금니 자리에 팥알만한 점이 있는 양반 말이제?"

"예."

"노새도 은별인지 뭔지는 몰라도 장배기에 허연 털이 나 있는 게 맞고……."

"예."

"그 사람이 맞나는 모르겠다만 아들이 없어 그래 댕긴다고 하던데."

"그러면 맞아요."

"참 이상네. 아들이 없다는 게 맞다면서 또 아버지라는 얘기는 무슨 얘긴데 시방?"

"지금 어디 있는지 아나요?"

"맞는지 아닌지는 모르겠다만 그 사람들 홍정산에 산판 들어갔는데 낼 모레나 돼야 나올 거르. 낼 모레가 한 파수 간조날이니까."

"그럼 낼 모레 여기로 오나요?"

"여기로 오든 어디로 오든 이곳으론 나올 기구만. 그래 하루 지내곤 또 이것저것 준비해 들어가구……."

나는 영자 누나를 만나러 가기 전 그 곳에서 이른 저녁으로 밥을 먼저 시키고 나서 소머리국 한 그릇을 나중에 시켰다. 영자 누나를 놔두고 혼자 밥을 먹은 건 잠은 거기서 얻어 자더라도 아침저녁으로 먹는 것까지 신세를 져선 안 된다는 어른들의 말도 있었지만 우선은 주인 아주머니가 당숙 소식을 알려 준 게 반갑고 고마워서였다. 밥을 먹으며 몇 가지 더 물어 볼 말도 있었다. 그리고 밥을 먼저 시키고 소머리국을 따로 나중에 시킨 건 떠나올 때 아버지가 혹 국밥이 먹고 싶거든 그냥 국밥을 시키지 말고 꼭 그렇게 하라고 가르쳐 준 때문이었다. 장터 밥집들은 그냥 국밥을 시키면 먼저 먹던 손님들이 먹다 남긴 밥을 국에 말아 내오니 밥 따로 국 따로 시키라는 것이었다.

"강릉 큰 데서 학교를 다녀 본 게 있어서 그렇나, 여게 아들 같지 않고 참 똑똑타. 혼자 아버지를 찾아와 이래 밥도 시켜 먹고."

사기 사발 가득 국을 내오며 아주머니가 말했다. 나는 그 말을 내가 밥 따로 국 따로 시켜서 하는 말일 거라고 생각했다.

"니 중학교 몇 학년이나?"

"1학년요."

"그 양반이 정말 아버지가 맞나?"

"예."

"의젓하구만……오늘 내려가지는 않을 테고 잘 데는 있나?"

"예."

"어디서 자는데?"

"정해 놨어요."

영자 누나 이야기는 하지 않았다. 영자 누나 이야기를 하면 이 사람들도 여기에 와 말을 끄는 당숙이 영자 누나의 가까운 친척이라는 걸 알게 될 것이었다.

"말을 끌어도 다른 사람들과 좀 다르다 했더니 아들을 보니……."

"그런데 내일 모레 언제쯤 오시나요?"

"아마 저녁때 올 거르. 거의 어두워서."

그때 출입문이 열리고 주인 아주머니보다 조금 더 나이 들어 보이는 아주머니가 안으로 들어왔다.

"야는 누군데?"

어린 게 혼자 시골 밥집에 앉아 있으니 별일로 보이는 모양이었다.

"거 왜 홍정산에 산판 들어가서 그 아래 버덩말 차 다니는 데까지 나무 끌어내리는 말 패들 있잖은가?"

"말 패가 왜?"

"그 말 패 중에 강릉서 올라온 이씨 아들이래. 거 왜 코가 우뚝하고 눈이 서글서글한 이……."

"아들이라고?"

"그렇다니까."

"아이구야, 그이 말로는 의지가지없어 그래 댕긴다더니……진부옥 그 치는 무슨 일이래?"

주인 여자가 찔끔 눈치를 주었다. 나는 못 본 체하고 숟가락으로 묵묵히 밥을 퍼 올렸다. 한 가지는 분명하게 안 셈이었다. 그리고 그간 당숙한테나 당숙모한테 내가 지은 죄 또한 분명하게 안 셈이었다. 나는 오히려 그들이 내게 더 많은 것을 물을까 봐 밥값을 계산하고 밖으로 나왔다.

다음날 그 곳에서 30리 떨어진 곳에 있다는 홍정산까지 당숙을 찾아 들어갈까 하다 그만두었다. 아무래도 이곳에서 보는 게 좋을 것 같았다. 일부러 진부옥엔 들어가지 않았다. 그런데도 내가 강릉옥에서 점심을 먹을 때 그 곳에서 일하는 나이 든 아주머니가 내 눈치를 살피며 아닌 척하고 밖으로 나갔다가 잠시 후 들어올 땐 다른 여자와 함께 들어와 밥을 먹는 나를 살폈다. 나는 직감적으로 진부옥 그 치라고 생각했다. 밥 먹는 일이 어떻게 하면 의젓하게 보일까마는 그래도 나는 의젓한 모습을 보여야겠다는 생각에 혹시 밥알이라도 흘리지 않을까 싶어 숟가락으로 밥을 꾹꾹 눌러 가며 그것을 떠먹었다. 따라 들어온 여자도 나이는 마흔쯤 되어 보이는데 인물로 봐선 거기 주인 같지는 않고 허드렛일을 하는 여자 같았다. 나는 그 여자가 내게 무어라고 묻거나 말을 시키면 어떻게 해야 하나 잔뜩 긴장하고 있었지만, 두 사람 다 일부러 다가와 그러지는 않았다. 한편으로는 느긋한 마음도 생겨 나는 별로 먹고 싶지 않은 물까지 한 그릇 더 달래서 먹고 영자 누나가 얻어 있는 방으로 돌아와 오후 동안은 거기에 꼼짝도 않고 있었다. 내일 산에서 당숙이 내려오면 어떻게 해야 하는지 그것만 곰곰이 궁리를 했다.

그런데 오후 늦게 영자 누나가 들어와 지금 진부옥에 가보라고 했다.

"거기 느 아재 와 있다. 진부옥에서 나를 찾아왔더라. 닐 데리고 오라고."

"강릉옥이 아니고?"

"진부옥이다."

나는 가방을 챙겨 일어났다. 영자 누나도 함께 가고 싶은 마음이 없는 듯했고, 나도 영자 누나와 함께 거길 가고 싶지 않았다.

"아재가 왔으면 바로 가야 할 것 같다. 가서 편지할게, 누나……."

"우리 집에도 내가 잘 있다고 말해 주고……."

"고맙다, 재워 주고 오늘 아침도 해주고……."

"니는 쬐끄만 게 별말을 다한다. 어제부터……그리고 이건 우리 엄마 좀 갖다 드려라. 추석 전에 내가 내려간다고 얘기도 해주고."

"알았다."

나는 영자 누나가 주는 돈을 받아 주머니에 넣고 밖으로 나왔다. 강릉옥이면 편한데…… 그런 마음으로 진부옥 문을 열고 들어서자 방안에 당숙이 앉아 있었다. 시커멓게 수염까지 길러 행색이 산사람이나 다를 게 없었다. 나로서는 남대천 제방 둑에서 보고 석 달 만에 보는 얼굴이었다. 당숙은 방에 앉아 있고, 낮에 강릉옥으로 나를 구경 왔던 여자는 부엌 쪽에 있었다.

"왔네요, 아드님이……."

당숙도 나를 보고 있는데 부엌 쪽의 여자가 말했다.

"언제 완?"

당숙이 방에서 일어서며 말했다.

"아부제……."

나는 신발을 벗고 방으로 들어서며 말했다. 강릉에서 올라올 때부터 내내 입 속으로 되뇌며 연습한 말이었다. 아버지가 있으니 아버지라고 부를 수는 없고, 그러면서도 아버지라는 뜻을 불러야 하고. 이젠 당숙을 그렇게 불러야 하고 그렇게 불러야 할 때가 왔다고 생각했다. 아부제가 놀라는 얼굴로 나를 바라보았다.

"아부제……."

"……."

"지가 잘못했어요."

"언, 언제 완?"

"어제요. 어머이가 아부제 모시고 오라고 해서요."

"……밥은 먹은?"

"야. 내일 온다더니요?"

"여게서 들어오는 사람 편에 니가 왔다는 얘기를 들었잔."

"진지는 드셨어요?"

"거게서 먹기는 해두 니가 뭘 안 먹었음 같이 먹을라구……."

"말은요?"

"뒤곁에 매놨는기 이젠 그것두 힘을 못 써서……."

"아부제……."

"……."

"가요, 집에……."

"오냐, 가야제. 니가 왔다 해서 다 챙겨 내려왔는기. 집은 다 펜한?"

"야."

"느 숙모도?"

"야."

아부제는 나는 빈 몸으로 오고 아부제는 말을 가져왔으니 나는 차를 타고 내려가고 아부제는 내일 산에서 간조 패들이 내려오면 돈을 마저 받은 다음 말을 끌고 내려오겠다고 했지만, 나는 나도 아부제

하고 함께 내려가겠다고 했다. 가방까지 들고 나왔는데도 그날 하루 더 영자 누나 방에서 잠을 잤다. 아부제는 어디서 잠을 잤는지 모른다. 다음날 영자 누나가 출근한 다음 아부제가 말하던 대로 열 시쯤 진부옥으로 다시 갔을 때 아부제는 이발을 하고 면도를 한 얼굴로 멀끔하게 앉아 있었다. 부엌 쪽을 살펴도 그 여자는 보이지 않았다.

"니 나하구 대화 가지 않으렌?"

"거긴 어딘데요?"

"차를 타믄 된다. 거긴 여기보다 큰 점방들이 많으니 니 뭐 사구 싶은 것두 사구……."

그날 아부제는 내게 시계를 사주었다. 내가 고른 것보다 아부제 마음에 드는 게 더 비쌌는데 비싼 그것을 사주었다. 큰형은 시계가 있어도 고등 학교 3학년인 작은형은 아직 시계가 없었다. 라디오를 틀면 매시간마다 아홉 시를 알려 드립니다, 열 시를 알려 드립니다, 하는 오리엔트 야광 손목시계였다. 그 외에도 내 옷과 숙모 옷 몇 가지를 더 사고, 할아버지와 아버지 어머니의 옷가지도 샀다. 그리고 거기서 먹는 점심은 내가 내 식대로 아부제 것과 내 것을 시켜 먹었다. 아부제한테 내가 컸다는 것을 보여 주고 싶었다.

봉평으로 돌아오니 해가 저물고 있었다. 아부제는 진부옥에서 돈만 받으면 떠날 준비를 하고 흥정산 간조 패들이 오기를 기다렸다. 그 사람들은 우리가 저녁을 먹은 다음에 내려왔다.

"야, 느들 장래 우리 집 대주 봐라. 우리 아들 얼굴 얼마나 훤한가 한번 보란 말이다. 느 아들들이면 이만한 나이에 혼자 애비 찾아 여게 오겠나?"

아부제는 그들로부터 받아야 할 돈을 받은 다음 길을 떠나기 전 몇 잔 술을 마시며 연신 내 자랑을 했다. 어제까지는 내가 아부제라고 불러도 그 말을 드러내 놓고 좋아하지 못하고 서먹해 하더니 이젠 마음껏 그 말을 좋아했다.

"언제는 정 붙일 아들이 없어 돌아다닌다더니?"

"아들이 없기는, 내가 노새나? 아들이 없게. 애비 산에 가서 안 온다고 이렇게 여게까지 데리러 오는 아들이 있는데. 자, 이제 나는 아들하구 떠나네. 해져서 선선할 때 떠나야지, 짐승을 끌구 가는 기……."

진부옥을 나온 다음 아부제와 나는 밤길을 걸었다. 아니 걷지 않고 마차 앞자리에 타고 밤늦도록 이목정까지 나왔다. 달이 없어도 별이 좋은 밤이었다. 아부제의 입에서 풍기는 술 냄새가 조금도 싫지 않았다. 노새는 연신 딸랑딸랑 방울을 울리고, 길 옆은 온통 옥수수밭이거나 감자밭, 올갈이 무우와 배추를 뽑은 다음 씨를 뿌린 메밀밭이었다. 꽃 향기도 좋고 저녁 바람도 시원했다.

"수호야."

"야."

"니가 날 데리러 완?"

"야, 아부제."

"니가 날 데리러 여게까지 완?"

"야, 아부제."

"수호야."

"야."

"니가 날 데리러 이 먼데까지 완?"

"야, 아부제."

"니가……니가……나를 애비라구 데리러 완?"

"야, 아부제."

돌아오는 길 내내 아부제는 그 말을 묻고 또 물었다. 나는 새로 찬 야광 시계를 보며 10분이나 20분 간격마다 지금 몇 시 몇 분이다, 를 말했다. 자정 통행 금지 시간이 다되어 이목정 말먹이집에 닿았다.

다음날 아침부터 걸은 길도 그랬다. 끓인 여물을 가마니에 받아 신고 노새가 맥을 못 추는 한낮만 잠시 그늘에 피했다가 저녁 늦게야 대관령에 닿았다.

"자지 않고 떠나면 새벽이면 닿는다."

"아부제."

"어."

"그러면 그냥 가요."

"그라이자. 우리 맏상주 시키는 대로. 영 내려가다 중간 반정(半頂)집에 가서 뭐 좀 달래서 먹구."

그리고 또 밤길을 걸었다. 아부제는 마차에 올라타기도 하고, 내리막 언덕이 심한 곳에서는 마차에서 내려 말의 고삐를 잡기도 했다. 그때면 나도 따라 내렸다. 아부제가 그냥 타고 있으라고 해도 그랬다. 그러면서 아부제와 나는 또 얼마나 많은 이야기를 하면서 그 영을 넘어왔던가.

"아부제."

"어."

"뭐 하나 물어 봐도 돼요?"

"그러믄. 누가 묻는 말이라구."

"아부제가 진부옥 아주머이를 좋아했어요?"

"그래 보이더나?"

"야."

"아니다. 내가 좋아한 게 아니구 그 쪽에서 그랜 거지. 내가 이래 다 큰 아들이 있는데 아들이 없는 줄 알구. 그러니 니두 내려가 숙모한테 그런 말하믄 안 된다."

"야."

"그러믄 나두 니한테 뭐 물어 봐두 되겐?"

"야."

"니 아버지 어머이가 이렇게 해서 날 데리구 오라구 시키든?"

"데리고 오라고 시키긴 했는데, 이렇게 데리고 오라고 시키지는 않았어요."
"날 아부제라고 부르라구 시킨 것두 아니구?"
"야."
"그럼 니가 니 마음으루다 부른 말인?"
"야. 아부제."
"그러믄 하나 더 물어두 되겐?"
"야."
"니 내가 말 끄는 게 싫은?"
"……."
그 말만은 대답하지 못했다. 아부제도 그 말을 두 번 묻지 않았다.
"아부제."
"어."
"나 내려가면 이제 아부제 집에 가서 살려구 해요."
"우리 집에?"
"야."
"어른들이 그렇게 하라구 시키든?"
"아뇨. 지 마음으로요."
"니 마음으로?"
"야. 그래서 올라올 때 하생골 어머이한테 내 방 하나 치워 놓으라고 했어요."
"수호야."
"야."
"아부제는 고맙다. 무슨 말인 줄 알제?"
"야."
"그래, 내려가믄 나두 이 짐승 치우지 뭐. 니 싫어하는 걸 계속할 게 뭐 있겐."

"……."

"허, 이 눔이 말귀 알아듣나. 절 치운다니까 대가리를 흔들게."

"안 치워도 나 아부제 집에 가 살아요……."

"그래, 치우지 뭐. 치울 거야. 이제 이거 힘두 제대루 못써 사람 망신시키는 거. 늙어서 고집두 늘구……."

그날 아부제와 나는 온 하늘과 온 산이 붉게 동틀 무렵 하생골 집에 닿았다.

그러나 그날 밤길에도 그랬고, 먼저 살던 집에서 아부제 집으로 살림을 옮기듯 책상과 책가방, 입던 옷가지들과 내가 쓰던 물건들을 옮겨 온 후에도 끝내 말과는, 그리고 아부제가 그것을 끄는 것과는 화해가 되지 않았다. 예전보다 덜 부끄럽다고 해도 그랬다. 그때 나는 중학교 1학년이었고, 동네에서 아이들과 싸우다가도 '노새집 양재 새끼'라는 말을 들으면 그 말을 이 세상에서 가장 심한 욕으로 느끼던 열세 살의 소년이었다.

그 말은 내가 중학교 3학년일 때까지 집에 있었다. 내가 저를 핍박하고 서러움 줄 때 그는 이미 늙어 있었다. 그가 죽던 마지막 모습도 그랬다. 말굽을 박았는데도 공사장에서 벽돌을 내릴 때 땅에서 바로 선 대못을 밟아 오른쪽 앞다리부터 못쓰게 되더니 한 해 겨울을 한 쪽 다리를 늘 구부린 채 서서 앓다가 어느 날 배를 땅에 대고 만 것이었다. 알리지 않았는데도 어떻게 알고 시내의 마부들이 마차를 끌고 와 죽은 그를 싣고 내려갔다. 아부제는 따라가지 않았다. 마부들이 그럼 저녁때 고기라도 보낼까, 하고 묻자 아부제는 그러지 말라고 했다. 작은할아버지가 돌아가신 이후 그날 처음으로 나는 남몰래 감추는 아부제의 눈물을 보았다. 한 지붕 아래에서 사는 동안 그는 내게 참으로 많은 설움과 눈총과 미움을 받았다. 내가 누리는 모든 것이 그의 등에서 나왔는데도 그랬다. 아마 그가 죽어 정말 하늘의 은별이 되었다 해도 나는 앞으로도 말에 대해 자유롭지 못하고, 그에 대해 자유롭지 못할 것이다. 결국 그 원고에 나는 그의 이야기를 쓰지 못했다. 그러나 언젠가 나는 그의 슬픈 생애에 대해 제대로 글을 쓸 수 있는 날이 오길 기다린다. 그는 태어나기로도 암말과 수나귀 사이에서 온갖 핍박 속에 오직 무거운 짐과 먼 길을 걷기 위해 생식력도 없는 큰 자지만 달고 나온 노새였고, 이름은 은별이었다.

추·천·우·수·작

나비, 봄을 만나다

차 현 숙

1963년 경북 상주 출생

동국대 철학과 졸업

1994년 《소설과사상》 신인상에 〈또 다른 날의 시작〉 당선

작품 〈틈입자〉·〈나비의 꿈〉·〈기다림이 없는 풍경〉

〈불임나무, 1995. 12〉 등

나비, 봄을 만나다

어머니는 수돗가 화단에 몸을 엎드린 채 잡초를 뽑고 있다. 어머니의 등 위로 다글다글 끓어오르는 햇빛을 보면서 그녀는 어머니가 지상을 떠나 저 세상으로 가면 맨 먼저 하는 일이 바로 저런 건 아닐까, 하고 생각한다. 물론 그땐 어머니의 손에 뽑혀지는 것은 이악스럽게 자라난 잡초가 아니라 이승에서의 낱낱의 일이겠지만.

어머니는 머리에 뒤집어쓴 때묻은 수건을 벗어 목 위로 흐르는 땀을 닦아 낸다.

"가니? 넌……오기가 무섭게 가는구나. 해라도 좀 기울어지면 갈 것이지. 네 남편은 왜 못 온다고 했지?"

"……."

남편…… 메마른 가슴에 통증처럼 퍼져 가는 아득한 호칭.

제상 위에 밥을 올리며 어머니는 말했다. 이장을 해야 한단다. 네 큰아버지가 전화를 했더라. 시체가 도통 썩지 않는다고. 머리 쪽으로 물도 고이고. 너만 내려보내라 하더라.

문득 그녀는 그 여자도 썩지 않았대요? 묻고 싶지만 침묵한다. 어머니는 정녕 몰랐던가? 아무려나. 하지만 어머니가 묻힐 무덤은…… 없다. 그 동안 집안에 우환이 그치지 않는 게 뭣 땜인데. 이제 더 이상 팔아먹을 땅조차 없는 큰아버지는 어림도 없다는 듯 고개를 병풍 쪽으로 돌려 큰기침을 터트렸다. 네 에미는 네가 알아서 해라. 화장을 하든지, 공동 묘지에 묻든지. 절대 우리 선산만은 안 된다.

죽어도 썩지 않는 아버지는 어린 그녀에게 한 가지 이야기밖엔 들려주지 않았다. 언제나 똑같은 이야기…… 그건 신데렐라도, 백설공주와 일곱 난쟁이도 아니었다.

아버지가 그 이야기를 시작하려 할 때면 언제나 그녀를 무릎에 먼저 앉혔다. 이야기는 바로 시작되지 않는다. 아버지의 눈은 어둠이 막 서서히 퍼지기 시작하는 하늘을 향해 오랫동안 열려져 있다. 붉은 노을이 담긴 아버지의 눈은 어린 그녀를 불안하게 한다. 짙은 파랑색과 보라색, 그리고 기울어 가는 해 주위에 붉게 타오르는 노을…… 아버지는 아주 낮은 목소리로 말한다. 저렇게 하늘에 여러 색이 강렬하게 나타나는 때는 이 시간뿐이다. 짧고 강렬하지만 사람의 마음을 휘어잡지. 하지만 결국 곧 하나의 색으로 변하고 말지. 깊고 어두운 밤의 색, 말이다. 그러면 사람들은 잠이 들어야지. 그 어둠 속에서 벌어지는 일들은 하나같이 무서운 일들뿐일 테니깐. 아무리 많은 인공의 불빛을 비춘다 해도 저 어둠의 색은 사라지지 않아. 아침이 오기까지는.

수십 번도 더 들은 이야기. 그러나 아무리 들어도 매번 처음 듣는 이야기처럼 새로운 상상의 날개를 달아 주는 아버지의 유일한 이야기…… 그녀는 하늘에 머문 아버지의 눈을 작은 손으로 가리며 어서 이야기 보따리를 풀어내라고 떼를 쓴다.

"아빠, 어젯밤에 엄마가 죽는 꿈을 꿨어. 근데 아빠는 없고 나만 있었어. 나는 아빠를 찾았지만 아빠는 멀리멀리 떠나는 거야. 아무리 불러도 아빠는 돌아오지 않았어. 엄마의 얼굴은 점점 무섭게 변하구…… 너무 무서워. 자다가 막 울었어. 아빠, 그래서 오줌을 쌌어. 그 오줌 때문에 엄마가 날 때리구…… 아빠, 왜 난 자꾸 무섭구 나쁜 꿈을 꾸지? 무서워……."

"얘야, 꼭 꿈속에서만 나쁜 꿈을 꾸는 건 아니란다. 평생의 삶이 나쁜 꿈인 사람도 있단다. 옛날에 돌배나무가 한 그루 있었지. 어느 날 까치가 그 돌배나무 가지에 앉았다. 그런데 그 가지에 달린 돌배 하나가 뚝 떨어지지 않겠니? 그런데 하필 그 돌배나무 밑에 독뱀이 낮잠을 자고 있었지. 자다가 갑자기 떨어진 돌배에 머리를 맞고 죽어 버린 거지. 그 뱀은 너무나 원통해 죽으면서 자기의 독을 배나무 가지에 앉아 있는 까치에게 뿜었어. 그래서 까치도 뱀의 독에 죽고 말았단다. 둘은 아무런 원한도, 죽일 이유도 없이 원수가 되어 죽고 말았단다. 죄가 있다면 그 배나무 가지에 까치가 앉았다는 그 한 가지 이유뿐인데. 그게 죄가 될 수 있겠니? ……하늘만 알겠지. 나중에 까치는 꿩이 되어 환생했고 뱀은 산돼지가 되었단다. 산돼지가 어느 날 산속을 헤매는데 꿩이 알을 품고 있는 걸 발견했어. 산돼지는 옳거니, 저 원수를 만났구나 하면서 커다란 돌을 굴렸어. 결국 꿩은 알을 품은 채 돌에 깔려 죽었단다. 그때, 그 길을 한 사냥꾼이 지나가게 되었단다. 사냥꾼은 죽은 꿩을 집으로 가지고 와서 자기 아내와 맛있게 구워 먹었지. 그러자 몇 해째 아이가 없던 부인에게서 태기가 있는 거야. 아이는 태어나 쑥쑥 자라 아버지와 같은 사냥꾼이 되었어. 그런데 아이는 이상하게 산돼지만 보면 기를 쓰고 잡아 죽였지. 물론 꿩은 절대 잡지 않았어. 하루는 아이가 산돼지를 발견하고 화살을 쏘았는데, 화살을 맞은 산돼지는 죽지 않고 피를 흘리며 달아났단다. 아이는 사흘 밤낮으로 핏자국을 쫓아다녔어. 그런데 그 핏자국이 어느 연못가에서 뚝 그쳐 있는 거야. 아이가 활을 들고 그 연못을 들여다보니 산돼지는 간곳없고 조그마한 돌부처가 그 속에 있는 거야. 아이는 비로소 활을 버리고 산을 내려왔단다."

"아빠, 어떻게 계속 그렇게 다른 모습으로 태어나지? 그리고 자기한테 나쁜 짓을 한 것을 어떻게 알 수 있을까? 아빠, 나는……그러니깐 지금말고 내가 엄마한테서 태어나기 전에 나는 누구였을까? 근데 아빠, 꼭 사람으로 태어나는 건 아니지? 아 좋아라. 예쁜 꽃으로, 저 귀여운 새로도 태어날 수 있고…… 그렇지만 만약 징그러운 벌레 같은 걸로 태어나면 어떡하지? 휴우…… 아빠, 어떻게 해야 내가 원하는 것으로 다시 태어날 수 있어?"

"글쎄다. 죽으면 현세의 업에 따라 무언가로 태어나긴 하겠지……하지만 얘야, 가장 좋은 것은 다시는 생명을 받지 않는 거란다. 생명 자체가 너무나 무거운 짐이고 고통이거든…… 너는 돌부처처럼 되었으면 좋겠다."

"싫어! 돌부처는! 난 아주아주 예쁜 공주로 다시 태어날 거야."

어린 그녀를 꼭 안고 머리를 쓸어내려 주는 아버지의 손길, 아버지의 냄새…… 썩지 않는 아버지.

어린 시절의 이야기는 이야기로 끝나지 않고 그녀가 성장하면서 세상을 보는 눈이 되었다. 아버지가 돌아가신 이후에 더 더욱 그 이야기는 그녀 삶의 중심으로 자리잡았다. 어릴 때처럼 멋지고 신나는 공상이 아니라 두렵고 고통스러운 삶을 견디어야 하는 그런 것으로…….

처녀가 된 그녀는 강가에 거울을 비추며 하루빨리 한 남자를 만나 안전하게 빗장을 지르는 일이 자신이 할 수 있는 일의 전부겠구나, 생각했다. 그래서 무사히 생의 닻을 내리고 한 남자와 조용한 무덤, 두 개를 소망했다. 강은, 시월의 강은 그녀의 거울 속에서 부서져 하얀 햇살을 이고 말없이 흐르고 있다.

한 남자의 방으로 들어가는 길은 손쉬웠다. 그리고 열 번의 여름과 가을 그리고 겨울은 그의 방안에서 강물처럼 흘러갔다.

그녀의 자궁 속엔 생명이 다섯 번이나 들어섰다. 네 번은 3개월도 채 못 돼 핏덩이로 흘러 나왔다. 의사는 말한다. 습관성 유산입니다. 다음 번에 아기를 가지면 출산 때까지 병원에 입원해 있어야겠습니다. 다섯 번째 아이가 들어서자 그녀는 병원의 침실 하나를 차지해 누워만 있었다. 퇴근한 남편은 그녀에게 만화책과 순대와 족발을 사들고 온다. 꿈틀거리고 발길질하며 그녀의 배 안에서 놀고 있는 아이를 느끼며 그는 눈물을 흘린다. 그녀는 오른쪽, 왼쪽으로 볼록볼록 튀어나오는 아이의 잦은 발길질이 보이는 배 위에 뺨을 대는 그의 머리칼 속으로 깊숙이 손가락을 집어 넣고 이제 그녀 자신이 조용히 눈물을 흘린다.

예정일보다 한 달 일찍 태어난 아이는 인큐베이터 안에서 눈을 감았다. 그녀는 간호사에게 웃으며 말했다. 우리 아기는 잠자는 게 꼭 천사 같아요. 너무 예뻐요. 이 아이가 걸어 다니면 분홍빛 레이스가 가득 달린 드레스를 입힐 거예요. 간호사는 그녀의 손에 눈물을 떨어뜨린다. 그는 복도 끝, 어둠 속에서 담배 연기만을 날리고 있었다. 그때 어두운 창가에 눈발이 날렸던가. 분명 초음파 검사와 양수 검사에서 아이는 다른 아이들과 똑같았다. 심장 박동도 정상이고. 단지 예정일보다 일찍 태어났을 뿐이다. 그래도 그녀는 아이의 힘찬 첫 울음 소리를 들었고, 손가락 열 개와 발가락 열 개를 세며 살아 있는 아이를 그와 함께 품에 안아 보았다.

간호사가 마지막으로 잠깐 보여 준 죽은 아이의 얼굴은 곧 부드럽고 새하얀 천으로 덮여졌다. 남편과 아이를 안은 간호사가 나란히 등을 보이고 산부인과 복도를 걸어 나가는 소리를 멍하니 들으며 아버지가 어릴 때 들려준 옛이야기가, 너무나 오래되어 희미해진 그 이야기가…… 망각의 먼지를 털어 내며 조금씩 조금씩 되살아나 그녀의 기억 속에 생생하게 들어앉아 간다.

너는 돌부처가 되어라…… 그런 아버지의 염원 때문에 어떤 생명도 그녀의 자궁 속에서 살아나지 못하는 건가. 어느 책에선가 구원을 받지 못한 영혼들은 죽지도 못하는 고통을 참지 못해 서둘러 지상의 자궁들 속으로 들어간다고 했는데. 자신의 자궁은 죽지도 못하는, 괴로운 그런 영혼들한테조차 아무런 평화도, 따스함도 주지 못하는 그토록 황폐한 곳인가. 아니면 어머니의 자궁 속에 들어앉은 그녀 때문에 죽은 그 여자가 마치 보란 듯이 아이의 생명을 빼앗아 가는 걸까.

남편은 그녀에게서 아이를 갖는 것을 포기했다. 자식이 없으면 어때? 우리 둘이 행복하게 살면 되지. 정 아이가 필요하면 불쌍하게 버려진 아이를 입양해 키우지, 뭐. 더 이상 아이 때문에 당신이 망가져 가는 것을 볼 수 없어. 내 말 알지? 그의 말은 터무니없이 높고 명랑한 웃음 소리도 간간이 울렸지만 말 뒤끝의 축축한 습기는 그도, 그녀도 어쩔 수 없다. 그녀는 병원 침대에서 핏기 없는 얼굴로 고개를 끄덕였다. 아이를 못 갖는 여자와 아이를 가질 수는 있지만 세상에 내보내지 못하는 여자와의 차이는 이제 없어졌다.

그녀는 움직이는 시간보다 누워 있는 시간이 많아졌다. 무엇에도 감동을 받지 못하고 그 어느것도 그녀에게 능동적인 움직임을 주지 못했다. 그녀의 몸도 변화가 나타났다. 몸은 점점 쇠약해 갔고 앉아 있는 것도 힘이 들었다. 마치 온몸을 돌며 하나씩 병들어 가는 것 같았다. 위염이 나으면 다음엔 장에서 탈이 나고…… 그녀는 살아 있는 시체처럼 침대에 가만히 누워 있었다.

그녀는 굉장한 피로를 느꼈다. 그 피로감은 일시적인 고단함에서 오는 것이 아니라 서른세 살, 전생애를 통해 다가오는 엄청난 피곤이다. 그녀는 편두통약과 설사약과 위장약과 변비약, 신경 안정제…… 한 움큼씩 그 약들을 먹고 가만히 인큐베이터의 아기처럼 누워 있었다.

남편은 처음에 그녀의 그런 무력한 모습을 당연히 여겼다. 아기가 죽었는데…… 그것도 뱃속에서 다 길러 놓고. 점점 생에서 멀어져 가려 하는 그녀를 잡고 위로도 했다. 우리 집은 평온과 따사로움으로 가득 차 있어. 우리는 서로 사랑하는 부부고, 그래도 어느 정도 행복한 가정을 꾸리고 살아가고 있다구. 아이? 그건 아무것도 아니야. 지구의 인구가 너무 많아서 일부러 안 낳는 서구인들이 갈수록 많아진다고 하잖아. 그건 맞는 말일지도 모른다. 특별한 행복도, 불행도 없는 이 작은 안정감을 감사하며 살아야 된다는 것을.

그녀는 남편 앞에서 불행한 마음으로 행복한 미소를 지었고, 남편 역시 참을성 있게 과장된 행복의 몸짓을 그녀에게 보여 준다. 그들은 이제 서로에게 눈물을 보이지 않는다.

그 대신 그는 자다 벌떡 일어나 그녀의 옷을 모두 벗긴다. 그리고 마치 그녀의 자궁 속으로라도 들어가려는 듯 그녀의 온몸을 돌며 버둥댄다. 갈수록 차고 단단해져 가는 그녀의 경직된 몸을 푸는 것만으로도 그는 식은땀을 흘린다. 그는 숨이 채 고르기도 전에 여기저기 거칠게 던져진 옷들을 하나하나 찾아 입는 그녀를 축축한 눈길로 본다. 그녀의 맨살갗에 소름이 까슬까슬 돋는다. 남편의 숨소리에 떨며 옷을 겨우 입은 그녀를 남편은 다시 벗긴다.

"말해 봐. 난 당신 거라구."

"……."

"제발 말해. 넌 누구 거지?"

"……아, 제발……."

"아니야, 당신은 내 거야. 그렇지?"

그는 그녀의 머리를 가만가만 쓸어 내리며 그녀에게 다시 파고 든다.

"다리를 좀더 벌려, 제발……."

그녀의 몸은 점점 굳어진다. 그러지 말아요. 다섯이나 되는 우리 아기들의 슬픈 영혼만으로도 내 생명은 충분해요. 예쁜 내 아기, 불쌍한 우리 아기들…….

남편의 두 다리가 그녀의 두 다리를 활짝 열어제친다. 까칠하고 축축한 혀가 열어제친 그녀의 꽃 속으로 들어온다. 날마다 그는 그녀의 꽃에 물을 주지만 꽃은 점점 습기를 빼앗긴 마른 꽃처럼 버석하기만 하다.

"봐! 당신의 꽃잎은 아직도 활짝 피었어. 겹겹의 꽃잎이 아주 예쁜 분홍빛으로 활짝 피어 있다구. 당신은 이제까지 한 번도 자신의 꽃이 얼마나 예쁘고 고운 색인지 보지 못했을 거야. 아마, 당신은 평생 보지 못할 거야. 당신이 보려고 하지 않으니깐. 하지만 난 이렇게 봐. 당신을 천장에 거울이 있는 방으로 데려가고 싶어. 그러면 당신도 당신의 꽃을 볼 수 있을 거야. 당신은 다시 싱싱하게 살아날 거야. 당신도 모르게 당신의 꽃에는 촉촉한 물이 배어 날 거야…… 당신도 나도 아프지 않을 거야. 넌 울며 나에게 매달릴 거야. 난 당신 거라고. 그리고 나의 허리는 당신 두 다리로 감길 거야. 네 몸으로 감을 거야. 아, 당신의 꽃은 예뻐, 당신의 냄새는 완벽한 여자의 냄새…… 그것만으로도 나는 흥분돼. 당신은 왜 내 아이들을 그렇게 다 죽이지? 말해 봐. 난, 이제 알아. 당신을 한 번도 만난 적이 없다는 걸. 10년 동안 단 한 번도. 그래서 내 아이들이 죽는 거야. 당신이 나를 만나 주지 않으니까. 가자, 가! 당신과 내가 만날 수 있는 곳으로……."

그가 격렬한 지느러미를 흔들며 물 속을 헤엄쳐 그녀의 몸 안으로 들어오자 그녀는 힘없이 두 다리를 그의 허리에 감는다.

침대에서 일어나 앉아 맨등을 보이며 그는 담배에 불을 붙인다.

"당신도 하나 줄까?"

"……."

그가 건네 준 담배 연기를 뿜으며 그녀는 그의 말을 듣는다.

"당신을 가슴에 품고, 당신에게로 들어가도 나는 당신을 만날 수 없어…… 당신의 몸 안으로 모든 열정을 갖고 들어가도 당신에게로 가는 길을 찾을 수 없어. 참, 이상하지? 우린 10년을 살았고, 그리고 서로 좋아하는데."

그녀는 그의 담배 연기에 자신의 담배 연기를 함께 올려 보내며 중얼거린다. 난, 알았어요. 당신은 까마귀도, 산돼지도, 사냥꾼도 될 수 있지만 나는 돌부처가 되어야 해요. 아버지는 내가 그렇게 되기를 늘 소망했어요.

"매일 누워 있는 당신을 보며 내가 무슨 생각을 하는지 알아? 당신은 진짜 아픈 게 아니라 아프고 싶어하는구나, 하는 그런 생각을 해."

마지막으로 죽은 아이의 얼굴을 본 뒤 나는 나를, 내 속에 흐르는 아버지와 어머니의 피와 살로 이루어진 나를…… 죽이고 싶어요. 그게 다예요.

그의 방은 점점 건조하고 지루해졌다. 그녀의 방, 역시 어둠에 잠겨 있다. 아이가 없는 아내와 남편은 점점 말이 없어져 갔다. 다녀오세요. 밥은 먹었어. 응, 그냥 그렇지, 뭐. 먼저 자요…… 안 해도 상관없는 말들을 습관으로 주고받을 뿐이다. 서로가 서로의 생기를 이미 뺏고, 빼앗기에 충분한 시간이 흘렀다. 더 이상 생기와 삶에 대한 충만감을 각자의 내면에서 끌어낼 수 없다. 오직 시간만이 앞으로 나아가고 그 초침 소리를 들으며 권태와 초조만이 있을 뿐이다. 그는 오래 참았다. 참으려고 애를 썼고 그 애쓰는 모습은 이제 그녀에게 익숙한 그의 분위기가 되었다. 앞으로 10년이 흘러간다 해도 좋은 일도, 나쁜 일도 없을 것 같은 물 속에 잠긴 듯한 낮과 밤…… 그 세월 동안 많은 사람들은 예쁜 아기를 갖거나 이혼을 하거나 불륜을 저지르면서 고통과 기쁨을 번갈아 느끼며 살아갈 것이다.

그러나 열 번째의 봄은 다른 열 번의 계절처럼 흘러가지 않았다. 그는 더 이상 견딜 수 없는지 자신의 빗장을 열고 열 번째의 봄을 향해 걸어 나갔다. 남편이 몰고 오는 싱그러운 바람의 향기와 숨길 수 없는 생명의 즐거움은 마치 봄날에 거리를 흩날리는 꽃가루처럼 그녀를 천천히 침대에서 일어나게 한다. 그리고 오랫동안 잊고 있던 감정의 부드러움을 느끼기 시작했다. 그를 통해 날아오는 그 싱싱한 생명의 물줄기는 남편도, 그녀도 만들어 낼 수 없는 거다. 누군가가 남편을 통해 그녀에게로 보내 온다. 그는 어느 때보다도 행복한 미소를 지었고, 다시 그녀에게 다정해졌다. 그녀는 그보다 더 민감하게 느끼고 즐겼다. 남편을 통해 그녀에게 불어오는 바람은 잘 길들여진 피아노 건반을 치듯이 섬세하고 부드럽고 예민하다.

그의 마음을, 자신의 마음까지 이토록 부드럽고 섬세하게 해주는 것은 무엇일까? 그것이 무엇인지 무슨 상관이란 말인가? 중요한 것은 그가 실어 오는 부드러운 바람이 너무나 오랜만에 긴장된 행복을 느끼게 한다는 거다. 그녀는 남편이 그녀에게 가져다 주는 활기와 향긋한 냄새의 주인을 '봄'이라 이름지었다. 그리고 그녀는 생각한다. 더 이상 남편과 아내라는 역할을 할 수 없는 때가 왔다는 것을.

'봄' …… 그녀는 조용히 불러 본다.

"아이도 없고 나는 회사 일로 바쁘고…… 당신도 하고 싶은 거 있으면 해봐. 대학원에 가도 좋고, 꽃가게나 커피 전문점 같은 걸 해봐도 좋구. 어때? 심심하지 않겠지?"

"……."

내가 뭘 할 수 있을 거라고 생각해요? 대학을 졸업하고 이제까지 내가 한 일은 내 자궁에 들어선 아이들을 하나같이 죽이고, 당신의 와이셔츠만 다리며 살았는데…… 나는 내가 태어나지 않기를 바랐듯이 이렇게 조용히 살다가 죽을 거예요. 나는 조용히 당신의 어깨에 머리를 기대고 빨리 이 세상을 떠나고 싶어요.

"……당신은 참 좋은 여자야. 처음 당신을 보았을 때 마치 벼락을 맞는 것 같았어. 그리스 여신처럼 신비로움이 나를 사랑에 빠지게 했지. 그때 당신과 결혼을 하지 않았다면 죽거나, 폐인이 되었을 거야. 알고 있어? 당신이 얼마나 아름다운 여자였는지."

남편은 그녀에게 가끔 아무 의미도 아니라는 듯이 묻는다.

"홀로 살아 나갈 자신이 있어?"

그 한마디에 그녀는 그의 괴로움을 알 수 있다. 언제부터인가 남편이 날라다 주는 것은 생기와 활력이 아니라 괴로움과 불면이다. 그는 정말 '봄'을 사랑하고 있다. 사랑하는 사람과 모든 시간을 다 가질 수 없다는 것은 괴로움이다. 남편의 입에서 독한 배갈 냄새와 양파 냄새가 맡아진다. 그가 벅찬 듯 숨을 내쉴 때마다 그녀는 말없이 끊겨졌던 전화를 떠올렸다. 여보세요. 여보세요. 완강한 침묵 끝에 맥없이 신호음만 들리는 송수화기를 내려놓으며 그녀는 말없이 전화를 끊는 저편의 여자가 바로 '봄'이구나, 했다.

딱 한 번 '봄'의 목소리를 들은 적이 있는 것도 같다. 일요일, 남편이 친구들과 낚시를 간다고 해놓고 그 시간이 넘도록 잠에서 깨어나지 않았다. 전화가 왔다. 여린 여자의 목소리는 무척 겁을 먹고 있었다. 저어,……계신가요. 그녀는 누구냐고 물어 보았다. 그건 일종의 잔인한 확인이다. '봄'은 회사 직원인데 급하게 회사 일로 통화를 해야 한다고 더듬거리며 말했다. 그녀는 '봄'이 거짓말을 한다는 것을 곧 알 수 있다. 지금 전화를 거는 이 시간이면 그와 '봄'은 강가에 나가 낚싯대를 드리워 놓고 있어야 한다. 여린 목소리는 그녀의 물음에 대한 즉흥적인 대답을 해야 하는 당황스러움이 잔뜩 묻어 있다. 그녀는 남편을 깨우지 않았다. 그는 출장을 갔다고, '봄'보다 더 더듬거리며 거짓말을 했다. 그리고 말하고 싶었다. 당신을 만나고 싶어요…… 남편에 대한 괴로움보다 더 괴로운 것은 내가 당신을 더 갈망한다는 거. '봄'! 나의 갈망을 당신이 이해할 수 있도록 해줄게요. 나와 그는 이제 당신이 없으면…… 우리 둘의 관계는 더 이상 이어질 수 없어요. '봄'! 나는 당신을 질투하는 여자가 아니에요. 당신이 허락하면 우리 셋은 스릴 있는 이 게임에서 각자의 행복을 은밀하게 누릴 수 있을 거예요. 절대 서로의 영역을 침해하지 않고. 그러나…….

짧은 시간 남편을 통해 그녀에게 날라다 준 풋풋한 생기와 활력…… 그녀는 그를 통하지 않고 '봄'에게로 가는 길을 찾고 싶다. 슬픈 영혼만 남겨진 다섯 아이를 모두 합한 것 같은 '봄'의 생명력…… 가야 한다. 문득 그녀는 손가락을 꼽아 본다. 모두 살아 있다면 다섯 아이의 나이를 합한 그것이 '봄'의 나이일 거라고…….

질투, 갈망…… 처음 남편의 뒤에 '봄'이 있다는 걸 알았을 때 질투의 감정이 솟구쳤는가? 알 수 없다. 그녀는 자신의 질문에 모르겠다, 라고만 할 뿐이다. 그녀 안에 고개를 숙인 아버지와 어머니 때문인가? 그것 역시 그녀는 모르겠다고 고개를 흔든다. 자기 안에서 울려 오는 질문에 답할 것이 아무것도 없다. 그런데 시간이 지나면서 이젠 분명히, 아주 또렷한 목소리로 그녀 자신에게뿐만 아니라, 세상 모두에게 말할 수 있다. 나는 남편을 질투한다. 남편과 연애를 하는 그 '봄'에 대한 질투가 아니다. 태어나서 처음으로 행복을 만져 보는 듯한 남편에 대한 질투다. 그녀의 전생애를 통해 그런 기쁨을 가져 본 적이 있었던가. 그가 온몸으로 뿜어내는 투명한 기쁨을 함께 통정하고 싶어하는 나는 누구인가. 이제 그녀는 그가 묻히고 온 '봄'과 통정하는 것만으로는 만족할 수 없어졌다. 사랑하고 싶다. '봄'을.

그녀는 등을 보이고 녹색 대문 앞에 오랫동안 서 있는 어머니를 보고 있다. 어머니는 이제 늙어 귀신처럼 세상을 내다보고 있다. 진실과 거짓으로 어지러운 어머니의 내면은 그녀에게 어떤 길을 내주려는 것일까? 다시 등을 돌려 자신에게 와서 진실을, 사실을 말해 줄까? 하지만 어머니가 말하지 않아도 그녀는 무슨 말을 하고 싶어 하는지 짐작할 수 있다. 또 그 말을 입 밖으로 낼 수 없는 두려움까지도.

난 너의 아버지를 한 번도 사랑한 적이 없다. 그 일에 대한 대가를 치르기 위해 살고 있을 뿐이다. 네 아버지 역시 마찬가지일 거야. 벌을 받기 위해 나와 살아야 한다고 생각했으니. 그것도 너가, 너가 세상에 태어났기에 가능했다.

결국 어머니의 무거운 발걸음은 녹색 철문으로 들어가고 문은 굳게 닫혔다. 어머니는 다시 등허리에 뜨거운 햇빛을 이고 웃자란 잡초를 뽑을 것이다. 정작 뽑아 내야 할 것들은 잡초가 아니라 오랫동안 어머니의 가슴속 그 어딘가에 독처럼 자라는 그 무엇이라는 것을 어머니는 알고나 있는지.

골목길은 시장과 막바로 통해 있다. 더 이상 골목의 그늘은 없다. 이글거리는 햇빛 속으로 걸어 들어간다.

시장. 맹목적인 노동, 부끄럼 없이 뿜어내는 삶에 대한 욕구들. 삶, 시장 속에서의 삶. 삶에 의욕을 잃었을 때 시장으로 나가 보시오. 활기를 되찾을 겁니다, 라고 라디오에서 흘러 나오는 소리는 말한다.

옷가게 앞에서 걸음을 멈춘 그녀는 가방에서 립스틱을 꺼낸다. 순수한 정열의 빨강색. 그녀는 옷가게 유리를 보며 입술을 붉고 촉촉하게 칠한다. 이제 그녀의 입술은 '봄'의 그것과 똑같다. 아가씨가 바른 것과 똑같은 색상을 사고 싶어요. 그녀가 처음 '봄'에게 한 말이다. '봄'은 립스틱의 뚜껑을 열어 스틱의 아래를 오른쪽으로 천천히 돌린다. 강렬하고 붉은 색이 조금씩 그녀의 눈앞에서 올라온다. '봄'은 거울을 비추어 주었다. 서툴게 라인을 그려 나가는 그녀의 손을 잡고 부드럽게 입술을 붉게, 붉게 칠해 주었다. 그녀는 '봄'의 입술과 자신의 그것을 번갈아 바라보며 조금씩 흥분되어 얼굴에 돋는 소름을 거울에서 본다. '봄'의 입술에서 나오는 비음이 약간 섞인 목소리는 그녀의 가슴으로 퍼져 나가 그녀의 전존재를 부드럽게 휘감는다.

'봄'은 화려하고 빛나는 백화점 1층에서 단정하고 환한 웃음을 지으며 잉그릿드 버그만의 딸인 이사벨라 롯셀리니 사진 앞에 서 있다. 단정한 유니폼을 입고 머리를 깔끔하게 뒤로 묶은 '봄.' 그녀를 향해 환히 웃고 있는 '봄'을 보며 그 흔하디흔한 삼류 소설이나 영화에서 그녀에게 맡긴 역할을 자기도 모르게 하게 되면 어쩌나 하는 두려움에 사로잡힌다. 남편의 이름을 밝히고 '봄'의 놀란 눈을 밟고 그리고—찢어질 듯한 욕과 뒤섞인 당당한 요구의 말, 매장 사람들이 후닥닥 뛰어오는 구두 소리, 자신과 '봄'을 둘러싼 쇼핑 온 여자들의 이상야릇한 표정들…… 아아, 그녀는 고개를 흔든다. 아버지는 그녀에게 돌부처가 되라고 했다.

백화점 뒷문으로 나와 남편의 차에 올라타는 모습과는 사뭇 다르다. 남편의 퇴근길을 뒤따르면서 본 '봄'이다. 도시 중심가의 현란한 조명 속에서 본 '봄'을 그녀는 한눈에 알아볼 수 있다.

"손님, 뭘 찾으시나요?"

'봄'이 그녀에게 처음으로 건넨 말이다.

그녀가 립스틱을 바른 입술을 거울에 비추어 보자 '봄'의 기쁜 눈빛이 느껴졌다.

"어울려요? 괜히 젊은 아가씨를 따라하는 것 같아서."

"전 제 나이에 비해 너무 야한 색을 좋아해서 바르는데…… 손님한테는 딱 그 나이에 어울려요. 나이가 들면 입술 색이 죽어서 그렇게 빨간색을 칠해야 돋보이거든요. 그래도 내 입술도 어울려요. 난 어때요?"

"너무 예뻐요. 내가 남자라면 뽀뽀를 안 하고는 그냥 지나칠 수 없을걸요?"

'봄'은 예쁜 용기에 담긴 화장품을 한 손에 들고 고른 치아를 드러내며 웃는다.

"이 보디 로션은 남편의 바람기를 잡는대요. 맡아 보세요. 정말 우아한 장미 향이죠? 거리 리어카에 쌓여진 그런 장미꽃에서 나는 향하고는 달라요. 가슴이 깊게 팬 까만 벨벳 드레스에 진주 목걸이를 한 백작 부인 같은 그런 우아하고, 품위 있는 장미 향이에요. 어떤 장미도 이 향을 흉내낼 수 없어요. 맡아 보세요."

아, 이 냄새—바로 남편의 벗은 옷가지를 끌어안고 코를 묻으며 맡은 '봄'의 향이다.

"아가씨도 이걸 쓰나요?"

"……네에, 저도 쓰고 있어요."

"바람난 남편도 없는데?"

"나를 잡기 위해서요. 그리고 나를 따르는 남자 친구들도……."

"남자 친구들이 많아요?"

"……남자 친구가 없을 때가 없었어요. 아주 어릴 때부터. 그들이 나를 키워 주었죠. 지금은 너무 많아 늘 시간이 헷갈리고 사람이 혼동돼요. 히힛…… 목에 번호표를 달아야 할까. 아, 주책이다. 처음 보는 손님한테 내가 무슨 얘길 하는 거지. 손님이 꼭 언니 같구 친구 같은 느낌이 들어요. 애인 같기도 하구…… 히힛……."

"외로운가 보다. 외로운 사람은 외로운 사람을 알아보고 자신을 금방 드러내니까. 아마 그래서 나한테 그런 얘길 한 걸 거야. 난 심리학을 전공하는 만년 노처녀거든. 아가씨를 알 수 있지. 이 보디 로션은 나한테는 아무 소용이 없겠어. 내 나이에 남편도, 남자 친구도 없는데…… 하지만 아가씨 말대로 나를 위해서 사야겠어."

"!……독신이세요?"

그녀는 고개를 끄덕였다. 자신의 거짓말에 그녀는 진짜 현실인 양 황홀하게 빠져 들어간다. 나는 심리학을 전공하는 외로운 노처녀.

어떤 남자도 나를 보아주지 않네. 한때 나도 사랑을 해보긴 했지. 아기도 가졌지. 하지만 처녀가 어떻게 아이를 낳을 수 있어. 아이들은 슬픈 영혼. 그래도 나는 외롭지 않아. 내 앞에 '봄'이 있으니깐…… 라랄라랄.

"전 고등 학교밖에 안 나왔지만 심리학 책을 많이 읽었어요. 그리고 저처럼 많은 사람을 매일매일 상대하다 보면 한눈에 그 사람을 알 수 있어요. 그리고 상대의 마음을 조종할 수도 있어요. 내가 원하면. 난 내가 정상인지, 어쩔 때는 무섭기까지 해요. 진짜 심리학엔 그런 사람들의 경험도 있나요?"

"그럼, 아가씨는 누구든 마음만 먹으면 유혹해서 자신을 사랑하게 만드는 타입인걸…… 그렇지 않아?"

"……맞아요. 그런 것 같아요. 내가 마음으로 찍으면 그 사람은 나에게로 와요. 처음엔 참 신기했어요. 지금은 재미있어요."

"그럼 나랑 자주 만나 심리에 대해서 이야기도 하구, 아가씨의 경험도 한번 들어 볼까? 내 경험도 말해 주구. 나도 한때 아가씨와 같았거든……."

"정말요! 아, 재미있겠다."

그녀는 부드럽고 벨벳 같은 미소를 띠며 고개를 끄덕였다.

"다음 주 화요일에 이 근처에 있는 '겨울 나그네'라는 레스토랑에서 약속이 있어. 아마 8시 30분에 끝날 거야. 그 시간에 그 쪽으로 나를 만나러 오면 어떻겠어? 맛있는 것도 먹고……."

"좋아요. 그 시간이면 퇴근이니깐."

"시간 늦지 말고 화요일에 '겨울 나그네'에서 봐요. 참, 이것은 우리 둘만 알아. 알았지. 아가씨가 사귀는 남자들이나 친구들에게 절대 말하면 안 돼. 그럼 재미가 없어져."

"난 누구하고 같이 있든 그 상대 외엔 다른 사람 이야기는 안 해요. 알고 싶지도 않고. 나에겐 아무 의미가 없거든요. 나에겐 그 순간에 내 앞에 있는 상대 외에는 존재하지 않으니까요. 꼭 나갈게요."

그녀는 빠르지도 느리지도 않은 걸음으로 백화점 문을 나섰다. 봄이 건네 준 회색 장미 한 송이가 피어 있는 화장품 쇼핑 백을 번쩍 들어 택시를 잡았다. 집으로 돌아온 그녀는 다음 주 수요일까지 자신의 심장이 터지지 않고 살아 있을 수 있을까 생각하며 립스틱과 보디 로션이 들어 있는 가방을 베고 거실에 눕는다. 늘 남편에게 맡아지는 옅은 향기를 직접 맡으니 그녀는 빳빳하게 풀을 먹여 말린 이불을 덮는 듯한 기분을 느낀다. 집 안의 모든 것은 그대로, 끔찍할 정도로 그대로 있는데…… 그녀는 화장품의 뚜껑을 열고 '봄'의 냄새를 직접 맡아 본다. 그 냄새 속에 그녀는 끝없는 공상으로 빠져 들어간다. 자신의 집에 의자를, 아주 편안한 안락의자 셋을 들여와 '봄'을 가운데 앉혀 놓고 남편과 그녀가 양옆에서 차를 마시면 어떨까. 집 안의 가구는 하나도 없고 오직 봄과 남편과 그녀의 안락의자만이 있는…….

차일을 내린 가게들 사이로 걷고 있는 그녀는, 문득 차일 안에서 오가는 사람들을 지켜보는 눈빛이 무서워졌다. 걸음을 빨리 했다. 이 더럽고 잡다한 시장 길을 벗어나고픈 생각으로 꽉차 있던 그녀는 갑자기 기름집 앞에서 걸음을 멈춘다.

참기름집 커다란 무쇠솥에 노란 깨가 볶아진다. 한 손에 나무주걱을 들며 연신 깨를 뒤적이는 여자의 등에 발갛게 익은 아이의 조그만 얼굴이 달려 있다. 돌을 갓 지났을까. 아이는 태열을 앓는 신생아처럼, 작은 얼굴에 열꽃들이 점점이 피어 있다. 여자의 남은 한 손은 아이의 엉덩이를 받치고 있지 않다. 얼굴을 타고 내려오는 땀을, 혹은 눈물인지 모르는 소금기 진하게 밴 물기를 연신 닦아 낸다. 깨는 뜨거움을 이기지 못해 커다란 무쇠솥 밖으로 탁탁 튀겨 나간다. 그녀는 깊은 정적을 가르는 그 소리에 망연히 귀를 기울인다. 소리는 점점 커져 갔다. 무엇이 가슴 한복판에 살같이 날아와 꽂혔는가.

깨를 볶아대는 소리는 점점 빨라졌다. 탁, 타닥닥…… 여자의 손놀림도 빨라졌다. 그녀는 생각했다. 사력을 다해 저어대는 저 여자에게, 무쇠솥의 깨는 더 이상 깨가 아닐 거라고. 그건 어쩜, 좀처럼 지지 않으려는 백색의 발광체일지도 모른다고. 그녀는 자신의 생각에 조용히 고개를 저었다. 아니다. 아무것도, 아무것도 아닐지도 모른다. 그저 밑에서 올라오는 열기와 눈으로 들어가는 짠 소금물, 그리고 쉴새없이 저어야 하는 무의식적인 반복만이 저 여자에게는 전부다.

아이의 두 손은 포대기 밖으로 나와 있다. 힘없이 주먹 쥔 손은, 그러나 누군가 편안하게 펼쳐 주려고 하면 완강하게 다시 모아 쥘 것이다. 그리고 좀체 그 손바닥을 열어 보이려 하지 않을 것이다. 새삼 그녀는 알 수 없는 의문에 부딪힌다. 막 세상 밖으로 나온 아이는 절대 웃지 않듯이, 결코 주먹을 쥔 손을 펴지 않는다. 주먹을 꼭 쥔 채 울음을 터트리며 세상 한가운데로 나온다. 이승으로 향하는 긴 터널에서 그토록 불안하고 무서웠을까. 아니면 갑자기 들이닥친 빛에 반사적으로 주먹을 꼭 쥔 것일까. 결국 아이가 처음 손으로 잡은 것은 자신을 성가시게 하는 공포감마저 주는 한 줄기 빛인지도 모른다.

그럼, 사람이 죽는다는 것은, 죽음은…… 주먹 쥔 손 펴보인다는 것…… 그것인가?

아이의 여린 목은, 힘없이 등뒤로 젖혀져 있다. 빨간 힘줄이 도드라진 그 목은 한 손에 움켜잡을 수 있을 만큼, 그래서 조용히 눌러도 아무런 저항이 느껴지지 않을 것처럼 기진해 있다. 그 한없는 순응은 그녀로 하여금 본능적인 살의를 일깨웠다.

질식된 의식. 보이지 않는 열기 속에 굳어져 버린, 완고한 구도. 아이는 여자의 등에 업혀 있고, 여자는 아이를 업고 있지만 그들은 전혀 별개의 고통 속에 있다. 여자는 아이를 잊었고, 아이는 여자를 잊었다. 그녀는 손가락이 조심스레 움직이는 것을 느꼈다. 미세한, 긴장된 살의의 움직임…… 손톱은 팽팽하게 곤두서 있다. 자신의 손톱으로 가해진 단 한 번의 일격은 아이의 목을 곧추세우고, 아이에게서 떠난 여자의 손에서 주걱을 뺏고 그리고 아득한 정적을 깨뜨리는 소리를 몰고 올 것이다.

그러나 그녀는 땀에 밴 아이의 얼굴을 한번 더 보고 시장 길을 찬찬히 걸어 나간다. 땀에 젖어 이마에 들러붙은 머리카락을 손으로 쓸어 올리며 흰 정적 가득한 하늘을 본다. 저 아이는 기억할 거다. 느닷없는 손톱이 주는 날카로움이 아니라도. 이 뜨거운 하루, 단 하루가 전생애를 여는 비밀이 될 수 있다.

그 뚜렷한 느낌. 그 느낌만으로도 자신의 어린 시절, 어느 한때 여름의 열기와 무쇠솥에서 올라오는 뜨거움을 기억해 낼 것이다. 본능적으로, 아이는 그 뜨거움을 피할지 모른다. 그리고 자신의 친구나, 애인이나 하는 그들에게, 나는 원래 태어날 때부터 본능적으로 뜨거운 것은 싫어, 하고 말할 것이다. 그 아이의 어머니는 그 말을 이해할 수 없을지도 모른다. 이 하루, 이 순간을 아이의 어머니는 일상 속으로 들어가 전혀 기억도 없을 것이다. 그래서 어느 누구도, 오늘 이 한낮의 한 순간을 알지 못한다. 그리고 뜨거운 음식을 싫어하고 여름을, 특히 해 긴 여름의 한낮을 싫어할 거다. 그러면서 왜 자신이 이토록 이 여름을, 긴 한낮의 열기를 절망적으로 거부하는지 이해할 수 없을지도 모른다.

그녀의 속이 울렁거린다. 시장 안쪽으로 길게 몸을 누인 시멘트 길은 아득하다. 아무 방어 없이, 엄살 없이 자신의 몸 속속들이 파고드는 따가운 빛살을 온전히 받아들이고 있다. 잘 벼린 칼날처럼 빛살이 꽂히는 시멘트 길은 깨끗하다. 쉽게 숨돌리지 않는 침묵처럼, 희고 투명한 열기가 아지랑이 피어 오르듯 올올이 풀어지고 있다.

황폐한 건물 사이로 일없이 부는 바람처럼 어머니의 입에선 언제나 잿빛 연기가 날렸다. 여름 한낮 낮잠을 자다 선뜻 눈을 뜨면 뿌연 연기가 방안 가득 풀어져 있었다. 연기 속에 그녀가 맨 처음 본 것은 낙점처럼 허공에 찍힌 붉은 입술이었다. 질 나쁜 도화지에 빨간 크레용을 짓이기듯 칠한 것 같은 그 붉은색은 어머니의 입술에 섬뜩하게 으깨져 있다. 엄마, 무서워요. 내 잘못은 아니에요. 하지만 잘못했어요. 아랫배에 아릿한 통증과 온몸이 스멀거리는 간지러움에 수없이 몸을 뒤척이며 그녀는 맹목적인 용서를 빌었다. 어머니의 입술보다 더 진하고 깊은 핏물이 점점 옷 속으로 스며들 때 어머니는 천천히 감았던 눈을 떴다. 그 눈은 곧 더럽혀질 것에 대한 의심과 경계와 경멸과 적의를 가득 담고 있다. 널 낳을 생각은 아니었다. 몇 가지 할 수 있는 일들을 해보았지만 영 듣지 않더구나. 높은 언덕에서 뛰어내려 봐도, 굴러 봐도 배는 자꾸만 불러 왔지. 너희 아버지를 찾아가 내 배를 힘껏 차주면 난 이대로 이 읍을 떠나겠다고 말했지만 네 아버지는 내 뺨만 때리더구나. 그녀는 자꾸만 속옷이 안으로 말려들어 가 제대로 추스를 수가 없다. 다리를 타고 흘러내리는 피가 자꾸 손에 묻었다. 담배 연기 속에 퍼져 가는 어머니의 목소리는 낮고 은밀하다. 그건 이미 말이 아니다. 듣는 사람을 잊어버린 말, 아니 어쩌면 잃어버렸는지도 모른다.

산파 할머니가 나가자 내가 맨 처음 한 일은 너를 엎어놓은 일이었다. 베개를 뒤집듯…… 참 쉬운 일이었지. 그리고 기다렸다. 무척 긴 시간이었단다. 너는 작은 번데기처럼 그냥 엎어져 있었지. 왜 어머니는 초조가 시작되는 날 이런 얘기를 하는 걸까. 열세 살의 그녀는 어머니가 말을 그만두었으면 했다. 끈적한 땀 냄새와 손과 다리에 묻은 피, 그 비릿한 냄새는 어머니가 뿜어내는 담배 연기와 어머니의 훗훗한 입 냄새와 어우러져 그녀의 폐부 깊숙이 차 들어왔다. 아, 어지러워요. 엄마. 너무 덥고, 냄새가, 냄새가 못 견디겠어요. 난 자고 싶었단다. 이제는 제대로 잠이 들 거라고 생각했지. 자고 나면 모든 것이 다 원래의 자리로 돌아갈 거라고 생각했단다. 그때 내 나이 스물둘이었다. 아, 그런데 꿈을 꾸었어. 그 꿈은 너무나 생생하다. 제발, 어머니가 꿈 얘기만은 안 하길 바랐다. 한다면, 어머니가 그 긴 꿈 얘기를 한다면, 손에 묻은 자신의 피 위에 또 다른 피를 묻혀야 될 것 같았다. 꿈에 그 여자가 생시보다 더 또렷하게 내 앞으로 다가오지 않겠니. 머리를 풀어헤치고 입에는 피를 묻히고 말이야. 그러고는 나를 아무렇지도 않게 바라보면서 내가 낳은 딸아이의 목을 한 손에 움켜쥐는 거야. 나는 미친 듯이 소릴 쳤지. 그럴 바엔 내 손으로 내 자식을 죽여 버리겠다고…….

그녀는 기어코 어머니를 쓰러뜨렸다. 어머니의 입을 막고, 손은 어머니의 몸에서 나온 피로 흥건히 젖었다. 엄마가 두려워하고, 그 여자가 원하는 그런 운명은 나의 것이 아닐 거예요. 이젠 조용히 눈을 감으세요. 그녀는 어머니를 눕히고 입술에 물고 있는 담배를 빼 붉은 입술을 닦아 냈다. 이제 그녀의 가슴 깊은 곳에 커다란 무덤 하나가 들어왔다. 어머니의 몸은 어린애의 그것처럼 가벼웠다. 그녀는 어머니의 몸에 나 있는 구멍이란 구멍에 다시는 요기스런 잿빛의 연기가 새어 나오지 않게 희디흰 광목으로 막았다. 그래도 어머니의 목소리는 광목 틈새로 새어 나왔다. 그 길고 무서운 꿈을 꾸고 나서 너를 보았단다. 정말 충분한 시간이었다고 생각했지. 왜냐하면 그 꿈은 너무나 길었거든. 그래서 나는 너를 제자리에 뉘었단다. 그런데 너는 숨을 쉬고 있었다.

그건 피할 수 없는 일이었어. 누군가 나를 증거 하기 위해 너를, 너를 필요로 했다는 생각이 들었다. 너를 보면 무섭다. 네가 나날이 여자 티가 나는 걸 보면 겁이 난다. 네 옆에는 언제나 죽은 그 여자가 나를 노려보고 있는 것 같다. 왜 네가 날 닮지 않고 그 여자를 닮았다고 생각되는지 잘 모르겠다. 하지만 넌 정말 그 여자를 닮은 것 같다.

등으로 흘러내리는 땀은 그녀의 허리 중간쯤에서 살 속으로 파고드는지 몹시 쓰라리다. 치마의 허리띠를 푼다. 소매 없는 원피스에 유일하게 모양을 내주던 허리띠는 그녀의 한 손에 들려 있다. 대학에 입학할 때 아버지는 빨간색의 원피스를 사주며 까만 벨트로 허리를 묶어 주었다. 그리고 말했다. 벨트를 풀면 여자는 수치심을 잃어버린단다.

처음 '봄'을 보았을 때 그녀는 남자들에게는 느낄 수 없는 미묘한 열정과 정열이 솟구쳤다. '봄'을 만나고 오는 늦은 저녁이면 자신이 정상일까, 하는 의문에 문득문득 사로잡혀 길을 가다가도 발걸음을 멈춘 채 서 있곤 한다.

'봄'은 그녀를 따랐다. 그녀를 언니라고 불러 주었다. 자주 만나고 싶지만 '봄'에게는 만나 주어야 할 사람이 많다. 그녀의 남편과 또 다른 남자 친구들…….

"오늘 언니 머리 예쁘다. 요즘 유행하는 재즈 풍의 스타일인데 참 잘 어울려. 언니 나이엔 어울리지 않는 스타일인데 말이야……."

그녀는 혀를 쏙 내밀며 장난을 쳤다. '봄'은 피자를 좋아하고 스파게티와 바닷가재 앞에서는 참을 수 없는 식욕을 나타냈다.

"나, 언제 언니 집에 놀러 갈 수 있지? 나도, 언니도 혼자 사는데 내 방과 언니 방은 틀릴 것 같아. 아주 많이."

"어떻게?"

"으응, 내 방에는 옷, 구두 그리고 화장품, 액세서리가 여기저기 널려 있는데 언니 방은 나무로 된 책꽂이를 사방 네 벽에 세워 놓고 그 안에 책들이 가득 차 있을 거 같아. 맞지! 그렇지?"

"후훗……글쎄. 곧 이사를 갈 거야. 오빠 내외가 미국 유학을 가거든. 그래서 오빠가 살던 아파트로 이사를 해야 해. 참 그 아파트는 32평인데 방이 세 개야. 혼자 살기에는 너무 크지? 우리 같이 살까? 지금 자기가 세 들던 방의 전세금만큼만 받을게. 아니 그건 농담이고 그냥 들어와 살아도 돼. 그럼 서로 좋을 거야. 다음 학기부터는 시간 강사 자리도 끝나. 딴 일을 찾아야 해. 같이 살며 우리가 할 수 있는 일을 찾아보면 어떨까? 생각해 보겠어?"

"나쁘진 않은데……지금 살고 있는 집은 화장실과 목욕탕이 엉망이거든. 하지만 그냥 살 수는 없어. 최소한의 방 값을 내야 마음이 편할 것 같아. 난 요리를 잘해. 음식은 내가 할게. 근데 한 가지……내가 어떤 남자를 데리고 와도 신경 쓰면 안 돼. 그것 때문에 언니가 잔소리하면 난 못살아."

"좋아. 너의 남자 친구가 누구든, 어떻게 행동하든 나는 노 터치다. 그럼 됐어?"

"응."

똑같은 라인의 눈썹과 짙은 갈색의 아이 섀도, 진빨강의 입술을 한 두 사람은 환히 웃는다. 그녀는 백화점에서 직원용 옷을 입고 미소를 짓고 서 있는 '봄'보다 퇴근 후 밤에 보는 '봄'이 더 좋다. 몸을 죄는 제복과 묶은 머리를 활활 풀어헤친 그녀의 모습은 갓 태어난 비너스의 관능, 그 자체다. 60년대 할리우드 여배우들이 유행처럼 신었던 은색의 높은 힐, 소매 없는 배꼽티에 짧은 흰색의 스커트를 입고 도시의 어둠을 밝히는 '봄'. 가끔 치마가 저렇게 짧아 팬티가 보이면 어떡하나, 하는 걱정을 하게 하는 '봄'…… 실제로 그녀는 살짝 '봄'의 팬티를 본 적이 있다. 아주 짧은 순간이지만 그녀의 팬티는 너무 예쁘고 귀여워 어쩜 저 팬티를 살짝살짝 보여 주기 위해 짧은 치마를 입는 것은 아닐까 하는 생각이 들자 웃음이 나왔다.

'봄'에게는 많은 남자들이 있어야 하고 그들의 선물과 돈이 필요하다. 그녀도 이제 '봄'에게 비싸고 고급스런 실크 팬티와 슬립, 브래지어를 사준다. 그리고 '봄'이 자신이 골라 준 팬티를 입었는지 안 입었는지 알기 위해 아침마다 '봄'의 치마를 들춘다. 어떤 날은 '봄'이 자신의 치마를 두 손으로 높이 쳐들고 팬티를 구경하라고 한

바퀴 거실을 돌며 갸르르 웃음을 터트린다. 그때 그 남자는 한 번도 내 팬티를 보지 않았어. 그냥 벗기는 일밖에 못해. 그래서 언니 생각하고 차버렸어. 또 어떤 남자는 내 옷 하나하나 다 벗기는 데 두 시간이나 걸려. 거짓말 아니야. '봄'은 그녀에게 브이 자를 그려 보이며 진지한 눈빛으로 걸어온다. 처음엔 얼마나 좋은지 알아? 근데 두 번째부터는……너무 지겨워. 히히힛.

어머니는 그녀에게 아름다운 사랑의 이야기를 해주지 않았다. 언제나 새로운, 그러나 그녀가 원하지 않은 이야기를 했다. 아, 그래. 그런 거였어. 그 소읍은 너무 지루하고 한가로웠지. 맞아. 그 지루하고 똑같은 나날들이 나를 그렇게 몰고 갔던 거야.

그 해 여름 방학은 더 이상 견디기 어려웠지. 차라리 저수지에 뛰어들어 죽는 것만 못했어. 혼자 자췻방에 뒹굴면서 왜 아무 일도 일어나지 않는 거지, 하는 질문을 수천 번도 더 했다. 죽음도, 열정도, 미움도, 고통도, 광기도 없는 숨소리 하나하나가 전해지는 이곳을 나는 진저리쳤다. 네 아버지의 숙직실로 찾아 들었을 때 내가 원하는 것은 오직 하나뿐이었어. 다시는 자췻방의 천장을 올려다보면서 그런 생각을 하는 나로 절대로 되돌아갈 수 없는 나를 원했다. 하지만 꼭 그건 내 탓만은 아니야. 나는 분명히 보았어. 그 여자가 학교로 네 아버지의 도시락을 갖다 주러 오곤 했을 때 그 여자의 눈은 바로 나와 다를 바 없었어. 남편을 따라 몇 년째, 애도 없이 타지에 엎드려 있는 그 여자의 눈은 바로 잃지 말아야 할 것을 잃어버린 그런 텅 빈 눈이었거든. 어떻게 아냐고? 그 여자와 나는 첫눈에 이 지루한 소읍에 뭔가 한바탕 일을 치르기로, 무언의 공범자로서 서로의 눈빛을 교환했어.

아, 그래 그 여자가 아니라, 나만 그렇게 생각을 했는지도 모르겠다. 이젠 잘 알 수가 없어. 그땐 모든 것이 분명하다고 믿었는데……어쨌든 그렇게 믿은 나는 그 여자가 싸다 놓은 도시락을 몰래 훔쳐

먹으면서 내내 그 여자의 눈을 생각했다. 생각해 보면 꼭 내가 아니라도 그 여자는 죽었을 거야.

그 작은 마을, 단 하나의 학교, 1년 내내 걸려 있는 국기, 이미 숱한 사람들의 발로 길들여진 샛길들…… 자신이 새롭게 할 것이라고는 아무것도 남아 있지 않은 그 읍을 그 여자나 나나 어떻게 견디고 살 수 있었겠니? 우리는 가끔 만날 때 정중한 인사를 하곤 했지. 안녕하세요. 별일은 없으시죠? 하지만 나는 그 예의바르고 정중한 인사말 속에서 다른 말을 찾아내었다. 안녕하지 않지요? 네. 뭔가 이 지루함과 권태를 일시에 몰아낼 그런 일은 없을까요? 글쎄요. 당신이 먼저 하겠어요? 아니면 내가 할까요? 이 소읍에서 그런 일을 벌일 사람은 우리 둘밖에 없는 것 같은데…… 그렇겠군요.

그리고 일이 터졌어. 그 여자는 기다렸다는 듯이 머리를 풀어헤치고 아주 강한 여자가 되어서 나에게 달려들었어. 그러고는 나를 상대로 세상과 싸움을 하는 거야. 아마 그 여자 일생을 통틀어 그렇게 기운이 난 적은 없었을 거야. 그녀의 무의식에 잠재된 모든 분노와 고통이 나를 상대로 터져 나왔으니깐. 오늘을 기다렸다는 듯이. 너도 생각해 봐. 권태와 단조로움에 서서히 죽어 가는 여자를…… 그런데 그 기회를 놓치겠니? 미친 듯이 행동할 구체적인 동기도 생겼고, 무엇보다 극적으로 죽을 수 있는 명분을 드디어 찾았는데. 우리만이 아니었어. 그 소읍의 단조로움에 지쳐 가는 무지렁이 동네 사람들은 우리 셋을 놓고 미친 듯이 날뛰는데…… 그건 축제였어. 모두 다 즐겼지. 우리 셋은 말할 것도 없고. 그 읍에 살아 있는 모든 것들은…… 똥개까지도 보통 때보다 더 큰 목소리로 짖어댔으니까.

그런데 네 아버지는 아무것도 모르지. 알 수가 없겠지. 그저 자신의 실수로 처녀에게 애를 배게 하자 본처가 분을 못 이겨 죽었다고 생각하겠지. 그러고는 부랴부랴 서울로 도망쳤으니. 그것이 네 아버지가 한 일의 전부였다. 네 아버지가 뭘 알 수 있겠니? 자기 아내의 텅 빈 눈빛을 들여다본 적도 없는 사람인데…… 내가 숙직실로 찾아 들었던 밤의 내 메마른 눈의 의미를 욕정으로밖에는 이해할 수 없었던 사람인데…….

아아, 그런 게 아니었을 거야. 그 여자는 네 아버지를 사랑하는 정숙하고 조용한 여자였을 거야. 언제나 마음속에 이 평온과 조용함이 깨지면 어쩌나 하고 마음 한구석에서 가슴을 졸이며 사는 여자일지도 몰라. 남편 외에는 아무것도 없는 순진한 여자 말이야. 그녀는 자기 남편과 나와의 일을 감당할 수 없었던 거야. 그래서 죽음을 택했던 것은 아닐까. 그녀는 몸도 여리지만 마음 역시, 깨지기 쉬운 유리병 같았거든. 그런데 그 놈의 소문이…… 또 어머니는 소문을 탓한다. 소문이 나지 않았다면, 아무도 알려고 들지 않았다면 조용히 뱃속의 아이 하나를 긁어 내는 걸로 모든 것은 그대로였을 거라고. 그랬다면 네 아버지와 나는 부부로서 살아야 할 까닭이 없고 네가 세상에 태어나지 않아도 되었지…… 그런데 소문이 퍼지고 그 여자는 수업을 하고 있는 나를 운동장으로 끌고 가 마구 때렸어. 작은 읍내의 사람들의 입과 눈은 온통 우리 세 사람을 향해서 열렸어. 그리고 일은 더 커져 갔지. 결국 우리 셋은 이렇게 되었단다.

어머니는 왜 좀더 자신을 아름답게 각색해서 딸에게 들려주지 못할까. 소읍의 작은 학교에 유부남인 젊은 선생과 처녀 선생이 서로 사랑을 했는데…… 너무나 뜨겁고 아름다워서 누구도 어쩌지 못해, 자신들도 어떻게 할 수 없는 사랑의 열정이 모든 일을 그렇게 몰고 갈 수밖에 없었다고…… 그녀는 그런 아름다운 사랑의 동화를 원했다. 사랑이라는데…… 죽음도 초월하는 그것이라는데, 도덕이란 얼마나 힘없는 것인가 하고 그녀는 스스로 위로받고 싶었다. 아버지와 어머니의 빗나간 삶을 이해하고 싶었다. 그러면 태어나기도 전에 짊어져야 하는 도덕적 열등감에서 조금이라도 자유로워지지 않았을까.

'봄'은 늘 말한다. 자신에 대해…… 피자를 먹으면서도 말하고 담배를 피우면서도 말한다. 아주 재미있게 한다. 하지만 '봄'이 말하는 이야기는 그렇게 웃으면서 들을 수 있는 것이 아니다. 그래도 '봄'은 웃는다. 아, 불쌍하고 귀여운 신데렐라…….

언젠가부터 그녀도 '봄'의 이야기를 듣고 같이 웃는다. 언니, 언니가 웃으니깐 너무 예뻐. 처음에 언니는 하나의 표정밖에 갖지 못한 사람 같았거든. 그것도 너무 무섭고 냉담한 표정! 그래, 언니는 하나의 표정밖에 없는 사람 같았어. 마치 금방 물 속으로 뛰어들어 죽을 사람 같은 그런 얼굴인 거 알아? 봐아, 웃으니깐 얼마나 예뻐, 내가 언니에게 다양한 표정을 갖게 해주었어. 이제 행복하지? 말해. 행복하다고. 응, 행복해. 너가 있어서. 봄의 손길이 그녀의 얼굴에 느껴지는 순간 그녀의 굳어진 마음이 파스텔 색조로 옅게 퍼져 나가는 것을 느낀다. '봄'은 그녀의 귀에 대고 생크림처럼 달콤하게 사랑한다는 말을 한다. 그녀는 천천히 두 눈을 감고 부드러운 크림을 조금씩 혀로 핥는다.

열두 살 때, '봄'의 부모는 이혼을 했다. 학교에서 돌아온 '봄'을 엄마는 울음과 말이 뒤섞인 채 그녀를 가슴에 안았다. 넌 누가 뭐래도 내 딸이야. 알지? 아가, 약속해야 한다 엄마를 잊지 않겠다고. 그리고 '봄'의 엄마는 다음날 집을 떠났다. 엄마가 떠나자 이번에는 아빠가 '봄'을 가슴에 꼭 묻으며 널 절대로 버리지 않아. 아빠가 널 얼마나 사랑하는지 알지? 아가, 늘 행복해야 한다. 그리고 엄마와 똑같이 아빠도 떠났다.

무엇 때문에 엄마와 아빠가 사랑한다면서, 절대 버리지 않겠다면서 자신을 떠났는지 알 수 없다. 아니, 알 필요를 느끼지 않는다. 어느 날 중학생인 '봄'은 여성 잡지에 실린 엄마를 보았다. 엄마 사진 밑에 엄마가 뉴욕에서 유일하게 성공한 디자이너라고 씌어져 있다. 엄마가 계절별로 내놓은 옷들을 여성지에서 가끔 보면서 '봄'은 중학교를 다녔다. 어느 날 잡지에서 엄마가 아주 작은 아이들 두 명과 낯선 남자와 찍은 사진을 보았다. 그리고 생각했다. 인생은 별거 아니다. '봄'은 할머니 집에서 고모 집으로, 또 삼촌 집으로…… 전전하며 커갔다. 언제나 머물러 있던 집을 떠나야 한다는 생각 속에 옷을 넣은 트렁크와 책가방은 잘 정돈되어 있다. 당장이라도 누군가를 따라 나설 수 있다. 그들은 잘해 주었다. 엄마와 아빠가 '봄'의 양육비를 그들에게 충분히 주기 때문에.

고등 학교를 졸업한 '봄'은 너무나 기뻤다. 이제 낡은 트렁크와 책가방을 들고 낯선 집으로 가야 할 필요가 없어졌다. 여러 집에서 살아 본 '봄'은 한 가지를 배웠다. 그리고 그 배움을 자신은 평생 잊지 않으리라 결심한다. 가족을 만들지 않겠다. 가정을 갖지 않겠다. '봄'이 본 가족이란 식어 버린 커피 같은 거였다.

"재미있죠? 내 얘기가. 나한테 형제가 몇이냐고 물어 봐요. 사실, 잘 몰라요. 아빠와 엄마가 이혼한 후 그들은 다시 아기들을 낳기 시작했거든요. 아버지 쪽의 아이들, 어머니 쪽의 아이들…… 모두 합하면 아, 너무 많아서 숫자를 셀 수 없어요."

"남자 친구는 몇 명이야? 그건 계산할 수 있지?"

"아니. 졸업 이후 나한테는 남자 친구가 없었던 적이 없어. 다 셀 수가 없어. 아, 지금은 유부남 한 명과 그림 그리는 남자…… 아, 그리고 그 애! 셋이구나."

"어떤 남자가 좋아?"

"나한테 무조건 잘해 주고 많은 선물을 주는 남자…… 문제는 시간을 조종하는 일이야. 공평해야 하거든."

"지금 사귀는 유부남은 어때?"

"아, 너무 골치야. 사실 언니 집으로 이사를 온 것도 그것 때문이야. 세상에 나하고 결혼을 하겠다고 자기 부인하고 이혼을 하고 집을 나온 거 있지? 10년이나 바람도 안 피우고 자기 부인만을 사랑하고 살아왔다던데. 나보고 자기 아기를 낳아 달래. 그리고 무조건 결혼을 해야 한대. 나도 원한대나. 자기가 어떻게 알아? 웃겨. 하지만 그 남자는 착해. 너무 착해서 여자와 결혼하고 아기 낳고 집을 갖는 것밖엔 한 여자에게 원하는 게 없어. 그거면 되는 남자야. 그는 지금도 날 찾아 다닐까? 우리 고모 집에까지 갔다고 그러던데. 그런 남자는 말로 해도 이해를 못하고…… 정말 착한 게 죄야. 내가 유부남과 사귀는 이유가 뭔데? 그들이 결국 가정을 버리지 않는다는 게 좋아서야."

"그래도 사랑했을 거 아니야? 너무 잔인하지 않아?"

"사랑, 글쎄. 난 누구도 사랑한다고 해서 사귀어 본 적이 없어. 그냥 만나서 즐거우면 돼. 그러니깐 중요한 건 지금 내가 즐거워하고 있느냐 하는 거야."

"그 남자의 부인에 대해 궁금해 본 적은 없어?"

"부인? 나하고 아무 상관이 없는데……왜 궁금해? 난 유부남들이 어느 순간에 자기 부인 이야기를 하면 난 딴 남자와 섹스하는 생각을 해. 너무 듣기 싫거든. 기억도 안 나구. 언니도 연애해?"

"글쎄……너가 있는데, 뭐. 참, 섹스할 때는 어때?"

"섹스할 땐 동물적인 것이 좋아. 자유를 느끼거든."

"누구한테 이런 자신의 이야기를 한 적이 있어?"

"아니. 한 번도. 언니한테 태어나서 처음으로 내 얘길 해본 거야. 내가 외로울 땐 내 이야기를 들어줄 수 있는 사람이 있으면 좋겠다, 하고 생각은 하지. 남자들은 진지한 대화를 몰라. 들어주는 척은 하겠지. 하지만 머리 속은 오직 나와의 섹스만을 상상할걸. 그들은 나를 알려고 하지 않아…… 그들은 나의 몸과 웃음과 거짓말을 더 원해. 내가 거짓말을 한다는 것을 알아도 그들은 그것을 즐겨. 나는 새로운 남자를 만날 때마다 새로운 내 배역이 생기는 것 같아. 이젠 너무나 익숙해졌어. 이 남자한테는 어떤 여자 역을 맡으면 좋을까, 하고 느끼지. 그럼, 딱 맞아…… 언니한테 처음으로 내 얘기를 하고 나니깐 왜 이렇게 갑자기 텅 빈 것 같지. 아, 술을 한잔 마셔야겠다."

"누구든지 그래. 자신에 대해 처음으로 상대방에게 알려 줄 때는……슬프거든. 넌 정말 예뻐. 아무도 너를 미워할 수 없어. 네가 무슨 짓을 해도……널 미워할 수 없어……아무도……."

그녀는 홀로 버려진 듯 다시 시장 길 한가운데 서 있다. 해는 늙은 여자의 헛된 집념처럼 여직 버티고 있다. 결국 어둠이 올 거라는 것을 알고 있는 사람들은 더러운 차일을 벗기고 저녁 손님들을 맞이하기 위해 시든 푸성귀에, 조금씩 상해 가는 생선에 활활 물뿌리개로 물을 뿌려대고 있다. 그녀는 갑자기 이 움직이는 낯선 느낌에 황황히 정신을 놓았다. 어디선가 둔탁한 소리가 들려 왔고 넋이 나간 그녀의 텅 빈 눈은 그 소리 나는 쪽을 향해 열려졌다.

러닝 셔츠 차림의 사내의 손엔 둔중한 칼이 들려 있다. 사내는 빠른 동작으로 설설 끓는 찜통 속에서 털이 뽑힌 닭을 꺼내 힘껏 목을 내리친다. 그녀는 머리 속이 텅 빈 듯 닭의 감긴 눈 속으로 들어간다. 함지박 가득 차 있는 잘려진 닭 머리는 하나같이 졸음에 겨워 눈을 뜰까말까, 하는 순간 뜨거운 찜통 속으로 들어갔다 나와 털이 뽑히고, 그리고 목이 잘린다. 잠시 한눈을 팔고 졸음을 이기지 못해 눈이 감겼을 때 어처구니없이 자신에게 무슨 일이 일어났는지 알지도 못한 채 그렇게 몸통을 잃어버린 머리가 함지박 가득 담겨 있다.

남편의 괴로움은 점점 커져 갔다. 더 이상 밀회를 원치 않는 듯하다. 당연하다. 그는 정직한 남자니까. 결국 그의 입에서 '봄'의 이야기를 듣게 되는 늦은 저녁에 '봄'과 데이트를 하고 돌아온 나를 그는 의자에 조용히 앉힌다.

"……."

"……."

무슨 일이 있어요? 세상에는 자기에게만은 일어날 수 없는 일이라고 굳게 믿는 일들이 일어나지 말라는 법은 없잖아요?

"……나는 몇 달 동안 이 이야기를 어떤 식으로 해야 하는지 무척 고민했어. 나는 나에게 이런 일이 일어나리라는 생각은 상상도 안 해봤어. 그런데 기적같이, 일어났어. 꼭 만화 영화처럼 말이야. 정말이야. 나는 당신 이외의 여자들한테는 벼락을 맞는 듯한 감정을 느끼지 않을 거라고 생각했어. 그건 인간에게 단 한 번만 주어지는 거라고……그런데……그게 아니야. 그녀에게로 향하는 내 감정은 더 이상 억제할 수 없어. 그녀와 같이 살고 싶어. 물론 당신을 사랑해. 당신이 원한다면 혼자 세상을 살아갈 수 있도록 내가 할 수 있는 데까지 도와 줄 거야. 날 용서하고 이해해 줘."

"그 여자가 나와 자기 중에 하나를 선택하라고 하나요?"

"……아니, 그런 말은 안 했어. 하지만 그녀도 마음속으로 원할 거야. 너무 순수한 여자라 다른 사람에게 가해자가 되는 것을 원치 않아. 날 너무 나쁘게 보지 마. 외도도 인생의 한 과정이라 하고, 불륜은 없다고 사람들은 말을 하기도 해. 나는 외도도, 불륜도 아니야. 오직 그녀만을 사랑해."

"……그 말은 듣지 않은 걸로 할게요. 당신은 두 여자 사이를 자유롭게 오갈 수 있어요. 나는 얼마든지 모른 척 살 수 있어요. 그게 당신에게도 낫지 않아요?"

"아아, 아니야. 그런 뜻으로 받아들이면 안 돼. 난 그녀를 사랑해. 그녀와 함께 아침에 눈을 뜨고 내 와이셔츠를 다리는 그녀를 보고 싶어. 내 아기를 낳고…… 그런 가정을 나는 그녀와 갖고 싶어."

"좋아요. 그렇다고 해요. 그런데 만약 이혼을 했는데 그 여자가 당신의 생각대로 결혼을 하지 않는다면은요?"

"그런 일은 상상할 수 없어!"

당신은 상상할 수 없는 일이 너무 많군요. 그녀는 남편의 잘못된 계산을 바로잡아 주고 싶은 욕구를 강렬하게 느낀다. 나와 '봄'의 이야기를 그에게 다 들려주어야 하나? '봄'이 진정으로 원하는 것이 무엇인지 그를 설득하고 확인시켜 주어야 하나? 그는 내가 거짓말을 하는 걸로 생각하겠지. 사랑에 빠진 그가 나의 무슨 말을 믿고 들을 수 있단 말인가…… 당신은 나보다 그녀를 몰라요. 하긴 남자들이 여자의 미묘한 감정을 어떻게 알겠어요. 그녀는 애정만을 원해요. 상대가 누군지, 앞으로 자신을 어떻게 할 것인지 하는 생각을 안 해요. 당신이 이혼을 하면 '봄'에게 버림을 받을 거예요…… 그녀는 그의 귀에 대고 큰소리로 말하고 싶은 강렬한 충동을 느끼지만 곧 부질없는 일임을 깨닫는다. 그는 이미 가방을 싸놓고 그녀를 기다리고 있었다. 그리고 더 이상 그녀의 입에서 아무 말이 나오지 않는다면 의자에서 일어나 가방을 들고 이 방을 걸어 나갈 거다.

"……."

"……."

"……갈게. 생활비는 매달 통장에 있을 거야……."

"……."

"……당신은 참 괜찮은 여자야. 내가 당신을 사랑하지 않는다고는 생각하지 않지?"

그는 떠났다.

당신이 불행해지지 않았으면 좋겠어요. 하지만 당신은 오늘 밤, 아니 내일이면 불행해질 거예요. '봄'은 결코 당신의 여자가 될 수 없으니까. 이제 그녀의 집에 세 개의 안락의자가 필요 없게 되었다. 남편의 의자는 그 스스로가 들고 나갔기 때문이다.

여름과 가을을 보낸 그녀는 이사를 했다. 세 개의 방이 있는 집이다. 그중 가장 햇빛이 잘 드는 큰 방을 '봄'에게 주었다. 가끔씩 '봄'이 데리고 오는 남자들은 그녀들의 생활에 많은 즐거움을 주었다. 그녀는 침대에 누워 있을 시간이 없어졌다. '봄'이 임신을 했기 때문이다. 아기의 아버지가 누구인지 '봄'은 모른다. 그녀 역시 묻지 않는다. '봄'이 모르는 아빠를 그녀인들 어떻게 알 수 있겠는가.

그리고 아기는 그녀와 '봄'의 아기니까. 아버지가 누구인지 알 필요가 없다. 그녀는 '봄'을 꼭 껴안고 조용조용 애원하고 달랜다. '봄'의 어깨와 손에는 한동안 그녀의 눈물이 적셔져 있다.

"이 아이는 내 아이야. 그러니까 나를 위해 이 아이를 낳겠다고 약속해 줘. 응?"

"그렇게 아기가 갖고 싶어?"

"응, 꼭 너의 아이를……."

"난 엄마가 될 수 없어. 알잖아, 언니는……."

"걱정 마. 이 아이의 엄마는 나니깐."

"……좋아. 대신 이 아이를 갖고 나를 귀찮게 하면 안 돼. 나는 나니깐."

"그래, 그래. 물론 그렇게 하고 말구."

그녀는 '봄'의 배에서 아가의 발길질을 손으로 느끼며 처음으로 불안 없는 행복을 느낀다. 그녀는 바빠졌다. 곧 태어날 아기를 위해 준비할 것들이 많다. 목욕 대야, 배냇저고리…… 너무나 이쁘고 작은 옷들을 그녀가 사들고 오자 '봄'도 점점 기쁨을 나타냈다.

'봄'의 남자 친구들은 레이스가 달린 분홍빛 임신복을 입고 신나게 춤을 추는 '봄'을 더욱 사랑스러워한다. '봄'이 아기를 가졌다고 해도 달라진 것은 없다. 그건 '봄'만이 할 수 있는……사랑스런 일이다. 점점 불러 나오는 '봄'의 배를 보며 어느 때보다 행복을 느낀다. 태어날 아이는 천사처럼 그녀에게 사랑을 가져다 줄 것이다.

우연히 남편의 회사가 있는 근처에 갔다가 그를 만났다. 그는 건강하고 좋아 보였다.

"참, 보기가 좋네요. 일이 잘되었나 봐요?"

"글쎄…… 그녀는 어디론가 내가 찾을 수 없는 곳으로 가버렸어. 지금은 작은 오피스텔에서 혼자 지내. 그리고 요즘, 새로운 여자가 생겼어. 그 여자는 이혼녀야. 아이도 하나 있지. 난 곧 결혼을 해.

완전한 가정을 꾸밀 거야. 당신도 좋아 보여. 아주 멋져. 남자가 생겼어?"

"으응, 아주 아름답고 멋진 사람과 살고 있어요."

"잘됐군. 늘 당신이 자살이라도 하면 어쩌나 걱정했는데……."

"……."

해는 서서히 기울어져 가고 가게마다, 가로등마다 붉은빛의 불들이 하나씩 켜진다. 거리에 놓여 난 사내들은 서둘러 집으로 향하고, 여자들은 태양보다 더 부드러울 수 있는 인공의 불빛을 밝히며 더위에 지친 사내를 기다릴 거다. '봄'도 부푼 배를 안고 집 안의 불을 모두 밝히고 그녀를 기다리고 있을 거다.

이런 시간에 아버지는 어린 그녀를 무릎에 앉히고 평생 풀어야 할 숙제 같은 이야기를 들려주었다. 그녀는 '봄'이 사오라고 한 순대와 족발을 잊지 않고 생각한다. 돼지머리와 순대와 족발 위에 날아 앉은 파리를 파리채로 탁탁 치고 있는 아줌마는 그녀에게 순대와 족발을 먹기 좋게 잘라 검은 비닐 봉지에 넣는다. 검은 비닐 봉지를 든 그녀는 잠깐 사이에 서쪽 하늘로 조금씩 기울어 가는 햇덩이를 보며 황황히 집으로 가는 택시에 올라탄다.

"언니, 그 꼴이 뭐야! 벨트는 어떻게 하고 포대 자루처럼 옷이 왜 그래? 무슨 일이 있었어?"

"……응? 그래. 그게 없으면 어때? 허리가 넉넉한 게 바람도 들어오고 너무 기분 좋다!"

"히히힛……우리 언니, 갈수록 날 닮아 가나 봐. 순대는 사왔지. 아, 배고파. 맛있겠다. 나와 우리 아기는 하루 종일 너를 기다렸다. 으응, 맛있게 먹어 줄게. 얌냠냠……."

입술에 기름을 묻힌 채 '봄'은 잠이 들었다. '봄'의 배에 그녀는 가만히 얼굴을 댄다. 아기도 잠이 들었다.

그녀는 조용히 집을 나가 웃자란 잡초들로 가득한 공터로 걸어간다. 그리고 치마 주머니에서 담배와 라이터와……아버지가 죽은 뒤 발견된 아버지의 낡은 수첩을 꺼낸다. 담배 연기를 깊숙이 힘껏 빨아들인다.

그녀는 수첩에 단 한 페이지 적혀 있는 아버지의 글을 라이터 불에 의지해 읽어 내려간다. 단정하고 선이 가는 아버지의 필체다.

전원 사살, 완전한 조준
그리 가볍지 않은 어깨를 들고 돌아와
시퍼렇게 밤을 새우고
또다시 살아나는 망령을 향해
어제보다 더 녹슨 총을 닦아 내며
다시 조준. 완전 사살.

그녀는 아버지가 죽는 날까지 죄 의식에 사로잡혀 있었다는 걸 그 작은 수첩에서 알 수 있다. 어머니를 사랑할 수도, 사랑하지 않을 수도 없는 아버지의 죄 의식이 죽음으로써 자유로워졌다고 생각했는데……썩지 않다니, 왜! 왜, 안 썩어! 썩어야지. 썩고, 또 썩어야지. 아버지, 이제는 썩어서 흙이 되고 물이 되어 편안해지세요. 그리고 여자, 당신도 아버지와 함께 흙과 물이 되어 서로를 휘감고 새로운 생명을 받아야지요.

그래서 내 아이가 힘껏 뛰노는 땅이 되고 하늘이 되어야지요.

이제 다 끝났어요. 보셨죠. 오늘 어머니가 그 뜨거운 해를 피할 생각 없이 엎드려 잡초를 뽑는 것을…… 어머니가 무슨 생각을 했겠어요? 그러니 이젠 편안히 눈을 감고 썩으세요. 그녀는 수첩에 라이터 불을 갖다 댔다. 어두운 하늘로 치솟아 올라가는 불티들을 보며 그녀는 조금씩, 조금씩 울기 시작한다.

전쟁들:
그늘 속 여인의 목 선

최 윤

1953년 서울 출생

서강대 국문과 및 동 대학원 졸업

프랑스 프로방스 대학 불문학 박사

1978년 《문학사상》에 평론 당선

1988년 《문학과사회》에

〈저기 소리없이 한 점 꽃잎이 지고〉로 등단

작품집 《너는 더 이상 너가 아니다》

《저기 소리없이 한 점 꽃잎이 지고》·《속삭임, 속삭임》 등

동인문학상·이상문학상 수상

전쟁들 : 그늘 속 여인의 목 선

돛을 단 흰 배는 멀리, 장난감 배처럼, 부드러운 파도에 잠시 기울어져 수평선을 향해 미끄러지고 있다. 하늘의 파랑색, 빨갛게 구불거리는 열한 개의 햇살이 퍼져 나오는 태양 주위에, 무산된 꿈처럼 하얀 조각 구름이 서너 개 떠 있는 그 하늘을 그저 단순히 파랑색이라고 말해야 할까. 그랬다. 그 하늘은 그저 파랬다. 닿을 수 없는 파랑색. 현실에서 그런 파랑색을 만나는 일이 드물기 때문에 쳐다볼 때마다 바다 저 너머의 미지를 생각하게 하는 그런 파랑색. 그리고 전면에는, 그 풍경을 양손으로 감싸 안듯이, 부드러운 주름의 커튼이 쳐져 있다.

그 교실의 뒷벽에는 한 학기 내내, 어떤 아이의 그림 일기 공책에서 떼어져 나온 그런 그림이 붙어 있었다. 2학년 혹은 3학년의 한 교실. 약간 차가워진 가을빛 속에서, 그림의 풍경은 너무도 허망하게 빨리 끝나 버린 지난 여름 방학의 기억을 아주 멀고 스산한 어떤 것으로 바꾸어 놓고 있었다. 기껏해야 한 달 반이 지났을 뿐인데.

그날, 그 일이 일어났을 때, 한 아이가 소란스러운 휴식 시간의 소음을 뒤로하고 그 그림 앞에서, 태양 주위로 구불거리며 뻗쳐 나간 미친 사람의 머리칼 같은 빛살의 수를 세고 있었다. 그저 습관적으로, 매번 그 그림 앞에 서 있을 때 그랬듯이. 열한 개. 빛살은 열한 개였다. 빨간 금박지 별이 네 개 붙어 있는 우수하게 평가된 그 그림 속 태양의 빛살은 늘 열한 개였다. 하필이면 왜 열한 개의 빛살이지. 그 그림이 붙여진 이래 어느 아이도 장난으로 빛살 한 개를 덧붙이지 않았기 때문이다. 그림 앞에 설 때마다, 아이는 늘 빛살 한 개를 더 그려 넣고 싶은 유혹에 시달렸다. 그런데, 그 그림은 누구의 그림 일기장에서 뜯겨져 나왔던 것일까. 그 그림의 풍경에 걸맞는 여름 방학을 보낼 수 있는 아이는 반에 아무도 없었건만.

2교시에서 3교시로 넘어가는 짧은 휴식 시간의, 상처 없는 광기를 닮은 무구한 소란. 그 소란이 한 순간에 기적처럼 멈췄다. 갑작스런 침묵 때문에 깜짝 놀란 아이는 그림에서 떨어져 뒤돌아 섰다. 담임 교사가 들어와 있었다. 그리고 아수라장이 된 교실에서 줄이 삐뚤어진 책상 위에 올라서거나, 창에 붙어 서서 낙서를 그리고 있던 아이들, 엎어진 의자 사이에서 뒹굴고 있던 아이들이 필름이 정지한 것처럼 일시에, 조금 전의 그 혼이 빠진 자세로 그대로 멈추어 버렸다. 그때 한 여자 아이의 모습이, 뒤섞인 풍경에서 따로 오려 낸 종이 인형처럼 갑자기 눈에 들어왔다. 그 혼란스런 실내에서 홀로 자기 자리에 고정되어 있던 한 아이. 그 여자 아이는, 목 주위에 레이스가 달린 예쁜 옷 속에 갇혀, 커다래 더욱 우울한 눈을 하고 앉아 있었다.

담임 교사는 바로 그 아이의 이름을 불렀다. 그리고 덧붙여서 말했다. 아이들의 기억에 오래 남을 만큼 근엄함을 강조한 낮은 목소리로. 그 목소리에는 분명히 드러나는 비난이 있었다.

"소지품을 모두 책가방에 챙기고 선생님을 따라오세요."

태양의 빛살 수를 세고 있던 아이는 그때 생각했다. 아, 이제는 너무 늦어 버렸어, 하고. 이제는 햇살을 하나 더 그려 넣어야 아무 소용이 없어. 아이는 당장 그림을 벽에서 떼어 내어 박박 찢어 버리고 싶었다. 레이스로 목을 휘감고 있는, 이름을 불린 그 아이는 김 내과 집 딸이었다. 모두가 침을 꼴깍 삼키며 아이의 행동을 기다리고 있는 동안, 여자 아이는 고개를 돌려, 뒷벽에, 그림 밑에 기대서서 눈을 크게 뜨고 자기를 쳐다보고 있는 친구를 바라보았다. 무한히 슬픈, 그러나 자그맣게 태어난 겁을 숨기고자 점잖음을 가장한 얼굴이었다. 마음을 졸이며 그림 밑에 서 있던 아이는 자기도 모르게 방금 이름을 불린 친구를 향해 작게 고개를 끄덕였다. 이름을 불린 아이는 가방을 챙기고, 문 앞에서 기다리는 담임 교사에게 다가가고, 그리고 교실 복도 쪽으로 나 있는 유리 창문의 높이에 닿을락 말락한 작은 키의 그 아이는 뒤도 돌아보지 않고 교실과 복도에서 멀어졌다.

담임 교사의 모습이 복도를 돌자마자 아이들은 우우, 작고 하얀 운동장이 눈부시게 드러나는 창문 쪽으로 몰려갔다. 그렇게 목마른 파리처럼 유리창에 붙어 아이들은 기다렸다. 그 흐름에 밀려 햇살을 세던 아이도 창문에 붙어 섰다. 운동장 저쪽의 교문 앞에는 검은색의 크고 육중한 자동차가 한 대 서 있었다. 동네에서 가장 멋진 세단 차. 그 안에 어릿거리는 두 개의 그림자. 머리를 올리고 여린 목을 드러내고 있는 친구 어머니의 목덜미가 손에 닿기라도 할 것처럼 선명하게 아이의 눈 속에 들어왔다. 차 속의 여인은 고개를 숙이고 있었다. 또 다른 그림자, 그 그림자의 신원에 대해 아이는 잘 알지 못한다. 동네에서는 유명하지만 한두 번밖에는 마주치지 않은, 구두 신은 발이 무섭게 커보이던 병원 원장, 친구의 아버지. 그러나 차 안에 어릿거리는 그림자가 둘이라고 단정해 말하기에는 유리창에서 차까지의 거리가 너무 멀었고 흰 대낮의 빛에 대비되어 자동차의 실내는 더욱 어둡게 보일 뿐이었다. 그림자는 하나였을 수도 있다. 친구의 어머니는 없었을 수도 있다. 그 안에는 한 엄숙한 남자의 실루엣뿐. 아이는 너무 집중했기에 따가워진 눈을 몇 번 깜빡여 보았다. 눈 이쪽은 빨간 어두움.

마침내 하얀 운동장 한 편으로 친구의 레이스 달린 원피스가 나타났다. 그 아이는 무섭게 혼자가 되어 타박타박 걸었다. 비어 있는 작은 운동장. 찌그러진 공 하나가 우스꽝스러운 몰골로 버려져 있는 운동장을 친구는 무거워진 가방으로 어깨가 약간 기울어진 채 느리게 가로질렀다. 교문 옆의 플라타너스 그림자 속에서 친구는 멈추어 섰다. 그리고 뒤로 돌아서서 가방을 땅바닥에 내려놓고, 두 손을 들어, 멀리, 창문에 꼼짝 않고 붙어 있는 친구를 향해 아주 느린 바람에 흔들리듯 두 손을 흔들었다. 안녕, 안녕. 흔드는 두 손이 흐려지고 다시 눈을 떴을 때, 자동차는 이미 시야 밖으로 미끄러지고 있었다. 친구는 이렇게 사라졌다.

여인은 그녀를 향해 손을 흔들었다. 햇볕에 그을은 거친 피부의 얼굴에, 지을락말락한 미소를 담고 그녀를 부르고 있었다. 이미 노년의 숨은 함대가 여인의 몸 구석구석을 침범하고 있었지만 여인의 얼굴에는 산골의 장터에서 만날 수 있는 여느 여인과 구별되는, 여전히 지워지지 않은 아름다움이 있었고, 작고 연약해 보이는 체구와는 대조적으로 원시적인 건강미가 넘쳐 흐르고 있었다. 여인의 두 손이 다시 한 번 부지런히 그녀를 향해 나부꼈다. 그것은 그녀에게 이별을 선언하며 흔들던 어떤 손을 연상시켰다. 작고 깜찍하던 손.

목덜미의 완만한 곡선이 완연히 드러나도록 머리를 한껏 뒤로 틀어 올린 그 여인의 얼굴을 그녀는 얼마 동안이나 그토록 뚫어지게 쳐다보았던 것일까. 마치 홀린 것처럼, 머리 속을 색 바랜 햇살만 가득한 그림 한 장으로 채우고서.

"자, 이리 와서 산채 좀 사가요. 무공해 산채 나물이요."

여인 앞에 놓인 초라한 좌판에는 마른 나물 덩어리가 몇 개 짚에 묶여 포개져 있었다. 여린 여인의 목소리에는 이 지방의 다소간 거칠어 보이는 사투리의 억양이 배어 있다. 여인 옆에는 더 늙어 보이는 노파라고 불러야 마땅할 또 한 여인이 엇비슷한 좌판을 벌이고 앉아 있다. 마른 산나물 대신에 도토리묵 여러 덩이와 대추엿 등속. 여인은 약간 떨어져 자신을 쳐다보고 있는 젊은 여자를 향해, 이번에는 아예 마른 산채 덩이를 들어 보였다. 조금 더 관심을 보인다면 아낙은 그것을 들고 그녀에게로 다가올지도 모른다.

그녀의 걸음을 멈추게 한 것은 먼저 시골 아낙의 목 선. 아마도 아낙의 허술한 차림새와 대조되어 선명히 드러나는 고운 목 선. 오랫동안 그 곳에 시선을 머무른 후에야 그녀는 여인의 얼굴을 보았다. 산골의 한 장터에서 만나리라 기대하지 않았던 한 여인의 목덜미가 그려 내는 포물 곡선으로부터 그녀는 아주 어릴 적, 동네를 떠들썩하게 했던 한 사건과, 잊은 지 오래된 친구의 이름을 떠올렸다. 그래, 수현이, 그 애 이름은 김수현이었지. 그러나 그녀는 조그맣게 고개를 젓는다. 그럴 리가 없다. 왜 자꾸 저 여인의 얼굴에서 친구 어머니의 얼굴을 보는 것일까. 여인의 표정과 분위기 그리고 뒤를 틀어 올린 머리 밑의 목 선. 10여 년 전의 얼굴에서 확실하게 온전히 되살아 나는 것은 거의 없다. 완만한 저 목 선을 빼고는. 나머지는 모두 그녀를 무한히 혼란시키는 검증 불가능한 흔적들뿐이다.

그녀는 아낙에게로 다가가 마른 고사리와 취나물을 한 덩어리씩 집어 들었다. 지폐 한 장을 내밀자 여인은 그녀에게 거스름돈을 내주었다. 손님인 그녀가 물건을 집어 든 후부터 여인은 말이 없다. 기계적인 동작. 산채 나물을 들어 올리고 권하던 좀 전과는 달리 물건을 팔고 난 후, 그녀를 보는 여인의 표정은 시큰둥하다. 그녀는 옆의 노파를 향해 묻는다.

"부대 가는 버스, 저쪽 맞지요?"
애초에 알던 길로 올 것을……. 노파는 뭐라고 말해 주는 대신 나른한 팔을 반쯤 들었다 놓는다. 세 번째의 방문. 어떻든 이곳에서 갈아타는 것이 더 빠르다고 그는 말했었다. 노파가 가리키는 곳에는 아직 아무것도 없다. 작은 정류장 너머 저쪽 산등성이로 초여름 숲이 짙고, 멀리 산자락 한끝에 암자인지 기와 지붕이 살짝 보인다. 이쪽에서는 가까워 보이지만 산까지의 거리란 얼마나 늘 뒤로 물러만 가던가. 그가 이리로 배치받은 후의 첫 번째 면회일, 그와의 산책은 그녀에게 어떤 산은 오르면 오를수록 뒤로 물러난다는 것을 가르쳐 주었었다. 그날의 산책은 힘들고 적막했다.
시외 버스가 머무는 작은 공터, 구차한 좌판이 늘어선 한가로운 평일의 장터. 장터 주위에는 이런 장소에서 으레 만나게 되는 한두 개의 잡화상과 입구가 어두운 다방 하나. 공터 쪽으로부터 아주, 멀리서 오는 사람처럼 그가 고개를 숙인 채 그녀를 향해 걸어오는 것이 보이는 듯했다. 입대하기 전에 자주 그랬듯이, 잘못 달린 팔처럼 덜렁거리는 그녀의 가방을 어깨에 메고서. 첫날 부대 근처에서 그녀는 마을을 돌아다니는 무수한 군인들과 그를 구분하기 힘들었다. 그가 담배를 사러 가게에 들어갔을 때, 그 곳에서 나오는 다른 군인을 그와 혼동하고 미소를 지었을 정도로.
그녀는 나물을 든 비닐 봉지를 들고 주위를 돌아다보았다. 귓가에서 그의 목소리가 들리는 듯하다. 얼마 전부터 그의 목소리조차도 변해 있지 않았던가.
"그런 걸 왜 샀니?"
사실 그랬다. 마른 산채 나물 꾸러미는 부대 안에서 쓸모가 없다. 면회 올 때 이런 걸 사들고 가는 사람은 정말……. 공터에는 읍으로 나가는 버스를 기다리며 모여 선 장터의 사람이 몇 명, 졸아든 자신의 그림자 위에 쪼그리고 앉았을 뿐이다.

그녀가 기다리는 다른 방향의 버스는 올 시간이 훨씬 지났는데도 왠지 오지 않는다. 그렇다고 꼭 궁금한 것도 아닌 조금은 멍한 기분으로 그녀는 가까이 있는 다방으로 들어갔다. 칡차와 쌍화차, 인삼즙 같은 것을 파는 시골의 찻집에는 세 명의 동네 남자와 두 명의 여종업원이, 보아도 보아도 똑같은, 끝도 없이 재방영되는 연속극을 흘려 보내는 텔레비전 화면 밑에 앉아, 그걸 배음으로 하고 지난밤에 일어난 작은 사건에 대해 뭐라고 각기 한마디씩 하고 있었다. 이곳에 오는 도중 고속 버스의 라디오 뉴스에서 그녀도 그 소식을 들었다. 그녀는 귀담아듣지 않았다. 한 사병이 탈영했다. 사병은 소총을 소지하고 있다. 인근 마을에서 난동을 부린 후 탈영병은 이동했다. 희생자는 아직 없다. 그는 이동중이고 그 방향은 남쪽으로 추정된다. 이런 종류의 소식은 주기적으로 심심치 않게 일어나는 일이 아니던가. 그러나 다방 안의 남자들의 얘기는 뉴스보다 한층 더 구체적이었다.

"탈영병이 가지고 도망친 총 이름이 뭐래요?"

"그건 알아 뭣 하게. K2 소총이라구."

모두가 텔레비전 방영 시간을 기다리고 있었다. 모두가 지루해 하기 때문에? 꼭 그런 것은 아니었다. 탈영병의 도주로가 이 지방으로 추정되어, 어제만 해도 남의 일 같았던 그 작은 사건은 어느새 생생한 그들의 사건이 되어 있었던 것이다.

"당장 이 안으로 들이닥치면 어쩌나."

"아마 미스 리를 인질로 잡고 난동을 부릴 텐데 큰일났구먼."

"나 같으면 산속으로 튀겠다."

겨우 점심 시간이 지났을 뿐이었다. 손님 수보다 많은 여종업원 중의 몇은, 그들에게서 등을 돌리고 때묻은 보라색 우단 소파 위에서 딱딱 화투장을 때리고 있는 것이 소리로만 들려 왔다. 텔레비전 방영이 시작되려면 아직도 서너 시간을 기다려야 한다고 다방 안의 한 남자가 말하는 소리가 들렸다. 중요한 뉴스를 위해서 텔레비전은 아무때나 방영되어야 한다고 다른 남자가 걸직한 목소리로 주장했다.

다방의 열어 놓은 창문으로 산나물을 파는 여인의 옆얼굴이 더욱 선명하게 눈에 들어왔다. 그녀의 시선은 자꾸 여인에게로 되돌아온다. 쳐다보면 쳐다볼수록 여인의 얼굴 위에 겹쳐져 오는 또 다른 얼굴. 여인의 얼굴에 얹혀진 세월의 두께를 뚫고 돋아 나오는 어떤 표정. 그리고 무엇보다도 여인의 저 목 선. 여인이 흘끗 다방의 창문 쪽으로 시선을 돌린다. 자신을 뚫어지게 바라보는 한 시선을 만나고도 여인은 무표정하다. 설령 두 얼굴이 완벽히 겹쳐져 하나가 되어도, 여인이 그녀를 알아보는 일은 없을 것이다. 나이가 든 사람은 오랜 시간이 지나 만난 아이를 알아보지 못한다. 그렇지만 아이는 예전에 만난 나이 든 사람의 얼굴을 쉽사리 기억한다. 그녀의 경험에 의하면 그건 늘 그렇다. 사람의 얼굴은 어느 때가 지나면서부터 변하지 않고 슬프게도 고정되어 버리므로. 얼굴이 고정되면서 늙어가기 시작하므로. 그녀는 아이의 기억으로 돌아가 보고자 잠시 눈을 감는다. 그러나 역시 확신이 서지 않는다. 설마. 그 여인이 바로 내 눈앞에, 그럴 리가!

버스가 한 대 느리게 다가온다. 정류장에 모여 있던 사람들이 우루루 그 쪽으로 움직여 간다. 오랜만에 도착한 읍으로 나가는 버스가 한바탕 사람들을 싣고 가로수 짙은 길 사이로 사라져 간 후, 행인이 드물어진 이제, 여인은 무릎을 세우고 그 위에 두 손을 얹은 채 얌전하게 앉아 옆자리의 도토리묵 장수가 넘겨주는 담배를 받아 피우고 있다. 주변을 완전히 잊은 자세로, 산채 나물 파는 일조차 초탈한 자세로. 왜 그랬을까. 무엇 때문에 그랬을까.

한 여인이 있었다. 동네에서 가장 예뻤던 여인, 동네에서 가장 행복해 보였던 여인, 동네에서 가장 부유했던 남자의 아내. 늘 깔끔하게 차려 입은 김 내과 집의 수현이 엄마는 병원 맨 위층, 커튼이 쳐진 어스름한 실내에, 머리를 깨끗하게 몰아 뒤로 올리고 흰 목 선을 드러낸 채 무릎을 세우고 그 위에 두 손은 얹은 자세로 앉아 있곤 했다. 그리고 어느 날……무엇 때문에 그 여인은 모든 것을 다 버리고 떠났을까. 그 모든 것 뒤에 무엇이 있었던 것일까.

모두가 다, 그토록 아름다웠던 목 선 때문이야. 어렸을 때, 동네 사람들이 모여, 이웃 병원에서 일어난 진귀한 그 사건을 입초시에 올릴 때마다 그녀는 혼자 그렇게 중얼거리곤 했다. 그 말의 뜻도 잘 모르면서. 친구와 함께 숙제를 하다가 산수 공책에 만화를 그리다가 어쩌다 고개를 들면, 오후의 실내에서 어린 그녀의 시선이 만나곤 하던, 완벽한 곡선을 그려 내는 여인의 목 선이 아이는 늘 아슬아슬했다. 그랬기 때문에 아이는 오랫동안 친구의 어머니에게서 고개를 돌릴 수 없었다. 바라보았다고 하기에는 너무도 강렬한 무엇에 홀려서. 그 일에 대해 알기 훨씬 전부터. 조금 전, 산채 장수 여인을 그렇게 바라보았듯이. 아이의 시선을 느끼지 못하는지, 여인은 그렇게 손으로 턱을 받치고 옆얼굴을 내보이며 오래, 오래, 앉아 있었다. 그런 여인을 엄마로 가졌기 때문에 친구는 항상 불안해 했던 걸까.

넌 나의 단 하나의 친구야, 우울한 낯의 친구는 말하곤 했다. 그래, 너도 나의 단 하나의 친구지, 그녀도 어김없이 대답해 주었다. 작은 죄를 짓는 마음으로, 대답하지 않고 도망가고만 싶은 마음을 억누르면서. 매학년, 매번 이사를 할 때마다 거기에는 '단 하나뿐인 친구'가 있었다. 그 비밀스런 말의 반복을 거치면서 매해, 매학기, 그 단 하나의 친구는 늘 바뀌거나 사라져 버리며, 때로 사라져 버리기도 전에 까맣게 잊혀진다는 것을 배운다. 수현이·정수·창식이·혜련이……. 이름이 무슨 상관이란 말인가. 그렇지만 수현에게 그렇게 말해 줄 용기가 그녀에게는 한 번도 없었다. 친구의 우울한 표정이 그녀로 하여금 무법자처럼 그렇게 말해 버리는 것을 금지했다. 결국 그녀는 한 번도 수현에게 그 얘기를 하지 못하고 말았다.

마침내 손님과의 대화에 시들해진 종업원이 그녀에게 다가와, 엽차를 놓고 그녀 옆에 서 있다. 여종업원의 시선은 나른하게 창 밖을 향하고 있다. 무엇을 원하느냐고 묻는 나름의 방식인 모양이다. 다방 기둥에는 삐뚤삐뚤한 글씨로 산싸리꽃 꿀차라고 씌어 있다. 그녀는 꿀차를 주문했다. 그러나 기대했던 것과는 달리, 목안을 넘어가는 산싸리꽃 꿀차의 맛은 쌉싸름하다. 공터도, 멀리 가로수 길도 비어 있다. 아, 버스가 제발 오지 않았으면. 아니면 버스가 빨리 와 여행이 당장이라도 끝나 버렸으면. 동시에 일어나는 두 가지의 욕구. 그녀는 찻잔에 남아 있는 꿀차를 단번에 모두 마셔 버렸다.

어디에서 나타났는지 조금 과장되이 화장한 그녀 또래의 여자가 긴 머리에 짧은 치마를 팔락거리며 장터를 가로지르는 것이 보였다. 경쾌하고 힘있는 걸음걸이. 곧 이어 긴 머리는 장터를 가로질러 산채 장수 여인 옆을 지나치고 한 순간 긴 머리 여자의 모습이 그녀의 시야에서 사라진다. 잠시 후 여자는 다방의 층계에 모습을 나타내고, 그녀 쪽으로 흘끗 시선을 주더니 창문 반대편의 자리에 앉는다. 그녀는 안다. 저 애도 나처럼 입대한 남자 친구 면회 왔구나. 한두 살 밑, 한두 살 위. 무슨 상관이람!

그녀는 일어섰다. 다방을 나와 버스 정류장 쪽으로 걸었다. 웅덩이에 물이 고이듯이 어느새 서너 사람이 그 곳에 모여 있다. 잠시 후에는 몇 명이 더 산에서 내려와 정류장에는 작은 군중이 술렁인다. 버스가 오지 않는 것은 도중에서 검문에 걸렸기 때문이다. 버스가 오지 않는 것은 이 지역이 모두 비상에 걸렸기 때문이다. 버스가 오지 않는 것은 타이어가 펑크났기 때문이다. 읍의 정비소까지 걸어가려면 오래 걸린다. 버스가 오지 않는 것은 부대 쪽 길이 완전 차단되었기 때문이다. 그녀는 간이 의자에 앉아 손가방을 무릎 위에 놓는다. 그때서야 그녀는 자신이 산 산채 나물이 든 비닐 봉지를 다방 안에 두고 나온 것을 알아차렸다. 그러나 이상한 불가항력으로 그녀는 그저 간이 의자에 앉아서 주위 사람들의 엇갈린 정보에 귀를 기울일 뿐이다.

긴 머리 여자가 다방의 층계를 내려오는 것이 보였다. 긴 머리는 누군가를 찾아 주위를 돌아보다가, 의자에 앉아 있는 그녀를 발견하고는 곧장 그녀를 향해 다가왔다. 그녀가 그랬듯이, 긴 머리 또한 서로의 처지를 알아본 것이다.

"면회하러 부대 쪽으로 가지 않아요, 혹시?"

"그, 그런데요."

"같이 택시 타지 않겠어요?"

"없잖아요?"

"조금 걸어 나가 차 있는 마을 사람한테 돈 주고 부탁하면 돼요."

"아, 그렇게요……. 그 쪽에 차가 못 갈지도 모른다는데요."

"아이, 그럴 리가 없어요. 같이 택시 타요. 조금 비싸지만 뭐 그런대로 괜찮거든요. 여러 번 해봤어요."

"글쎄요, 난 버스 기다리는 게 낫겠네요."

그녀는 미소를 지어 보이면서 거절했다. 긴 머리는 아무렇지도 않은 듯, 어깨를 약간 으쓱해 보이고 다른 사람에게 다가가 뭐라고 말하는 것이 보였다.

저 긴 머리 여자 애도 입대한 남자 친구를 만나러 올 때마다 나처럼 막막한 느낌을 받았을까? 그녀는 자문했다.

한 달 전 쯤. 첫 번째의 면회. 그는 철조망 담 너머 저쪽에서 그녀를 향해 뛰어왔다. 헛 둘 셋 넷 헛 둘 셋 넷……. 그녀는 멍청히, 상식적으로 군인들을 흉내내어 그의 규칙적인 발걸음을 이렇게 세고 있었다. 그가 그녀 쪽으로 오기 위해 가로지르는 공간은 그다지 멀지 않았지만 그것은 그녀에게 무한정 길어 보였고, 거의 무한대로 넓어 보였다. 그녀는 그의 뛰는 모습을 익히 알고 있다. 그녀와의 약속 시간에 늦었을 때 그는 잘 걸어오다가도 그녀의 모습이 보이면 뛰기 시작한다. 그리고 그는 자주 늦는 축에 속했다.

이날 그녀는 그의 뛰는 모습에서 무언가 달라진 것을 구체적으로 보았다. 그의 짧게 깎은 밤송이 머리나 그녀가 싫어하는 색—대체 이 나라의 국민 중 군복 색을 좋아하는 사람이 얼마나 있겠는가마는—의 군복 같은 것은 그녀에게 이미 그리 생소한 것이 아니었다. 그가 그녀 앞에서 장난으로, 소위 군기가 담뿍 들어가 음절이 나누어지지 않는 동물의 소리 같은 말을 내지르면서 군대식 신고 경례를 올려 붙였을 때, 그토록 짧은 기간 동안에 형성된 군대식 은어와 군대식 몸짓이 마치 생래적인 어떤 것처럼 너무도 자연스럽게 튀어나왔을 때, 그녀는 그것이 재미있지 않았다. 그녀는 호들갑스럽게 웃어 줄 수가 없었다. 규칙적인 생활로 몸이 불었고 그의 얼굴은 보기 좋게 그을렸으나 그 객관적인 변모가 그녀의 의식 저 속에 숨어 있던 막막함을 일깨웠다.

모두가 당연한 것으로 용인하는 이 변화와 절차가 얼마나 부자연스러우며 구차한 것인가를 갑자기 일깨워 주는 그런 막막함.

그의 뛰어오는 모습은 그녀에게 그들이 공유하던 삶의 지대에서 서서히 멀어지고 있음을 알리는 분명한 표시처럼 보였다. 그녀는 그가 그녀를 향해 뛰어오는 것이 아니라, 그녀를 못 본 채 지나쳐, 그녀가 제외된 어떤 삶의 지대를 향해 눈을 감고 달려가는 것처럼 보였다. 2년 남짓한 시간의 유연한 청춘을 모두가 군대에 저당 잡히는 것이 한 번도 이상하게 받아들여지지 않는 그런 현실의 지대, 동물의 기성을 닮은 기압 든 발성을 당연하게 받아들이고, 거친 은어와 근육과 몸의 복종을 아름답게 생각해야 하는 그런 지대.

그녀는 잠시, 아주 잠시, 그를 거기에 그대로 놔두고 아무데로나 도망가고 싶었다. 그러나 도망가는 대신 그녀는 그 앞으로 달려가 그가 더 이상 뛸 수 없게 막아 섰다. 이상하다는 듯이 그녀의 얼굴을 들여다보는 그에게 아무 말도 하지 못했다. 그녀가 느끼고 있는 막막함에 대해서 그녀는 한마디도 할 수 없었다.

그들은 싱거운 농담과 친구들, 가족들의 소식을 주고받았다. 오후에는 산에 있는 나한전으로 산책을 갔으며, 삼겹살을 구워 먹었고 술도 마셨다. 먹는 일에 단순히 열중해 있는 그를, 그의 것이 되어버린 부대 안의 반복적이고 고달픈 일상의 경영에 대해, 쌍소리를 처음 배우는 소년처럼 작은 흥분을 담아서 말하는 그를, 그녀는 물끄러미 쳐다보았다. 그에게는 아직 다른 얘기를 할 여유가 없다. 그가 관심을 가지고 있던 많은 것들은 그렇게 괄호 안으로 들어가 버리고, 어쩌면 비현실적인 것으로 치부되어 다시는 괄호 밖으로 나오지 않을지도 모른다. 그는 미래에 대해서도, 결혼에 대해서도 언급하지 않는다. 그녀에게 기다려 달라든지, 다음달에 또 와 달라든지 하는 어떤 요구도 하지 않는다. 첫 방문의 껄끄러움을 외면하려 그들은 남은 시간에 스산한 읍의 작은 거리를 부지런히 돌아다녔다. 그가 부대로 돌아갈 시간이 되었고, 그는 그녀의 눈에 생소하게 밟히는 그 발걸음으로 뛰어 멀어져 갔다.

긴 머리 여자는 정류장 옆의 간이 상점 앞에서 캔 콜라를 들고 그녀 쪽으로 자주 시선을 준다. 언뜻 약간 어색한 공모의 미소를 보내기까지 한다. 버스는 여전히 오지 않고 한두 명은 아예 정류장을 떠나 산 밑의 마을 쪽으로 돌아간다. 탈영병이 체포되기 전에는, 그 사건이 해결되기 전에는, 버스는 어쩌면 안 올지도 모른다. 그래도 행여나 하여 고집스레 남아 있는 사람들의 그림자가 조금씩 길어진다. 그녀는 아, 어쩌지. 여기서 내리지를 말 것을. 조금 멀어도 전번에 갔던 노선을 택할 것을. 그렇지만 사실을 말하면 그녀는 그다지 후회하고 있지 않았다. 그녀는 다시 다방 쪽으로 걸어간다. 목선이 아름다운 여인의 앞을, 고개를 숙이고 지나간다.

그 사이 다방 안에는 몇 명이 더 와서 앉아 있다. 아마도 들어오는 버스, 나가는 버스를 기다리다 지친 사람들. 화면에서는 여전히 연속극의 재방영.

"좀 전에 여기에 비닐 봉지를 두고 갔어요."

카운터의 젊은 마담은 말미를 길게 울리며 소리친다.

"미스 박아, 비닐 봉지 드려라."

그녀는 마른 고사리 한 덩이, 마른 취나물 한 덩이가 든 비닐 봉지를 받아 들고 슬그머니 조금 전에 앉아 있던 자리에 눌러앉는다. 어떡한다? 그녀는 작은 책자를 가방에서 꺼낸다. 그러나 읽지는 않는다. 마을의 파출소 순경쯤 되는 남자가 차를 마시러 들렀는지, 다방 안은 그의 목소리, 그에게 두서 없이 질문을 던지는 목소리로 잠시 소란스러워진다.

경찰도, 군대도 상당수가 산등성이에 풀렸다. 그들은 아침 내내 산속을 헤집고 다녔고 지금도 수색을 계속한다. 아마도 산속 나한전 근처의 어딘가로 피신한 것이 틀림없다. 탈영병의 소총에는 이제 총알이 없는지도 모른다. 그 사이 세 방을 헛쏘았지만 애초에 몇 발이 들어 있었는지를 알 수 없기 때문이다. 그렇지만 아무도 확실히 단정할 수는 없다. 어쩌면 절 뒤쪽 산의 험한 절벽에서 떨어져서 죽어 있는 탈영병을 발견할런지도 모른다. 버티다가 자살을 할 가능성도 없지 않다. 어쨌건 아직까지는 아무런 성과가 없다. 말도 없고 얌전했던 정상적인 사병이고 입대한 지 1년 반이 넘은 자다. 왜 그가 탈영을 감행했는지 잘 짚어지지 않는다. 애인 문제도 없었고 탈영 전에 상사로부터 심한 처우를 받은 것도 아니다. 가족에게도 문제가 없다. 아마 미친놈이었던 모양이다. 안 오는 버스에 대해서는 아는 바가 없다. 아마 부대 쪽으로는 버스가 가지 않을 것이다.

미스 박과 미스 리는 끝도 없이 소소한 질문을 던지고 순경은 오징어를 씹으면서 만족스럽게 여인들의 질문에 대답한다. 갑자기 그녀는 다방 안의 갖가지 소음이 쏴 하고 어디론가 몰려 나가는 것을 느낀다.

작은 사람의 무리가 동네 골목 어귀에서 여러 날 속살거렸다. 김 내과 집에서 일어난 일에 대해서 사람들은 아이들이 알아서는 안 되는 것처럼, 지나가는 동네 아이들의 눈치를 살피며 목소리를 낮추었다. 딸만 둘을 둔 그녀의 어머니는 각별히 신경을 썼다. 그녀는 그때 아주 어렸다. 국민 학교 2학년이나 3학년. 학교에서 돌아오면 한 가지씩 소식이 늘곤 했었다. 김 내과 원장이 이상해졌단다. 10년 전처럼, 김 내과 집 부인이 또다시 도망을 쳤단다. 물론 옛날의 그 남자에게 갔겠지. 김 원장은 병원을 후배에게 맡기고 지방으로 잠시 내려간댄다. 그게 아니라, 병원을 아주 팔려고 내놓았단다. 딸애 학교도 그만두게 수속을 마쳤다지. 지방 학교로 전학 가겠지. 이렇게 한동네에 오래 산 사람들에게서 새로 이사 온 사람들은 10년 전에 있었던 김 내과 집의 숨겨진 내력을 전해 듣는다.

어떻든 그 집의 아이, 레이스가 달린 원피스 안에 갇혀 있던 수현이를 그녀는 그날 이후 다시 보지 못했다. 정말, 아홉 살, 열 살 때의 그녀는 어렸다. 설령 어른들이 모든 이야기를 털어놓고 해주었다 해도 이해하지 못할, 그녀가 태어나기 전에 일어난 일을 그녀는 동네 사람들의 속살거림 속에서 전해 들었다. 그녀가 아는 것은 아주 단순한 이야기, 늘 부족한 고리가 드러나는 그런 이야기뿐이었다. 그 이야기는 한 번 들은 후 그녀의 어린 머리를 떠나지 않았다. 김 내과 건물이 서기 전에 김 내과는 빛이 잘 들어오지 않는 회색의 작고 꾀죄죄한 건물 1층에 위치해 있었다고 어머니는 어쩌다 그 곳을 지나갈 때면 말해 주곤 했다. 어머니는 백이면 백 번, 방점을 찍듯이 강조하기를 잊지 않는다. 저 집은 월남전에서 떼돈 벌어 지은 집이라고. 그 속에는 딸애를 의식한 교육적 비난이 숨어 있었다. 후에 역사 시간에 월남전 얘기가 나올 때마다 그녀가 떠올리는 것은 어릴 때의 동네 대로에 번쩍이며 자리잡은 김 내과 집의 건물이었다.

10년 전의 그 이야기는 그녀에게 늘 삶의 갑작스런 결렬과 불안을 경험하게 한다. 삶의 어두운 지대를 들여다보게 하는 이유 없는 불안. 김 내과 원장은 군의관으로 월남에 몇 년 갔다 온 후 부자가 되었다. 그 돈으로 대로변에 5층짜리 김 내과 건물을 지었다. 갑자기 환자도 늘었다. 그 병원에는 월남에서 부상 입은 사람들이나 월남과 관계 있는 환자들이 많이 찾아온다는 소문이 있었다. 수현이가 태어나기 전 수현이의 엄마는 김 내과에서 치료를 받으러 드나들던 수많은 파월 상이 군인 중의 하나와 도망했다. 김 원장은 지방 구석구석을 뒤져 아내를 찾아내 데리고 왔다. 아내를 가두었다. 그리고 수현이가 태어났다. 여전히 한두 가족의 가장이나 아들은 월남전에 참전했거나 월남전에서 죽었거나 월남전에 참전한 후 돈을 벌어 오던 그때, 수현이는 여인이 적막 같은 감금 상태에 처해 있을 때 태어났다. 그리고 다섯 집 건너 뒷마당이 좁은 한 평범한 작은 가옥에서 그녀 또한 태어났다. 거의 비슷한 때에. 수현이 어머니는 그녀와 수현이의 생일을 같이 차려 주었었다. 10년. 그러고 나서 그늘 속에서 고운 목 선을 드러내고 앉아 있던 여인은 그렇게 다시 도망을 친 것이다.

그녀는 커가면서 종종 그 여인, 수현이의 말없던 엄마에 대한 생각을 했었다. 무엇이었을까, 그녀가 가진 모든 것에서 그녀를 도망치게 한 것이. 그것은 김 내과 주인도, 다리를 하나 잃었다는, 동네 사람 어느 누구도 본 적이 없이 소문으로만 그려지던 그 파월 상이 군인도 대답할 수 없는 일일지도 모른다. 저기 저쪽에 앉아 기계적인 동작으로 마른 산채 나물을 검은 비닐 봉지에 집어 넣고 돈을 받아 넣는 저 여인 이외에는 아무도. 그러나 저 여인은 정말 그 여인인가. 여인의 좌판 위에서 낮이 기울어 가고 있었다.

"어떻게 하실 거예요? 버스가 와도 부대 쪽으로는 가지 못한대요."

그녀는 소스라치게 놀라 앞의 여자를 올려다보았다. 어느새 긴 머리의 여자는 다방 안으로 들어와 그녀의 앞자리에 서서 묻고 있었다. 그네들이 마치 서울에서부터 같이 이곳으로 이동해 온 여행 동반자이기라도 한 것처럼 친근한 자세로. 그녀는 손짓으로 앞의 자리를 권했다.

"하필이면 오늘 이런 일이……. 그 쪽은 얼마나 남았어요?"

"네? 아, 이제 겨우 시작이에요. 이번이 세 번째 면회인걸요."

"애인이에요, 친구예요?"

애인, 친구. 다른 말은 없을까. 낡지 않은 다른 말. 그와 그녀의 진행중인 관계에 걸맞는 어떤 단어. 불안과 신임, 미움과 열정을 동시에 담는 어떤 말. 그녀는 대답할 수 없다. 그녀는 그저 웃는다. 그녀는 다시 산싸리꽃 꿀차를 두 잔 시켰다.

"우리는 그이 제대하자마자 결혼할 거예요. 그이는 취직하고 난 다음 군대 왔거든요. 그래도 나이는 있어요. 요리조리 미룰 만큼 미루다가 어쩔 수 없이 왔거든요."

그리고 긴 머리는 그녀의 눈치를 살폈다. 그녀의 무반응 때문이었으리라. 가까이 보니 긴 머리의 화장기 너머 드러나는 표정이나 피부가 그녀보다 나이가 많아 보인다.

"나 여기서 민박 잡았어요. 올 때마다 그렇게 했어요. 버스도 오지 않고 갈 데도 없으면 나하고 같이 민박에서 자고 내일 올라가요. 사실 난 이 근처에 숨어 있다는 탈영병 때문에 조금 무섭거든요."

"글쎄요, 어떻게 해야 할지……? 나도 별도움이 못 될 텐데요."

"그건 그래요. 하지만 백지장도 맞들면 낫다잖아요."

긴 머리는 크게 웃었다. 그녀는 공연히 약간의 책임감을 느끼고 긴 머리의 제안을 받아들였다. 길을 떠날 때부터 그녀를 사로잡던 막막함 때문에, 그것이 만든 망설임을 알아차려 여행을 무산시키려고, 어느 이름 모를 부대에서 탈영병이 소총을 들고 거리로 뛰쳐나오기라도 한 것처럼. 긴 머리는 약혼자를 당장 보지 못하는 것이 끝내 억울하다는 듯이 상대편은 생각하지 않고 '그이'에 대해 얘기하기 시작했다. 연속 방송극만큼이나 길고 불필요하고 세밀하게. 긴 머리의 약혼자에 대한 얘기를 한참 진행하는 중에 그녀의 입에서 자신도 모르게 불쑥 말이 튀어나왔다.

"뭐 하나 물어 봐도 돼요?"

"……? 물어 보세요."

그러나 그녀는 그만 입을 다물고 만다. 긴 머리 여자가 할 만한 대답이 갑자기 환하게 연상이 되어서.

"아니에요, 그냥, 약혼자 얘기 더 해주세요. 재미있네요."

그녀는 묻고 싶었다. 입대 후 처음 남자를 면회했을 때 당신은 막막하지 않더냐고. 버스가 부대 근처에 가까워질 때, 창 밖의 스산한 마을 정경과 길가의 돌들이 막막해 보이지 않더냐고 묻고 싶었다. 약혼자의 무엇인가가 변하지 않았더냐고. 외모도 아니고, 애인에 대한 감정도 아닌 어떤 것, 어쩌면 앞으로 둘 사이에 점점 더 큰 차이를 만들어 낼 무언가가 남자에게서 보이지 않더냐고. 그것이 당신에게도 감지되더냐고. 그러나 그녀는 침묵한 채, 앞의 여자의 목소리에 정신을 집중하려고 노력했다. 긴 머리 여자가, 남자는 그래야 한다느니, 씩씩해서 좋았다느니 하는 상식적인 답을 할 것이 두려웠던 것이다.

그녀는 긴 머리와 해가 기울 때까지 다방에 앉아 있었다. 도착하는 버스도 떠나는 버스도 없어 마을에서 나가는 차에 정류장에 서 있던 사람들이 합승하는 일이 몇 번 있었을 뿐. 그 동안 기껏해야 한두 덩이의 산채 나물 더미를 팔았을 뿐인데도 여인은 참을성 있게 그대로 좌판 앞에 앉아 있었다. 이제 장터는 완전히 비어 있다. 다방 안도 스산하다. 모두가 떠났다. 노파와 여인은 그저 침묵한 채, 가끔 담배를 나누어 피는 것이 다였다. 그녀는 긴 머리 여자 앞에 앉아 있는 자신이 일어나는 것을 본다. 갑작스럽게 의자를 밀치고 일어나 그녀는 층계를 달려 내려간다. 그녀는 산채 나물 여인 앞에 선다. 여인의 얼굴을 들여다본다. 그리고 묻는다. 아주머니, 혹시 김수현이라는 이름 모르세요? 그녀의 가슴이 마구 뛴다. 나, 나를 못 알아보시겠어요? 수현이 친구, 저예요.

바로 그때, 어스름이 깃들이기 시작하는 빈 장터에 봉고 한 대가 가로질러 오는 것이 보였다. 그녀의 무섭게 뛰던 가슴이 서서히 진정된다. 소형 봉고는 그녀의 바로 눈 밑, 여인의 좌판 앞에 멈춘다. 봉고 차 안에는 앞좌석만 빼고는 옷가지가 차곡차곡 쌓여 가득 채워져 있다. 옷 도매상 혹은 시장의 가두 옷 판매. 운전석에서 삼십을 족히 넘은 건장한 남자가 내려온다. 남자를 바라보는 여인의 얼굴에 작고 평화로운 미소가 지펴진다. 그들의 대화가 들려 오는 듯하다.

"왜, 이렇게 일찍 데리러 왔누?"

"어머니, 먼저 차에 올라가세요."

여인은 노파와 함께 말없이 일어선다. 그리고 두 나이 많은 여인은 힘겹게 운전석 옆의 자리로 올라탄다. 여인이 운전석 가까이, 그리고 노파가 문 쪽에 앉아 있다. 그녀들은 그렇게 앉아 있다. 여인이 이마에 흩어진 몇 올의 앞머리를 천천히 쓸어 올린다. 남자는 두 개의 좌판 위에 놓인 물건을 조심스럽게 바닥으로 내려놓는다. 그리고 두 개의 나무상자를 뒤집는다. 바닥에 내려놓았던 물건을 상자 속에 담는다. 먼저 여인의 나물 상자를 채우고 그 위에 노파의 도토리묵과 대추엿이 든 상자를 겹쳐 올려 놓는다. 봉고 뒤쪽으로 가 문을 연다. 다시 상자로 돌아온다. 상자를 들어올려, 봉고 안에 집어넣는다. 남자는 뒷문을 닫고 운전석으로 돌아와 여인 옆에 앉는다. 여인 쪽으로 돌아보며 무어라 말하는 것이 보인다. 봉고에 시동이 걸린다. 봉고는 저쪽 산 밑을 향해 달린다. 얼마 안 있어 봉고의 모습은 시야에서 사라진다.

"무슨 걱정 있어요? 갑자기 얼굴이 왜 그래요?"

긴 머리 여자가 묻는다.
"아무것도 아니에요. 이제 민박으로 가야죠."
"그래요, 후회하지 않을 거예요. 그 집 된장찌개가 얼마나 맛있다구요. 무공해 토종 된장이거든요. 그리고 내일 다시 한 번 면회 신청해 볼 거예요. 밤사이에 그 군인이 잡혀 비상이 풀렸으면……."
그녀는 긴 머리를 따라 일어섰다.

가끔 그녀는 시내에 갈 때, 이미 오래 전에 떠난 동네의 대로 모퉁이에 여전히 서 있는 5층짜리 낙후한 김 내과 건물 앞을 지나칠 때가 있다. 도로 확장 공사로 주변의 많은 건물은 이미 상당 부분 헐려 있었다. 그 건물도 얼마 지나지 않아 그렇게 사라지리라. 그때도 그녀가 생각하는 것은 우울한 낯으로 '단 하나'의 친구이기를 요구하던 수현이라는 아이가 아니었다. 덮인 먼지를 닦아 내지도 않은 창문 한 개가 깨어진 채로, 주인이 몇 차례 바뀌었음에도 무슨 미신 때문인지, 아니면 여러 번 바뀐 주인의 성이 늘 같았는지, 김 내과를 고수하고 있는 그 건물 앞을 지나칠 때마다 되살아 오는 것은 하나의 모호한 사건, 가끔 고개를 기웃거리게 하고, 삶의 말끔한 질서를 의심하게 만드는 그 사건의 주인공의 얼굴이었다. 가진 모든 것의 흔적을 지우고, 승산 없는 전쟁 불구자와 어디론가 잠적한 한 여인의 흐릿해진 얼굴. 그러나 왜 그 사건의 기억이 이토록 영향을 미치는지를 따져 보는 부지런함은 더 강한 어떤 것 앞에서 힘을 잃기 일쑤다. 의식 깊이 지배하는 모든 이의 타성의 힘. 그러다가 문득문득 타성의 두꺼워진 각질을 뚫고 그녀를 깨우러 온다. 처음에는 별다른 불편함을 만들지 않을 정도로 미미하게 의식의 문을 두드리고 방문하다가, 어느 날 아무렇지도 않은 사소한 계기로 무섭게 다가온다. 일테면 한 여인의 목덜미의 완벽한 포물 곡선으로부터.

기·수·상·작·가·우·수·작

우리 나라 입

최일남

1932년 전북 전주 출생

서울대 문리대 국문과 졸업

1953년 《문예》에 추천, 데뷔

창작집 《서울 사람들》·《타령》·《누님의 겨울》 등

장편 소설 《거룩한 응달》·《그리고 흔들리는 배》

《숨통》·《하얀 손》 등

이상문학상·한국일보 문학상·인촌문학상(문학 부문) 수상

우리 나라 입

"미안합니다. 뒤늦게 말씀드리기 무엇합니다만 꼭 그렇게 고쳐 주세요."

"글쎄요. 숫자 고치는 거야 일도 아니죠. 그러나 대표께서 똑떨어지게 100만 원이라고 대답하지 않았습니까. 김 실장도 옆에서 분명히 들었을 텐데."

"물론입니다."

"그런데 30~40만 원으로 줄여 달라니 이해가 안 갑니다. 그사이 무슨 문제라도 생겼습니까?"

"문제라니요. 그게 아니라 괜히 독자들의 오해를 살까 봐 그렇습니다. 국민들에게 위화감을 줄 염려도 있고."

"그런 차원에서라면 더구나 애초에 나온 100만 원이 훨씬 자연스럽지 않을까요. 30~40만 원으로 곱절 이상 다운시키면 오히려 의아하게 생각하는 사람이 많을지 모릅니다. 천하의 당 대표께서 지니고 다니는 용돈이 고작 그 정도냐고 말이죠. 국밥이나 사 먹자는 돈이 아니라는 걸 누가 모릅니까. 움직였다 하면 돈인데 하물며…….”
“허, 왜 이러십니까. 그만하시고 암튼지 30~40으로 적어 주세요.”
“대표의 지십니까?”
“그러믄요. 안 그러면 내 단독으로 어떻게…… 30~40입니다? 아셨죠? 집필을 방해해서 죄송합니다.”

독감 때문에 자반뒤집기로 밤을 밝히다시피 한 아침치곤 예전 기억이 선명했다. 언제나처럼 어둑새벽의 현관 문을 열고 집어 온 신문을 읽던 끝이다. 눈을 뜬 후의 순서는 늘 같다. 때맞춰 밖에서 오토바이 소리가 들리면 계단을 우당탕 뛰어오르는 배달꾼의 발걸음 소리가 멀지 않다. 신문 뭉치를 툭 던지는 기척이 이내 지척이다. 이런 때는 늙은 귀가 보배다. 이불에서 몸을 뺀다. 내복 바람인 채 문을 4분의 1 가량만 밀치는 순간 겨울 냉기가 저격병처럼 일제히 달려든다. 그럴 적마다 어째서 지금은 “문 열자 선뜻! 먼 산이 이마에 차라”의 정지용 시절이 아님을 새삼 느낄까. 어떻든 두고 온 체온 속으로 다시 파고들 일이다. 머리맡의 백열등 모가지를 등화 관제 때마냥 밑으로 뚝 꺾어 신문을 펴든다. 그렇게 한참 바스락거리다 보면 못다 이룬 잠의 찌그럭지를 슬그머니 모을 수 있다. 반시간 남짓의 그 잠이 그토록 달다. 뒤풀이 아닌 두벌잠인 셈이거늘, 활자로 찍힌 오도방정의 세상사가 괜찮게 수면제 구실을 하는 동안 아침 햇살이 퍼진다.

그런데 오늘 아침은 달랐다. 전직 대통령들을 비롯한 고위층들이 줄줄이 감옥으로 가는 사진이 고철상 씨의 잠자던 회상을 퍼뜩 일으켜 세웠다. 오랏줄에 묶인 면면 가운데에는 그가 만난 왕년의 그 대표도 끼여 있었기 때문이다. 동시에 떠오른 것이 100만 원을 30~40만 원으로 탕감해 달라던 귀띔이었다. 붓 대롱 하나 들고 현실과 상상 세계의 변죽을 돌던 그는, 무수한 권문 세가와 사회 명망가들을 달에 한 번꼴로 찾아 얘기를 나눴다. 사사로운 대좌가 아니라 공론 기관의 위촉을 표방하고 다닌 까닭에 회견은 어디까지나 공적 성격을 띠고 진행되었다.

그 대표와의 회견도 이런 면담 시리즈의 하나다. 그런데 상대방의 진을 빼도록 많이 오간 말 중에 하필 돈에 얽힌 대목이 머리를 스친 이유를 자신도 정확히 분간하기는 어렵다. 아마 기천 억의 비자금을 따로 챙겼느니 어쨌느니 하는 기사의 연상 작용 탓이 크리라 짐작할 따름이었는데, 하여간 그때 이렇게 물었다.

"평소 호주머니에 넣고 다니는 비상금이랄까 용돈은 얼마쯤입니까?"

"비밀이지만 100만 원쯤 가지고 있을걸요."

그리고 집으로 돌아와 부지런히 회견 기사를 정리하던 시간에 앞서와 같은 전화를 받았다.

오늘 아침의 고철상 씨는 그러므로 당시의 대화 내용을 조간 신문 기사와 연결시키느라 맛있는 새벽잠을 날린 폭이다. 그렇다고 수천 억 원과 기십만 원의 차이나 의미를 당장 분석하기는 버거웠다. 또 다른 기회에 인터뷰를 한 어떤 재벌 총수는, 힘 하나 안 들이고 보통 가지고 다니는 용돈이 20만 원 정도라고 밝혔다. 너무 적다 싶어 되레 놀랐는데, 나중에는 그나마 무의미한 액수라는 생각이 들었다. 그의 얼굴 자체가 곧 화폐나 진배없다고 믿었기 때문이다. 재화로 뒤발한 몸에 지갑은 차라리 우습지 않은가. 고철상 씨의 두 사람에 대한 상투적인 질문은, 따라서 권세와 돈의 상징을 가벼운 호기심으로 집적거린 장난의 일종이다. 기세 등등한 상대일수록 그렇게 대하려고 꾀를 부렸다. 엄숙주의로 긴장시키다가 느닷없이 어깻죽지를 파고들어 간지럼을 태우는 것이 그의 장기라면 장기였으니까.

일의 앞뒤가 그렇기는 할망정 고철상 씨는 자신의 보편적인 아침을 망쳐 놓은 예전의 당 대표를 생각 밖으로 쉽게 밀어내지 못했다. 세상 사람들아. 나는 그때 이미 알았었네. 오늘의 조짐을! 외치다니

미친 짓이다. 견강부회, 허장성세, 침소봉대, 기회주의, 가을 바람에 새털, 녹피(鹿皮)에 갈 왈(曰), 겨드랑을 보고 젖통 봤다고 우기기, 같은 행위에 틀림없다고 모두 비웃을 것이다. 그래도 혼자만 아는 비밀을 냉큼 휴지통에 버리기는 아까웠다. 쩨쩨하게 용돈을 줄여 공표할 때의 마음과 억수로 거두고 모은 수뢰 과정의 심리 사이를 잇는 키 워드는 무엇일까. 그것들이 어디서 맞닿고 어느 지점에서 갈리는가를 따져, 그 사람의 본새를 헤아리는 단서로 삼을 수는 없을까. 잔머리를 한참 굴렸다.

한데 막 눈을 뜬 고철상 씨의 느른한 기분으로는 무리였나 보다. 당장은 이것이다 하고 짚이는 연결 고리를 찾기 힘들었다. 대신 자기가 10년 이쪽 저쪽 세월을 두고 접촉한 이들의 얼굴이 눈앞에 우르르 어른거렸다. 친구로 만나고 지인으로 어울려 술잔을 주고받거나 말마디를 교환한 사람들이 아니다. 우리 사회의 한 자락을 구획 짓는 각계(界)의 내로라 하는 인물들이다. 어림잡아 100명은 되랴. 한꺼번에 떠오르면서 입으로는 자기 이름과 동일시되는 특징어를 하나씩 골라 내뱉었다. 그들의 의사와는 상관없이 고철상 씨가 자작으로 짝지어 준 별명들이다. '당 대표와 30~40원' 식이다. 각자의 입에서 나온 그 많은 언설은 어디 가고, 지극히 사소한 몸짓 말짓이 오랫동안 머리에 남아 있는 까닭은 간단하다. 실례지만 이름 외우기에 앞선 작은 기호에 불과하다.

하지만 고철상 씨는 오랜 경험으로 말할 수 있다. 우리 나라 사람들의 입에서 나온 말은 하찮은 것일수록, 아주 소소한 일일수록, 말의 진부를 가리는 열쇠 구실을 한다는 켯속을 나름대로 챙긴다. 굳이 우리 나라를 강조하는 덜 떨어진 소리를 지껄일 것 무엇 있남. 다른 인종이라고 유별날까. 그게 그것일 테다. 하면서도 그런 발상을 쉬 털어 버리지 못하는 이유가 하나 있다. 한 인간의 진실을 캐러 갔다가 만고에 옳은 모범 답안지만 잔뜩 껴안고 돌아선 적이 하도 잦았기 때문이다. 그는 누구와의 회견 장소로 가능하면 상대방의 집을 고집했다. 당사자가 꺼가는 삶의 등식을 이해하는 데 대번에 큰 도움을 주는 까닭이다. 집 안에 들어서자마자 풍기는 된장 냄새는 된장 냄새대로, 책 냄새는 책 냄새대로, 그 사람의 성분을 반타작하게 만든다. 사무실이라고 나쁠까마는, 집 수리를 앞세운 이유가 거짓으로 들통났을 때, 실상 마누라와 공방이 들었으면서도 그렇게 둘러댔을 때, 허망하다. 모르고 지났으면 그만일 것을 나중에 꼭꼭 고씨의 귀에 대고 아쉼찮게 일러바치는, 귀여운 밀정들이 '발호하는' 풍토다. 장본인의 말에 신용이 덜하는 것은 정한 이치다.

아무려나 고철상 씨는 마음을 바꿨다. 시험 답안지를 메울 때도 아는 것부터 쓰라고 했다. 대답이 애매한 문제는 뒤로 돌리라고 일렀듯이, 오늘 아침은 일단 '당 대표와 30~40만 원' 식으로 뚜렷한 특징어로 다가서는 사람들과 얼김에 묵은 인사를 나누기로 작정했다. 개중에는 이미 저 세상으로 간 이도 적지 않다. 감옥으로도 보냈다. 어떻든 한 시대를 풍미했거나 주름잡고 있는 인물들이다. 죽어서나 살아서나 이름이 출중하여 이 땅의 인물 평전에 들 조건을 갖췄다. 내가 확보해 둔 그들의 증언을 크로스워드 게임처럼 종횡으로 정리하면 어떤 공통 분모가 나올까.

하면? 누구를 먼저 띄워 올린다? 고철상 씨는 눈을 감았다. 머리 속으로 한동안 망설이는 눈치다. 보나마나 회상의 차례를 놓고 고민하는 것 같았다.

명고수 앞에 고철상 씨가 앉아 있는 그림이 맨 처음에 나왔다. 인터뷰어인 그가 이 말 저 말 하다가 묻는다.

"흔히 일 고수 이 명창이라고들 하는데, 고수가 명창의 소리에 장단을 맞추는지 북이 먼저 명창을 이끌고 나가는지 궁금합니다. 양자의 호흡이 어떻게 합치고 떨어지는지 보통 귀로는 분간이 잘 안 가거든요."

"북을 암만 잘 쳐주려고 해도 초등 학교 소리만 내는 사람 앞에서는 대학원 북이 안 나옵니다."

주저함이 없이 받아넘겼다. 일목요연한 명답이다. 자질구레한 구설을 생략한다.

"왜 옛날부터 여자 고수는 없습니까. 소리는 여자도 하는데."

"여자가 장구를 치고 노래를 부를 수는 있어도 북은 못 칩니다. 북이라는 것은 무대에 올라가서 좌중을 꽉 휘어잡는 맛이 있거든요."

"여자라고 휘어잡지 말란 법이 있나요?"

"허. 천하 명창이 소리를 해도 그 명창을 내 무르팍 밑에 잡아넣을 수 있는 위풍을 갖춰야 북이 옳게 되는 겁니다."

또다시 이의를 제기할 수는 있었으나 고철상 씨는 참는다. 그런 경지에 올라선 이의 자긍도 자긍이려니와, "무르팍 밑에 소리를 잡아넣는다"는 우리말의 기개를 얼핏 발견했기 때문이다. 명고수는 다른 자리에서 또 말했다. 명창 명고수를 겸했던 장판개(張判介)의 북치는 솜씨를 두고, "그냥 치는 것이 아니라 꽃이 되어 둥실, 그냥 묻어 떨어졌노라" 묘사했다. 앞뒤 비유가 모두 이만저만 과장된 게 아니지만, 어지간한 시어(詩語)가 따르기 힘든 아름다운 정확성을 그때 느꼈다.

인터뷰라는 것도 필경 말의 수작에 불과하다면, 100만이나 30~40만으로 표시된 아라비아 숫자는 오히려 이때 추상적이다. 아리송한 수사(修辭)가 한층 정직하게 들리는 역설은 무엇일까. 지나 놓고 보니 그렇더라는 이야기 이전에 고개를 갸우뚱하게 된다.

고철상 씨의 생각은 그러자 작가면서 저널리스트인 이탈리아의 오리아나 팔라치로 달려갔다. 그녀의 인터뷰 철학이 곧 떠올랐다. "인터뷰는 하나의 사랑 이야기예요. 일종의 성교(性交)이기도 합니다. 상대를 완전히 발가벗기고 자신도 전인격을 던지는 싸움이라고 할 수 있죠." 시몬느 베이유가 노동 해방을 위해 짧되 굵은 생을 마쳤다면, 팔라치는 위선의 권위와 모든 독재를 증오하며 끊임없이 자신을 담금질하는 여자다. 한국에도 많이 소개된, 루 살로메, 이사도라 던컨, 멜리나 메르쿠리의 불꽃 같은 생애와 비슷하면서, 정치적 성향이 강한 점이 다르다. 나이 열여섯에 인류의 반복된 전쟁이 얼마나 바보스러운 짓인가를 증명하기 위해 베트남 취재에 나섰던 기자, 그리스의 레지스탕스 영웅 알렉산드로스 파다고리우스와의 인터뷰 끝에 사랑에 빠진 여자, 일본을 "맥아더 따위에게 진 나라"(2차 대전 아닌 전후의 맥아더 점령 정책을 말함)로 조롱하고, 중공(中共) 시절의 "여성 인민복을 보면 울고 싶어진다"(인간성에 대한 모독이기 때문에)고 했던 전투적 지식인이다.

그래서 그녀의 인터뷰 기사는 불꽃을 튀긴다. 준비는 철저하고 진행은 당차다. 사정없이 죄고 밀어붙인다. 오죽하면 헨리 키신저로 하여금, 내 일생 일대의 실수는 팔라치의 인터뷰를 승낙한 것이라고 탄식하게 만들었을까. 팔라치는 미 국무 장관 키신저를 이 나르시시스트!로 윽박질렀다. 그가 자신의 국제 해결사 역할을, 무엇이든 혼자 하기 좋아하는 로맨틱한 카우보이 기질에 빗대자 터뜨린 면박이다. 기사 지문(地文)에서는 또, 그에 대한 스톡홀름의 노벨 평화상 시상을 이죽거린다. "불쌍한 노벨이여. 불쌍한 평화여."

고철상 씨는 동서양이 현격하게 다른 만남의 방식을 인정한다. 낯선 타인끼리 길에서 스친 소맷자락의 인연마저 허술히 여기지 않는 바닥에서는, 상대방을 함부로 깎아 내리다니 어림없다. 그랬다간 다음날로 명예 훼손으로 고소당하기 십상이다. 일껏 제 입으로 터뜨린 말로 그런 기억이 없다고 잡아떼면 그만이다. 기록이나 녹음기를 재생해 보이면 그런 뜻으로 말한 것이 아니라고 딴청 부리기 쉽다. 총체적 문맥으로 파악하지 않고 극히 사소한 말꼬리를 물고 늘어지면 어떡하느냐고 역공을 시도한다.

우리말 표현의 모호한 성격 또한 난감하다. 아깟번에 예시한 100

만 원 대 30～40만 원을 보면 알조다. 처음 발설한 100만 원은 그런대로 아귀를 맞춘 셈이지만 '쯤'이라는 접미어를 기어코 붙였다. 30만 원이면 30만 원이고 40만 원이면 40만 원이거늘, '30～40'으로 간격을 넓혔다. 그 다음에 나온 재벌 총수의 20만 원도 '정도'라는 단서를 달았다. 이런 말들과 이웃 사촌인, 남짓, 가량, 내외, 안팎 등등만 빠진 폭인데 일이 거기서 끝나는 게 아니다. 언행의 오지랖이 그만큼 넓어 웬만한 인간 관계가 긴가민가로 왔다갔다한다. 호주머니 돈의 단수까지 물샐틈없이 세는 사람도 물론 드물거니와, 그 따위로 규격 바른 인간은 차라리 상종하기 겁난다. 말의 굴신(屈伸)이 자유로운 것은 여유와 너그러움의 반영으로 치부할 수 있다. 아무리 그렇기로 진솔한 자기 고백은 털끝만치도 비치지 않은 채, 이리 빠지고 저리 빠져 막판에 검불만 쥐고 일어설 때 인터뷰어는 맥이 빠진다. 어쩌면 그게 우리의 도피성 추상어와도 관련이 있는 것이 아닌가 추심하게 만든다. '성교'는커녕 전인격을 투입한 발가벗은 싸움이 어림없어진다. 때문에 같은 추상어인데도 명고수 것은 왜 아름답게 들렸을까를 고씨는 오래오래 곱씹었다.

고철상 씨가 재현시킨 두 번째 그림에 이런 장면이 나온다. 그와 마주앉은 사람은 관계의 고관 대작이다.

"얘기를 시작한 지 그럭저럭 네 시간이 가까워 옵니다. 그런데 별로 건질 것이 없어요."

고씨가 손목시계를 들여다보며 슬쩍 짜증을 낸다.

"내가 애당초 말하지 않습디까. 나는 워낙 말주변이 없다고."

"말솜씨의 문제가 아닙니다. 즉답을 피하고 노류장화 하는 한량처럼 변죽만 빙빙 울리니까 그렇죠. 풍경은 그만 즐기시고 복판으로 나오세요. 나와서 핵심을 꽝 치시라고요."

"어떻게 말입니까? 꽝! 하하."

말이 떨어지기 무섭게 대작이 응접 세트를, 주먹에 그다지 충격이 안 갈 헐거운 동작으로 요령껏 딱 때렸다. 손등의 정맥이 몹시 파랬다.

"어떤 서양 저널리스트가 선생님 같은 분과 회견을 했답니다. 대답이 하도 설렁설렁, 맹물 설렁탕 맛인 데다 진기가 빠져 쐐기를 박았대요. 당신은 민감한 퀘스천만 나오면 번번이 도망 다니기 바쁜데, 당신의 직함이 부끄럽지 않은가? 내 입에서도 막 그 말이 나올라고……."

"그래요? 큰일났네. 이걸 어쩐다지."

"어쩌기는요. 히트앤드런이라도 하세요. 동곳을 뺄 때 빼더라도, 런만 하지 말고 때로는 히트도 치면서 팍팍 나가야 나도 장사가 되지 않겠습니까."

"하하 장사라…… 나도 성의껏 대답한다고 했는데 이 모양입니다. 선생님의 좋은 글 솜씨로 적당히 써 갈기면 될 것을 무얼 그러십니까."

아, 드디어 그 놈의 '적당'이 나왔구나! 고철상 씨는 벌떡 자리를 뜨고 싶었다. 말은 적당히 둘러대고 글은 적당히 늘어놓는 사회. 내가 입을 벌리면 세상이 시끄러운 사람이 득실대는 사회. 진실된 말로 천냥 빚을 갚기보다는 음험하게 운을 뗌으로써 억만 냥의 정치적 소득을 물밑에서 주고받는 사회가 적당히 흘러간다.

대작의 방에 처음 들어갔을 때부터 고씨는 아닌게아니라 심란했다. 방 쥔은 무던히 면적이 넓은 책상에 어지간히 키가 높은 암체어, 즉 팔걸이가 있는 의자에 푹 파묻혀 있었다. 수인사를 하고도 그는 의자에 도로 주저앉았다. 고철상 씨는 그 쪽을 거들떠보지 않았다. 주섬주섬 회견 기록에 필요한 도구들을 좌판 벌이듯 꺼냈다. 건방떨지 말고 내 앞으로 내려앉으라는 암시다. 죄 그런 건 아니지만 더러더러 그런 식으로 자세를 취하는 위인이 있다. 말을 하는 쪽은 상석에 앉고 묻는 쪽은 으레 밑으로 내려앉아야 한다는 이상한 풍습의 산 보기다. 그것은 단순히 형식상의 문제에 그치지 않는다. 자칫 신분을 나누는 인식의 발로로 비친다. 고철상 씨는 그런 때 이쪽으로 내려앉으시라고 좋은 말로 권유하는 경우가 있다. 사사로운 만남이 아닌 공적인 자리의 성격을 그렇게 일깨워 준다. 어떤 대상을 되도록 '무르팍 밑에 꽉 잡아넣고', 입 밖에 내기는 좀 무렴한 '성교' 흉내라도 내야 할 판에, 접촉 범위나 간격의 중요성을 무시할 수 없기 때문이다. 상대가 본인의 머리 위로 아직 반 뼘 이상이나 솟은 회전 의자에 칩거하면 결과가 시원찮다. 말문이 막힐 때마다 백두 대간(大幹)처럼 뻗다가 직각으로 굽은 팔걸이를 톡톡 친다든가 코털이나 뽑기 시작하면 볼장 다 본다. 이쪽은 반대로 "코털이 센다"는 속담의 쓴맛을 씹는다. 저런 태도에서 신통한 응답이 나올리 만무라는 실패를 예단하는 탓이다. 내 하루 품값이 초장에 결딴나는가 우울해진다.

걸핏하면 남의 떡이 커보인다는 투로 자신의 낭패를 또 미봉한다고 타박할지 모르나, 고철상 씨는 생각하지 않을 수 없다. 가령 미국 시엔엔 방송의 래리 킹은 어째서 저토록 막강한가. 대학을 안 나오고 성공한 사람에게 우리가 반드시 지적하게 마련인 '고졸 학력' 밖에 없으면서, 어떻게 인터뷰 황제 소리를 듣게 되었을까. 집에서 놀다 쓰다 하는 덕에, 고철상 씨는 대낮의 에이에프케이엔을 통해 그의 〈래리 킹 라이브〉를 가끔 보았다. 내용은 알아들을 수 없을망정 그 앞에 앉히는 손님의 직분은 대강 알 수 있다. 어렵쇼! 개중에는 현직 정부통령까지 있잖은가. 늘 하던 대로 와이셔츠에 멜빵 차림으로 두 거인을 팔걸이가 안 달린 옹색한 의자에 앉힌 상태에서, 무어라고 무어라고 얘기를 했다. 올해 예순셋이랬으니 많이 늙은 나이는 아닌데, 도수 높은 안경에 불룩 튀어나온 특유의 눈초리를 치뜨며 피차 웃고 떠들었다. 우리 나라에서는 국회 방청석에서도 엄금하는 책상다리 자세야 말할 나위 없다.

고씨가 또다시 생각하기를, 대화는 그렇게 나눠야 제 맛이 우러나지 않을까 넘겨짚었다. 관습의 차이를 들먹이면 대답이 궁색해진다. 하지만 대통령까지 방송국 스튜디오로 불러내어 초등 학교 학생이나 앉힐 만한 민짜 의자에 모신 형태는, 진심의 상당 부분을 털어놓게 하는 장치로 괜찮다. 환경이 인생의 어느 부분을 지배한다면, 또한 의식(儀式)이 사람의 사고를 간섭한다면, 인터뷰는 장소와 격식과 시간의 세 요소가 성패의 절반 가량을 좌우한다. 모처럼 흉금을 트자는 자리가 고작 밀실이나 방석집인 수가 많은 우리네 방식으로는, 대화 아닌 음모로 비칠 공산이 크다. 하물며 팔걸이 의자로 유세를 부리다니.

이런 측면에서 우리 나라 대통령은 위세의 절정이다. 국민과 국가를 대표하는 상징으로 마땅한 일이지만, 아랫사람과 무엇을 의논하는 순간에도 짐(朕)과 신하 의식이 선행하지는 않는지 걱정스럽다. 대화와 인터뷰의 자연스런 격식을 무시한 팔걸이 의자류 장애물은 없는지 의심을 품게 된다. 이를테면 수수십 년 동안 보아 온 집단 악수 장면이 그런 느낌을 갖게 한다. 거의 날마다 텔레비전은 대통령 앞에 일렬 횡대로 늘어선 사람들이 번차례로 악수를 교환하는 그림을 내보낸다. 대통령의 손을 마주잡은 쪽은 저마다 꾸뻑 절을 한다. 내밀자 꾸뻑, 내밀자 꾸뻑,의 반복 속에 말은 어디로 증발했는가를 더듬게 한다. 권위의 상징 조작이라면 무엄할 일이로되, 너무 자주 목격하노라면 차라리 싱겁다. 하다가 조선조 시대에 버렸어야 할 '윤허(允許)' '낙점(落點)' 등의 궁정(宮廷) 용어마저 민주주의의 전시장인 언론에 버젓이 등장했다.

그날 고철상 씨와 만난 고관 대작도 내밀자 꾸뻑,보다는 깊숙이 고개를 숙이고 임명장을 받았음에 틀림없다. 자기 임지로 돌아와서는, 손을 내밀기만 할 뿐 고개는 빳빳이 세웠던 역전의 버릇을 내방객에게도 은연중 실천했다고 볼 수 있다.

이야기는 건너뛰지만 서양 사회에도 우리의 거들먹거림과는 성질이 다른 무교양이나 시건방 탓에 지탄받는 인물이 어찌 없겠는가. 세기의 철권을 자랑하던 무하마드 알리도 그 때문에 수모를 당했다. 역시 팔라치와 인터뷰를 하던 그는 마침 수박을 먹다가 이따금 트림을 했다. 그의 상스러움을 겨우겨우 참아 내던 팔라치는 알리의 세 번째 트림에 이르러 마침내 분노를 터뜨리고 말았다.

"이런 무식한 촌놈을 챔피언이라고!"

벌떡 일어나 그의 면상에 마이크를 던졌다.

고씨의 수많은 인물 편력 기록에도 이와 유사한 일이 없지 않다. 트림만 안 했다뿐이지 영 기분이 상해 중도에 작파하고픈 장면 회상이 있다. 맨발로 그를 맞은 한 노대가는 연방 자기 발가락을 쓰다듬으며 시큰둥하게 입을 놀렸다. 바깥 세상에서는 그의 발가락이 어떻게 생겼는지 알 턱이 없고, 알아야 할 이유도 없다. 그딴 얼간이 같은 사정이야 이쪽이 창피해서도 발설하기 곤란하다 치고, 하마 고린내가 풍기는 듯한 욕지기를 느꼈다. 과장되게 큰소리로 코를 킁킁댐으로써 미구에 양말을 꿰게 만들기는 했으나, 그 뒤로는 어쩐지 그의 대성일갈에 신임이 잘 가지 않았다. 그가 고씨의 킁킁대던 콧김과는 비교가 안 될 만큼 그럴싸한 논리로 세상을 향해 질타할라 치면, 저 양반은 오늘 아침 발가락을 씻었을까, 쓸데없이 염려했다. 빤히 아는 거짓말을 또 다른 자리에서 누군가가 뇌까린 날은 하루 종일 우울했다.

인터뷰의 한계가 그것이다. 본인이 입에 담지 않은 군소리는 쓰는 자의 윤리로 금기 사항에 해당한다. 송곳으로 찌르고 방망이로 닦달하는 어법을 구사하여 정통으로 대들지언정 딴전을 부리면 그만이다. 증거 능력이나 끝까지 허물을 밝힐 수단이 따로 없는 말의 신사 놀음은 경계선이 항상 뚜렷하다. 게다가 이 사회의 덕목인지 걸림돌인지 가끔씩 헷갈리는 제 논에 물 대는 유의 장유유서라든가 예의 범절이 마이크를 내동댕이칠 자유를 가로막는다(사실은 스스로도 키운 적당주의와 용기 부족 탓이 크지만). 앞에서 잠깐 나온 카우보이의 로맨틱한 행동은, 다른 한편에서 굿 가이〔善漢〕와 뱃 가이〔惡漢〕를 미리 선택하거나 전제하는 자유나마 보장한다. 그런데 웬만한 인터뷰는 되레 양자의 분간을 모호하게 하는 계기로 작용하기 일쑤다. 때문에 알릴 사람 알리고 피할 사람 피한다는, 우스개 피아르 원리의 한 예로 인식되기도 한다. 뱃 가이에겐 변명의 돗자리를 깔아 줄 한계 성향이 불가피하달까.

바람직스럽기는, 하지 말라고 했다는 소리까지 곁들여야 문맥이 정확해진다. 하나 고철상 씨는 그러지를 못했다. 두고두고 공범 의식에서 벗어나지 못할밖에 없다. 인터뷰가 어찌 특정인끼리의 말씨름에 국한하랴. 알고 보면 인간 관계의 넘나듦이 대충 그렇게 나가게 마련인데, 문제는 공식적인 만남의 방식과 표현 양식이다. 피차 발가벗지 못한다. 가다가 곧 중지하는 일이 적지 않다. 고철상 씨는 거기서 한국인의 어중간한 체질을 때때로 돌이킨다. 어설픈 희극은 있어도, 흔한 유행어마따나 누선(淚腺)을 자극하는 신파는 가능해도, 희랍 비극의 저런 처절한 극한 상황은 애써 피한다. 얄팍한 동정으로 눈감아주고, 좋은 게 좋다는 야합성 용서로 칼날의 단죄를 유보한 역사를 되풀이했다. 진짜 자유는 비극의 초극에서 나오고 진실된 용서는 참회하고 고백하는 데서 시작되는데도, 매번 문전까지 갔다가 주저앉았다.

고철상 씨는 감았던 눈을 떴다. 엉뚱하게 뒤틀린 좋은 아침을 원상으로 되돌려 놓아야겠다는 생각과 함께, 내 얘기는 어째서 당신의 기억 더듬기 축에 못 드냐고 항변하는 얼굴도 찬찬히 들여다보기로 했다. 스르르 눈을 감고 세 번째 그림을 그려 나갔다. 그러자 그것은, 아 눈물이었지.

고철상 씨 앞에서 그 노인네는 눈물을 흘렸다. 위대한 독립 투사의 후예다. 말말 끝에 평생 잊을 수 없는 감격의 한 대목을 그는 조용한 어조로 주섬주섬 말했다.

"우리 집안은 저까지 삼대가 나라 없는 백성으로 살았지요. 일본에서는 신임장 봉정 때 마차를 타고 궁정에 들어가는 것이 관례입니다만, 대만서는 총통이 보낸 예차(禮車)를 타고 그분을 만나러 갔습니다. 제가 탄 차의 양옆으로는 각각 열여덟 대씩, 서른여섯 대의 모터사이클이 태극기와 중국기를 교차해서 달고 달렸습니다. 감격할 수밖에요. 우리 선인들은 독립을 위해 모진 애를 썼을지언정 오늘을 못 보고 돌아가셨는데, 혁명가의 후예는 비록 이 땅은 남경이 아니고(아직 한중 국교를 트지 않은 때다), 나는 분단 국가의 대표 사절일망정 이런 대우를 받는구나 생각하니……."

"눈물이 나왔겠습니다."

고씨가 방정맞게 어림잡기도 전에 상대방은 어느새 울고 있었다. 그가 말한 선친과 선인들의 풍찬노숙과 비명(非命)의 철천지한을 주객이 훑어 내려오던 시간이다. 노안에 흐르는 눈물은 곧 고철상 씨의 것이기도 했다. 이런 경지는 무엇인가. 팔라치가 설명한, 퍽 야한 인터뷰 풀이와 흡사하되 분위기는 썩 다르다. 한의 잠재력과 동양의 감정 처리가 여기서 서양과 갈린다고 믿었다. 고씨에게는 같잖게도 그게 기쁨이었다. 오랫동안 메말랐을 눈을 벌겋게 적신 분의 면전에서 자기의 직업적 성공을 확인하고 감히 우쭐했다. 한편으로는 더불어 저려 오는 가슴을 누르며.

눈물 바람의 만남은 그것으로 그치지 않았다. 칠십 고령의 여성운동가도 일찍 세상을 뜬 망부의 묘소를 다녀오는 길이 그렇게 깜깜할 수 없었다면서 울었다. 살아 있는 발등의 불이 막막해서가 아니다. 다 늦게 시작한 공부를 너그럽게 도와 준 남편 추념과, 서로를 아우르며 보낸 험한 날들에 대한 추억의 결정(結晶)이었다. 둘이 끝까지 맞들었으면 더 좋았을 결손 부부의 아쉬움이다.

"창피해서…… 왜 이런 얘기를 꺼냈는지 모르겠네. 유치하죠? 늙은이답지 않게. 아무튼 내 지성은 억세고 감성은 이렇게 여립니다."

어색하게 말했으나 고철상 씨는 먼산바라기를 하듯 시치미를 뗐다. 지성도 좋다마는, 한 인간을 구석구석 탐색하기로 맘먹은 자의 더듬수에 감성의 끄트머리가 잡혔는걸. 그게 어딘데.

결혼한 여수상에게 바치던 철의 재상(宰相)이라는 대명사는, 영국의 마거릿 대처보다 이스라엘의 골다 메이어에게 먼저 헌상하는 게 옳다. 그 메이어도 수상으로 있으면서 한 인터뷰어한테 눈물을 머금고 실토했다.

"나는 나이를 많이 먹었어요. 매우 피곤합니다. 이제 키부츠로 돌아갔으면 해요."

70대 초반이었다.

눈물의 동서 편차를 새삼 천착해서 무엇하리. 그대로 두고 보면 된다. 있기야 있겠지만 평생을 마감할 시간이 서서히 다가오는 연령층일수록, 흘린 눈물의 뜻이 매우 정직하리라는 점은 같을 터이다.

그런데 특기할 일의 하나는 우리 나라의 모든 눈물은 모조리 피해자의 몫이라는 인식이다. 너무 기뻐 방울방울 떨어뜨리는 눈물도 있지만, 알고 보면 그것도 억울하게 당한 회상의 반사적 표현인 수가 많다. 한 시대가 덮어씌운 구들장 속 같은 먹통의 세계를 살았으면 더구나.

가해자는 울지 않는다. 다만 변명할 뿐이다. 상대적으로 말수 역시 적다. 고철상 씨가 발품을 팔고 다닌 대상자들은 결과적으로 자타 공인의 피해자가 거지반이다. 문자를 희롱하는 자의 명분에 합당한 진실 찾기나 약자 얼싸안기 안목으로 보면 간지럽다. 그것도 간살 떨기의 한 기술일 법한데, 그보다는 말 많은 피해자들의 역동성에 홀리며 재미를 느꼈다. 가해자의 말은 의외로 고저가 밋밋하고 물렁물렁하다. 알다가도 모를 일은 사람 자체도 물렁뼈를 의심하게 할 지경이었는데, 그런 약골이 강골을 억누르는 상황은 무엇인가를 이따금 회의했다. 엄밀히 말하면 거짓말이다. 물렁뼈의 무서운 단순성이 일을 저지르게 마련이며, 눈물의 감성을 단단한 강골로 키우는 역설을 모르지 않는다. 내남없이 물렁뼈를 자처하는 이들의 계산된 합세가 소수 물렁뼈의 체질을 철골의 독재로 부추긴 내력도 안다. 그랬으면 본래의 연골들은 차지한 영화를 누리며 가만히나 있을 것을, 지구의 한 쪽을 떠받들던 공간이 우수수 무너지자 내가 일찍이 뭐랬느냐는 투로 나오는 것을 딱하게 생각한다. 옆에서 피해자가 속출할 때는 가슴앓이조차 안 하다가, 가벼운 상처 한군데 입지 않은 몸을 자랑하다가, 용한 점쟁이 노릇으로 예언자를 자임하는 편의주의를 모르지 않는다. 따라서 가해자인 물렁뼈는 우는 일이 드물다.

눈물은 꼭 볼 위를 타고 내린대서 맛이 아니다. 땅바닥에 두 다리를 뻗고 대성 통곡하는 것도 눈물의 원초적 발로기는 하되, 남몰래 흘리는 눈물에도 우리는 익숙하다. 고철상 씨가 네 번째 띄운 그림을 보자.

장소는 서울에서 멀리 떨어진 소도시의 중국집 2층이다. 그렇지. 어쩐 셈인지 중국집은 2층에 자리잡는 예가 흔타. 쭉쭉 소리와 함께 아구아구 거머들이는 면발 너머로 무어 그리 보잘것이 많다고 2층인가 싶다. 하여간 고씨는 백발 노인과 마주앉았다. 그가 상대하는 인물은 번번이 나이 든 이들뿐인데, 그 경위 역시 시대적 분위기와 무관하지 않다. 이름 석 자는 근사하다 하더라도 그런 이유로 피해자 반열에 낀 탓이다.

"시골로 내려오셔서 그런지 얼굴이 좀 축나신 것 같습니다."

"밑천이 다 드러났냐? 어찌 이 모양이냐."

노신사는 고씨의 인사치레엔 대꾸도 않고 조막만한 간장 접시에 식초를 따르며 소리쳤다. 물만두만 갖다 놓고, 동시에 주문한 깐풍기(干烹鷄)가 아직 안 나왔기 때문이다.

"자 드시오. 먼 길을 온 손에게 대접이 시원찮구먼. 그렁저렁 밥은 먹고 사는데도 객지살이를 타 그런지 먹는 것이 살로 안 가나 봐요."

잠깐 뜸을 들인 다음에야 대답을 한 셈이다. 바로바로 대꾸하지 않고 남의 말을 어금니에 가두고 녹이다가 은근 슬쩍 흘리는 노인네들의 버릇이다.

"사건 수임은 많습니까."

"어디. 더구나 낯이 설어, 있다 없다 해요. 내 직분이 뭔지도 모르는지 대서(代書) 좀 해달라고 부탁하는 사람도 있는걸. 그런 중에도 변호사는 존경하는 폭이랄까."

"서울서 곧바로 내려오신 게 이곳이던가요."

"두어 군데 떠돈 나머지지요. 감옥에서 나온 후에도 서울서는 배겨나기 어려웠거든. 우리 나라 권력은 아주 더티해요. 법을 마음대로 주무르는 건 고사하고, 특정인을 고사시키는 방법이 법말고도 얼마든지 있어요. 뻑하면 기관원이다 형사다 들락거리는 사무실에 어떤 의뢰인이 찾아들겠어요."

"기업인을 골탕먹이려면 세무 사찰을 하지요."

"마침 몸도 안 좋고 해서 공기 맑은 데를 물색하다 내려오긴 왔는데……."

인권 신장에 앞장섰던 왕년의 투사는 표정이 처졌다. 읍 가장자리 10리 밖에 살림집을 따로 마련하기는 했으나 오고 가기가 귀찮아 변호사 사무실에 달린 방에서 내외가 산다.

"물론 돈 받고 하는 일이긴 하지만 평생 동안 '무죄' '석방' '관용'만 주장하셨으니 천당은 떼논 당상이겠습니다."

"허허. 그렇게는 꿈도 못 꿔요. 천당과 지옥 중간쯤 되는 곳이 있다던데, 거기라도 가면 아이고 할아버지! 하겠습니다."

고철상 씨는 농담을 좋아하고 그걸 받아 한술 더 떠 세련되게 말아 올리는 사람을 좋아한다. 하다가 불쑥 진담을 디밀면 말이 더욱 빛난다고 믿는 편이다. 노변호사가 그랬다. 배우가 무대에서 쓰러지기를 바라고 글쟁이가 붓대를 쥐고 고꾸라지기를 희망하듯, 자기도 법정에서 쓰러지는 것이 소원이라고 했다. 그것은 진담이 분명했는데, 고철상 씨는 구식 인사들의 그런 사치를 이해한다. 실지로는 가능해 뵈지 않는 지극히 관념적인 소망을 그렇다고 노욕에 빗대는 것은 부당하다. 노욕은 남까지 망치지만 정갈한 직업 의식이나 투철한 사명감은 곁에서 보기에도 단아하다. 요컨대 그날의 두 사람은 죽이 잘 맞았다. 인터뷰의 진면목이 그것 아닌가.

해서 그랬을 터이다. 서로 헤어지는 순간 고씨는 객쩍게도 노인을 혼자 남겨 두고 떠나는 심정이 퍽이나 애잔했다. 아무 연고도 없는 타지에서 겪는 그의 잠자리에 소리 없이 지운 눈물의 흔적은 없을까. 만약 본인이 그런 낌새를 알아차렸다면, 고얀 놈 네 앞가림이나 잘하라고 힐난했을지 모를 일이지만.

이쯤 되면 우리의 만남은 복잡 미묘하기 이를 데 없다. 사무적으로 들어갔다가 인간적으로 내통하는가 하면, 애정을 가지고 덤볐다가 불쾌감만 잔뜩 짊어지고 나오기도 한다. 인간적이라는 말이 얼마나 오염 덩어리로 타락했는가는 접어 두기로 한다. 어느새 타락의 표제어로 바뀐 마당에서 들먹이기 무안한 용어긴 하지만, 원래의 의미야 그게 아니잖은가. 사람의 일생은 끝이 좋아야 한다고 했는데 인터뷰의 일생 역시 매일반이다. 입구의 첫인상은 어떻든 출구가 괜찮으면 성공으로 친다. 그런 길에 이르는 방식이야 다양할 터이다. 하자면 무엇을 어떻게 해야 하는가. 고철상 씨는 사서 구긴 자기의 아침을 후회하기 시작했다. 이러기로 작정한 것이 아니었는데 찜찜해 하다가 문제 제기의 핵심을 자기에게 돌리는 것이 가장 수월한 해법이라고 단정했다.

그것은 '질문'이었다. 내가 우선 그렇다고 스스로를 다그쳤다. 질문하기를 꺼리는 민족의 일원답게 내 질문은 말짱 헛것이 아니었나 의심했다. 상대방을 편안하게 해준답시고 상처를 내지 않을 물음만 던진 까닭에 질문의 본격적인 양식을 훼손시키지 않았나 뉘우쳤다. 질문이 바로 서야 대답이 가지런해서 올바른 전망을 틀 수 있는데 말이다. 비단 나뿐만 아니라 우리는 왜 그다지도 질문이 서투른가를 아울러 생각했다. 초등 학교 학생 수준의 질문으로 어떻게 대학원생의 대답을 기대할 수 있으랴 고민했다. 덕택에 어디서나 고만고만한 질문과 대답을 담은 입들이 봄날 거리에 날리는 꽃가루처럼 낱낱으로 떠다닌다. 그래서 쓸데없이 사람들의 알레르기 반응만 재촉한다고 치부했다. 말초적 고통까지 안기는.

언젠가도 고씨는 그런 장면에 마주쳤다. 그가 뇌리에 그린 다섯 번째 그림이 그것이다.

"방금 고 선생이 말했죠? 소리 단련을 하면서 똥물 먹는 귀동냥 얘기를 하셨는데, 진짜 똥물 먹은 사람은 나밖에 없을 것입니다."

일류 명창이 입을 열었다.

"네에."

"내가 서른 살 때 절터로 100일 공부를 하러 올라갔습니다. 그 절은 빈대 때문에 망했어요. 거기서 움막을 치고 독공을 하면서 춘향가를 하루에 세 마당씩 불렀어요. 한데 40일을 지날 무렵부터 어깨가 안 올라갑디다. 세수를 하러 옹달샘에 나가 보니 얼굴이 징짝만해요. 몸 부은 데에는 똥물 먹는 게 제일이라고 한 송 감찰(송만갑) 생각이 나서 똥물 한 됫병을 구해 왔습니다."

건더기를 침전시킨 말간 물이라고 했다.

"그걸 양재기에 따른 다음 무릎을 딱 꿇고 앉아 마늘과 고추장을 곁에 놓고 먹는데……."

"생강이 있었더라면 더 좋았을 텐데."

"눈을 질끈 감고 들이켰어요. 그런데 이것이 아주 용해요. 일단 목구멍만 넘어가면 손가락을 넣어 토하려고 해도 안 나오네……."

"애써 넣었는데 뭐 하러 토해요."

"허허. 암튼 그것을 마시자마자 스르르 잠이 듭디다. 소낙비가 막 쏟아지는 꿈을 꾸고 눈을 번쩍 떠보니 땀이 흥건하더구만요. 한데 이상도 하지. 어깨가 쓱 올라가지 않아요? 이게 약이로구나 싶어 그때부터 60일 동안 하루 한 양재기씩 마셨습니다. 한번은 밤중에 소리를 하는데 바깥에 산짐승이 쪼그리고 있더라구요. 무섬증이 확 들었지만 겉으로는 태연하게 북채를 두들기며 소리를 계속했습니다. 한참 계속한 후에 내다보니 그 자리에 호랭이 털만 빠져 있더구만요."

"너무 냄새가 나서 도망친 게 아닐까요?"

"허허."

그야말로 호랑이 담배 먹던 옛얘기가 따로 없구나 눙쳤다.

"하지만 세상이 달라졌습니다. 제자들에게야 설마……."

"나는 이렇게 공부했다는 것을 얘기해 줄 따름이지요."

그리고 덧붙인 말이 기막혔다.

"요새 그냥 똥물을 먹었다간 큰일납니다. 즉사해요. 휴지라는 것이 아주 독하거든요."

절묘하게 비켜 나갔다. 새하얗게 깨끗한 현대인의 휴지를 똥물만 못한 독극물로 규정한 반어법(反語法)의 경지라니. 고씨의 어설픈 공부가 도달하지 못할, 고졸(古拙)하되 매서운 메시지가 그 속에 있는 것 같았다. 고작 추임새나 간간이 껴 묻히는 규모로 현실을 파악해 온 자신의 그 동안 질문이 부끄러웠다. 그것도 질문이라고!

고철상 씨는 눈을 떴다. 눈을 감았을 때 떠다니던 갖가지 모양의 입들이 희붐한 방안에서는 온데간데없었다. 실에 매단 풍선을 놓친 아이처럼 허전한 심정이었다.

그러나저러나 100만 원과 30～40만 원의 화두를 어쩐담? 막막했으나 하루아침에 해결을 서두를 일이 아닐 바에야 뒤로 미룬들 상관없으리라 늦춰 잡았다. 겸사겸사 다시는 만날 기회가 없으리라고 짐작했던 사람들과의 상면만으로도 오늘 아침은 의의가 있었다고 자위했다. 의의라니 가당찮고 그분들의 입이 해답의 얼마간을 암시한다고 여기자 찌뿌드드한 기운이 다소 풀렸다.

윤대녕이 말하는 자신의 문학과 삶

● 수상 소감

나의 문학은 '과정의 예술'

문학을 과정의 예술로 해석하는 저는
삶에 대해, 사람에 대해, 문학에 대해 어쩔 수 없이
흥분에 사로잡히곤 합니다

● 나의 문학적 자서전

문학으로 가는 길을 찾기까지

어째서 소설이 아니면 안 되는가, 라는
질문을 스스로에게 하게 된다. 그러나 그때마다
대답은 없다……. 내게 있어서 이제 그것은
왜 사느냐고 하는 질문과 같다

수상 소감

나의 문학은 '과정의 예술'

— 역사와 운명을 아우르는 인간 그 자체가 화두

문학을 과정의 예술로 해석하는 저는 삶에 대해,
사람에 대해, 문학에 대해 어쩔 수 없이 흥분에 사로잡히곤 합니다

윤 대 녕(尹大寧)

수상 소식을 들은 것은 몇몇 선배 문인들과 서울 북쪽으로 꽃구경을 갔다 온 다음날 새벽이었습니다. 전날 김제로 문상을 다녀오고 나서, 내처 그 길로 말이지요. 그러므로 시절이 좋았다거나, 여유가 있다거나 해서 놀이를 간 것은 아니었습니다.

그날 제 주위에는 삶에 지친 남루한 사람들뿐이었으니까 말입니다. 어쩔 수 없이 봄이라는 계절은 생멸의 시간인 모양입니다.

가파른 공동 묘지에 피어 있던 산벚꽃과 진달래는 그래서 괴기스러워 보였습니다. 그리고 저는 그날 삶으로 죽음을 이겨 보려는 사람들, 말하자면 유령 같은 '인간의 얼굴들'을 가까이에서 다시 훔쳐보고야 말았습니다.

저녁에 서울로 돌아와, 저는 또 못 볼 것을 본 것처럼 여지없이 술을 마시고 진저리를 치며 새벽에야 귀가했습니다. 그리고 어두운 식탁에 아내가 꽂아 놓은 화병의 장미를 보았습니다. 그 꽃은 또 얼마나 괴기스러워 보였던지요.

그렇습니다, '사람의 얼굴'을 보면 여태껏 담담해 할 줄 모르는 저는 아직도 발악적인 문학 청년에 지나지 않습니다. 그렇지 않더라도 등단해서 소설을 쓴 지 채 10년도 되지 않은 신인이고, 그래서 늘 제가 하고 있는 문학에 대해 스스로 가혹해져야 한다고 생각하는 나이기도 합니다.

상투적인 표현이긴 하지만, 겨우 걷기 시작할 즈음 느닷없이 궁둥이에 채찍 세례를 받은 심정입니다. 그래서 수상이 꼭 기뻤다기보다는 우선 당황스럽고, 실감이 나지 않아서 한동안 책상 앞에 멍하니 앉아 있었습니다.

무엇보다 고심참담한 시절을 온몸으로 겪으며 문학을 해왔던 선배들에게 송구한 마음을 감출 수 없습니다. 그렇지 않더라도 어디까지나 텍스트로서의 문학, 그래서 작가의 얼굴이 보이지 않는 문학을 해야 한다고 생각하고 있던 제게 상이라는 것은 뭔가 부자연스런 빛이 던져지는 느낌이 들기도 합니다.

상에는 받는 이에 따라 객관적으로 여러 가지의 의미 해석이 가능하겠지만, 그래서 저는 자격은 물론 논외로 하고 앞으로 문학에 관한, 텍스트에 관한 긴장을 잃지 말라는 질책과 충고의 뜻으로 이 상을 받아들일 수밖에 없을 듯합니다.

사변이 될 수밖에 없겠지만, 1990년에 등단해 짧은 기간 소설을 써오면서, 제딴에는 80년대의 그림자에서 벗어나고자 몸부림쳤고, 제가 끌어안지 못하는 80년대적인 것이 무엇인가를 고민할 수밖에 없었습니다.

저는 아직도 그 시대의 세계관과 현실 인식 방법에 대해서는 전체적으로 동의하고 있습니다. 아니 동의하고 싶습니다. 왜냐하면 그 시대는 제 청년 시절의 지울 수 없는 배경이기도 한 때문입니다.

하지만 저는 80년대의 인간관에 대해서는 동의하고 싶지 않습니다. 인간의 삶은 흔히 운명과 역사라고 하는 두 가지의 테제로 이루어져 있다고들 합니다. 곧 문학이 해내야 할 일이겠지요. 짧은 생각인지 모르지만, 지난 시대는 현실이라는 이름으로 역사의 연장에서 보는 인간만을 서로 지나치게 들이대지 않았던가 싶습니다. 개인의 현실이란 저마다 고유한 법인데, 뭇사람에 적용되는 현실은 오직 하나뿐이었던 것입니다. 그러므로 제 90년대의 화두는 감히 사람이며 사람이 무엇인가라는 물음으로 기울 수밖에 없었습니다. 인간의 집단 무의식이나 운명의 그림자라는 건 실체(實體)가 없는지는 몰라도, 저는 그 동안 써온 작품들 속에서 감히 그것이 실재(實在)한다고 우겨 말하고 싶었던 것입니다.

그리고 저는 그것을 신화 속에서, 신화가 제시하는 아키타이프 속에서 찾아내고 싶었습니다. 동시에 자기 정체성의 확인이 우선 확보돼야 한다는 생각에 1인칭의 위험한 도박에 발을 들여놓기도 했습니다.

그렇잖아도 세기말로 가는 다원화의 시대에서 이런 글쓰기가 얼마나 유효할까 늘 자문하면서 말입니다. 요컨대 저는 그런 과정을 거쳐 다시 사람의 모습을 보고 싶었습니다. 우리 둘레의 원형 탐색이 어느 정도 이루어진 다음에 말입니다. 궁극적으로는 별개의 역사와 운명이 아닌, 그것을 아우르는 인간 그 자체가 화두가 되어야 하겠지요. 역사나 신화나 주체는 어느 시대고 역시 사람임이 분명할 터입니다.

아직도 이런 고민과 자기 질문이 끝났을 리 없습니다. 아니 이제서야 겨우 시작인 셈입니다. 감당하기 힘든 일이지만 갈 길이 멀다는 것으로 위안을 삼을 수밖에 없을 것 같습니다.

그렇지 않아도 저는 개인적으로는 문학을 과정의 예술로 해석하고 있습니다. 그리고 그 말을 떠올릴 때마다 저는 다시 삶에 대해, 사람에 대해, 문학에 대해 어쩔 수 없이 흥분에 사로잡히곤 합니다. 빈 데가 너무 많으니 채워 넣을 데도 그만큼 많다는 사실이 바로 제

글쓰기의 괴로운 행복 같습니다.

어리석지 말아야 할 텐데 심히 걱정스럽고 두렵습니다. 지금도 마찬가지지만 더군다나 습작 시절에 문학의 스승으로 삼았던 분들의 이름이 이 상의 앞에 놓여 있어 더욱 그런 것 같습니다. 문학에는 음악처럼 '기쁨에 넘쳐'라는 말이 없습니다. 어느 시대에도 문학은 잔치의 바깥이거나 슬픈 잔치만을 얘기했으므로, 저 또한 이 상을 가혹한 의미로 받아들이도록 노력하겠습니다.

흠이 많은 작품을 애정 있게 읽어 주신 심사 위원 선생님들께, 그리고 〈문학사상사〉에 감사드립니다.

1996년 5월

나의 문학적 자서전

문학으로 가는 길을 찾기까지

—불우했던 어린 시절, 고행과 방황의 젊은 시절을 지나, 나는 문학의 길말고는 갈 곳이 없음을 알았다

어째서 소설이 아니면 안 되는가, 라는 질문을 스스로에게 하게 된다. 그러나 그때마다 대답은 없다……. 내게 있어서 이제 그것은 왜 사느냐고 하는 질문과 같다

윤 대 녕(尹大寧)

▶내 유년의 뜰, 말없는 사람들이 가끔 무서울 때

방은 되게 어두워서 낮에도 잠이 왔다. 몇 살 때던가. 기이하게도 여섯 살 이전의 기억은 뇌리에 전혀 남아 있지 않다.

최초의 기억은 조모의 등에 업혀 천연두 예방 주사를 맞기 위해 국민 학교(지금의 초등 학교)에 가던 날에서 비로소 시작된다. 더웠던가? 암만해도 그랬던 것 같다. 학교 화단에 붉은 백일홍들이 줄지어 피어 있었으니 말이다. 운동장에 곱돌이 많이 박혀 있는 학교였다. 그게 활석(滑石)이라는 것을 알게 된 것은 나중에 커서 누군가의 시를 읽고 나서다.

주사를 맞기 위한 긴 대열의 뒤에서 나는 곱돌을 들고 땅에다 무언가를 그리고 있었다. 나는 무얼 잘 먹지 않는 나쁜 버릇이 있어서 그 값을 하느라고 여름날만 되면 해파리처럼 축 늘어져 기운을 쓰지 못했다. 나는 또 쑥맥이라 말도 제대로 못했으므로 주위에 친구들도 없었다.

지금도 그날 오른쪽 어깨에 꽂히던, 햇빛에 섬뜩하게 반사되던 주사 바늘을 잊을 수가 없다. 그 가느다란 쇠 침이 내 몸에 들어와 박히는 순간 나는 제대로 소리 한번 지르지 못하고 그만 정신을 잃고 말았다. 그 후 며칠을 나는 캄캄한 방에 누워 밖으로 나오지 않았다. 아마도 침 몸살을 앓고 있었던 것 같다.

그리고 일곱 살이 될 때까지 또 까맣게 기억이 지워져 있다. 나는 조부모 밑에서 자랐는데 그들 역시 종일 입을 다물고 있는 사람들이었다. 1년 365일 아무 소란스런 일도 일어나지 않는 조용한 집이었다.

말없는 사람들이 가끔 무섭게 생각될 때가 있었다. 그래서 밥때가 싫었다. 침침한 석유 등잔 아래 밥상을 놓고, 서로 아무 말없이(나는 늘 무릎을 꿇고 밥을 먹었다) 수저질을 하고 있는 게 여간 고역스럽지가 않았다.

조모가 저녁상을 물리면, 또 조부에게 붙들려 나는 먹을 갈고, 더듬더듬 한자들을 배웠다. 혹은 그림을 배웠던 것 같기도 하다. 아, 그 검은 먹 냄새. 혹은 병풍 위를 소리 없이 질러가던 어둠의 기묘한 그림자들.

▶여덟 살 때 조부모 집 떠나 가난한 부모 곁으로

일곱 살 때 조부가 교장으로 있던 학교에 들어갔다. 날이면 날마다 집 둘레에 있는 뽕나무밭이나 파밭, 당근밭을 혼자 헤매고 다니는 손자가 보기에 좋지 않았을 것이다.

입학도 안 하고 1학년 2학기에 나는 학교 소사(사환 아이)에게 끌려가 교실이라는 낯선 공간에 내던져졌다. 나는 불쑥 내가 내던져진 그 침침한 공간이 싫었다. 팔삭둥이처럼 늘 힘들어 하기만 했다. 밤마다 조부에게 불려가 과외 공부를 하는 것이 차라리 좋다고 생각될 지경이었다.

물론 과외 공부는 학교에 들어가고 나서도 계속됐다. 겨우 하루에 두세 자의 한자 공부가 끝나면 조부는 밤길에 내게 막걸리 심부름을 시키거나 빈 대두병을 들려 석유를 받아 오게 했다. 오는 길은 무서워서 여지없이 주전자 꼭지에 입을 대고 찔끔찔끔 막걸리를 빨아먹거나 당근밭에 웅크리고 앉아 석유 냄새를 맡곤 했다. 집 마당에 들어서면 술기운 때문에 어느덧 무릎의 힘이 약간 풀려 있었다. 그 느낌이 서글프고 한편 좋기도 했다.

부모에 대한 기억은 여덟 살 때부터 비롯된다. 참으로 이상한 일이다. 암만 부모가 분가해 살았더라도 가끔은 나를 보러 오기도 했을 텐데, 그때까지 부모에 대한 기억이 전무하다니. 어느 날 보라색 한복을 입은 어머니가 당근밭 길을 가로질러 내가 살고 있던 조부의 집으로 왔다. 나를 데리러 왔던 것일까. 잘 모르겠다.

어쨌든 아홉 살이 되니 나는 부모와 함께 온양에 있는 과수원 밑에 있는 집에서 살고 있었다. 누나가 하나, 여동생이 둘이었다.

나는 아버지가 누워 있는 커다란 침대 밑에서 자곤 했다. 나는 봄이면 봄대로 여름이면 여름대로 환절기마다 매양 아파 누워 있었으므로 아버지는 늘 나를 못 미더워했다.

나중에야 나는 아버지가 산다는 일에 있어서만큼은 남들보다 두 배는 힘이 센 사람이라는 것을 알게 되었다. 힘이 세지 않으면 안 됐으리라. 아버지가 하는 일은 매사 잘되는 게 없었으니 말이다.

아버지는 투계를 키우며 가끔 놈들에게 고추장을 먹여 싸움을 붙이곤 했다. 그러면 트럭을 타고 지나가던 미군들이 종종 내려와 그걸 구경했다.

아버지는 미군 부대 출신이었으므로, 그들과 독한 술을 마시며 엉터리 영어로 밤늦게 얘기를 주고받곤 했다.

과수원 밑에서 상점을 하다 어느 겨울엔가 투계가 찬바람을 맞고 죽어 버린 아침에 우리 식구는 또 어디로 갔던가.

온양 어디 다른 곳이었던 것 같다. 그 다음엔 평택이었던가. 의정부였던가. 그러고 그런 다음엔? 이상하게 유년의 기억은 안개와도 같이 온전한 게 거의 없다. 기억이 맺힐 만하면 어디론가 문득 옮겨 갔던 탓이었을까. 옮겨 다니면서도 줄곧 가난했다. 아니 가난했기 때문에 늘 옮겨 다녔던 것이리라. 아주 가끔은 조부의 집으로 돌아가고 싶은 때가 있었다.

▶병약하고 공부도 못했던 나는 중학 입학 후 독서에 빠져 소설도 썼다

전학을 여섯 번쯤 다니다 국민 학교 5학년 때 대전 변두리에 블록 집을 지어 이사하고 난 다음에야 내 기억은 연속성을 갖고 마침내 온전해진다.

그때부터는 신기할 정도로 세세한 것까지 다 뚜렷이 기억난다. 나는 병약한 소년이었고 누나 동생들에 비해 학교 공부도 그닥 잘하는 편이 아니었으며, 도대체 아무 특징도 없는 아이였다. 그런 외아들이 실망스러웠던지, 아버지는 나를 보기만 하면 늘 얼굴이 굳어졌다. 그게 나는 괴로웠다. 학교에서 돌아오면 방안에 틀어박혀 책 읽는 일로 시간을 죽이며 잠자리에 들 때만 기다렸다. 중학교에 들어가서부터는 독서 취미가 다소 병적으로 변해, 학교 도서관에서 빌린 책들을 닥치는 대로 읽어대기 시작했다. 한 달에 약 열 권쯤 3년 내내. 그리고 3학년 때 처음으로 약 50매 정도 되는 소설(?)을 썼던 기억이 난다.

▶고교 때부터 치기와 겉멋에 문학 동인회 드나들고

고등 학교에 들어가 나는 우연히 같은 학교 선배를 따라갔다가 '동맥'이라는 문학 동인회에 별생각도 없이 가입했다. 대전에 있는 각 학교의 문예반 학생들이 기성 시인 한둘과 대학생이 된 선배들을 중심으로 만든 동인회였다. 그때부터 치기와 겉멋이 무엇인지 조금

씩 알게 됐다. 교복을 뒤집어 입고 선배들을 따라 술집을 전전하기도 하고 진해 군항제나 밀양 아랑제 그리고 대학에서 주최한 백일장 같은 데를 부지런히 쫓아다니기도 하고 현상 문예에 소설을 응모하기도 했다. 가끔 상을 받기도 했던 것 같다. 그때 교복을 입고 백일장에 몰려다니던 문우들이 아직도 다 기억난다. 가당찮게도 서로를 문사라고 부추겨 주던 어이없는 친구들. 그렇다고 훗날 모두가 시인이나 소설가가 된 것은 아니지만 그중에는 안도현 같은 좋은 시인이 있었다. 학교 공부는 갈수록 뒷전이었다. 3년 동안 거의 한 달에 한 편씩 소설을 써대며 찬바람이 불면 벌써부터 신춘 문예 병이 들어 방안에 처박히기도 했다. 3학년 1학기에 나는 이미 재수를 피할 수 없는 일로 생각할 정도로 성적이 나빠져 있었다. 어쩌다 백일장이나 현상 문예에서 받은 상장을 들고 가도 집에선 아무도 탐탁해 하는 사람이 없었다. 재수를 할 때도 공부를 한 기억은 거의 없다. 여기저기 가방을 들고 떠돌아다니다 학원과 독서실에서 2～3개월 공부한 게 전부였으니 말이다. 결코 문과 대학에 보내지 않으려는 아버지와 맞서 나는 문예 장학금을 주는 학교를 찾아 고등 학교 때 백일장, 현상 문예에서 받은 상장 몇 개를 들고 단국대학교 불문과에 입학했다.

▶문예 장학금 주는 대학 찾아 입학은 했으나……

대학에 가서도 그리 공부에 열심이었던 것 같지는 않다. 지금 생각하면 조금 후회스럽기도 하다. 자췻방에 처박혀 롤랑 바르트나 바슐라르, 프레이저, 융 같은 이들의 저작을 교과서 대신 읽었고 어쩌다 학교에 가도 뭘 얻어들을 게 없나 싶어 국문과나 기웃거렸다. 3학년 때까지 나는 가끔 데모나 쫓아다니고 자췻방에서 소설이나 쓰고 그 나머지는 계속 술만 퍼먹고 다닌 어쩔 수 없는 불량이었다. 1학년 때부터 매년 신춘 문예에 응모했지만 계속 낙선이어서 나는 3

학년을 마치고 화천에 있는 7사단으로 입대했다. 대학은 물론이고 우선 나 자신이 환멸스러워 견딜 수가 없을 때였다.

전방에서의 군 생활은 돌아보고 싶지조차 않다. 그것은 수치며 모멸이었고 매일매일 가슴팍에서 청춘이 푹푹 썩는 냄새가 나서 기상나팔이 울려도 눈을 뜨기 싫었다. 밖에서 우편으로 부쳐 온 시집들을 성경처럼 읽으며 제대할 날만 손꼽아 기다렸다. 그때 군복을 입고 100권쯤 읽은 시집들이 훗날 글쓰기에 많은 영향을 주었다.

군에서 제대했을 때 나는 아버지 앞에 무릎 꿇는 마음이 되어 있었다. 아버지가 살아온 무시무시한 노동의 삶 앞에서 나는 문득 기가 질려 있었던 것이다. 아버지의 주름투성이인 얼굴을 보며 앞으로 뭘 해야 할지 몰라 나는 제대 1주일 만에 공주에 있는 절로 짐을 꾸려 들어갔다. 무슨 까닭인지 조부가 살고 있던 옛집으로 돌아가고 싶었지만 이미 그는 세상을 뜬 다음이었다. 절에선 무얼 했던가. 무려 1년 동안 공주의 조그만 암자에서 유예의 시간을 보내면서 나는 자신을 투명하게 보려고 몸부림쳤다. 그러나 나는 불경이나 뒤적이며 빈둥거렸고, 혹시 써먹을 데가 있지 않을까 싶어 영어나 경제학, 민법 같은 책들을 하루에 열다섯 시간씩 붙잡고 늘어지는 가당찮은 짓을 일삼고 있었다. 소설을 썼더라면……. 내가 투명해질 리 없었다.

▶군대 생활, 입산, 취업 방황 끝에 문학의 길로

이듬해 봄이 왔을 때도 나는 산에서 내려가는 일을 자꾸 뒤로 미루고 있었다. 복학할 생각이 없었던 것이다. 그렇다고 중이 될 수도 없었고 그런 마음의 호됨이나 깊이도 없었다. 순전히 주위 사람들의 뻔한 현실론에 떠밀려 나는 다시 복학했고 한 순간 번뜩, 내가 할 수 있는 유일한 일이 문학이라는 것을 아프게 깨달았다.

1988년 《대전일보》 신춘 문예에 소설 〈원(圓)〉이 당선하고 졸업을 한 다음 기업체 홍보실에 근무하던 1990년에 나는 《문학사상》에 단편 〈어머니의 숲〉으로 등단했다. 1994년 첫 창작집이 나오고 나서 이른바 전업을 할 때까지 나는 그야말로 좌충우돌하며 살았던 것 같다. 나는 내가 들어가야 할 문이 어디 있는지를 몰랐고 겨우 문을 찾아 열면 여지없이 어둠만 함정처럼 들여다보일 뿐이었다. 이제 등단한 지 6년. 문학에 대해, 소설에 대해 뭘 안다고 함부로 떠들 나이가 아니다. 그 언제쯤 내가 투명해 보이고 문학에서 밝은 빛을 볼 수 있는 것일까. 아직도 한참 멀었겠지. 길은 멀어서, 끝에 닿을 수가 없어서 늘 걸어갈 이유가 생기는 것인지도 모르니까.

문학적 연륜이 아니고 사람 나이로 볼 때 서른다섯이면 제 앞가림 정도는 할 줄 알아야 하는데 아직도 나는 주위에 아픈 사람들을 많이 두고 있다. 그럴 때는 어째서 하필 소설이 아니면 안 되는가, 라는 질문을 스스로에게 하게 된다. 그러나 그때마다 대답은 없다. 아니, 대답이 있을 수 없으리라. 내게 있어서 이제 그것은 왜 사느냐고 하는 질문과 같다. 보잘것없는 자에게도 운명이라는 건 주어지는 법인가. 그렇다면 그 운명의 힘이 끄는 방향을 따라 걸어가 보는 것도 혹은 괜찮지 않을까. 당신이 누군가를 사랑하는 데 이유가 있을 수 없듯이 나도 지금 내가 가고 있는 길의 이름을 되풀이해서 물어보고 싶은 생각이 이제는 없다. 그것은 두려워하고 있기 때문이 아닐까. 그렇게 두려워하고 멈칫거리는 사이 시간은 거침없이 우리 앞을 지나쳐 다시 돌아올 수 없는 길로 빠져 달아나는 것이다. 그러므로 사랑할 때는 오직 사랑에 몰두할 수밖에는 없지 않을까. 그것이 혹은 헛된 일이라도, 나중에 가서 나를 구하고 또한 아픈 너를 함께 구하는 일이 되리라는 믿음을 가지고서 말이다.

▲윤대녕의 〈천지간〉과 그 작품 세계

▲작가 윤대녕을 말한다

●정호웅

비범한 상상력으로 그려 낸 백색의 미학

윤대녕은, 이 작품에서 "천지간 사람이 하나
들고나는 데 무슨 자취가 있을까"라고 말한다.
하지만 스쳐 지나듯이 이 세상을 살다가는
인간 생명의 소중함과 그에 대한 연민의 정을,
이 작품에서는 비범한 상상력으로 환하게 빛나는
백색의 미학으로 빚어 냈다

●최성실

영혼의 부활을 꿈꾸는 작가

큰 숲으로 울고 싶은 것, 그건 아마도
그의 심정이기도 한 것이다. 아무것도 없음으로 해서
완벽한 그 어떤 곳에서 상처 받지 않은
영혼으로 거듭나고 싶은 것, 그에게 있어
사막은 그런 존재인 것 같다

비범한 상상력으로 그려 낸 백색의 미학

—여로라는 구조가 생명과 생명의 싹틈, 그리고 꽃핌이란 주제와 호응하는 뛰어난 작품성

윤대녕은, 이 작품에서 "천지간 사람이 하나 들고나는 데 무슨 자취가 있을까"라고 말한다. 하지만 스쳐 지나듯이 이 세상을 살다가는 인간 생명의 소중함과 그에 대한 연민의 정을, 이 작품에서는 비범한 상상력으로 환하게 빛나는 백색의 미학으로 빚어 냈다

정 호 웅(鄭豪雄)
문학 평론가

▶ 죽음으로 가는 여인의 뒤를 밟는 초조와 연민의 마음 한가운데, 그리고 등장 인물들의 긴장된 관계 한복판에 백색은 빛난다

제20회 이상문학상 수상작인 윤대녕의 〈천지간(天地間)〉에는 '백색'이 은은하게 빛나고 있다. 검은 상복을 입은 화자의 우울한 여로 위, 죽음의 기억들이 문득문득 솟아오르는 그의 회상 속, 죽음의 길로 걸어가고 있는 한 여인의 뒤를 밟는 그의 초조와 연민으로 뒤숭숭한 마음 한가운데, 그리고 그를 중심으로 엮이는 등장 인물들의 적막한, 그러나 긴장된 관계 한복판을 가로질러 그 백색은 빛난다. 때로는 사라지지만 느닷없이 다시 나타나, 죽음의 검은 세계를 환히 밝히는 빛나는 색, 죽음의 찬 기운을 따뜻하게 데우는 생명의 색.

범피중류, 나는 여자의 몸 위에서 아뜩한 현기증을 느끼며 마치 물 한가운데로 떠가는 듯하다가 뇌가 하얗게 비어 버릴 찰나 용암 같은 소용돌이에 휘말리고 말았다. 그런데 그 순간 왜 느닷없이 감성돔 회

빛깔이 떠올랐던 것일까. 그 미묘한 백색이 말이다.

나는 여자의 배 위에 손을 올려 놓고 잠꼬대라도 하듯이 뭐라 뭐라 웅얼거리고 있었다. 여자는 내 손끝을 쥐고 사이사이 한숨을 내쉬며 내 말에 대꾸하기도 했다. 나는 심청이와 인당수 밑에 누워 두런거리고 있는 것만 같았다. 그러다가 나는 손금에 걸린 달을 보며 잠이 들었다.

위 인용에서 보듯 이 작품의 아래 놓인 것은 〈심청가〉의 범피중류(汎彼中流) 부분이다. 범피중류는 《시경》의 범피백주(汎彼柏舟)에서 나온 것이다. 《시경》 〈국풍(國風) 편〉에는 범피백주란 구절이 나오는 시 두 편이 실려 있는데(이에 대하여는 김윤식, 〈공양미 3백 석 주고받기론〉, 《문학사상》, 1996년 5월호 참조), 범피백주 역범기류(汎彼柏舟 亦汎其流)로 시작되는 것과 범피백주 재하중류(汎彼柏舟 在河中流)로 시작되는 것이다. 앞의 것은 남편에게 버림받은 여인의, 뒤의 것은 죽은 약혼자를 잊지 못하는 처녀의 한과 안타까운 처지를 노래하고 있다. 핵심은 황하 거센 탁류 위에 떠서 흔들리는 잣나무 배 곧 '범피백주' 상징이다. 이럴 수도 저럴 수도 없는 처지, 다만 슬픔과 한의 물결 위에 떠서 출렁일 뿐, 그녀들의 안도 밖도 온통 출렁임뿐이다.

▶ 보잘것없는 삶 속에 깃든 인간 생명의 소중함에 대한 인식과 연민을 절묘하게 그려 냈다

묻노라 저 꾀꼬리, 뉘를 이별하였는디 환우성 지지 울고 뜻밖의 두견이는 귀촉도 귀촉도 불여귀라 가지 위에 앉아 울건마는, 값을 받고 팔린 몸이 어느 때나 돌아오리.

진양조 애조 띤 소리에 실려 출렁출렁 인당수 물결 위에 뜬 심청을 그려 내는 범피중류의 그 물결 출렁임도 부녀 영결의 길, 다시

못 올 죽음의 길로 떠나야 하는 데서 생긴 슬픔과 한의 그것임에 《시경》과 〈심청가〉는 서로 통한다. 그러나 〈심청가〉의 범피중류에는 《시경》의 범피백주에는 없는 것이 있어 서로 다르다. 심청의 그 길은 죽음과 이별의 길이면서 또한 재생과 다시 만남의 길이기도 하기 때문이다. 그러니까 〈심청가〉의 범피중류 그 물결 출렁임은 슬픔과 한의 출렁임이면서 동시에 다시 살아남을 가능케 하는 생명의 출렁임이기도 한 것이다.

〈천지간〉의 '범피중류' 한가운데 빛나는 백색은 죽음의 색(빛)이면서 동시에 다시 살아남의 색(빛)이니 이 점에서 〈심청가〉의 '범피중류' 그것과 정확히 일치한다. 죽음을 생각했던 여인은 과거를 지우고 새 삶의 길로 다시 나서게 되는데 과거와 새 삶의 길 사이에 빛나는 것도 그녀의 앞길을 비추는 것도 그 백색인 것이다.

그러나 〈천지간〉과 〈심청가〉의 범피중류가 완전히 일치하는 것은 아니다. 〈심청가〉에서의 되살아남은 옥황상제나 용왕과 같은 상상세계 속 초월자의 힘에 의한 것이며, 효를 절대적인 가치로 내세우는 주자학 이념 체계의 작용에 의한 것이었지만 〈천지간〉에서의 되살아남은 화자인 '나'와 횟집 주인의 마음씀, 그리고 '그녀'의 결단이란 인간의 작용과 그들이 공유한 생명에 대한 연민으로 인해 가능한 것이었기 때문이다.

> 여자는 자신의 전생을 지우기 위해 나와의 관계를 원했고 그리하여 아이는 살리되 아이의 아비에게서는 놓여 날 수 있었다고 중얼거리며 내 팔 안에서 깊이 잠이 들었다.

그녀는 요 위에 '머리카락 몇 올'을 남기고 떠나갔는데, 죽은 사람의 혼을 의미하는 머리카락을 남기고 떠났다는 것은 전생으로부터의 벗어남, 곧 그녀의 재생을 뜻한다. 무엇이 그녀를 죽음에서 건져 올렸는가. 인용의 내용만을 두고 말한다면, 그녀를 죽음에서 건져 올린 것은 뱃속에 든 아이의 생명에 대한 연민이었고 그녀로 하여금 전생을 지우고 새로 태어남을 가능하게 한 것은 생명을 소중하게 여기는 '나'와 횟집 주인의 생각이었다.

"천지간 사람이 하나 들고나는 데 무슨 자취가 있을까만요"라고 작가는 작중 인물의 입을 빌려 말하고 있지만, 그 아래에는 스쳐 지나듯 이 세상을 살다 가는 인간 생명의 소중함에 대한 인식과 그것에서 생겨나는 생명에 대한 연민이 깃들어 있다. 그것이 작품을 환하게 빛내고 따뜻하게 데우는 그 백색의 실체였음을 이에 이르러 우리는 분명하게 이해할 수 있다. 그 백색을 보름달로 실체화하는 비범한 상상력도 이 지점에 이르면 이해 가능하다.

> 그러나 정녕 나는 모르고 있었다. 그날 새벽 남은 어둠 속에 보름달이 떠 있었다는 것을. 여자와의 관계가 끝나고 난 다음에야 나는 그 사실을 알게 되었다. 바로 내 손바닥 안에 달이 떠 있다는 것을.

만삭의 보름달, 캄캄 어둠에서부터 눈에 안 보이게 조금씩 조금씩 차 올라 팽팽하게 부푼 보름달은 생명의 생성성을 내재한 생명 그 자체이며 그것을 소중하게 여기고 연민하는 마음이며 그리하여 그 백색 이미지의 구체(具體)인 것.

▶ 천지간의 어둠을 환하게 밝히고 따뜻하게 데우는 불꽃이며 불빛 가운데 가장 소중한 '인연의 줄'을 잘 제시하고 있다

생명의 소중함에 대한 인식과 생명에 대한 연민이 〈천지간〉의 어둠을 환하게 밝히고 따뜻하게 데우는 불꽃이며 불빛임이 이로써 분명해졌다. 그 불꽃을 피워 내고 불빛으로 빛나게 만드는 것은 여러 가지일 터이지만 이 작품에는 그 가운데 하나일 인연의 줄이 제시되어 있다.

세상엔 참으로 여러 가지의 만남이 있는 모양이고 그걸 행여 인연이라고 부를 수 있다면 그 여자와의 만남은 분명 기이한 인연에 속하는 일이었다.

화자인 '나'는 어릴 적 물에 빠져 죽을 고비를 넘긴 사람이다. 급류에 휩쓸린 그를 구하고 대신 그의 친구가 죽었다. "하긴 나도 구해진 목숨이다. 더욱이 새빨간 목숨으로 구해진 목숨이다"라는 혼자말 가운데 "새빨간 목숨"이란 대신 죽은 그 친구의 목숨을 가리키는 것이다. 그는 자기를 희생해 남을 구하는 인연의 한 줄에 묶인 것인데, 그 줄이 지금은 그로 하여금 한 여인의 목숨을 구하는 일에 나아가게 만든 것이다.

인연의, 기억 속 가물거리다, 때로는 까마득히 지워졌다가, 어느 순간 문득 생생하게 되살아 나는 그 먼 인연의 오묘한 작용이 작품 속 인물들을 엮고 생명의 소중함과 생명에 대한 연민을 실현시킨다. 그리하여 마침내 다음과 같은 각(覺)에 이르러 보름달의 그 어둠조차 감싸 안은 빛으로 환하게 떠오른다.

"동백이 피었나 한바퀴 돌아보고 가시죠. 오늘쯤엔 봉오리가 터졌을 텐데요."

동백.

"그냥 가겠습니다. 어쩌면 본 것도 같으니 말입니다."

〈천지간〉의 중심 무대인 남도 바닷가 구계등에는 득음(得音)을 꿈꾸는 소리꾼들이 찾아와 소리를 단련한다. "다들 소리를 얻고 돌아갈 작정으로 내려오지만 누구나 동백이 피는 걸 보고 올라가는 건

아"닌데, 말하자면 모두가 득음에 이르지는 못한다. 득음하지 못한 저주받은 영혼들이 절망해 죽기도 하는 것은 당연하니 무당의 넋 건지는 소리가 밤 바다 파도 소리 위로 처연하게 울리곤 한다.

소리꾼의 득음을 비유한 '동백꽃 보기'는 그렇다면 화자에게 또는 작품 속 그녀에게는 어떤 의미를 지니는 것일까. 인생의, 생명의 비밀에 대한 깨달음? 우리의 해석이 옳다면 이 작품이 도달한 깊이는 놀라운 것이라 하지 않을 수 없다.

▶ 여로라는 구조가 생명과 생명의 싹틈, 그리고 꽃핌이란 이 작품의 주제와 호응하는 작품성이 현란하게 돋보인다

서울에서 남도 땅 끝머리 바닷가에 이르는, 그리고 다시 거기서 벗어나 새로운 삶의 세계로 나아오는 여로가 이 작품의 한복판을 꿰뚫고 있어 이른바 여로 구조의 작품이라 말할 수 있다. 그 여로가 죽음과 재생의 길이며 그 길을 백색의 색과 빛이 밝히고 데우고 있음은 위에서 살핀 대로다. 그러나 그 여로는 밋밋하게 뻗어 있는 외줄기 직선로가 아니다. 그 여로는 구계등에 이르러 멈춰서 부풀어오른다. 머뭇거림, 죽음에의 유혹에 이끌리기와 그것과의 싸움, 기억 속 과거와 현재의 갈등 등등으로 갈팡질팡 헤매며 팽팽한 긴장 속으로 빠져 드는 것인데 그 멈춰 섬, 그 온갖 갈등으로 팽팽하게 긴장되어 부풀어오름, 그것은 죽음으로의 빠져 듦이며 동시에 그것으로부터의 벗어남이란 양 방향의 움직임으로 아우성 치는 공간이다.

그 공간이 어느 순간 열리며 새로운 길을 낳는 것인데, 그러므로 그 공간은 죽음으로부터 새로 태어남을 잉태하고 생산하는 신생의 자궁인 것. 〈천지간〉의, 그 같은 자궁을 가운데 안은 여로라는 구조가 생명과 생명의 싹틈, 그리고 꽃핌이란 이 작품의 주제와 호응하는 형식임은 물론이다. 그것이 〈천지간〉의 가장 뛰어난 작품성이라고 말하고 싶다.

영혼의 부활을 꿈꾸는 작가

— 그는 소설 속의 여자들과 끊임없이 사랑에 빠지곤 한다. 삶이 곧 그의 소설이고, 소설은 곧 그의 삶이기 때문이다

큰 숲으로 울고 싶은 것, 그건 아마도 그의 심장이기도 한 것이다. 아무것도 없음으로 해서 완벽한 그 어떤 곳에서 상처 받지 않은 영혼으로 거듭나고 싶은 것, 그에게 있어 사막은 그런 존재인 것 같다.

최 성 실(崔成實)
문학 평론가

▶ 영혼이 맑은 한 인간의 넋두리

육체로 느끼지 못했다면 그냥 스치고 지나갈 것들을 그는 정확하게 그의 육감으로 걸러 낸다. 나는 민감하게 반응하는 그의 손가락을 보면서 가끔 생래적으로 육감이 발달한 사람이 아닐까 생각하곤 한다. 이를테면 가는 손가락 사이에 담배를 끼우고 조용히 담배를 빨아들일 때 미세하게 떨리는 손끝이라든가.

통마늘 한 쪽을 베어물고 찡그리는 얼굴 표정의 섬세함이라든가. 여하튼 나는 말수는 적지만 그런 몸짓이나 표정으로 못다 한 말을 다하고 있는 그를 보면 속으로 빙그레 웃음이 고인다.

그를 만나면 으레 늦게까지 술자리를 하게 된다. 함께 마시는 사람들 모두 편안한 사람들이어서 그런지 낮 동안에 있었던 일들을 안주삼아 사는 얘기, 연애 얘기, 동백꽃 얘기, 사막 얘기를 능청능청 늘어놓는 그를 보고 있노라면 도저히 먼저 일어나겠다는 소리가 나오질 않는 것이다. 그 순간 그 자체가 잊히지 않는 지난날들이며,

영혼이 맑은 한 인간의 넋두리가 새어 나오는 진정 소중한 시간이므로. 그때 나는 그 안에서 조금씩 흘러 나오는 광기를, 참을 수 없는 광기를 느낀다.

우리는 만나자마자 붉은 봉오리를 터트리고 있는 동백꽃, 선운사의 동백꽃 얘기를 했다. 나는 동백꽃 피는 소리가 들리는 것 같아서 어깨를 움찔했다. 그리고 하얗게 핀 배꽃, 나주의 배꽃에 대해서도 얘기했다.

그는 배꽃이 피어 있는 배밭에 들어가면 시계가 도는 반대 방향으로 돌게 된다고 했다. 한없이. 그 하얀 배꽃이 피어 있는 배밭에서 베어문 배는 꼭 사람의 살을 베어문 것 같다고 했다. 배꽃, 백색, 육체…….

▶ 아무것도 없음으로 해서 완벽하게 있는 것에 대한 꿈꾸기

시계 반대 방향, 그는 분명 시계 반대 방향이라고 했다. 지금까지 살아왔던 방향과는 반대 방향으로 돌아가 버리고 싶다는 것, 그것은 그에게 역사라는 이름으로 만들어져 왔던 것들을 처음 어느 하나의 점으로 돌려놓고 그 이름으로 지워졌던, 혹은 가려졌던 무수한 것들을 시간이라는 이름으로 되짚고 싶다는 바람이기도 했다.

그 바람의 끝에서 그는 아무것도 없음으로 해서 완벽하게 있는 것에 대한 꿈을 꾸었던 것이다. '백색(白色)'의 꿈. 그 백색의 꿈을 하얗게 머리 속에 떠올리면서 경복궁 연못가를 걸었다.

나는 가끔 한 번씩 강하게 스치는 연못가의 바람을 맞으며, 마치 버림받은 사람처럼 힘없이 땅 위로 스러져 내리는 꽃잎들을 보면서 멍해지는 기분을 느꼈다.

그리고 그 끝자락에서 갑자기 나무에 붙어 살아 있던 목숨이 한 순간에 땅 위에 굴러 떨어지면서 삶과 결별하게 되는 바로 그 순간, 삶과 죽음이 하늘거리는 종이 한 장 사이에서 서로를 맞대고 있는

모습을 보았다. 그리고 그 영상 속으로 죽음이 등짝에 매달려 다닌다는, 그러면서도 살아가는 것에는 사생결단을 내듯이 살아간다는 그의 독백이 잔잔하게 스며들었다.

마치 그렇게 살아야 한다는 듯이 입술을 다물며 말을 내뱉는 그에게서 나는 이상한 비애감을 느꼈다. 어떤 말도 그렇게 단오하게 내뱉은 적이 없었으므로. 그 느낌이 흐려질 무렵 나는 그가 육신의 죽음을 삶의 거적때기로 삼아 영혼의 부활을 꿈꾸고 있다는 사실을 알게 되었다.

▶〈천지간〉을 쓰면서 많은 순간 죽음을 생각한 까닭

영국의 시인 존 단은 달걀을 통해 육신과 영혼의 관계를 비유했었다. 노른자위는 육신(삶)이었고 노른자 속의 씨눈은 영혼이었다. 노른자를 먹고 씨눈이 자라서 병아리가 되는 순간이 달걀이 부화하는 순간이란 것이다. 이때 노른자꼴인 육신은 영혼을 가꾸는 먹이에 불과하게 되는 것이다.

제 모양을 제대로 갖춘 달걀이 병아리를 위해서 부서져야 하듯 다 자란 영혼을 위해 인간의 육신도 산산이 부서져야 하는 것이다. 산산이 부서진 육신 없이 영혼이 자라기 힘들다는 것이다. 육신의 사멸이 있은 연후에 영혼이 열리는 것이다.

그는 〈천지간〉을 쓰면서 많은 순간 죽음에 대해서 생각했다고 했다. '죽음', '인연', '운명' 그렇게 말로 하기 어려운 것들에 붙들려 해남으로, 완도로 떠돌았노라고 했다.

그러고 보니 그의 소설에서 나타나는 많은 부분이 이렇게 떠돌아 다니다가 경험한 것들, 여행을 하면서 느끼게 되었던 것들로 채워져 있는 것 같다.

"우리는 모두가 타인이며 또한 이렇게 모두가 타인이 아니다. 그래, 나는 자주 부싯돌 같은 마음을 꿈꾼다"고 했던 〈신라의 푸른 길〉

이, "피아노 소리는 사막의 구석구석으로 물주름처럼 번져 나가고 있다. 그 소리를 따라 사방에서 백합들이 투둑투둑 피어나기 시작한다"라고 했던 〈피아노와 백합의 사막〉이, 그리고 "그건 상처라고 기억되는 것이라기보다 마음 저 깊은 곳에 숨어 살며 소리 없이 영혼을 갉아대고 있는 어떤 짐승의 그림자 같은 것일 게다"라고 했던 〈사막의 거리, 바다의 거리〉가 여행의 틈바구니에서 씌어진 것들이다.

그가 그렇게 어디론가 떠날 생각을 하는 것(그는 사흘을 집에서 견디기 힘들다고 했다. 하루 하루 견디다가 사흘째 되면 머리가 돌 것 같다고 했다)은 아마도 "어제와 오늘의 자아가 각기 다른 거예요. 불연속적이란 얘기죠. 그러다가 자아 분열 상태가 오고 그쯤되면 누구나 떠날 생각을 한 번쯤 해볼 거예요"라고 술회했던 것과 무관하지 않을 것이다. 그는 그렇게 참지 못하고 집 밖으로 뛰쳐나온다. 그렇게 뛰쳐나와 바닷가 근처를 돌아다니면서 소설을 썼다.

▶ 슬픔이 슬픔을 알아보고 사랑이 사랑을 알아보듯 죽음 또한 죽음을 알아본다

〈천지간〉을 쓰는 동안에 그가 묵었던 숙소에는 소리꾼들이 같이 묵었다. 바로 그때, 지금까지 별로 관심을 갖지 않았던 판소리에 대해서 지대한 관심을 갖게 된 것이다.

〈천지간〉에 삽입된 노래도 그때 들었던 것들에 대한 인상으로 채록본을 찾아 기록한 것이라 했다. 그 소리꾼들이 몸으로 뽑아 내는 소리를 들으면서, 뿌리로 뽑아 올린 땅의 기(氣)로 피워 낸 배꽃 무더기를 떠올리면서, 핏빛의 검자줏빛 동백꽃의 봉오리가 터지길 기다렸던 것이다.

그런데 그때까지 동백은 아직 봉오리를 열지 않은 듯했다. 대신 거기서 그는 나풀거리는 '백색(白色)'을 본 것이다. 그 백색은 타인과의 찰나적인 마주침의 순간에, 차디찬 죽음의 그림자가 스치는 순간에, 산(生) 죽음과 어깨를 마주치는 순간에 다가온다.

그리고 "슬픔이 슬픔을 알아보고 사랑이 사랑을 알아보듯 죽음 또한 죽음과 만나면 별수없이 서로를 알아보게" 되는 순간 배꽃이 터지듯 그와 '순간적'으로 부딪친다. 그 순간의 '느낌'으로, 그 순간의 '몸각'으로 소설의 언어들이 만들어지는 것 같았다.

그 언어로 그는 "침대 위에 차갑고 딱딱한 내 껍질을 벗어 놓은 채, 내일 아침 내가 벗어 놓은 껍질 속에서 과연 다시 깨어날 수 있을런지, 잠이 든다는 것은 한편 정전이 된다는 뜻이기도 하다. 정전이 되면 젊은 날 일궜던 하루의 추억이 순식간에 묵은 시간 속으로 달아나 버리고 만다. 껍질을 떠나 깊은 잠의 나락으로 떨어진다. 춥다"라고 썼다. 그리고 "태양도, 달도 없는 나라. 온 강물이 얼어붙은 나라. 그녀는 그런 곳에서 큰 숲처럼 서서 울고 싶다"고 썼다.

큰 숲처럼 울고 싶은 것, 그건 아마도 그의 심정이기도 한 것이다. 아무것도 없음으로 해서 완벽한 그 어떤 곳에서 상처 받지 않은 영혼으로 거듭나고 싶은 것, 바로 그것이리라. 그에게 사막도 그런 존재인 것 같았다. 그래서인지 사람들과 별로 어울리기를 좋아하지 않는 그지만 실크 로드 여행을 같이했던 사람들은 가끔 만난다고 했다.

▶ '도시 문화'에서 '죽음'과 '운명'으로 옮겨 간 작품 무대

나는 가끔 그의 소설에 등장하는 여자들이 어딘가 모르게 서로 닮았다고 느낄 때가 있다. 그 여자들은 '혼자 있음'과 갇혀 있음'의, '상처 입은 투명한 영혼'의 이미지를 풍기거나 물기를 머금은 '벚꽃' 같은 이미지를 흘려 보낸다.

그런 여자들이 그의 삶 속으로 끼여들어 만들어 내는 틈, 그녀들은 그렇게 틈의 존재자들이다. 그 존재자들 사이에서 그는 사막에서 피어나는 백합을 보는 것이다.

그는 진정한 연애를 해보지 않아서 소설에 연애 얘기를 많이 쓰는

것 같다고 했다(나는 아직도 이 말이 사실인지 변명인지 알지 못한다).

그에게 소설 속의 연애란 무엇일까. 내가 보기에 그것은 그가 소망하는 '관계 맺음'이다. 맺고자 하는데 끊임없이 비껴 나가는 어쩔 수 없는 존재자의 비애. 크리스테바는 사랑하는 사람은 나르시시즘과 히스테리를 화해시킨다고 했다. 사랑하는 사람에게는 이상화할 수 있는 어떤 타자가 있는데 이는 사랑하는 사람 자신의 이미지를 전송해 주지만 역시 타자라는 것이다. 사랑하는 자에게 중요한 것은 그 이상적인 타자의 존재를 존속시키고 그 자신이 타자와 융해됨으로써 자신이 분간할 수 없을 정도로 타자와 비슷하다고 느끼는 것, 그것이 사랑하는 사람에 대한 느낌이란 것이다. 그런 의미에서 본다면 그는 소설 속의 여자들과 끊임없이 사랑에 빠지고 헤어 나오는 것이리라. 사랑에 빠진 상태에서 절대 타자는 현실이지 은유가 아닌 것이다.

그가 이전의 소설집 《은어낚시통신》에서 보여 주었던 도시 문화에 대한 고민이 《남쪽 계단을 보라》나 《추억의 아주 먼 곳》을 지나 〈천지간〉으로 오면서 점차 '죽음'이나 '운명'에 대한 고민으로 옮겨지는 이유가 어디에 있을까.

▶ 외로움과 어두운 그림자 속에 어리는 투명함

그건 언젠가 그가 말했듯이 더 이상 보고 싶은 영화가 없고 더 이상 들을 음악이 없는 상태, 풍경이 어느덧 나의 상처로 다가와 상처가 다시 풍경이 되는 그 순간적인 틈 사이에서의 아득함이었을 것이다.

그리고 노을이 지는 갯벌에서 마치 선지피가 뭉쳐 있는 듯한 느낌을 받았을 때 내 안에서 터져 나온 생(生), 하얀 배꽃 사이에서 사멸해 버리고 싶다는 충동, 아무것도 없음으로 해서 완벽한 어떤 것들 사이에서의 아찔함이었을 것이다. 역사가 녹아 내린 그 곳에서 다시 시간이란 이름으로 떠올라 오는 또 다른 이름의 역사, 이런 것들이 그에게 이토록 먼 여행을 하게 했던 것이리라.

어렸을 때부터 병치레를 많이 했던 그에게, 늘상 변두리로만 떠돌아야 했던 그에게 유독 발달한 감성은 짐이 되었던 것 같다. 엄청나게 큰 집에서 조부모와 큰 방을 지키며 살아야 했던 그를 키운 건 외로움이었다.

무엇이든 외톨이로 해야 했던 일들, 그리고 몸이 아팠던 기억들, 넓고 어두운 방에서 키워졌던 외로움이 유년의 뜰에 무성했던 것이다. 그래서인지 그의 얼굴에는 뭔가 드리워져 있는 것 같다. 그런데 그 드리움이 잠시 잠시 걷히는 사이로 보이는 그의 얼굴에서는 진정 투명함이 흘러 나온다.

난 그 섬세한 투명성을 좋아한다. 그 투명성은 제도화된 현실 속에서 비껴 나 있는 것들에 대한 반란을 꿈꿀 때, 혹은 사는 현실과 맞물린 소설, 그 소설로 삶을, 누더기 같은 삶을 깁고 싶어하는 그의 뒷모습을 볼 때, 그때 잔잔하게 스며드는 것들이다.

난 그의 소설이 그 기움의 자리를 옹골차게 메워 가기를 바란다. 여러 가지가 섞여 흐릿한 이미지들이 구체적인 일상과 맞닿으며 섬세한 투명성을 발하길 바란다는 것이다. 삶이 소설이고 소설이 삶인 것처럼 그렇게, 그렇게 멀리 가길 바란다.

'이상문학상'의 취지와 선정 방법

—알기 쉽게 풀이한 이상문학상 규정

1. 취지와 목적 : 〈문학사상사〉(이하 주관사라고 약칭)가 제정한 '이상문학상(李箱文學賞)' (이하 본상이라고 약칭)은 요절한 천재 작가 이상(李箱)이 남긴 문학적 업적을 기리며, 매년 가장 탁월한 작품을 발표한 작가들을 표창하고, 《이상문학상 작품집》을 발행하여 널리 보급함으로써, 순문학 독자층을 확장케 하여, 한국 문학의 발전에 기여할 것을 목적으로 한다.
2. 수상 대상 작품 : 전년도 심사 대상(對象) 작품의 마감 이후인 당해년도 1월부터 12월 말 사이에 발표된 작품은 모두 수상 대상에 포함된다. 문예지(월간지의 경우 당해년도 1월 초부터 12월 말일 이전에 발행된 '2월호'에서 다음해의 '1월호'까지 포함)를 중심으로 해서, 각종 정기 간행물 등에 발표된 작품성이 뛰어난 중·단편소설을 망라하여, 예비심사를 거쳐 본심에 회부한다. 예비심사 과정에서는 수상 대상(對象)으로 물망에 오른 작품의 작가에 대하여, 저작권과 출판권과 관련된 특별한 사정의 유무와, 대상 또는 우수작상으로 선정될 경우, 본상의 규정에 따른 수락의사 유무를 직접 또는 간접적으로 확인한다. 중·단편소설을 시상 대상으로 하는 까닭은 문학의 중심이 장편소설에서 점차 중·단편소설로 이행하는 추세를 감안하고, 작품 구성과 표현에 있어서의 치밀성과 농축성으로, 짙고 강렬한 소설 미학의 향기와 감동을 자아내게 한다고 믿기 때문이다.

3. 상의 종류 : 본상은 대상(大賞) 1명과 추천 우수작상 10명 이내로 하되, 특별한 경우에는 복수의 대상 수상자를 선정할 수 있다. 상금(현상 매절 원고료 포함)으로서 대상 3,000만 원, 우수작상은 각 250만 원이 수여된다. 이미 대상을 받은 작가의 당해년도 발표 작품 가운데 1~2편을 선정하여, 기수상작가(旣受賞作家) 우수작상(상금은 각 250만 원)을 수여함으로써, 수상 후에도 계속 창작의욕을 고취케 한다. 대상(大賞)의 상금 비율이 높은 까닭은, 서명(書名)의 표제작 독점 사용권과 3년 간에 한해서 주관사가 독점 발행권을 갖게 되는 본 규정에 의한 제한적인 저작재산권 양수대금이 포함되어 있기 때문이며, 기타의 우수작품은 본 작품집에 수록하는 매절 원고료만이 상금에 포함되어 있다.
4. 예심 방법 : 예심은 월간《문학사상》편집진이 매 연도의 1년 동안 각 매체에 발표된 작품을 수집하여, 주관사의 편집위원과 경영진 및 편집진으로 구성된 이상문학상 운영위원회에서 대학 교수 · 문학평론가 · 작가 · 각 문예지 편집장 · 일간지 문학담당 기자 등 약 1백 명에게 추천을 의뢰한다. 3회 이상 우수작상을 받은 작가는 당해년도에 발표된 작품 중 뛰어난 1편을 선정하여 본심에 회부한다.

   그 모든 자료를 일괄하여 주관사 편집주간이 위원장이 되어 편집위원들과 예심위원들의 의견을 수렴하여, 본심에 회부할 작품을 선별한다.

   이 단계에서 월간《문학사상》정기 독자에 대한 설문 및 일반 독자를 대상으로 한 앙케이트 조사 결과도 추천 작품 선정에 참고한다. 본심의 심사위원은 예심위원회에서 본심에 회부된 작품 이외의 작품을 본심 대상에 포함시키고자 하는 경우에는, 본심위원의 반수의 찬

성으로 이를 예심 작품에 추가할 수 있다.

이와 같은 독특한 예심 과정은 소수의 예심위원이, 짧은 시일 내에 수많은 작품 속에서 본심에 회부할 작품을 선정하는 단점을 보완하고, 가능한 한 문학발전에 관심 있는 다수인이 장기간에 걸쳐 되도록 많은 작품을 심사 대상에 망라함으로써, 신중하고 세심한 예심 과정을 밟기 위한 것이다.

5. **본심 방법** : 예심을 거쳐 본심에 회부된 작품은 권위 있는 평론가와 작가로 구성된 5인 이상 7인 이내의 심사위원회에 넘겨져, 수일 간 세심한 개별적인 검토를 거친 후 본심 회의에서 최종의 결정이 내려진다. 본심 회의는 대체토론을 통해 예심에 회부된 작품 가운데 10편 내외의 작품을 먼저 선정한다. 이 작품 속에서 1편(예외적인 경우 2편)의 대상을 선정하고, 나머지 작품 중에서 우수작상 작품을 선정한다. 수상 작품 결정에 있어 심사위원의 의견이 일치하지 않을 경우에는, 무기명 비밀 투표로써, 다수결 원칙에 의하여 최종 결정을 한다.

그러므로 이상문학상의 대상과 우수작상은 모두 거의 동일 수준의 작품이라고 볼 수 있으며, 전문 문학인이나 독자의 주관적인 판단에 따라 그 평가는 달라질 수 있다. 때문에 한 번 우수작상을 받은 작가는 대부분 자주 우수작상을 받게 되며, 3~4회 내지 5~6회 만에 대상을 받게 되는 경우가 적지 않다.

6. **저작권** : 대상 수상 작품(이하 '대상 작품'이라고 약칭)의 저작권은 본 규정에 따라 주관사에 귀속된다. 단, 2차 저작권(번역 출판권, 영화화 · 연극화 등의 저작권)은 저자에게 있고, 《이상문학상 작품집》 발

행 후 3년이 경과하면 동 대상 작품을 저자의 작품집 또는 저자의 전집에 한해서 수록할 수 있다. 다만, 어떤 경우에도《이상문학상 작품집》의 표제(대상 작품명)와 중복되거나, 혼동의 우려가 없도록 하기 위하여 대상 작품명을 대상 수상작가 작품집의 서명(書名, 표제작)으로는 쓰지 않기로 한다.

우수작상 및 기수상작가 우수작상은 상금 속에 매절 원고료가 포함된 출판 관습과 본상 규정에 따라, 수록된 당해년도 작품집에 한하여 본사가 계속 제한적인 저작권(사실상의 저작이용권)을 갖는다.

7. 이상문학상 작품집 발행 : 〈이상문학상 운영 규정〉에 따라 대상 작품과 추천 우수작품, 기수상작가 우수작품을 모아, 염가 대량 보급을 목적으로《이상문학상 작품집》을 발행한다.

이 작품집은 이상문학상의 공정성과 권위를 독자에게 다시 묻고, 수록된 작품과 그 작가들에 대한 표창과 홍보의 뜻도 담고 있다. 한편 이 작품집은 해마다 문단의 작품 경향과 흐름을 알 수 있는 앤솔러지적인 성격을 띠고 있다. 또한 이 작품집은 아무리 세월이 흘러가도 한 사람이라도 독자가 있는 한 이윤을 초월해서 제한 없이 영구히 보급함으로써, 이상문학상과 그 수상작가에 대한 영원성과 영예를 오래도록 선양하고 세계에 그 유례를 찾아볼 수 없는 문학상 작품의 영원불멸성을 유지케 한다.

우리나라의 출판계에서는 하루 1백 권에서 2백 권 내외의 새 책이 출간되고 있다. 이런 출판 홍수 사태를 이룬 그 많은 책 속에서, 그리고 수백 명을 헤아린다는 많은 작가 속에서, 독자가 뛰어난 문학 작품과 탁월한 작가에 대한 선택과 판단을 내리기란 지극히 어려운

실정이다.

그런 뜻에서 《이상문학상 작품집》은, 그 영예로운 작가와 작품을 일과성(一過性)이 아닌 영구적으로 널리 독자에게 보급하여 읽히게 하고, 그 작가에 대해 더욱 탁월한 작품을 창조하기 위한 끊임없는 격려와 기대의 뜻을 담고 있다. 때문에 20여 년 전의 작품도, 계속해서 한결같이 널리 알려, 독자의 관심권에서 벗어나지 않도록 하는 매우 독특한 작품집으로 정착되었다. 그러한 노력은 작품의 우수성과 더불어, 이 작품집이 매년 수많은 독자들에게 애독서로 선택되고, 20여 년 전의 《이상문학상 작품집》도 계속 독자가 끊이지 않게 하고 있다. 그처럼 매년 한 권의 책으로 묶은 중·단편 창작 소설집이 장기간에 걸쳐 다량으로 발간되고 있는 것은, 세계적으로도 매우 희귀한 예로 알려지고 있으며, 그것은 우리의 문학과 독자의 성장도와 성숙도를 가늠케 하는 한 단면이기도 하고, 세계 제일의 출판대국이며 인구만도 우리의 3배에 가까운 일본에서도 볼 수 없는 순문학 중·단편집의 대량보급과, 순문학 애호 인구의 저변확대에 크나큰 기여를 한 바 있다.

8. 이상문학상 운영위원회 : 주관사의 발행인을 위원장으로 하고 월간 《문학사상》의 편집인과 편집 주간 및 문학사상사 이사회가 선임한 3인의 위원으로 구성되며, 본상의 제도와 운영에 관한 모든 업무를 관장한다.
9. 이상문학상 선고위원회 : 이상문학상 운영위원회는 매 연도마다 5~7인의 이상문학상 심사위원을 위촉하여 이상문학상 선고위원회를 구성한다.

동 선고위원회는 연장자를 위원장으로 하여, 이상문학상의 대상과 우수작상 그리고 기수상작가 우수작상을 수여할 작품을 심의 결정한다. 수상자를 결정함에 있어 의견의 일치를 보지 못한 경우는 투표로써 결정한다.

10. 규정의 수정 : 본 규정은 이상문학상 운영위원회에서 3분의 2 이상의 찬성으로 수정할 수 있다.

문학사상사

이상문학상 운영위원회

제20회 이상문학상 작품집

초판 1쇄 1996년 5월 15일
초판 42쇄 2020년 10월 30일

지은이 윤대녕 외
펴낸이 임홍빈
펴낸곳 (주)문학사상
주소 경기도 파주시 회동길 363-8, 201호(10881)
등록 1973년 3월 21일 제1-137호
전화 031)946-8503
팩스 031)955-9912
홈페이지 www.munsa.co.kr
이메일 munsa@munsa.co.kr

ISBN 978-89-7012-204-5 (03810)